逃小桃

人不可能
也从未完全拥有过自己

杰森 ◎ 著

百花洲文艺出版社
BAIHUAZHOU LITERATURE AND ART PRESS

图书在版编目（CIP）数据

逃，小桃 / 杰森著 . -- 南昌 : 百花洲文艺出版社，2019.10

ISBN 978-7-5500-3382-5

Ⅰ . ① 逃… Ⅱ . ① 杰… Ⅲ . ① 长篇小说－中国－当代 Ⅳ . ① I247.5

中国版本图书馆 CIP 数据核字 (2019) 第 203095 号

逃，小桃　杰森　著

出 版 人　章华荣
选题策划　周瑟瑟
责任编辑　杨　旭
装帧设计　文人雅士
出 版 者　百花洲文艺出版社
地　　址　南昌市红谷滩新区世贸路 898 号博能中心一期 A 座 20 楼
电　　话　0791-86895108（发行热线）0791-86894717（编辑热线）
邮　　编　330038
经　　销　全国新华书店
印　　刷　廊坊市海涛印刷有限公司
开　　本　710 毫米 ×1000 毫米　1/16
印　　张　17.5
版　　次　2019 年 10 月第 1 版第 1 次印刷
字　　数　268 千字
书　　号　978-7-5500-3382-5
定　　价　59.00 元

赣版权登字　05-2019-239

网址：http://www.bhzwy.com
图书若有印装错误，影响阅读，可向承印厂联系调换

目录

CONTENTS

第一章

任何事物都能把人分为两类，比如睡前关不关手机这回事，有人总觉得要和世界保持着某种神秘的联系，就像在人群中要保持着笔直的身板或是婀娜的姿态再加上微微上扬的嘴角，说不定哪个瞬间就有熟人喊到你的名字或是默默走过窥看着你，以至于要时刻警觉。但有些人就不然了，一到了晚上他们就锁上了院门，关掉了手机，蜷缩在被窝里，一副无人牵挂或是爱来不来的样子。像陶小桃这种人肯定是属于后者，他的理由或许是没有什么比睡到自然醒更重要的了。等着阳光从他穿着袜子的那只脚，慢慢掠过布满灌木丛似体毛的小腿大腿，漫过张牙舞爪的私密地带，再到沟壑嶙峋的腹部，翻过胸口的伏起梯田，烧过黑胡茬交织的栅栏，直至点燃头上的柴火堆……，但今天阳光刚在膝盖位置歇脚的时候，电话就响了起来，一声两声没完没了。

“喂……”，喉管里还带着宿痰。

“你睡醒啦，别忘了晚上来接我哦。”那边是个女人娇嗔的声响。

“你谁啊，咳咳。”

“什么意思，你在做梦呢？”

“昂……额……没有，什么事？”

“真还没睡醒？这都几点了，早饭还没吃吧？”

“昂……”在桃子的思维库存里，好像只有老妈能这么体贴温柔，他一边应付着一边搜肠刮肚，极度想给这个陌生的声音冠上一个名字。

“你找我有事么，打错了吧？”

“陶小桃，你开什么玩笑，我们刚分开才几小时啊，你手机没存我的号么？”

“大长腿？这什么名，你怎么知道我的名字？”看着手机里的备注，小桃也彻底迷惑了，但他越是回忆记忆就越模糊不清，甚至都觉得现在的场景是个梦，因为梦里是没有记忆而言的，睡去醒来本就是两个人生。

“什么大长腿，还火腿肠呢。你不会真把我在电话里备注大长腿了吧，赶紧给我改过来，不然打断你的小短腿。”对方仍然有些戏谑。

“好吧，好吧，我没心情跟你在这闲扯。”桃子紧皱眉头，转而又舒展了表情，“搞什么，恶作剧吧？”

那边的语气急转直下，“你给我起来，洗洗你的眼屎，刷刷你那张臭嘴，再给我回电话。”

“别忘了晚上六点来接我，你要是不来，给你好看”，说完那边就嘟嘟忙音了。

“什么玩意儿”，小桃扔了手机翻了个身，挠了挠被阳光笼罩的屁股，咽了口水继续眯着眼睛。

“擦，要完”，小桃踢开了被子，一跃就从床上跳了下来，没有刷他那张臭嘴，只把眼屎扣了下来，就披上衣服出门了。

现在已过了上班高峰期，从解放东路向西走并没有多少车流，甚至有些静悄悄的，只是光线有些灼眼，抓紧打开遮阳板，把车窗死死按到底，拧开收音机调到了吵人的声响，才让人轻呼了一口气，但已经是汗津津的了。深一脚油门浅一脚刹车已到了建安南路拐角路口了，天上一个大太阳，头顶一个红色的大夕阳。

“拜托，赶时间”，收音机正好跳出了“金格地产为您报时，现在是北京时间11点整”的声响。

红色太阳燃烧了好久才从脸上露出99倒退的表情，崔健在收音机里嘶吼着“1、2、3、4、5、6、7……”，数字从两头挤压过来，让他开始气喘吁吁，在潜意识地驱使下，手拨动档位在N和D之间反复切换，脚不知该放在刹车还是油门上。就在这令人煎熬的无聊时，一阵马达的呼啸从身后袭来，飞机飞过头顶似的轰鸣，把路边的树叶也震得翻起了波浪。

嘎的一声，摩托停在车旁，送来了一阵清凉的风。小桃抬头看着他，那骑车的男子扭过脸来朝着他，头盔镜面照着小桃自己的脸，再往里就是漆黑一片。那个人就这样直勾勾看着他，机车低声嘶鸣，像猫科动物饥饿时发出的咕噜声，看久了那里面的黑暗甚至产生了吸纳吞噬的力量。小桃总觉得这个人似曾相识，他那种不屑和压制的气息让人紧张又安全，这是小桃心头浮上来的第一感觉。

红灯暗灭，如同夕阳西沉。机车又急歪歪地冲了出去，留下一阵阵震荡不宁的空气，小桃也急踩下油门追了上去，他想看看那个人的脸，或者跟他打个招呼听听他的声音，因为一大早陌生人的来电就搞得他心烦意乱了。从建安南路一直到洛堂大街东头，直到车流和人流汇集，终于望不到那车的影子，一切又回到了市井喧嚣背景音下的宁静。

小桃这才想起可以打手机的事情，他拨通了电话，等待音甚至还未响一下，电话就出了人声。

“喂，桃子，有什么指示，我拜托你的事准备的怎么样了，你可别给我在这个时候掉链子。”哥们彭麦一上来就劈头盖脸地问。

“还准备，哦，今天几号？”

“8号呀，明天我结婚，别讲你忘了。”

“忘个屁，我还以为你今天结婚，这不着急忙慌往酒店赶”，桃子肩膀和脸夹着手机，尿急似地夹着双腿，一只手拍着方向盘，心里想着手机不关机一天都会是混乱的。

“大哥，你最近状态可不是太好啊，纵欲过度，一定是纵欲过度。还是年轻啊，少年不知……”

“哎，我告诉你个补肾的方子，用韭菜籽和那个什么的睾丸……”彭麦还是自顾说着，陶小桃已经从路口调头了。

“没什么事就不要再穷叨叨了，就这样吧。”

“可别误了我的事，喂……”还没讲完小桃就挂了电话，心里还数落他就是个娘们。

就在他失神想事情的时候，前面的一辆奔驰车尾灯一亮，小桃的车就这么生生撞了上去。

“会不会开车！”气势上当然输不得。

奔驰车门打开，红色高跟鞋和葱白色的腿的组合像极了电影经典画面，可再往后就差了点儿意思，为了平衡肥腻腻的臀部，前面还挂着肉嘟嘟的小肚子，青丝的长裙倒也得体，举止甚至有点优雅，不慌不忙从车里掏出把伞支开来。

那把伞遮住了容貌，当然像小桃这种自诩为高手的人士，向来审美女人也不太关心脸面的。

“美女，可是你急刹车的，不能怪我哦。”

“是么？”尾音婉转但似乎带了质问的气息。

“那怎么办？”小桃顺势摊开了手。

“这还不简单，你给我修喽，不下来看看么？”那位女士虽然这么说，其实小桃已经看了她有几遍。

“好吧。”

为了在女人面前展示超然的气概，小桃下车时还不忘拿着烟和火，只不过看到车尾字眼的时候，手还是颤动了下，以致第一下火机并没有打着。好在俯下身去发现车体并无大碍，甚至漆面在磨蹭之后显得更加明亮起来。

“哎呀，我就说没什么问题嘛，你的不用修，我的这买菜车刮刮蹭蹭的不碍事。”

说的过程中抬起头和那女人四目相对，白皙的面庞上只有时间留下的印记没有风霜，虽然身材雍容，但那双眼睛竟然微微凹在眼眶里，好像这凹进去的力量拉出了几撇鱼尾纹，但眸子还算是清澈，甚至有着几分少女的懵懂与好奇。那眼睛就这么盯着，让一向喜爱在风雪场上炫技的桃子都感觉脸红得像个桃子。

“咳咳，那个我们留个电话，车倒也无所谓，我们这也算是误打误撞，不撞不相识了，是吧？”

那女人直了直身子，保持了腹臀平衡的样子，轻轻把伞收起来，隔着桃子吐纳的云雾，微颦一露，轻哼一声，转身说了句。

“今天赶时间，有空去你那，拜。”抬步迈进车内，缓缓驶离了，留着小桃目瞪口呆又怅然若失。

把车停下的时候也快中午了，车里面虽然热成了夏天，可五月的风还是很清爽的。壹丰广场的红男绿女们都穿着时髦的衣裳，挺着高傲的身姿，走过用青石板搭建的舞台。小桃心里想着，他们都是一群睡觉不关手机的人，真是可怜，已然忘记了一上午遇见的奇葩事。

实际上更可怜的是，在广场的西北方向的西北角的旮旯处挂着八个不大的字——“桃子健身，请上4楼”。

往上走还是别有洞天，楼梯门一开就看得见一幅幅荷尔蒙迸发的画面，图画里的男人无一不坦露臂膀面目狰狞，全身的肌肉覆盖上了如同铁器淬炼后的古铜色，血管像新鲜刀疤一样挂在上面随时要崩裂开。而女人都有着紧绷曼妙的身材，汗水从少数衣物遮蔽处浸了出来，勾起了男人的征服欲。

“谁不想成为像山一样雄壮的男人，谁不想去爬上山一样高傲的女人看风景”，桃子来解读人们为什么来健身。

从门厅里的北欧极简风到器械处的钢铁森林，还有夏威夷风情的瑜伽课堂，以及中国武林风的散打练习场……，简直是一家川鲁湘粤一应俱全的餐馆。当然这些所有的装潢风格都是桃子钦定的，但具体操作都交给了装修公司，只是花费高了些。

“不就是钱嘛，自己都不满意，顾客更不会喜欢”。在被别人吐槽人傻钱多的时候，桃子常拿这句话安慰自己。

比如，这个用一个原木搭建的前台，是托朋友花大钱从国外直接订购的，颇有原始粗野味道，甚至拿来装饰酒吧吧台也不为过。正如此刻吧台上应景趴着一个满身横肉的壮汉。

“大猫，你妈妈喊你吃饭了，快起来！”桃子用车钥匙敲击着吧台，忘了这原木的金贵。

“哦”，这个叫大猫的男子抬起头，搓了搓惺忪的睡眼，打了个哈欠，又伸了个懒腰，不知算是肌肉还是肥肉覆盖的胸脯抖动了几下，竟然让纹在前怀里那只下山的猛虎像听话的小狗一样摇了摇尾巴。

“央妮呢，她怎么没在这？”

“我不知道，她让我帮她盯一会儿。”

“快给她打电话，对了，顺便让她给我买份鸡排饭，这个点了饿死我了。”他拍拍大猫的胳膊，又想起来。“你们几个也没吃吧，一块买来。”

“哦”，大猫哼了一声，又把头埋了下去。

桃子刚走几步又折回来，特别温柔地摸了摸大猫的头，像是抚摸自己家的小猫。

“都告诉他们了么，准备得怎么样？”

“哦？准备什么啊，陶哥。”

“我兄弟的婚礼啊，就是那个……”桃子扭动着身体，在空气中似乎抓住了个栏杆。大猫虽然没敢说，但他觉着如果他操作的棍棒不是虚拟的，分明就是个孙猴子。

“哦，我跟他们都说了，但行不行不知道。”

“来来来，一块开个会”，桃子转身走，又回头一指，“你先打电话”。

在大猫，王哲和老三他们三个大块头身边站立，桃子像个幼儿园的孩子，但说话却是班主任的语气。他们仨是桃子健身馆的健身老师，这年头健身馆开的数量比肩宾馆和餐馆。人们一边用酒精和夜生活挥霍着自己的身体，一边想着又把自己从醉生梦死中拯救，其中的道理桃子也说不清楚，就拿“身有猛虎、细嗅蔷薇”的大猫而言，十分典型地印证了现代人性格上的分裂。所以这样，即便是桃子健身的位置并不显要，而且门头十分紧凑，但还是有很多会员下班后挺着肥嘟嘟的肚子蜂拥来到这里，撕扯开劳累一天的机体，发出几声闷吼，洒下几滴臭汗，其间无数遍翻弄着手机，和陌生的女人聊着天或者在狐朋狗友群里发着一块彪酒的邀请函。过了些时日，这批人就消匿了，又换了一批人来到这里，只不过他们的肚子一样也是肥嘟嘟的。

与大猫屠户形象不同的是，王哲和老三他们俩的身材更像是玩健身的，他们的客户相对也多很多。老三虽然是家中的独子，但身上赤裸裸画着又执刀又捋须的关二爷，他敬重二爷的义薄云天，所以常以三爷自称，由于没有考虑过张飞张三爷的感受，只被大家认可了一半，留下了个老三的称谓。相比之下王哲就斯文多了，他没有像老三那样到处推销自己的肉体，有时甚至来健身的潜在客户主动去问他，他才半推半就收了学员，大多数时候，他也不听耳机，也不拿手机，更不自言自语，就那么孤零零地刻苦地练啊练，有时候桃子认为整个健身房器械一半的磨损都是王哲造成的。

桃子正高谈阔论告诉几个壮汉怎么跳舞排节目的时候，徐央妮从后面蹑手蹑脚跑过来，把头从桃子肩膀上探了进来，还朝着三位肌肉男挤眉弄眼。大猫以为她这是要捉弄桃子，没准把他裤子脱下来。可不巧，桃子在演示一个舞蹈动作的时候，手背生生打在徐央妮的脸上。

几个人哄堂一笑，远处零星拿着哑铃杠铃的人也把目光抛了过来。

“坏人，眼睛快让你打瞎了！”

“那不是你自找的么。”

“我要你赔，瞎了就得娶我，照顾我一辈子。”央妮跺着脚，那三位壮汉盯着她，他们可享受不了这样的待遇，平常她都是龇牙咧嘴对着他们，所以看起来这就像是演出来的撒娇。

“注意影响，没看到我这开会讲话吗？”桃子得意地甩甩头发。

“你以为我没看到么，几个大男人在这里研究怎么跳舞，害不害臊。”

“学术讨论，不限题材”，老三笑眯眯地插了句。

“还学术，你上过几天学？”央妮把胳膊团在胸前，教导主任似地看着老三，“上次有个会员的名字的曹鹄伟的‘鹄’都叫错了，还念鸟，你怎么也得说个告呀，这故事也不知道出自哪个文化人。”

“你可别笑话我，你得问问他父母什么文凭，给孩子起个鸟名。”

“好了，好了，咱们这是健身中心不是语文培训班，比什么文化。”桃子不耐烦地打圆场。

“饭放前台了，爱吃不吃，一句谢谢都没有，就知道凶我。”说完就提着裙子跑开了。

“哎，我都给你说了多少次了，工作时得穿工装。”桃子朝央妮说着，转头又看了大猫两眼。

桃子端着饭盒狼吞着，看着王哲把鸡排土豆都拨给了大猫，小口嚼着米饭。

“做人不能太绝对，没见过你参加健美比赛，就是有比赛不是赛期也不用这么油盐不进的，作践自己干嘛，有两块胸肌唬住人就可以了。”

“以后叫他王住持就行了，你们见过他喝酒么，你们见过他泡妞么，和出家做和尚有啥区别。”老三在一旁帮腔。

“现在哪有你说的那样的和尚，都是酒色穿肠过，佛祖心中留。”

“也不全是吧，去年我姥姥生病，去了好几个医院都不见好转，我妈和大姨去大东寺找到了那里的住持做了场法事，没过多久病就好了，现在老人可精神了，那住持好像叫宏真法师。”大猫倒是来了兴致。

“那法事没少收钱吧，你妈和你姨妈信这个也就罢了，你一个小年轻还是相信人家医院吧。”老三说话时拍着大猫的头，话语间有拆穿的嘲讽也有教育的语重。

“花多少我不知道，反正没有医院花的多，又是穿刺又是CT的光检查就一万多，好在我姥儿是个老退休。”大猫说话间挑开老三的手。

“别羡慕，别管什么住持还是大夫，人家都要文凭的，咱们是不行了，老实地做我们的皮肉生意吧。”老三拿筷子甩了大猫身上几粒米。

“咱们在这教育王和尚呢，你惹我干嘛？”

“切”，王哲轻蔑地发出了声响，算是回击了，大家觉得拿他开玩笑都是冷漠收尾，自讨没趣地都沉默了。

央妮趴在吧台上听着他们说话，笑嘻嘻地不吱声，桃子却吃饱了饭，想起了上午奇怪的事情，也许是央妮在这里，他没说出来陌生女人的电话和陌生女人的偶遇，只是他把车钥匙甩给大猫。

“有空帮我修修前保险杠，被人刮了下”，说完了就玩起手机来。

他点开那个大长腿的联系人，发现通讯记录竟然有十几条之多，向上翻阅着，最早的一条是上个月15号，二十多天前，可脑海里什么印象都没有。他想掏烟盒，又想到这里不准吸烟，这是他对几个壮汉三令五申的纪律，想想作罢，但烟瘾像饥饿一样掏空了他的五脏，伸手又觉得不妥，反复几次后自己都觉得尴尬起来，好在并没有人发现。

桃子实在记不得从什么时候记不得东西了，虽然听起来像个悖论，但他还是冥思苦想寻找个答案，他想来想去，却忽然想到曾经看过的一个电影，上面有句旁白是这么说的“人的烦恼就是记得东西太多，有些东西越是想忘掉反而记得越清晰”，在他的身上，这句话要反过来说。他又试图通过某个重要的时间节点来寻找，但脑海里记录在案基本上都是女人。

上个星期和一个推销保健品的女人睡了一晚，还买了一大包强筋健骨的药丸，他也不知道吃了这些能否补回来那晚的消耗。上个月睡了个有夫之妇，实际上也可能是那个有夫之妇睡了他，因为总是她主动和他联系，连见面的地点和做爱的姿势都由她来掌控，而且又必须让他单方面保持缄默，说是怕经常外出的丈夫发现后能打断他俩的腿。再上个月是三十岁生日，那天开了趴，来了很多他所认识的各界名流，有大猫、老三，人称“人仗义”的任大义，还有楼下开网吧的老胡，以及一大帮好像都不太认识的男人女人，从西风烈的烧烤战斗到南雨浓的夜场，喝了个天昏地暗，那一场足足让自己趴窝了两天，到底睡没睡那个女人根本不可能记得了。可上上月呢，有点模糊了，去年呢？前年呢？好像一片空白……

当桃子把人生思考到怀疑的时候，他微微张开嘴，怔怔望着前面空空的地板，央妮恰好把一瓣橘子放在他的嘴里。

“你哪里不舒服？”央妮捋着他的肚子问。

“你还记得我们刚认识的时候么？”桃子收起呆气，变得温情起来。

“考我呐？我们不就认识了一年多么，那天早上，我在公园里跑步，你坐在长椅上叫住我问我是干吗的。”央妮也抬起了头，看着几个大块头蹲在远处，花花绿绿的电视节目把他们吸引住了。

“我就是平常喜欢跑跑步，根本不懂什么体育运动，结果被你忽悠过来，开了这么家健身房。”

“我想起来了，我原来只是想搭个讪，结果你这个橡皮糖就把我给黏住了。”

“不只是搭讪那么简单吧，还不是因为我身材好，长得又漂亮，你就是个坏人，肯定是图谋不轨。”

“恕我眼瞎，漂亮么？”虽然这么讲，他盯着央妮的脸，眼睛总是喜欢眯着，敞开长长扁扁的缝，鼻子虽然高高的但也短短的，嘴巴还挺大却还喜欢嘟嘟着，好像五官都不太精致，但位置摆放得恰到好处，铺展在鹅蛋形长长的脸上，加上一头柔软飘动的长发，让人觉得十分舒服。特别是那张脸总是笑盈盈的，肉肉的嘴巴露出两排白净的牙齿，看一下如沐春风，看两下就夏花灿烂了。

“不漂亮还看得这么入神，纯属口是心非，漂亮就是漂亮，做人不能违背自己的良心。”

“我只是一时想不起用什么词来形容你的丑。”

“去你的，有我这样的美女给你打工心里还不是美滋滋的，有好多人来你这不都是奔着我来的么？你就是嘴犟，铁齿铜牙……”

“好吧，你是这的头牌。说我铁齿铜牙，那得看对谁，不是说，对待敌人要像秋风扫落叶，对待同志就要给春天般的温暖。”

“那我是敌人还是同志，我应该算是敌人，呀，你的同志在那边”，她指着电视的方向，笑得更肆无忌惮了。

看着央妮倒水的背影，手里拿着她给的橘子，竟然唤起了几分温情的味道。央妮上身着牛仔褂，背后的一朵牡丹花正在盛开，配合着墨绿色的小褶裙，跳动着如风吹过花丛，送来阵阵清香。桃子不免怀疑这样的女人为什么对自己这么好，是因为他是老板，而且给的工资很高？好像不是，这样的女人到哪里都挣得少不了。是因为自己相貌堂堂，而她正是好色之徒？也不是吧，这名号大约应该颁给自己，都不知道自己换了多少床榻和床单了。是想和自己共同创业又携手一生？这个更不对，能容忍这么一个浪荡的人就不错了，百思不得其解，罢了，最近遇到解不开的问题还少吗？索性就顺其自然了吧。

端给桃子前，央妮捧着水杯吹着气，冒起一大团烟雾，中间夹杂着一缕女人朦胧淡雅的口气，但又突然“呦”了一声。

“差点忘了，你下午要替我弟弟去考试，东西都带了么？”

“考什么，我这种没文化的人进考场都找不到座位。”

“这个可别闹，误了什么都可以，别误了我老弟的前程。”

“内弟不是前程似锦么，还需要我这样的人推波助澜啊？”桃子嬉皮笑脸看着央妮的脸，好像发现这夏日的天空多云了，赶紧收起了笑容。

“我去，我去还不行，总得告诉我考什么吧，还有为什么他自己不去呢？”

“不是那个什么资格证么，诺，我就知道你会忘，把准考证啥的都让他送来了，赶紧去吧，别跟我耍嘴皮子了。”

桃子就这样被连推带搡赶了出来，正准备转身回去，又被扔出来的车钥匙砸在脸上，这才忽然回想起了什么，边走边抽出来那张准考证，像观察一张假币一样上下打量。

因此，当在卷面上写下“徐大龙”三个字的时候，桃子把大字写得又大又难看，导致龙字都没有地方放，好像用一个名字想把整张卷子盛满似得。

监考老师，一位烫着时下流行的小波浪的中年女人，透过她无边框厚玻璃瓶底眼镜审视着桃子，囧囧地看着他那自得其乐的样子，一位警探在公车上发现了把手伸进女生裤袋嫌犯的眼神也不过如此。小桃不免和她对视一下，他观察到那女人和所见过的绝大多数的中年女子大都是一个样子的，不管她们年轻的时候文静甜美还是活泼可爱，她们都会变成那种热忱到近乎虚伪，算计到近乎愚蠢，善良到近乎卑鄙的一类人。当然这是桃子在无事可做时发挥了一点想象空间。

那女人走了过来，香水味都没有盖住的杀气。桃子埋着头，心扑腾扑腾地跳着。

“申请债券公司上市的条件包括？A公司债券的期限为一年以上，B公司债券实际发行额不少于人民币……”三长一短选最短，就C吧。下一个三短一长就D吧。

那女人摇摇头走开了，她开始怀疑自己多年的侦查经验是否还那么有效，但人生经验还是十分明确地告诉她，这个人无非是哄骗自己的父母或者女友，甚至是欺骗自己，参加个考试仅仅表明自己很努力的样子而已。“就是嘛，人总有理由来安慰自己”，那女人心里面这样想的，这句话同样也安慰了自己。

桃子刚刚暂且安全下来，就忽然感觉百无聊赖了，他转动着签字笔，瞠目结舌盯着这些花花绿绿的ABCD，思考着这些似曾相识又形同陌路的问题，自己学的东西真的这么快就忘了？江北大学的金融系的高材生竟能落魄到如此的地步？丰富的学识竟能付诸东流？一世英名竟要毁于一旦？难道自己真的已经被掏空了？想到这里他有些心情沮丧，毕竟漫长的人生才刚进入正题，在女人身上游历的事业也还刚刚起步，看来风流总被雨打风吹去，不免涌起了出师未捷的伤感。

桃子抬起头看着周围的人都伏在案上奋笔疾书，发出了密集的“滴答”“沙沙”的声响，仔细分辨还有人的呼吸声，鞋底板磨蹭的声音，吞口水的声响，舔嘴唇的声响，眨眼睛的声响，一切响声在一起奏鸣，反而觉得一切安静极了。监考的女人背靠着他，双手背在屁股上，只是盯着窗外吵闹的世界，已然看透了在座的每一个人的心思。午后的阳光照进窗子，让每个人都闪着朦胧的光，他们缓慢起伏的头颅，像是在波光粼粼的海面上的群岛，这个场景又好像在哪里见过，感觉像从未记起的梦境一般。

第二章

桃子醒来的时候满脸湿漉漉的，他下意识地猛地抬起头，结果那张软绵绵的卷子竟然挂在了他的脸上，他肌肉抽搐抽动幅度太大，把桌子踢得前后摇摆。现在已经到了临近收卷的时间，大家清闲的目光四处浮动，相互窥视着，臆测别人的年龄或是身份。这声响无疑是黄昏日落的鸡圈里放了个鞭炮，所有闲散的目光齐刷刷汇集到桃子的方向，又聚焦到他的脸上，有几个反应快的都看到了桃子一整套的表演，所有人都嘻嘻地笑起来，汇合到一起是一阵极为短促的起哄声。

“好了，好了，请大家保持肃静！”监考的女人又复原了严肃的表情。“还有最后一分钟，请大家仔细看看名字是否都写好了，还有准考证号、身份证号，我再提醒大家一遍，只要考试铃声响起，所有人都要……不许……”

全场反应最慢的桃子费了好一会儿才明白自己的处境，他看着周围那些蓄势待发的身体和因急不可耐的呼吸憋红的脸颊，闹得自己突然也紧张起来，已然忘记了这考试的成败与已无关，他甚至忘了擦去脸上的口水，只觉得浑身火热火热的，一股暖流灌入他的头顶，几乎都要冒出了热气。慌乱间他捉住了笔，刚要提起来书写时，铃声大作，整座房间嘈杂躁动起来了，整座大楼似乎都在晃动。

“都放下笔，不能写啦！第一排向后收卷，开始！”那监考的女人挥舞着手臂，踮起脚尖，高声呐喊着，甚至要咆哮起来。

桃子叹了口气，已经放下笔缴械了。低下头却忽然发现卷子上写满了字，工工整整、一板一眼写满了字，分明是他自己的笔迹！他以为这是谁的恶作剧，向左又向后看了看，没人理会他，没人看着他，没人关注他。他惊诧地差点从凳子上掉了下来，他还想再看一眼，一双粗壮有力的手把纸夺了过去，所有人慌慌张张地起立，又晃晃悠悠挤出了教室，留下桃子呆若木鸡。

直到坐在车里，点火发动的时候，桃子忽然觉得巨大的不真实感笼罩着自己，他觉得所有的东西都是被编造出来的，他像是掉进了一场电子游戏里，甚至是别人的梦境里面。所有的场景、人物、剧情都是设定好的，他只不过是一个逢场作戏的演员。他觉得有一只无形的大手操纵着一切，是造物者？好像又不太像，他觉得更像《楚门的世界》里的男主角，在某个地方就塞着摄像头，记录着他的一举一动，直到把这些镜头声音原封不动地送到了千千万万窥视的眼睛里面。但从那个莫名其妙的电话开始，这样为他量身定做的舞台剧终于要穿帮了！想到这里，桃子觉得不寒而栗，立马打了个冷战。

“他妈的”，他用咒骂给自己打气，但他又不知道这骂声应该送给谁。他像是一位旧中国病魔缠身的人，总需要用跳大神的仪式，对着纠缠不放的孤魂野鬼一阵恐怖呵斥。他举起了双手，在空气中胡乱抓着，又把手重重摔在方向盘上。

“去他妈的”，他又骂了一句，看着车窗外不息的车流和来往的人群，他忽然觉得不管梦境也好，剧场也罢，还有这么多人为了他而用精湛的演技刻画着形形色色的人物，这是该有多大的制作。还有，我应该是个主角！

“哈哈哈”，他忽然笑了起来，我老陶怕过什么。这时候几个嬉笑打闹的姑娘从他旁边走过，她们发现车里竟然有人坐着，被人发现了乐而忘形的样子，吓得赶紧后撤了一步，四双眼睛都朝桃子这边看过来，她们仍旧笑着，甚至还有点害羞，不过两秒后又开始打闹起来。

就这么一下，桃子的心情又明朗起来。他发动了车子从人行道横穿到马路中间，汇入了车流，根本没有理会因他响起的一片鸣笛声。他一只手扶着方向盘，一只手打开手机，迅速找到“任大义”，拨了过去。

“仗义哥，晚上你安排怎么样？”

“哎哎哎？什么就我安排，你刚过了生日，别唬我，一般情况我不会请客。”

“我请我请，抠死你算了。还仗义哥，这是谁给你起的称号？睁眼瞎就是。”

“如果我没记错的话，八成就是你起的，我还不喜欢呢。说我抠门，我上个月就请了你三次，你请过我几次，你说说？”

“这你都算着呢，还不抠啊？”到了违章拍照的路口，桃子把手机点开了外放，扔在了大腿根上。

“行了”，桃子放大了分贝，“我就告诉你吧，我一个特好的哥们，你也认识，就是彭麦，老彭同志，明天结婚，我怎么说也得搞个告别单身趴吧？”

“哎呦”，似乎听到了那边拍大腿的声音，“这个可以有，必须有！你小子请就请吧，我负责带妹子怎么样，告别单身，没有妹子能行么？”

“行了吧，别弄得跟上次似的，都是大姐，有个我差点都喊阿姨了，还妹子，丢不丢人？”

“甭提那次了，您就瞧好吧。不说了，定好地方打电话。”

“再信你这一回”，挂了电话，桃子把车开得飞快，也不知是要急切见到好友，还是想甩开那些纠缠不休的孤魂野鬼。

为了不去想那些想不通的事，一路上他把脑子里单单装满了任大义，虽然小桃说不上喜欢任大义，有时候还特别讨厌他，还是和他整日里厮混到一块，甚至还跟他一块投资了彭麦的啤酒屋。因为他是那种自己一眼就能看穿的人，大多时候你都能猜到他想什么、做什么，甚至说什么，一切都在你的掌控之中，不亦乐乎。桃子觉得大义是个赤裸裸的富二代，是那种典型的纨绔子弟，这种人就像个婴儿一样，在金钱的殷殷善导下，他们把自己生命最初的欲望无限量放大，觉得自己有无限量的能力，又有无限量的欲望需要填补。但他不想把自己贴上这样的标签，即便是能臭味相投，在酒和女人面前他俩都毫无招架能力，但桃子还是清楚地知道他们是两类人，或者说是他们俩处在两个世界的毗邻的边缘，但到头来终究还是两个世界。

桃子把车开到小区车库放下，又洗了个澡，把头发也梳成了油光锃亮的样子，意气风发地出了门。

出租车刚停在路边，“辣妹子山城火锅”七个大字映入眼帘，老三急匆匆地跑过来，拉开车门，朝着身后的大猫大声喊着。

“楼上贵宾一位！”

桃子下了车，给了老三一拳头，赶紧跑开了。刚从门口停下，这才发现彭麦垂头丧气地站在门口。

“麦子，来得挺早，准备得怎么样了，还用彩排么？”桃子拉着彭麦往里走。

彭麦一言不发，到了包厢里坐下，才吐出几个字。

“我不想结了！”

“开什么玩笑，我节目都排练好了，你说不结就不结了？”

彭麦闷坐在那里，仍是一言不发，火锅还没开始吃，人已经是满头大汗。桃子看着他，一时间不知道从何处问起，点了一支烟递给了彭麦，自己又点了一支。火锅里的汤已经沸腾好一会儿了，翻江倒海吐着烟气，加上两个人吐出的烟雾，整个房间都雾蒙蒙的。

门突然被打开了，大义、大猫和老三鱼贯而入，夹杂着一阵猛烈的笑声。

“让你请客，就安排在这种破地方”，大义脱掉皮衣，扔在一旁，撸起袖子就往锅里夹菜。

“你没看见这店里的人气么，要不是我认识这儿的老板，你得预约一个星期。”老三瞥了大义一眼，故意表现出不悦的神色。

大义没有理会他，朝桃子这边看着，“一会儿我们换个地方，不带着他，长得丑，说话还不中听，哪个女人喜欢这样的？”

桃子笑了笑，没有说话，这才看见大义身旁坐着一位腼腆的姑娘。

“新女朋友吧”，桃子拿筷子指着。

“你说小张啊，昨天才刚上班，就在我的部门实习，家不在这里，晚上没地方吃饭，这不下班一块过来了。”大义朝着桃子挤眉弄眼。

“来来来，我给你介绍一下，这位是我的好朋友陶小桃陶总。”

“我就一开健身房的，如果想锻炼身体的话可以来找我。”

“别掏你的破名片了，可不能去他那，羊入虎口不是么，你瞧瞧那两个满脸横肉的家伙，他那儿去不得。”

老三把筷子一放，不服气地嚷嚷，“美女，你在他那里上班才是羊入狼口呢，瞧你的老板色眯眯的样子，你还小，这社会险恶着呢。”

大义被气得脸通红，“吃饭都堵不住你这张臭嘴，你这样的在我那，我一天能开除你八遍。”

老三刚要反驳，大义把手指贴在嘴上，“乖，吃饭，吃饭。”转而朝着彭麦，“隆重介绍下这位新郎官……”

大家视线刚锁定彭麦身上，却看见他捂着脸哭了起来，起初大家以为他在搞什么怪，但后来发现他的身体在微微地颤动，随着身体的起伏那哭声变得越来越大，开始撕心裂肺起来。

所有人惊讶地看着他，不动声色，只有桃子拍着他的后背，又攀着他的肩膀向自己身边靠，两个人拉扯在一起，把桌子都晃动了。

“麦子，我们已经十多年的兄弟了，从我们上大学睡在一个床上，就穿上了一条裤子，不管你做什么决定，我都支持你。”桃子说的话很激动也很振奋，但他话锋一转。“你要是个爷们就别在这哭哭啼啼，有用么？别弄得大家都鄙视你。”

彭麦把手缓缓地伸开，眼睛红红的，但毫无泪水痕迹，甚至有些让人怀疑刚才的哭声是刻意表现出来的。他端起一整杯酒，在大家的注目礼下一饮而尽，又垂下了头。所有人筷子都放下了，也没人说话，连大义和老三这种对牛都要弹几首曲子的人此刻也默不作声，只有锅里的汤在咕噜咕噜叫着。

“我好像在哪见过你”，那个女孩发话了，即便是话题生硬又唐突，但在这尴尬的气氛中，任何能用来交流的都算是好的话题。

“我么？”桃子充满狐疑。

“是呀，不过陶总您就是姓陶么？”那女孩生着一双丹凤眼，又让黑眼珠占据了大半个，让人觉得有种被注目的压迫感。

“不姓陶，他叫什么陶总？”大义终于找到了发言的时机。

“那我认错人了，真是不好意思了陶总。不过有个人跟你很像，实在是太像了。”

“他是谁？”

“说了您也肯定不认识，我说话不经大脑，你们不要介意。”这个看起来有些羞怯的姑娘讲起话来却收放自如。

“我还是想听听那个长得像我的人”，最近发生的事情让桃子心烦意乱又毫无头绪，桃子实在不想放过这个似乎很有价值的线索。不过这个时候手机不合时宜地吵了起来。

“大长腿！”桃子身体和手机一样发出一阵微颤，迟疑了一阵，还是按下了接通键，还没有说话，那边就传来了哭声，因为哭泣带来的抽搐把她的语言震得支离破碎。

“你不要……不要我了么？为什么一直……不见我？为什么？”

桃子能想象到她蓬头乱发，眼泪洗花了脸，鼻涕阻塞了呼吸，他把手放在胸口，抚慰着不受控制的心跳。

“我真的不认识你，大姐，你为什么纠缠着我不放？”

“不要再跟我开玩笑了，好……好么？”

“那你叫什么名字？告诉我也许我能想起来。”桃子站起来，看着一圈人的目光，觉得像是在开新闻发布会一样，一个手捂住电话，说了句“吃你们的”，把头转在了一旁。

“你不要闹了，好不好？我求求你……”

“够了！不要再打给我了，不要再骚扰我了，求你了，大姐，我不认识你，就算我认识你，也不愿再认识你了，就这样吧，你爱怎么样怎么样，就是不要再……找……我！”

桃子说的很激动，死死攥着挂了的电话。一桌人都不解地看着他，就连刚才情绪大起大落的彭麦也用索然无味的表情审视着。

“这个饭还能不能吃？不能吃，我们就走了。”大义看来是看不懂彭麦和桃子的表演，不耐烦地自言自语说，转而又朝老三那问了句，“你老板看来屁股又没擦干净吧？嘻嘻。”

“甭废话，我觉得这个打电话的很可能是你安排的恶作剧，说是不是？”

大义满脸委屈，“我是无辜的，也就是路过蹭个饭，真是的，小张我们走，换个地儿带你吃好吃的。”

这时“大长腿”又来了电话，桃子赶紧按住大义，“你呢，安心在这吃饭，等我处理完这个事再联系”，说完做了个打电话的手势，又顺势拍了拍麦子的肩膀，起身离开了。

桃子从抓狂暴怒一瞬间冷静下来，就像是一个烧红的铁掉在了水缸里，甚至连滋滋啦啦的响声都没产生。他现在不仅不生气，反而有些好奇，他想见见这个女人，毕竟有些事情躲是没有用的，该来的总会来，想起这个他感觉有点宿命的味道。这应该是命运的安排吧，他内心深处又强调了一遍，但既然已经安排好了，我总得知道一下命运的模样。

按照刚才通话联系的地址，他指示出租车师傅从城市的西边一直拐到了东北角。

“枫林小区？还真有这个地方。”尽管到了目的地，那位大腹便便而且头发掉个精光的司机，还是摇着头不太相信这个城市有个他没听说过的地方。

小区的铁门锈迹斑斑，上面顶着几个铁质的大字，“枫林小区”，应该没有错。往里走有个板房搭建的门卫处，里面点着灯，一把孤零零的桌子上摊着报纸，只是没有人，那板房上除了“门卫”两个字以外，还歪歪扭扭竖着几个字。桃子走进了一看，“矿业二局家属院”，这可能是它原来的名字，桃子只能姑且这么想了。

再往里面走，一切都是黑漆漆的，楼房里零星的窗户透出朦胧的光来，刚走了几步，就觉得一切陷入了沉寂，让人很难想象，出了小区向南走一个街口就是闹市区。这里把一切都隔绝了，只留下虫子蠕动窸窸窣窣的声响，当然还有风把两排银杏树吹得摇头晃脑，桂影斑驳。

让桃子没有想到的是，这样的小区竟然还有电梯，只不过电梯厢的四壁毫无意外的布满了各种广告，还掺杂着陈旧酸腐的味道，那层层叠加的广告字和喷绘的字迹相互交错，让人猛地一看以为是现代派艺术家的涂鸦作品。桃子没有心情欣赏，他此刻的心境和这年迈的电梯一样，咯咯吱吱到了6楼。

楼道里也没有灯，或者是即便是有灯他也不敢跺一脚或者在黑洞洞的墙面上摸一遍。他打开手机，借着青蓝色的幽光看清了602，他吐了口气，又吸了口气，屏住呼吸轻轻地敲了敲门。

只是，没有人应答，他这才看清了，门开着一条缝，一道白莹莹的光从里面渗了出来。他试探性轻轻咳了一声，慢慢拉开门走了进去。客厅很小，一进门就看见一个穿着睡衣的女人瘫坐在沙发上。

那女人看见了他，连鞋也没穿，上去扑向了桃子。桃子一惊，但没有躲闪，还本能的把她接住了。这是个很轻很软的女人，像一颗羽毛贴伏在他的胸膛上，身上还透着一股淡淡的香水味。那女人咯咯笑着，呼吸急促而明快，和他想象的那副无力忧伤甚至绝望的女人大相径庭，甚至都有些怀疑走错房间了。

“我就知道你会来的！”她把他抱得更紧了，但还是轻柔柔的感觉。

“你能下来么，咱们坐下来好好说，咱们别这样好不好？”他用力掰扯那女人的胳膊，像撕扯一块贴在皮肤上面很久的膏药。桃子忽然觉着迎面扑来的陌生女人竟然如此让人厌烦，他以前曾多少次幻想女人能够这样在他面前奉献一切，但当很轻松甚至被动实现了以后，反而让他不能接受，甚至产生深深地厌恶，也许最为贫瘠的梦想最好都要走漫长的路。

两个人唧唧歪歪闹腾半天也没分开彼此，桃子一个踉跄顺势倒在沙发上，两个人发出沉重悠长的呼吸，那呼吸的风吹动了彼此的头发。他俩面对面，他能清楚看她的脸，甚至能看得清她一丝头发，一条肤纹。在桃子看来她是个能让人心动的女人，她有着天生应有的柔美，眉毛和脸颊都有着曼妙的曲线，皮肤白皙但不是那种能露出血丝的，而是带着油脂的弹性，嘴唇、鼻梁和睫毛微微上翘，眼角和嘴角却向下垂着，相比较女人天生的可爱，她更多的让人想到怜悯，这种怜悯似乎能让男人放下所谓的自尊。但桃子却有些敬而远之的感觉，一切不能解释的麻烦事的出现似乎都是从这个女人的电话开始的，她像是一句咒语，一句美丽的咒语，只能远观，不能把玩。

那女人用脚缠住桃子的腰，胳膊又把他的脖子圈住，脸向上凑着，两个人轻轻吻了两下。此刻，桃子只好配合着她，靠着出卖着肉体才能换出她内心的想法和故事的隐情。

“说吧，你找我到底想干什么，难道就为了干这个？”

“你找我大多数的时候不都为了这个吗？”她反问着，用着责怪的语气，他们离得很近，她的呼吸吹到了桃子的耳垂，痒痒的，他还闻到了一股花朵凋零的香气。

“真的么，这次真的不一样，我想和你聊聊天。”桃子捋着她的头发，那股香气更加浓厚了，一点儿都不烈，只是浓得让人有些哀伤。

“我想了很多的话，但见到了你我不知道能说什么，我们只是抱着不说话，好不好？”她的声音含蓄而飘渺，特别是尾音颤抖着，能让人心头一恸。

“嗯”，他并没有库存的人生经历告诉他该怎么做，他脑袋空空的，只能附和着。但是他的腰已经酸到麻木了，他直起了身子，像一棵被风吹倒的树被人扶了起来，而她是那个不动声色的树袋熊。

他盯着对过的墙面，应该放电视机的地方摆满了盆景，他这才发现屋子里全是花，吊顶的花灯，花斑的地面，花枝招展的墙纸还有沙发上一朵盛开的牡丹，而他们正坐在花蕊的上面。那女人却起了身，从里屋拿出个能播放碟片的音响，轻轻一按，然后又跳到他的旁边，用脸贴着他的肩膀，音乐由低渐高，由暗转亮，从撩拨的两下琴声，桃子就听出了是那首太熟悉的《加州旅馆》。此刻坐在一个陌生的房间里，搂着一个陌生的女人，此情此景也如同驾车行驶在无边无际的美国中部，他甚至产生了幻觉，好像自己坐在荒漠边缘小镇的酒馆里，醇香的啤酒一杯下去就让人有些微醺了，而一旁的女郎向他挥手搭讪，他转身对酒保要了一杯色彩浓艳的鸡尾酒……

在桃子怔怔地想事情的时候，那女人又跑到卧室里，换了件淡紫色碎花裙子，肉乎乎的身体把衣服装得满满当当，把头发扎了起来，明亮的眼睛和猩红的嘴唇都闪着光芒，她咯咯地笑，踢着腿向前迈着，手里拿着两杯红酒，摇晃着，把脸都映红了，桃子觉得这朵花突然间从凄风苦雨中变成了烈日下的怒放。但他还是没有沉浸在这种情欲的氛围中太久，疑惑和好奇还是紧紧抓住他的心。他抿了一口酒，故意把声音提高问着。

“对不起”，他停顿了一下，“坦白地讲，我真的不认识你，我脑海中没有你一丁点的印象，真的一丁点都没有，我不知道你叫什么名字，不知道你是干什么的，不知道你来自哪里，我甚至不知道我到底是忘记了还是根本就是你认错了，我很想告诉你我认识你，但我不想欺骗你，真的。”

桃子紧皱着眉头，他极力支撑着下压的眼皮，想展示出真诚的眼神，但迷惘和纠结还是写满了他的脸。那女人看着他，苦笑了一下，像是自顾自言似的轻声说了句。

“我相信你。”

“真的？听起来有点荒唐，但的的确确是真的，我不知道哪里出了问题，我也不知道以前对你做了什么，如果能够补偿的话，我是很愿意的。”

桃子如此重负，他谈话间摇动着双手，压抑着内心的激动。

“你知道为什么我能相信你么？”那女人的脸平静下来，红晕消失了，在日光灯下煞白一片。

“为什么？”

“我不知道你最近发生了什么，不过你真的变成了另一个人，你知道吗？一个人是不可能变成另一个人的。”

桃子不知道她话里的指向，他沉默地看着她，等待更多的提示。她双手捧着酒杯，越攥越紧，桃子本能向后退了一下，他怕那玻璃碎掉后溅到他的脸上。

“以前，我不知道原谅了他多少次，我觉得下一次他就会改掉他那身臭脾气，但我从没等到最后一次，男人是不可能变的，不可能。”她的脸忽然又阴沉下来，单薄的嘴唇像是被寒风蹂躏着，微微颤抖着。

“他是谁？”

“他是谁你不知道吗？”她忽然变得严厉起来，话语急促又凌厉，把中烧的怒火瞬间喷吐到桃子的身上，但又戛然而止。

“是我男人……”说到后面两个字的时候，她泄了气。

“你有丈夫啊？”桃子问题说出来就后悔了，他不想让她的心情再起波澜。

“在你之前有的，不过，后来他死了。”她的脸上的表情凝结住了，挂满了谈死亡应有的气息。两个人又是一阵沉默。

“谢谢你”，还是那女人先开了口，她没有再哭哭啼啼，反而在嘬了一小口酒之后，松弛了些。

“谢我什么？”

“谢谢你对我这么好，他从来没有对我这么好过，除了死后给我留了一大笔赔偿金。”

“我对你都这样了，你还能说我好么？”

“至少曾经好过”，她垂下了眉头，缓缓从脖子上解下一条项链，又戴在了桃子的脖子上。桃子捏起来卷起脖子看了看。是一枚小小金子做的拳套，穿在白闪闪的链子上，看起来十分别致。

“你给我这个干什么？”

“是你给我的，你以前说过，这个东西对你很重要。既然我在你这里已经不重要了，它就不该属于我了。”她说话还是垂着头，桃子看不清她的表情，但她的语气风轻云淡，让人捉摸不透。

“那你不想知道我为什么变了吗？”

“我以前就对你知道的不多，有时候我也对你留一点隐私的空间，毕竟知根知底了以后便会没什么意思了，两个人能保持一种感觉就不应该彼此了解太多。”

桃子听了她的话，觉得有点道理，但是实在不解人为何对一个保留陌生的人才能爱得炽烈，他揣度以前的自己肯定是爱慕女人的姿色，或者是沉溺在她那种既包容又令人怜悯的风情之中。想到这里他都有些迟疑了，也想将错就错或者是混混沌沌继续下去，毕竟在这个女权意识不断觉醒的时代，女人们比男人还渴望着自由，彰显着独立，这种女人无疑是极度难得一见，以后多半是江湖一别，云深不知处了，实在有点惋惜。

他想去拉着她的手说，我们重新开始，用新的陌生坦诚相见，但胳膊上的肌肉抽动了一下还是稳稳地放在了大腿上面，这种陌生的感觉让他有点不堪重负，甚至有点眩晕，因为此时的他自己就是陌生的。

不知沉默了多久，那女人伏在沙发一侧睡着了，桃子也且当她睡了，从里面的客厅的衣架上拿下一件大衣，轻轻包在她的身上，转身轻轻退出了房间，合上了门。

外面空气有股初夏来临的湿热，桃子没有叫出租车，自己行走在陌生的街道上，转过路口，就看到车水马龙、霓虹闪烁，路面上人们急匆匆地来来往往，互不相识，甚至有点畏惧地躲着别人，饭馆里的人们推杯换盏，把唾沫吐在一个盘子里，吐在对方的脸上。桃子忽然觉得和他们都不一样，他独立于那些人群，观察着他们，也思考着自己。

思绪还是回到那个女人身上，既然是矿业局家属院，很可能她的男人死于一场矿难事故吧？那女人是不是长期承受着家庭暴力？是不是我的一点点好就能换回她更多的好感？我又怎么和她认识的呢？是不是这么离开她就不再来找我了？

“操！”，桃子咬着嘴唇骂了句，他觉着来了趟不仅没有解开发生在自己身上的种种谜团，反而是增添了更多的烦恼，看着那些对自己冷漠又聚在一块热闹的人群，没有人关心他此刻内心的波动。

他拿起电话，看了看时间，也就刚十点。他想拨通大义的号码，因为今晚的盛宴也就差不多刚刚开始吧，但想到彭麦刚才的样子，他不想再去分担他的烦恼，索性把手机早早关掉了，伸手招了一辆出租车，迅速消失在夜色之中。

第三章

每到下雨的时候，桃子总是睡得很甜，听着外面轰隆隆的雷声和噼噼啪啪的雨声，反而给梦境带来了不少安宁，他假寐了一会儿又片刻掉入深深的睡眠，来回穿梭感觉无比轻松惬意，如此这般能躺一整天，但电话铃声又不合时宜地叫了起来。

“额”，桃子不耐烦地挠了挠头皮，看了看手机屏幕，又是个陌生号码，手机震得他心烦意乱。

“谁啊？”

“你好，夏先生，我是银行客户经理，您的信用卡已经逾期未还款多日，请……”那边就只顾自地说着，女人的尾音虽然抬高了，但还是听起来冷冰冰的，和备录好的程序一样。

“什么东西？”还没等那女人播报完毕，桃子就更生冷的直接挂掉了电话，心里琢磨着又是什么诈骗电话。他翻身起床，只穿着内衣赤着脚跳到地上。

地面生硬又冰凉，把睡意赶走了大半，他还是转身把床被整理一遍，卧室里一切都规规整整的，干净利落到不像是一个独身男子的房间，只有他的头发蓬乱扭曲着和房间的一切格格不入。赤着脚穿过长长的客厅来到厨房，心里空空荡荡，肚子空空荡荡，冰箱里也是空空荡荡。

开车去吃早点的时候，爱吃的几个铺子都已经在准备午饭档，从一家中式快餐店出来的时候，阳光有些刺眼，瞄着对过的酒店扎着彩虹门，“王芳和李志国喜结连理”的字符迎风飘扬，另一队迎亲的车队呼啸而过，黑压压的一队大奔像极了黑帮电影的出殡镜头，是个好日子啊，他这才想起来好友彭麦的婚事。

不是说不结婚了么？这一点他还是确信的，但又不那么确信，这一段时间以来他甚至模糊了梦境和现实，有些事做过了好像不存在，有些不存在的事又是他做的，他尝试拨了几个人的号码，没有一个能打得通，世界忽然变得那么静，静得有些冷漠，在大义的电话提示音结束后，他发动了车子。

来到婚礼现场的时候，看来已经过了喧闹的高潮，欢笑声稀稀落落，地上落满了色彩缤纷的带子，椅子东倒西歪，人们坐着站着簇拥着朝着大厅中心的方向。一个发福的司仪满面油光，西装撑得鼓鼓囊囊，他扯着高嗓门挥舞着话筒，另一只手揽着身材瘦小得多的彭麦。

“我想问问新郎官，结婚后财政大权交给谁？私房钱准备藏在什么地方？”

彭麦干巴巴的脸上却是大放光彩，目光里洋溢着幸福的憧憬，甚至在亲朋好友的哄闹下挤出了亮闪闪的泪花。

“真没骨气”，桃子啐了一口，差点吐到一个胖子身上。

“老大，你可是来了”，大猫也是兴奋得满脸通红，身上的肥大的T恤都印出了汗花。

“人家结婚你着急忙慌的有什么用，用你入洞房啊？”他抬手理了理大猫汗津津的头发。

“你倒是夜夜笙歌，天天洞房啊，我们练了这么多年也没有你的身体好。”不知道从哪儿冒出的老三在旁打趣，王哲也在身旁默默站着。

“你们都来了，为啥不叫我一声？”桃子打了他肩膀一拳，手背也沾湿了，这才发现老三也是湿漉漉的。

“电话打不通，全世界找不到你，我们能知道你又翻哪个贵妃的牌子了？”老三先是笑眯眯的又转而有点严肃地说，“不过，你安排的任务算是圆满完成了，效果很好，我们几个算是成名了，保不好今天夜店就把我们挖走了。”

“又想加工资？请吃顿大餐好不好？你看人家哲哥什么都没要求，就你闲事多。”

“大餐是吃不了了，还是多喝两杯喜酒吧，再见了您周老板，扒皮兄。”

“好好好，涨工资，喝你的喜酒去吧！”桃子又踢了老三一脚，却拍拍王哲的肩膀喊了句，“辛苦了。”

桃子随便捡了椅子坐了下来，舞台上正上演着拜见岳父大人的戏码，鞠躬作揖之后，新郎仍然无所适从地折着腰，新娘子站在一旁，说是搀着更像是拖着他的臂膀，远远看到她的嘴唇红艳，婚纱和首饰都闪着银光，从台下似乎都能嗅到浓浓的发胶和香水味，那种香水味唤起了他的厌恶感，不知道是早上没吃饭还是因为这个，胃部一阵痉挛，只能强忍着，点着了一支烟假装吞云吐雾起来。

在游荡的目光下，无意间他碰到了一张冷冷的脸，那张脸僵直如同蜡像一般，那双几乎不留白的眼珠没有关注舞台上发生的这些那些，反而正直勾勾地盯着他！她也认识我么？桃子心里琢磨着，蜷动了下身子，又吐了口烟做屏障，假装没有看她。当他再次窥视她的时候，发现那女子已经侧着头和人群关注在了一起，桃子松了口气，仔细审视着她。只见那女子的脖子颀长，不巧的是她肩膀微微下塌，更加凸显了脖子的长度，还有那份瘦削惨白的面庞，有某种鸟的气质，桃子觉得像但又说不出是哪种鸟。她也穿着一袭羽白色的长裙，露出鸟一样细细的脚踝，虽然没有看清楚她的正脸，但是她浑身已然笼罩着一种独特而又神秘的气质，是冷漠？是高贵？是单纯？是仙气？桃子从未从一个女人身上感受到这种感觉，只是痴痴地看着。

这时候一个声音把他从因这个女人产生的漫无目的的想象中拉了回来。“桃子，桃子”，彭麦像一只鹅一样伸着脖子叫着他，所有目光齐刷刷降临到他的身上。

“有请陶先生登台致辞，大家欢迎！”司仪热情地向他招手，笑出了一副微微上翘的板牙。

在一阵参差不齐的掌声中，桃子面带难色晃晃悠悠上了台，刚在彭麦身旁站定，就使劲拍了他屁股一下，小声嘀咕了下，“混蛋玩意儿，不让我准备一下”。然后箭步夺过司仪的话筒，高声阔谈起来。

“各位亲朋好友，各位叔叔阿姨兄弟姊妹，今天高不高兴？”

“高兴。”

“刚才的脱衣钢管舞好不好看？”

“好看。”

“还想看么？”

“想看。”

“想看就去壹丰广场桃子健身，让肌肉男脱光了给你们看。”

“切”，人群里发出一阵嘘声，司仪想夺去话筒，却被桃子一把支开了，整理了一下表情，把声音压低了些。

“今天，我的兄弟麦子结婚了，应该说是出嫁了，作为他的娘家人，多少有点不舍，但今天有这么多亲朋好友大家一起来见证，我真替他高兴，你们知道高兴什么吗？”

围观的亲朋面面相觑，互视一眼。

“麦子从小没有父母，自己孤身一人在这个城市里，后来我们在一起读书，可以说是穿一条裤子，和亲兄弟一样，今天兄弟的大喜日子，我必须高兴。还有呢，从今天开始他嫁到老刘家，从此有了父母，有了亲人，有了属于自己的家庭，我觉得他今天是幸福的，我希望他和他的家庭永远幸福下去，好的，谢谢大家！”

桃子又拍了拍彭麦的后背，踩着不知是祝福还是客套的掌声走下了舞台。当回头看彭麦是否感动落泪的时候，却发现彭麦佝偻着腰，铁青着脸，被司仪蒙上了眼睛，拉拽到了一排女人身后，说是徒手摸出隐藏在伴娘中的新娘的游戏。也许是因为在他人生最喜庆的时刻，把孤儿的命运公之于众挫伤了对方敏锐的自尊心，忽然间觉得彭麦陌生了起来，就拿今天的婚礼来说，风云突变不说，竟然没有通知到他，真是搞不懂，甚至是不可理喻。

桃子低着头胡思乱想，不小心撞到了一个人的怀里。眼睛里一片白茫茫，不是晕厥，而是碰到了刚才那个一身雪白的女人，那女子被撞了一下竟然也没发出一点声响。

“对不起，对不起”，桃子连连点头致歉。

“没有关系的”，那女人的声音轻柔缥缈，声如其人竟然也脱离了烟火气。

“您是刘家的亲戚吧？”桃子试探性地问了问，顺便又窥了两眼，鸟的形容简直是恰如气氛，那女人天生的横眉，单眼皮下却是个大眼睛，高挺略显硕大的鼻子下面，单薄的嘴唇微微上翘。但即便是鸟一般的模样，这鸟也是高贵的鸟，反正不是麻雀杜鹃之类的。

“不，我是彭麦的朋友，你也是他的朋友，我们一样。”

“哦，哦？什么时候的朋友，怎么没听他讲过你。”

“我也不是一样没听他讲过你。”

“是呀，看来他也有不少秘密，能冒昧问问你怎么称呼么？”

“夏豆，夏天的夏，豆子的豆。”

“夏豆”，桃子沉吟了一下，“好熟悉的名字。”

“你的名字听起来也很耳熟，陶……小……桃。”女人把语气放得又轻又缓，理了头发在耳后，露出一大片苍白的皮肤。

“看来你也喜欢吃桃子，嘿，主要是我这名字起的太随意……”桃子突然中断了讲话，看到这个叫夏豆的女人，她裸露的脖颈上系着一线红绳，那红绳下竟然垂着一枚金质的拳击手套，和她从那位矿工遗孀那里得到的不差毫厘。

“你，你这项链哪里买的，挺……挺别致的。”

“哦，这个，别人送的”，女人微微上翘了嘴唇，皮笑肉不笑了下，“对不起，我还有事情，改天再聊。”摆了摆手作别了，留下了一阵淡淡的花香气。

桃子过去追了两步，抬起手又不知道说什么好，略显尴尬地挠了挠头，又把手放在口袋里，看着那女子轻飘飘地远去了。

“难道也是巧合么？”桃子心里想着，“不过那女子好像故意躲避的样子，再加上一开始看我的眼神，肯定不会那么简单。”

“婚礼大典礼成，请各位亲朋好友到八楼宴会厅就餐。”司仪还没说完话，震颤的音乐突然响起，礼炮声相互交映，人瞬间都吵散了，桃子看着舞台上的彭麦，彭麦正看着自己的妻子，转头看台下的桃子，桃子笑了笑，也走了。

吃饭的时候，桃子又喝了不少酒，他觉得自己活在一个梦境里面，所有人都对他保持着一种秘密，他猜不透其中任何一个人的想法，甚至想不清楚自己在想什么干什么，至于喝酒或是喝醉无非就是从另一种梦里醒来。

因为婚宴来宾身份不一而足，陌生的人有时拼桌凑到了一起。除了老三他们以及彭麦的初高中时的同学，只有一个人像彭麦一样沉默，桃子就坐的时候那人已经坐到他的对面。他面容憔悴，颧骨突出，眼窝深凹，流浪歌手般的长发耷拉到面前，一副黑框眼镜给眼睛撑出一点空间，黑眼圈像是上了烟熏妆，脸庞没有血色的白，还透着一丝蜡黄，嘴唇有点乌青，加上宽松的衣服和夸张的装扮，凑在一起给人一种日本漫画中人物的印象。

大猫和老三大吃大喝还抽着烟，旁边的王哲不停地用手扇动着，看着厌恶极了，但又不说一句去驳斥他们。大家都静静地吃着，只剩咀嚼和吞咽声，像是牲畜棚食槽里倒了饲料。

彭麦来敬酒的时候，大家忽的都站了起来，这个时候老三和大猫都已经喝的面红耳赤，大声叫嚷着要新郎官罚酒三杯，桃子也觉得头脑发热晕乎乎的，对着彭麦敢怒又不言，终究没有把火发出来，他侧着脸不理他，却看到对过的男子也无动于衷，桃子这才发现对过的男人竟然坐在一副轮椅上。彭麦从后面搂住桃子的脖子，趴在耳旁。

“桃哥，这事以后再跟你解释，今天你必须得高兴，你刚才不是说必须高兴嘛。”

桃子不说话，只是碰了一下彭麦的杯子，一饮而尽。看着彭麦又单独和轮椅上的那位敬了酒，匆匆退去了，彭麦走后，从门外进来个带着墨镜的高大的男人，把轮椅推了出去，只是临走时回头看了桃子一眼，桃子朝他摆摆手，没有认识就作别了。

一连几天，桃子心情都不太好，一方面彭麦婚礼结束后就携夫人去了东南亚旅行，只是发了个短信息告别了，没有他承诺的那样做过多的解释，有点刻意躲避他的意思。另一方面连续几天阴雨绵绵，天气灰沉沉，空气雾蒙蒙，路面湿漉漉，让人心里压抑不堪。这样的天气里，桃子就蜷缩在家里，冰箱里屯了满满方便食品，反复看着一些以前看过的电影，因为他也不知道除了宅在家里还有什么事情可做。只有一个下午，他去了自己店里去看看。

徐央妮有些感冒，下午本来就冷冷清清，吃过药后趴在前台上休息了一会儿，这时候就觉得有呼吸声架在自己的头上。

“什么牌子的洗发水，好香啊。”桃子拿起一缕她的头发，使劲嗅着，抽烟一样吞吐着气味。

“你也知道回来看看，这几天死哪儿去了？”突然抬起头，一拍桌子，瞪着眼睛几分娇嗔几分呵斥。

“闭关修炼，这不想你想得待不住了，过来看看你。”

“我看又跑去约会哪个野女人了吧，如实招来，快说。”

“今天怎么就你自己，哥几个呢，你怎么管的他们，是不是都跑去找野女人了。”

“别跟我打诨，我看我在这里是待不下去了。”央妮今天倒是一身紧身的运动装，映衬出她结实而又不夸张的曲线，她转身躺在沙发上，伸了个懒腰，一副咄咄逼人的气息。

“你们几个男的没一个好东西，老板的不是老板，教练的不是教练，整天留我一个人在这里看这个烂摊子，你们再这样我可就辞职了。”

“别别别，那几个一会儿我开会训训他们，简直不像话。”桃子坐到了徐央妮刚才位置上，上面还留有她的体温，让他感觉很舒服。

“还是别介了，虽然你是老板，大部分时间人家都比你敬业，你也不怕他们埋汰你。”

“好吧，那老板就交给你，我权且当个顾问好了，这样我不在这里你就能好好管管他们了。”

“我才不想操这个心，不过最近带瑜伽课的吴老师要生孩子，休好长时间假，我们得重新聘一位。”

“哪个吴老师？就是那个年龄挺大的？四十几岁了怎么这么想不开。”

“你管人家，再说要不是年龄大，还不早被你盯上了。”

“瞧你说的，没有这么饥不择食，你才是我的最爱。”

“别拿忽悠小女生的伎俩糊弄我，你既然不属于我，我总有一天也会离开你，这一点你得明白。”

虽然是打情骂俏的话，桃子听起来难免有些伤心，但他更惊讶于这个女子竟然能够如此看得开，还能如此洒脱自然地说出这些话，虽然都是些实话，但想和说是两个概念。

看着桃子不悦的样子，徐央妮把他拉到身边，抚摸着他的头像安慰着一个委屈的小男孩。

“上次帮我弟弟考试，表现不错，还没谢谢你呢。”

“考过了？”

“成绩出得很快，九十多分吧，没想到你肚子里不光有大便还有点文化。”央妮揉着桃子的肚子，又带着女儿似的调皮。

“这，说出来你都不相信。”

“怎么了？”

桃子还是迟疑了，如果实情相告，是个人都基本不相信的，有时候说实话反而更麻烦，只能挤眉弄眼地说，“那个，我眼神好嘛。”

这个时候大猫和老三吵吵嚷嚷地进来了，老三抬着头哈哈大笑，手里还举着一个奖杯朝这边炫耀着。

“怎么样吧，怎么样吧，你看看。”老三把脸贴上来，唾沫横飞，吐出食物残渣发酵的气味。

“什么破玩意儿，就怎么样？”桃子一手把老三的脸推开，一手夺过那个奖杯审查起来。

“泗泽区第三届健美大赛业余组第三名。”桃子把金亮亮的字念叨出来，“这拿谁的？”

“是三哥的，我们就是去凑个热闹，没想到他还能拿个奖。”

“猫弟，你这就说得不对了，什么叫凑热闹，应该是路过就拿了个奖。”老三还是一脸得意。

“臭屁什么，不就是个第三名吗，一共参赛的四个人吧，大猫第四。”说完桃子和央妮都哈哈大笑起来。

“是王哲第四，我没报名。”大猫却是一脸坦诚。

“王哲第四，他也参赛了？不可能吧，不论块头还是线条，王哲可比老三厉害多了吧。”

“比我厉害？你就不懂健美了，别看他整天这不吃那不喝的，一样不行，这东西讲求天分的。”老三还故意把胳膊伸出来，用力挤出一块肉疙瘩。“看，怎么样，还有是不是得加工资，毕竟我资质不一样了。”

“这个你得请示徐总，现在她才是大当家的，我也是个打工仔。”说这话的时候桃子又被徐央妮打了几下头，觉得这是又在取笑她的话。

“你们俩都是一家人了，别管谁当家给我钱就行。”

“好了，好了。”最后还是女人结束这无聊的谈话，“今天不如我们晚上一起聚餐，给你庆贺一下，这样总可以了吧。”

“行，听你的”，桃子眉开眼笑了，“王哲呢，没跟你们一起回来么？”

“比赛完就哭着回家了。”大猫撩起袖子模仿着抹眼泪的样子。

“哭着？”桃子很是吃惊。

“虽然嘴上不说，看来他还是很看重这个的，你们以后就别再欺负他了。”女人还是充满着怜悯的心肠的。

“行，听你的。”

“晚上吃烤肉。”

“行，都听你的。”

从饭馆出来的时候，夜色已经很浓了，大大小小的广告牌遮住了星空，大车的大灯和小车的小灯来回交织，把宽阔的道路映成了一江春水向东流。桃子酒意正酣，被灯光糊住了眼睛，走了几个踉跄，幸好徐央妮在身旁扶住了。桃子把头埋在央妮的头发里，闻到了一阵年轻女人的气味，这气味里含有点儿像月季花的花苞，让人闻到都青春起来。这时候大猫醉醺醺吵着要去练歌房，被老三一把抓住拽走了，两个人步履蹒跚的样子实在令人捧腹。

“把头拿开，臭死了都。”

“不臭，香着呢。”

两个人依偎着，任人潮车流穿来穿去，任晚风吹着头发，这短暂的画面羡煞了路人，也让桃子温暖不已，就这么一刻让桃子觉得如果能永远这样下去多好，不用再疲惫地从别的女人身上寻找可能，就从这个女人身上找到所有女人的可能。

“今后你有什么打算，一直陪我经营这所健身房好么？”桃子尽量用试探性的语气来问。

“你这算求我么，如果算我还可以考虑考虑。”

“有什么好考虑的，现在那家店就是你的了，咱什么时候说话不算过？”

“你就别拿我开玩笑了，你真舍得给我么？就算你真的舍得，你舍得把自己给我么？”

“我本就是你的人了么，今天是，明天是，以后更可以是。”桃子站立好了，拉着她的手，目光炯炯充满了真诚。

“不会的，不可能的，我知道你是什么样的人。”徐央妮把手挣脱开，风吹乱了她前额的头发，仍能看见她坚决的眼神。

“不可能的。”她还是重复刚才的话，“你这个人从骨子里是放荡不羁的，你是个热爱自由的人，我不过是你翻过的一个山头，前面还有更多的山去等着你，就是那些别的女人，各型各色的女人等着你去征服，一座座山等着你去翻越。”

这样的论断极为精准，甚至桃子自己都没有想到，他只是觉得那些女人让他好奇，让他迈不开步，让他睡不着觉，只有和她们睡在一起，或是睡过了他才能心安，才能安眠。她的一番话让桃子刮目相看，甚至觉得这个女人身上充满了神秘，是一座高入云霄的山峰，无法翻越。

“那你为什么还愿意和我在一起，像我这种渣男不应该一脚踹开么？”

“真让我讲实话吗？”她突然搂着他的脖子亲了他一下，她的嘴唇湿湿的热热的。

“当然了，你都这么了解我了，总让我了解点你，不然这样不公平。”

“其实我也不太明白，除了整天到处耍流氓之外，其实你对我挺好的，和你在一起我感觉没有压力，我没有要求你专一，你也不会要求我怎样怎样，这样我感觉很舒服。”

“所以我们俩在一起很公平，是吗？”桃子觉得可以给一个答案了。

“是很公平，但不是公平在这，以前我谈过几次恋爱，每一次开始都很美好，但结果很快都会厌倦，最后不欢而散。我是觉得和你这样令人讨厌的人在一起时间久了，如果有天遇见个可爱的人，我就可以和他长久下去了。”

“这么说，我是个备胎或是你过渡用的男人么？”桃子又下了个论断，这论断让他膨胀的内心扎了一针，泄了气，整个人都瘪了。

女人没有再说话，再次搂着他的脖子，亲着他的鼻尖、下巴和嘴唇，对他吹着气，让他心中气球再次鼓了起来。

可气球刚要腾空，就被一把有力的手摁了下来，那是个宽厚粗糙的手，使劲擒住了他的肩膀。

“你他妈叫陶小桃？”

“你是谁？抓我干什么。”桃子带着酒意火气腾得就升起来，皱着眉头转身看见了一个更加愤怒的面孔，他个子高了他半头之多，整个身体像一棵长歪的树，脖子肿大得十分不和谐，那两个高傲的鼻孔吐着冷气凝视着他。

“我就问你是不是陶小桃吧，是不是？”那男人用粗壮枝干的臂膀摇动着桃子的身体，眼睛里布满了血丝，藏着一把火要把他烧成灰。

“是，怎么……”桃子还没回答完，一记重重的拳头砸在他的下巴上，眼冒金星，身体摇晃，血腥味瞬间冲进了口腔鼻腔。

徐央妮被这突然来的一幕惊呆了，等了一会儿才尖叫了一声，大声嚷着“你们干什么，干什么！”

桃子晃了晃脑袋清醒过来，甚至对这种突然而来的刺激弄得有点兴奋，因为这是真真切切的感觉，总之比最近总是被各种事情蒙在鼓里好多了。他把央妮支在一旁，笑了笑还客气地问了问。

“兄弟，何怨何仇？”

“他妈的，你还敢问，你睡了我的女人，睡了我的女人！”那个男人彻底嘶吼，张开大嘴又要把桃子吞噬了，伸手又来一拳。

桃子虽然一惊，脑子里不断浮现了那些有瓜葛的有夫之妇，他得判断是哪个形象女人的男人会是这个形象，毫无线索，在想象之余还躲过了这夺命的一拳，又一拳。

但背后又被人重重踹了一脚，手掌着地，翻滚了一下，又迅速爬了起来，这才发现围上了三四个打人的帮手。被逼在角落的桃子忽然内心却欢愉起来，他感觉血液流淌的感觉，身体不再软弱，头脑不再懵胀，有种渔民落在河里的畅快。

他胳膊撑住了歪脖子树男人的一拳，回一拳打在他厚实的胸脯上，砰地一声，那人连根拔起应声倒地，高高越过树枝头劈头朝一个红衣男子打了一拳，还没等那人在地上翻滚一圈，又反手一个勾拳把一位瘦子抬离了地面，接着一个鞭腿砸在一位吼叫着的男人的背上以致那声音瞬间变成了奇怪的声调，紧跑了两步横摇胳膊把最后一个矮胖子抵翻了，一气呵成，十几秒之内几个男人就这样被放在了地上。

回头看了这场面，看了看惊呆在一旁的徐央妮，自己都不敢相信，他使劲喘着气，摇摇晃晃地呆站着，血从嘴角从鼻孔啪嗒嗒落了下来，印红了他的衬衫。

央妮这才跑过来，给他擦拭着，但桃子一把把她挡开了，因为他瞥见了一个人，那个人坐在停在路旁的一辆银灰色的商务车里，虽然戴着墨镜，带着口罩，但他还是一眼认出了他。当他们目光相对的时候，那个人迅速把车窗摇上去。桃子拔腿就去追，车辆迅速发动，逃之夭夭，消失在了夜河里。

“没有错，就是他！”桃子面对着车来车往却无比确信，“就是他，那个彭麦婚礼上坐轮椅的人。”

由于前胸上浸满了血迹，没有搭上出租车，他们两个人悻悻地走在路上，很长时间都没有说话。其实桃子是想让她晚上能够留下来，但因为调戏别人的女人而招祸的事情让他难以启齿，索性快到家里的时候，他才摇摇晃晃扶着一棵树停了下来，不知道是不是为了显示自己的虚弱争取怜悯，还是后知后觉疼痛真的来袭，或者是又遇见了新的谜团让他思维断了路，总之只觉得浑身软绵绵的。

“用不用去医院？”徐央妮捏着他的胳膊，终于嘘寒问暖。

“没有大碍，就是觉得有点晕乎乎的，可能是今天酒喝多了。”桃子摇摇手，还假装坚强。

“前面就到你家了，还用我送你到楼上？”

“不用，我自己回去。”桃子语气立马变得急促起来，一改往日嬉皮的风格，整个脸变得铁青，他推开扶着的树，疾步向前走着。走了两步又觉得可笑，甚至都笑出声来，他是怀疑自己用这种个性还能引来这么多女人的欢喜？简直不可思议。

虽然还是把徐央妮留了下来，但桃子并没有和她亲热一番，实际上到了家洗过澡他就开始发烧，温度一直持续在38度以上，吃过了退烧药也不见好转，好在央妮一直在床前侍奉。

“你刚才不是挺厉害的么，怎么现在虚弱成这个样子？”

一提这个桃子两眼放光起来，“区区几个小贼，就想图谋害朕，简直不自量力。”

“你就别贫了。”央妮把温水递给了他，“没想到你整天花天酒地还有这本事，刚才我都怕极了，正准备报警呢，可一转眼就看见他们几个倒下了，真是棒棒哒。”说完又伏在桃子脸上亲了一口。

“那必须的呗，没两下子怎么能开健身房呢。”

“我就没见过你锻炼过一次。你呀，就别整天招惹别人的媳妇，干那些坏事，反正下次你被打趴下了我是不会管你的。”善变的女人又指着桃子的鼻子训导起来。

“好了，好了，听你的，全听你的。”

听了徐央妮的话，桃子吃过药就迷迷糊糊睡着了，可能是忘记关掉手机的缘故，他做了一场很清晰但是又很不安的梦。梦里他站在一个巨大的铁笼里面，上身赤裸，只穿着一条短裤，手上脚上都缠着绷带，几道刺眼的光从四周打过来，他用手挡着，试图透过灼目的光去看见什么，但往外就是冷冰冰黑漆漆的一片。突然一个满身横肉的家伙跳进了笼子，除了和自己装扮一样，他满身油光光的，圆乎乎的脸蛋上露出温和的微笑，甚至上唇的小胡子上下跳动还略显调皮，他过来拍了一下自己的肩膀，好像说了句 “等死吧”，紧接着做了一个后空翻，面目在震颤中变得狰狞起来。

一声锣响，灯光变得煞白，手舞足蹈的人群降临一般，发出了鼎沸的声响。小胡子男人嘶吼一声，猛地就扑了过来，把他重重压在地上，用铁一般硬的拳头雨点般朝他打过来，桃子只好用胳膊挡着脸，勉强招架住，但疼痛实在难忍，他开始反击，两个人翻来覆去，像两条泥塘里互相撕咬的野狗。桃子想告诉他，为什么要战斗，为什么要，不论是低声诉说还是大声哀求，对方都根本不做理会，他们从地面纠缠累了，又都分开站立对视着，吐出粗气，冒着大汗，浑身热腾腾油亮亮。

但围观的人群拍着铁笼，大声呵斥着，用不堪入耳的话语谩骂着，如同用一根草秆挑动着两只盒子里的蛐蛐，那个小胡子男人朝他吐了口唾沫，咒骂了几句又扑了过来。打！打！打！人群里整齐划一喊着调子，给战斗打着鼓点。

桃子已经无路可退，他只想迅速结束这无聊的争斗，他在对方挑逗的瞬间穿过那人的胯下，从背后拦着他的腰，把他举起来，重重摔在地上。漂亮！漂亮！人群又发出一阵阵欢呼，但战斗仍未结束。那人却机巧地勾住了他的脖子，死死勒住，窒息昏胀，死亡的恐惧迅速笼罩了桃子，这一刻桃子觉得自己要死了，眼泪都要流了下来，他最后拼力一搏，借着滑腻腻的汗水从绞索里挣脱出来，又把那人翻仰过来，混乱中抓住他的胳膊，不能放松，死死抓住，他歇斯底里发出一声闷吼，咔啪一声，是骨头断裂的声音，那人痛苦地嚎叫着，翻滚着，胳膊像软掉的橡皮泥，扭曲成恐怖的形状。

人群沸腾了，彻底沸腾了，有人嚎叫着骂着混蛋，混蛋，有人好像在高呼着万岁，万岁。桃子却体力不支跪在地上，捂着脸痛哭起来……

带着一声哭腔，桃子从梦中醒来，一场梦如同死了一回，不敢相信地摸着自己的脸、胳膊、胸膛，他头发杂乱，甚至还升腾着淡淡的雾气。他觉得这梦真实的可怕，所有的场景那么清晰，人群的呼喊似乎还萦绕在他的耳旁。又不知过了多久他才能冷静下来，他转头看着周围，央妮就睡在他的身旁，和衣而眠，胸口有节奏的上下浮动，也许太累了并没有被他吵醒，他躺下来对着她的脸，呼吸着她呼吸出的空气，试探着抚摸着她的头发，感觉着阵阵暖意，让神经和灵魂慢慢变的轻，又变的深沉，不知过了多久，又慢慢睡去了。

第四章

自从那场噩梦过后，无论睡前关不关手机，桃子都没有睡过好觉，以前那些空白的无知的和容易遗忘的梦境已经不复存在，相似的噩梦却经常降临。有时候是在一间灰暗潮湿的车库或者是地下室里，有时候在绚丽又沉闷的酒吧里，有时干脆就在一片树林围绕泥泞的田地里面，但总有一点是不变的，那就是他总是在和另一个人搏命，还有就是也总有一群人围观着、催促着、咒骂着。他们光着膀子，互相锤击着对方的软肋、下腹、脖颈还有头颅，直到一方鲜血淋漓，以致毫无还手之力，不管跪地求饶的是不是他，他都会颤巍巍或是神经质地醒来，以后再难入睡。

由于休息不太好，桃子也就没怎么去店里工作，正像他之前承诺的一样，他已经把管理基本交给了徐央妮，他相信她的精明一定能把店里摆布地有条不紊。但徐央妮却不相信他，每隔一两天她总是跑到桃子家里，给他带来一大堆菜和零食，她还想着给他打扫卫生，把那些堆成堆的脏衣服丢进洗衣机里，但发现桃子每次家里都出奇的干净，以至于她还是怀疑有别的女人抢先她来过，或是在她离开之后会出现。更让徐央妮惊奇的是，她发现桃子竟然开始看起书来。

那天央妮刚走进卧室，桃子就放下一本厚厚的书，扬起嘴角和眉毛，上来就直接问她，“你相信人是能穿越的么？”

“穿越？你是不是穿越小说看多了，别整天看那些没用的，你都三十岁的人了，还宅在家里，现在床也不下了，快成一个寄居的臭虫了。”徐央妮脱下了外套，没好气地仍在床上。

“人是真能穿越的，你知道么，我是最近才发现的，这不是我说的，是书上讲的。”桃子拿起书来进行举证。

“是从哪个地摊上捡的，这种书糊弄一下青少年还可以，你这一把年纪了还相信这个。”很明显，看着花花绿绿的书皮，她把这本书和那些讲鬼故事，还有什么世界未解之谜之类的杂志混为一谈。

“真是对牛弹琴”，桃子摇摇头。

“牛牛牛，我不就是给你打工的牛么，还是牛中的老妈子，给你赚钱还得伺候你。”

“小母牛”，桃子又开始嬉皮笑脸起来。

“别闹了”，她今天特别的严肃，“咱们店的租期马上到了，要和房东进行续约，我盘点了下，除了咱们店里的现金，还差十万，你看怎么弄吧。”

“搞了半天还赔钱？”桃子从床上猛地站了起来，由于起身动作太过猛烈，徐央妮差点从床上掉下来，让她忽然生起气来。

“你干嘛这么激动，再说你什么意思，是怪我没有把店经营好，还是说我把钱昧了起来，你要是不相信我，我随时可以走。”说着就要起身离开。

“我，我不是那个意思，总之怪我，咱们店里进了这么多设备当然得花不少钱，这样吧，钱的缺口我来办，你继续当你的老板娘就可以。”

他抓住徐央妮的手，摇晃着，像一个幼儿对妈妈的挽留，这可能诱发了她的母性，所以并没有弃之而去，还喂养了他。

从那天开始，因为钱的问题桃子又多了个烦心事，以前他根本不会把这区区十万块钱放在心上，这不过是一小撮纸张，一小串数字。现在一筹莫展的他只能求助于人，彭麦就别想了，一方面哥们还在旅行，再说他根本也没多少钱，他想约任大义出来吃顿饭，趁着酒意把事情提出来，可刚拨通电话那边就严辞拒绝了。

“最近或者很长时间我都不会出去喝酒了。”

“为啥，你真的戒酒了？还是就是不给我面子。”桃子觉得大义有些故意疏远他的意思。

“老兄，我跟你比不起啊，你那个健身房就是坐等收钱，我这边不忙就得喝西北风了，根本没这闲工夫。”

“虚伪，你可是个富二代，是含着宝玉出生的，跟我们这些弱势群体比穷？你有没有良心。”

“行了，行了，你说吧，有什么事你就明说，如果没什么事我得开会去了。”

“你懂我，最近手头有点紧，给我十万救救急，转手就还给你。”

“又借钱？我现在也是穷得要死，钱和酒都免谈。”他看桃子又不作声，接着取笑道，“出事了吧，我都告诉你多少次了一定要注意，这又把哪个小姑娘的肚子弄大了？”

“去你的吧，老子就是缺钱，爱借不借，不借老死不相往来!”

“行行，你这臭脾气也该改一改，不是不帮你，我这只有三万，抽空我让人给你送去。”听桃子没有说话，算是默许了，这个时候大义那边忽然放低了声调，用一种极为陌生的语气接着说，“我不是没有钱，但我不想再用我爸的钱，说起来也可笑，正因为我是个你们眼中的‘富二代’，不去挥金如土不去声色犬马反而像是做了错事，我是被逼得去花天酒地，真的，你能明白吗？”

“不明白，你到底想说什么？”

“很简单。我现在特别想靠自己，想自己养活自己，想自己过自己想要的生活，而且这三万块是我自己赚的，你可要珍惜。”

听着桃子不置可否，他忽然提高了声调，“你上次让我帮你调查的事，朋友给我回音了。那个家伙姓叶，他家好像是做广告的，就是户外那种大牌子的，挺有钱的。那哥们儿喜欢骑机车，有次出了事故，撞断了两条腿，别的就不清楚了。对了，你打听他干什么？”

“这个你就别问了，果然还是你仗义，谢了，钱我很快还你。”说完就把电话挂掉了。

姓叶？桃子在脑子里翻箱倒柜，但丝毫没有一点点线索，他不知道他俩有过什么过节，但从那人的眼神中无疑看出了冷漠，看出了置之死地而后快的期盼。彭麦应该认识他，也许知道他俩之间是否有什么故事，即便是彭麦在这里他也不想问起，因为他不愿证明自己患上了容易遗忘的疾病或者是脑子已经锈蚀掉了，所以不知道的就不应该发生，不记得的就不应该存在。

也许从自己看的书里有这么点印证他思维的线索，他可能是穿越过了某些时空。那本书讲的是一种物理学的道理，譬如书中的某个人经历了雷电或是飓风等特殊的事件，打通了时空的隧道，书中满满类似的故事。这些故事应该不是凭空捏造的，书里都作了明确的解释，时间和空间并非一成不变的，在速度和质量面前是可以转化的，每个人经历的时间都不固定，比如一个人坐了几个小时的飞机，他经历的时间和坐在沙发上看电视的人可能慢了几万或者几亿分之一秒，即便只有丝毫的差别，但就存在差别。

他再想到从微观世界里，一颗小小的原子或者粒子在高速运转，他们的时间差异就更明显，引申而论，大脑里的神经元上的电波在高速运转，它们在时间上的变化应该也比较明显，这也就解释了有时候一个无聊的下午过得很漫长，一下午的高兴热闹反而觉得匆匆而过，时间在感觉上面被压缩了，因为高兴和愉悦时的神经更加兴奋活跃，神经上的电子运动更加高速。他还想到，有时候人们的感觉是相通的，就是没有语言眼神沟通，但知道对方的心境，也就是心有灵犀。比如亲人出了事故灾祸，千里之外都能切身感受到，也许他们的神经活动的速度频率基本吻合，他们就处在一个时空里，也就跨越了空间距离的障碍。

这些玄之又玄但又不无道理的东西让他想起来又兴奋又疲惫，但多少解释了他现在比较尴尬的处境，让他的心绪放缓了下来，能够美美睡上一觉，唯一关心的也就剩下了钱的问题。

不知道徐央妮是不是太忙，这几天都没有过来看他，也没有送吃的来，一打电话就催促他钱的事，这让他有点苦恼，但一时又没有好的办法，实在无计可施的时候，他想到了自己的父母，好像是很久没有回趟家看看他们了，反正是家里也无米下锅了。

快到了夏季，开车在路上看见人们行色匆匆，眯着眼睛遮着额头躲着明亮的太阳，路上的树枝繁叶茂，路上的女人花枝招展，裙摆下面一排排纤细修长或是紧实健壮的腿从面前走过，桃子觉得内心的活力被激发了出来，感觉这是最美丽的季节。桃子开车从城市的东头一路轻快地开到了城市的西头，从繁华的商业区到幽静的老城区，那里的树荫更加阴郁，空气更加清新，时间也流淌地缓慢，大路变成了小巷，巷口几位白发老人坐在那里观察着路过的行人，还有几个围在小桌子前打着牌，他们都停下交谈目睹着桃子停下车，走进巷口一所灰色的房子，才又都低下了头。

这是一栋水泥外墙的老式住宅楼，上面爬满了各种藤蔓植物，窗棂上灰蒙蒙，有的地方锈迹斑斑，但在安静的巷口里却有一种温暖祥和之感。因为是一楼的缘故，楼下跨出了个小院子，这是当年流行的设计，现在无意成了城市里的个性和稀缺的房型。

刚跨进房子，就被从门后窜出来的黑猫吓了一跳，他蹑手蹑脚往前走着，不像是走进自己的家里，虽然就在同一座城市里，实际上他已经半年多没有回来了，这乍一回来还有点怯生生的。还有一点就是这座房子曾经是姥爷的旧宅，他姥爷还活着的时候，他就很少来，那时候母亲和父亲经常吵架，母亲就会躲这里住一段时间，只有父亲来接她的时候他才能看到姥爷那张铁青的面孔。再后来，自己家城东的房子拆迁，姥爷去世后房子闲置，父母就临时搬到了这里，但从什么时候搬过来的他记不太清楚了。

母亲听见了声响，从客厅里走了出来，一看是自己的独子还是满脸欢喜，她用慈目端详着他，甚至银灰色的头发都闪着光。桃子觉得自己的母亲老得迅速，脸上已经布满了褶皱和暮年的灰色，他已经记不起她年轻时候的样子，因为他们俩年龄跨度太大，他也怀疑过自己是不是她亲生的。

“来了也不打个电话，你看，我也没有去买菜，你想吃什么我这就去买。”

桃子没有回答，但是问，“我爸呢？”

刚提到他，他母亲怔了一下，明亮的眼睛瞬间灰暗了下来，“他啊，还是一天到晚不着家，不是去喝酒了就是去打牌了，我们不等他了。”

“哦？要不给他打个电话问问，我还有点事找他。”

“什么事？跟我说不行么。”

“哎呀，没什么。”他挠着头皮，甚至有点不好意思起来，“没事，就是想和他老人家说说话。”

“陪我聊聊不一样么。”妈妈拉着他的手，看着他的眼睛，“这次怎么没有带你的女朋友来，那个女孩我看长得很顺眼，脾气也好，你们不能一直就这么拖着，你们这个年龄也该谈婚论嫁了，人家女孩不好意思说，你得主动提出来。”

桃子一时不知道怎么回答，他是记得上次回来的时候带着一个女人，但这个女人是谁他有些模糊了，应该是徐央妮吧，但那时候他俩还没有挑明这层关系，那时候他是她的老板，她是他的前台雇员。

“妈，我有点饿了。”这个时候他只能打岔了。

“是不是又没有吃早饭，这个习惯可不好，早晨要是真赶时间，也得喝包奶吃点饼干啥的。”听着母亲的话，他有点想笑，觉得虽然她不在身边，但却有徐央妮这个老妈子，真是异曲同工。

“我知道了，知道了。”

“你等着，妈给你做你喜欢吃的肉丝面去。”起身去了厨房，留下那只黑猫和桃子四目相对。

桃子喵喵地唤着那只黑猫，那只猫轻哼了一声，不作理睬，转身去了卧室。桃子觉得无趣，开始像做客一样观察起来。家具都比较陈旧，似乎是姥爷时代遗留下来的东西，比如那沙发上的护套就有点上个世纪的味道，墙上挂着一幅旧式的相框。桃子站起来仔细盯着它看，一眼他就看到了姥爷那张因为脱发而显得巨大而突兀的额头，还有他那永远不变的铁青色的脸。再有一张是一个穿着连衣裙的少女，那应该是他的母亲，虽然变化巨大，但眉宇之间的气息还是一成不变，她捧着肚子大笑着，露出两排整齐洁白的牙齿，不知是谁逗笑了她。下一张是一家人的合影，三个人齐整整地站在一座桥上，桥下河里的荷花正在怒放，三个人也是笑容满面，中间那个矮矮瘦瘦还带着一顶鸭舌帽的男孩应该是自己，母亲拉着他的手，父亲手搭在他的肩膀上，那是个面容坚毅的男人，穿着卡其色的中山装，高高瘦瘦，但是肩膀宽阔显得很有力量，从浓重的眉毛和炯炯的眼神可以看出那就是他的父亲。但是这是什么时候拍的照片呢，他们这是在什么地方呢，他竟然毫无印象，就连父亲的模样也基本是按照自己的形象臆测出来的。这让他有些心慌，他站在那里，死死盯着那张照片，但越看越觉得那是伪造出来的，或者说那是别人的家庭合影，至于那个男孩也不过是与自己有点相像罢了。

“来，趁热吃吧。”妈妈的呼唤把他从冥想中拉了回来。

不知是不是因为没吃早饭的缘故，那碗面出奇的好吃，他狼吞虎咽像个饿了三天的人，没出一分钟就风卷而空。

“还要不要？看来我面下少了些，我再去做点。”说着母亲收拾了碗筷又要起身去厨房。

“妈”，桃子指着相框里的那张照片，“那张照片是什么时候拍的，我怎么不太记得了。”

“哦，那张啊。”母亲突然变得紧张起来，她抬头看了看照片，又看了看桃子，在目光交会时又躲开了，等了好一会儿才又说。

“那次是你第一次考了一百分，你爸答应你的，考一百分带你去公园玩，那是以前的人民公园，现在那里都拆了，那次我去好像成了一个大超市了。”她又看了看桃子，觉得没太解释清楚，又补充了两句。

“这都好多年的事了，你现在都三十了。二十多年了，不看这张照片我也都忘记了。”没等桃子再发问，母亲就拿着碗筷进了厨房。

桃子又站起来看着那张照片，好像那里面存在着什么未知的密码一样，他算计着那时候自己应该有八九岁了，是应该有记忆的年龄，但对这个公园怎么毫无印象，在公园的原址盖起的超市他倒是去过几次，对他家鲜活区域的海鲜印象深刻……

一阵哗哗啦啦的声响打断了他，接着卧室里传来了猫咪喵喵的叫声，他赶紧跑过去看。卧室因为不朝阳，没有光线打进来，白天也显得很是灰暗，他打开了灯。屋里的陈设也是陈旧，但十分整洁规整，床铺叠得整整齐齐，旁边的书架上堆满了书，但也放置得规规整整，有一两本掉落了下来，那只黑猫就站在旁边继续撒娇，不知是说不是它干的还是恳求不要惩罚。他笑了笑，把书归置好，把猫抱了起来。

一抬头，他瞥见了一张巨大的黑白照片，照片前还留着香火燃烧过的灰烬，很明显这是一张遗照，但里面的人不是大额头铁青脸，虽然头发已经变得稀稀落落，但他仍是一个肩膀宽阔，颧骨突出而且面容坚毅的男人。

是父亲！桃子一惊，汗从脊梁骨穿了出来，他身体突然不听使唤，一下就蹲坐在地上，把猫摔在一边，它哀嚎了一声，腾地一下就跑掉了。

久久的，桃子蹲在地上，他觉得自己不受控制地战栗着，汗又从脑门上渗了出来，他咬着嘴唇，内心里翻江倒海，但不知道是恐惧还是悲痛，想哭却哭不出来。但他不愿再看那张照片一眼，他不愿再确认一遍，感觉明明白白告诉他，没有错那就是他的父亲，不是姥爷，更不是别人，但他不愿意再相信，慌乱从那房间里逃了出来。

他在沙发上愣愣地坐着，大口大口喘着气，一个声音不停地告诉他，父亲死了，死了！他摇着头，但这又是什么时候发生的事情？

母亲拉开了厨房的门，把一碗面端到他的面前，并没有发现他的异样。此刻他的心憋得快要爆炸了，他想大声质问，这是什么时候的事情？父亲是因为什么去世的？为什么他对这件事一无所知？为什么没有人告诉他？为什么？他想大声呼喊，大声嘶吼，甚至想把那碗面，那张桌子掀翻。但他看见了母亲银灰色的头发和关切的眼神，无疑给他燥热的情绪泼了一盆冷水，让他觉得此刻发作是那么不合时宜也于心不忍。

这个时候敲门声响起了，母亲匆匆去开门，他听见她们在门口交谈，应该是一位和母亲年龄相仿的邻居，好像是约她去市场转转，还有下午一起打牌的事宜。母亲转身回来的时候桃子已经吃完了面，慌慌张张向外走。

“你去哪儿，不多待一会儿么，我还想着你回家来住几天呢。”母亲拉住他的手，但他迅速扯开了。

“妈，我有点急事，要回去处理处理，过两天我再来。”说完假装去接电话，他不太敢看母亲的眼神。

“哦”，母亲叹了口气，“来的时候记得打电话，我做好菜等着你，还有你的女朋友一块带过来。”

“记得了。”

“路上慢点。”

母亲声音还在院子里，桃子已经夺门而出了，他回头看了看，母亲没有出来，院里的合欢树伸出了墙外，一阵风吹落了几片叶子，慢慢飘落下来。

来到桃子健身馆的时候，桃子已经是醉醺醺的了，他摇摇晃晃走到前台，把一沓一沓的钱从塑料袋里掏出来，甩在前台上，咬着舌头含糊说着，

“给你，都给你，妈的，一切都给你！”

这个时候正是健身房热闹的时刻，人们都放下了哑铃杠铃，伸着长长的脖子朝这边看着。徐央妮没有应答，她迅速把钱收起来，又招呼大猫搀扶着桃子进了后面的休息室。

桃子重重坐在办公桌前的转椅上，把鞋子脱了扔在一边，两只大脚放在办公桌上，不知是哭还是笑，反正是一副扭曲的表情。

“拿烟来，拿火来。”

大猫刚给他点上，被央妮一把从桃子嘴里夺了过来，扔在地上碾灭了，又把大猫推了出去，这才变了脸色。

“陶小桃，你到底想干什么！喝了酒跑这里闹事干嘛？都说过你多少次了！”

“你少管我，这是我的店，我才是这里的老，老板，我想干嘛，就，就干嘛。”说着他又摇摇晃晃起来，去捡那支已经被踩扁的烟，央妮抢一步把烟捡起来，丢在了门后的垃圾桶里，桃子又晃晃悠悠朝着垃圾桶的方向，被央妮拉住了。

“你拦我干什么？”央妮脸绷得紧紧的，胳膊也紧紧拉住他。

“放开，你再拦我一下，我就辞了你，让你滚，滚蛋。”

“陶小桃，你给我听着。”央妮松开了手，又站直了。“我发现你一点都不可爱，我已经受够了，对，这是你的店，你是老板，我马上走。”她把工作服脱掉，丢在地上，转身就要离开，这时候她却意外听到了桃子的哭声。

桃子蹲到了地上，埋着头呜呜地发出哭声，过了好一会儿才仰面看着她，鼻涕和眼泪都糊在了他的脸上，有那么一刻让央妮都觉得滑稽可笑。

“不要走，不要走”，他拉住了央妮的腿，把鼻涕和眼泪又都涂在了她的丝袜上。

“你又干嘛，你不是让我滚么。”央妮觉得又好气又好笑。

“我滚，我滚，只要你不走就行。”桃子踉踉跄跄起来，刚走了两步，就一头扎在门后的垃圾桶里吐了起来，他弓起脊背，像一条反刍着的狗，要把内脏吐出来一般，着实让央妮看着有点可怜。

桃子吐完了，痛苦也许减轻了很多，反而坐在地上痴痴地笑起来。

“你是不是傻了，还能笑出来。”看着他无厘头的样子，央妮竟也跟着笑了起来，两个人前仰后合越笑越是激烈，越笑越难停止下来，此刻如果有人推门而入的话，不是被腐臭味熏到，便会被这种惊奇的场面所震住。

“你笑什么？”桃子鼻涕又笑了出来。

“我笑你可笑，行了行了，不行不行，我肚子疼了。”央妮努力把自己的脸绷住，捂住口鼻把垃圾桶拿了出去。刚回来，就看到桃子躺在地上睡着了，她捂住自己的鼻子，又捏住了他的鼻子，摇晃着他的头。

“别在这睡，回家睡去，死猪。”

桃子又突然袭击了她，把她拉到地上，两个人滚到了一起又发出一阵此起彼伏的笑声。

过了好一会儿，桃子从房间里出来的时候已然酒醒了大半，虽然还有点晃悠悠的，但不妨碍他迈着大步，脸上挂着笑盈盈的表情。他一手搂着央妮，一手豪迈地烧着一根烟，头发油亮亮向脑后梳着，大声招呼大猫来看店，毫不在乎别人关注的目光以及大猫轻蔑的表情。

“我还没问你，那十万块从哪里弄到的？”央妮抬头看着他，而桃子笑而不语，似乎很是享受当前的这种状态。

打开电梯的时候，迎面碰到一个女人，看着桃子张狂的样子，那女人后退了一步，几乎忘了要下楼梯，而桃子看清她的时候也站住了，是彭麦婚礼上遇到的那个白衣女人，那长长的脖子和尖尖的鼻子让他恢复了鸟的想象，但今天她穿着一身暖色调的运动装，多了一些活力，而没有了那天的仙气。

“夏老师，来了啊。”央妮腾出一只手跟她打招呼。

“你好，徐老师。”那女子说着就低下头，也没有理会桃子，似乎红着脸匆匆走了过去。

桃子扭着头看着她的背影，看着她卷起的头发，看着她摇摆着的瘦削柔韧的身体，看着她细长的大腿和小腿，但看不到她的表情。

被央妮扭着耳朵扯进电梯的时候，桃子还试图挣扎朝外看着，他歪着身子，摇晃着头，一扫刚才的趾高气扬，像一只受伤的鹅接受面命耳提。

“要不要脸？看什么看，流氓。”

“她叫什么名字？”

“干嘛，不告诉你。”央妮噘着嘴，心情随着电梯一路而下。

“是不是叫夏豆啊，她是什么时候开始来这里的？”

“你怎么知道的？”

桃子拉着央妮出了电梯，语气变得深沉。“她不是我喜欢的类型，你有没有发现她长得像一只鸟，说不上是哪一种，好像就是在浅水里抓鱼的那种。”

“什么跟什么啊，你怎么认识她的？”说着她把手伸进他的口袋，“车停哪里了，喝成这个样子，还是我来开吧。”

桃子伸开双手耸了耸肩膀，露出了个尴尬地笑容，“没了，卖了，不然给你的钱从哪儿来。”

“真卖了？那你以后开什么。”

“抵给了车行，有钱的时候再赎回来。”他苦笑了下，拉着她的手漫无目的地走着，他不想回家但又觉得没有别的地方可去，索性坐在广场上供人暂歇的木凳上。

“挺过这个难关，肯定会好的，到时候我给你买辆新车，只要你乖乖听话就好。”她看着来来往往的人群，觉得这很像他们曾经相逢时的场景。“你不是想问那个夏豆么，她是咱们新聘的瑜伽课老师，她曾在锦瑟舞蹈团待过，据说还拿过什么国际大奖，她来了之后店里的人气高了很多。”

“锦瑟舞蹈团？”桃子头向后仰着，捻着下巴上新生的胡茬，陷入了一阵沉思，“是不是那个经常在各种晚会上表演的？我怎么没有见过她？再说一个跳舞的怎么教起瑜伽来了。”

“你懂什么，能跳舞的肯定有瑜伽的底子，再说，她们吃的是青春饭，她这个年龄早就退役了。”

“那她也不至于来我们这个小地方吧？她代课什么标准？”

“我也是挺纳闷，她要价不高，和吴姐在的时候差不多。还有，你们是怎么认识的？要是什么老情人的话我马上辞了她。”她捏着桃子的脸，又把他快晃晕了。

“你要是不相信就直接辞了她吧。”他也捏着她的脸摇晃着。

“别晃了，再晃我可就吐了。”桃子把头耷拉下来，放在央妮的肩膀上，休息了一会儿又抬起头，“我累了，想回去睡觉。”说着拉着央妮朝前跑着，向一辆出租车招了招手。

那天晚上桃子把自己忘记父亲去世的事情托盘而出的时候，央妮就在他的身旁默默听着，虽然她托着下巴看起来全神贯注，但是一直摇摆着脚丫，而且表情过于轻松，像是并没有融入这件事应有的怪诞且悲伤的氛围之中。

“怎么，你不相信我么。”桃子着急地拍着胸脯，信誓旦旦地讲，“你还以为我在醉着么，没有，吐出来的时候我就醒酒了。再说，我不可能拿我爹在这跟你开玩笑。”

“我去你家的时候，就没有见到你父亲。我们前后待了不到十分钟，我以为你爸刚好不在家呢，也没有多问。”

“呀，是吧，看来我记得没有错。”桃子兴奋地把被子一撩，扯出一阵风，央妮却轻蔑地哼了一声。

“我看你真得了健忘症，也就是半年前的事情，这你都快忘了。”说着央妮的眼睛一亮，“要么就是你带回家的女人太多了吧，自己都搞混了。”

“怎么什么事都往那方面想，我就是想这样也得有这个本事啊”，央妮刚要反驳，桃子把手糊在她的嘴上，另一只手从背后的床边柜里掏出了一个东西，“你看，这是什么。”

“这是要送给我的么，打算向我求婚么，搞得也太突然了。”看着那颗金制又精致的拳套项链，央妮在手里团弄着，嘻嘻地笑出声来。

“哎呀，不是给你的，求婚要送钻石戒指的，傻瓜。”

“我不管，我喜欢，你就送给我好了。”说着就把项链挂在自己的脖子上，一脸幸福朝着桃子幸福地炫耀，“好看吗？”

“我觉得，它一点都不适合你。”桃子本想拿这个东西来讲故事，忽然想到这故事里会提到那个叫夏豆的女人，凭着央妮的醋意，反而会打草惊蛇制造更多混乱。“这就是个镀金的小玩意儿，又不是纯金的，地摊货带上去特显土，真的。”

“我不管，我就喜欢，就不给你。”央妮猫一样翻滚着，把头转到床的那一头，又把脚压在桃子身上，桃子挠着那双脚心，逗得她咯咯直叫，自己想着那副项链，满脸委屈，忽然觉得会永远失去它了。

第五章

也许快到了夏季，身上肥肉的遮羞布只能是越穿越少，桃子健身馆的生意突然间火爆起来，他也终于告别了休假的状态，每天都来店里转一转，有时候能待上一个下午和晚上。实际上他也帮不上什么忙，无非就是看看饮水机是不是空了，器械是不是归位了，他背着手转来转去，看到不满的地方总是吆喝大猫老三干这个干那个，对此他们总是牢骚不断。

实际上桃子这么勤奋就是等夏豆老师来上课，一周四节课，下午五点半到七点半，她的课果然很受欢迎，一到开课的时候就有一大堆形形色色的女人走进来，具体教什么他没法看到，那间瑜伽教室实际上相当于女厕所女澡堂，赫然挂着“lady only”的牌子。

夏老师从不会早来，但一直很守时，有时候桃子故意站在门口或是吧台前，只是简单打个招呼，临走时又互相摆摆手或是相视无言。直到有天晚上央妮说是跟闺蜜去购物，早早离开了店里，那天桃子一直等到下了课，所有人鱼贯而出，桃子踮起脚尖向夏老师挥舞双手。

“夏老师，下了班没有事吧。”

“怎么了？”夏老师满面潮红，用毛巾拭着脸上的挂着弧线轨迹的汗珠，红晕仍然覆盖在惨白的皮肤上面，像是覆盖了厚厚的粉底，遮住了皮肤鲜活的颜色。

桃子双手插袋，目光游离，“如果有时间我想和你聊一聊，这个点了，那就一块吃个饭吧”，他俯下头看了看表，“附近有一家不错的西餐厅，可以去尝尝。”

“我晚上不吃东西的，谢谢您，再见。”他似乎又看到了她脸上一丝轻蔑的笑意，也就没说话了。

一连几天桃子都没有跟她打招呼，也没有专门等她上下课，但有天他和大猫央妮三人窝在那间小办公室里打牌的时候。夏老师没有敲门就进来了，桃子满脸贴着纸条，勾着下嘴唇向上吐着气，瞪大了鼻孔朝着他。

“夏老师，下课了哈，一起玩吧。”央妮捋着纸条贴成的白胡子。

“没心情。”她说话冷冷的。

“陶老板，你不是有事和我聊么，今天有时间，走吧。”她用那细长的胳膊和细长的手指挥了一下，转身走开了房间。

“你找她什么事？”央妮吹胡子瞪眼。

“回头给你说”，桃子扯下脸上的纸条，又紧了紧裤腰带，一溜小跑追了出去。

这次是桃子随她来到了那家西餐馆，一上来她就反客为主点了焗龙虾、熏鹿肉、北极贝沙拉一堆特色菜品，甚至还要了瓶有点年份的红酒，服务员高兴地走后，这才和桃子开了口。

“上次你说的请我吃，我就不客气了。”

“没问题，不够咱再点。”桃子故意显得大度，反而傻笑了下。

“我和你是同学。”还没等桃子发问，她就开始讲起来，似乎知道他会问哪些。

“啊？”桃子挠着头却有点懵。

“我们是江北大学同一届的同学，我们俩相处过一段时间。”她说话很平静，瘦小白净的脸上看不出什么神色。

桃子呆若木鸡，久久愣在那里，有许多东西一时不能消化。“相处过一段时间？”他低声到像是说给自己听，“是一块上课或者学生会搞活动，还是谈过一段时间恋爱呢？”

“就是男女朋友的关系。”她笑了笑，“想不起来很正常嘛，你这个人又不缺女人，你现在的小女朋友也不错嘛。”

"不会吧？"桃子突然露出一种难以置信的惊诧表情，他用手捂住嘴，眼睛瞪着对面。

"怎么不会？陶老板，我这样的配不上你？"

"我不是这个意思，那你这次到我店里来又有什么想法？"

"赚钱！你这个人不要这么自作多情，虽然你讨女人喜欢，但不一定所有人都喜欢。"

桃子没有质疑，只是试探性又问了一句"所以，那天彭麦的婚礼你也去了。"

"当然，以前我们可是一块玩儿的好朋友，只是你都不记得了。"说最后不记得的时候，她的语气有点悲切。赶紧制止了自己的表情，昂起头盯着桃子发问，"你现在的那个小女朋友怎么样，你很爱她？"

桃子不置可否，两个人刚要陷入沉默，刚好服务员上了菜。她态度礼貌、举止优雅，桃子这才发现她今天化了淡淡的妆，那身贴身的运动装也换掉了，白色蕾丝花边的百褶衣透出女人成熟的气息。她用细长的胳膊、手指挥舞着银光闪闪的刀叉，按压在食物上面带着弹奏钢琴的韵律，她浅粉色的嘴唇和暗红色的酒若即若离，后面摇摇晃晃的耳坠似乎碰到玻璃杯发出了一串叮铃铃的声响。桃子觉得这一切看起来很美，但又不真实，真想不通为什么她能跟自己处过一段。

"还有一点，我想和你说清楚。"她的语调冷酷又神秘，"来你的店里开课是因为我就住在附近，图个方便，没有别的意思。"

"你不说，我都不知道咱们有这层关系。我生了一场病，对脑子有影响，大学时候的事情大都记不得了。"桃子故意用了"生病"这个理由，他觉得冒昧地讲出穿越或者是他也不知道原因的迷局会把她吓一跳。

"真能把过去忘得一干二净？还有这样的病，推荐我也生一下。"

"你也想成一个脑残么？"桃子故意做了个鬼脸，模仿成那种一眼就看出是个傻子的模样的人，女人只是嚼着东西轻轻抬了下嘴角算作回应。

"你不是有东西想跟我聊么，不会就是聊你的病情吧。"

"彭麦婚礼那天，你带着一个项链，吊坠是一个金黄色的拳击手套，我猜，应该是我送给你的吧。"

“是的，你想要回去么？我下次拿给你。”

“不，绝没有这个意思，你能讲讲我们之间发生过什么吗？我也没有别的意思，单独为了治病。”说话的时候桃子满脸真诚，还用手敲了敲头。

忽然间，她倒是来了兴致，还没开始讲就已经捂着嘴要笑起来。“这你应该有点印象了吧，你知道我们怎么认识的吗？是这样的。学校不是举办了场教师节晚会么，那天我们彩排，我正跳着呢，忽然间不知道什么东西从后台爆炸了，窜出很多火苗把台幕布都给点着了，因为我们排的是天鹅湖，那种丝绒的裙子很容易被点着，所以我的裙子还被烧起来。”

说到一半，她赶紧抿了一口酒，好像刻意压制自己的兴奋。“我当时就慌了，也不知道怎么办了，这个时候你不知道从哪里冲了出来，把我抱起来就往外跑，带着火苗一直跑，把你自己的衣服也点着了，我们就这样一路火花带闪电，然后一头扎进了大厅前的喷水池里，又成了两只落汤鸡。你想想那个画面有多么可笑。”终究忍不住了，大声笑了出来。

“我还有这么英雄救美的故事，那后来怎么样了？”

“虽然鸡飞狗跳，舞台都给烧塌了，晚会最后也给取消了，但好在没有人受伤。还有，当初我还真把你当英雄来着，学校因为你见义勇为还给你发了奖金，可是风光了一把，把我们的故事添油加醋，简直成了一段佳话。但你知道么，后来我才知道，哈哈……”她越笑越猛烈，和刚才优雅的形象来了个急转弯，弄得桃子摸不着头绪。

“咋了？”

“原来那把火是你放的，你把舞台后面特效用的烟花不小心给弄着了，学校也是傻，没调查出情况还把你给表彰了。”

“那你怎么知道是我放的。”

“你可真是傻了，你告诉我的。”

一晚上桃子静静地听夏老师讲故事，他也无从确定故事的真伪，但那空白的记忆好像正好用这些事情来补充，这让他感到从未有过的安全感，这种感觉不亚于把头伸在一个女人的怀里。但这种安全感背后却也有一丝丝隐忧，难道自己是真的失忆了，又是什么原因让自己失忆了呢？

一阵急促的电话声打扰了他俩热切地谈话，是徐央妮，这让他有些迟疑。

“你女朋友吧，是看我把你拐走了没？”她忽然收住了笑容，又是轻蔑地挑了挑嘴唇。

“没事，没事。”桃子竟然挂了电话。

“还是打过去吧，我也该回去了。记住我不是来和你重温旧情的，我只不过帮你治治病而已。”

“还有一个问题我想知道。”

女人已经起身了，而桃子的电话又响了起来。

“咱俩是因为什么分手的？”

“这还用问我么，和这个女人要和你分手的理由一样。”她朝前走了几步，又转回头浅笑了一下，补充了个字——“花”。

那天之后，一连好几天桃子都没有去店里，那天晚上和央妮解释的时候，虽然死活没有抖搂出他和夏老师的这些故事，但诸如谈聘用的价格以及商业宴请等理由实在难以让她信服，所以就躲在家里避嫌。

一旦无所事事的时候，桃子就会胡思乱想，不是失眠就是做着乱七八糟的梦，自从夏豆告诉他那个有点黑色幽默的烧舞台的故事后，他的梦里就开始有了这段剧情，类似的梦反复做着，但被划分成了好几个零星的片段。其中一个是，他站在一间堆满乐器衣服各种杂物的房间里，地上排满了各式各样的线，他觉得无聊开始拿拿这个动动那个，到最后无意按到了一个按钮，结果屋外爆发了一阵巨响，火光四溅，浓烟四起，尖叫呼喊声显得乱糟糟的，这个时候他就会被吵醒。还有一个是他和一个女人从水池里爬了出来，那个女人从头湿到脚，以致看不清楚她的模样。她穿着白纱衣服，被水一浸浑身的曲线展露无遗。他搂着她的腰搀扶着，看见了她若隐若现的胸脯，这样他下面有了反应，他越是羞愧反而反应越是强烈，直至他又从梦中醒来。

为了避免陷入这种反复的思索和重复的梦境，他开始早早的起床跑步，运动和音乐能让他既属于自己又能暂时逃离自己。出门的时候天还是灰蒙蒙的没有大亮，他沿着安平大街一路慢跑，路两边的法桐郁郁葱葱，让晨幕更晚揭开。路上零星的车来回划过，送来一阵阵夹着尾气香味的风，早餐的店铺已经打着了灯，而这个城市仍然没有醒来。

从安平大街中途拐到竹青路，再往前三百米就看到了“一尘精酿”的招牌，银灰色拉帘门紧闭着，上面似乎落了一层灰尘。“还一尘不染”，桃子原地踏着步心里窃笑着，刚想离开又想进去看一看，他晃动了下门，刚要开锁却又想起来钥匙早就交给了彭麦，毕竟这已经是他的店。里面竟然有声响，起初他以为是老鼠在活动，毕竟里面堆满了酿啤酒用的大麦，侧耳贴在门上分明听出那是人趿拉鞋的声音，正当桃子准备打电话报警的时候，门被拉开了，赫然站着一个人，彭麦。

“怎的，你要吓死我吗？”桃子拍了拍胸口，赶紧抱了抱彭麦，一阵牢骚。“你小子怎么回事，不是度蜜月去了么，什么时候回来的？也不告诉我一声，不在家里住跑这里干嘛？”

彭麦却毫无心事地打了个哈欠，又伸了个懒腰，挠了挠蓬乱的头发，揉了揉惺忪的眼睛，嘴里含着痰似的嘟囔着。“你是吃错药了么，一大早不在家里睡觉，跑这来干嘛？来吧，里面说吧。”

彭麦又趿拉着鞋走到里面，从架子上掏了两个玻璃杯子，进了里屋不一会儿端出两杯啤酒来，由于泡沫不断增发，加上彭麦摇摇晃晃的身体，滴滴答答的酒洒在地上，彭麦自己喝着再把另一杯递给了桃子。

“一大早就在这喝闷酒，受什么刺激了。”运动过后一大口啤酒下肚，桃子顿时觉得无比清凉，自己立马夸了句“好喝”，又发出一阵爽快的笑声。

“受个毛刺激，你又不是不知道，我不都是夜里酿酒的么，这东西就怕人打断，温度必须得把控好。”彭麦又呷了一口酒，脸上露出满意的表情。“这次做得不错，这批澳洲大麦品质还可以。”

“新婚燕尔，不陪媳妇甜甜蜜蜜，你倒好，跑这儿熬夜酿酒来了。对了，你啥时候回来的？玩得怎么样？”

“哦，这个。”彭麦又打了个大哈欠，叹了口气。“回来三天了吧，前两天在家休整了休整，可累死我了。打你电话不是关机就是欠费，搞的毛啊，我正打算这边先营了业，再去找你呢。吃饭要紧嘛。”

彭麦把杯子里的酒一饮而尽，又揉了揉挂满血丝的眼睛。“你要是没什么事，就帮我看会儿店，我得去睡一会儿。”

桃子赶紧拉住他，急切地问。“你先等会儿，我有几个问题问完你就可以睡了。”

彭麦倒是站住了，努力支撑着眼皮，等着桃子问完马上合上的样子，但桃子越是急切越不知道从何问起，反而想起彭麦结婚头一天奇怪的反应来。

“那天，你不是说你要悔婚的么，哭成那个熊样，第二天怎么就屁颠颠地又把婚礼办了？”

“我没告诉你理由吗？”彭麦抬起眼角回忆了下，接着说，“好像没来得及告诉你，还没等我开口你不就急匆匆地会你的老情人去了么。其实呢，也没什么，不是刘子琪她妈一向对我不太满意么，觉得她女儿嫁给我亏大发了，婚礼头天要我签一个婚前协议，你懂的，就是怕她家的家产被我霸占了。当时气不过，说了点过头话。”

“就因为这个？人家嫁给你是有点亏，看你的样子哪一点能配上人家。”

彭麦白了他一眼，“你要是这态度，我可就睡觉去了。”

“别别别，你接着说，我不插嘴，嘻嘻。”

“后来我想想也是，我倒是没生她妈妈的气，主要还是我那个媳妇，你知道子琪是一个特没主见的人，什么事都听她妈的。”说着说着彭麦开始褪去了睡意。

“就拿这次来说吧，好好地我们弄个自助游多好，想去哪去哪儿，非得听那个老婆娘的报什么廉价旅行团，被强制购物不说，后面因为有游客不满，那个导游竟然带着所有人的护照跑了，搞得我们在那里多滞留了半个多月。这叫什么狗屁蜜月旅行？一提这个我就烦。”

桃子虽然同情他，但他更急于弄清自己的事情。“你先打住，你媳妇的事下次再细聊。我想问问你，你结婚的时候夏豆是不是到场了，咱们和她是同学？”

“夏豆？”彭麦拧着眉头，用着一种怪异的口吻，听不出是怀疑还是惊诧，他转过身去躲开桃子的正面凝视，坐在吧台前的转椅上。

“夏豆。”他又重复了一遍，又反问道，“你怎么知道她叫夏豆的？”

“你不认识她？那她参加你的婚礼干嘛？”

“我当然认识她了，她是我们大学一届的同学嘛，舞蹈专业的，舞跳得特别好。”彭麦说话时盘着腿，在腿上不停摩擦着手。

“她怎么告诉我，她还跟我谈过一段时间。真的假的？”

“这，这你问我干嘛？谈没谈过我哪知道，我和她也就是认识而已，其他不知道了。”彭麦停顿了一下，又补充道。“作为你这样的花花公子，记不起以前的女友不也很正常么，她不就是你玩过女人的百分之一么。”

桃子听了这一番话，反而觉得彭麦有什么东西瞒着他，特别是他这种怪异的语气，一下拉开了他俩之间的距离。“我最近记忆是不好，但也不至于忘得一干二净。咱们多年的朋友，你开这家店的时候一半的钱是我出的，你要是再骗我那也太没有良心了。”

“你要是想撤资，随时可以撤，大不了不干了。”彭麦一反常态生硬的语气更让桃子显得陌生。

他俩又僵持了一会儿，桃子觉得在问题没弄清楚之前，不要让情绪失控，主动缓和了语气。“撤什么资啊？我还没喝够你酿的酒呢，跟个小孩脾气似的。对了，还有个事，那个姓叶的，坐着轮椅来你婚礼现场的什么来头。”

“他不就是和你一样的公子哥么，跟人飙车来着，摔残废了。”

“他叫什么？”桃子急切地问。

“叶帆。”彭麦冷冷地答。

“也是我们同学？”

“对啊，不过你可能不认识他。”

“那我跟他有过什么过节么？睡过他老婆？”

“这我又去哪知道？”

桃子开始控制不住自己的情绪了，他对彭麦爱答不理的样子忍无可忍，语气开始学着嘲讽起来。“你这个媳妇又不是我给你介绍的，不满意就别结婚啊，别生个什么气就转嫁到别人身上。”

彭麦突然站起来，拍了好几下桌子，大声说着。“我要是和你一样家里能拆迁分几套房子，我会娶那婆娘？我要是长得有你一样的身高，我的女人会比你少？我要是有父母养大，我会混得比你差？”他的语气急促，脸上的青筋暴出，像是把憋了好久的话都倾泻出来。

此刻的彭麦让桃子忽然觉得行同路人，他不知道他内心里竟然是这样想的，他本来还想倾诉自己不记得自己父亲是怎样死的，但又忽然想起来彭麦是个孤儿，他不知道一个家庭对他来说有什么样的意义，桃子此刻心里既恨他又可怜他，他眼巴巴地盯了他一阵，看着他颤动的嘴唇，一时哑言。最后还是拍了拍他的肩膀，说了句“睡会吧”，转身离开了。

对桃子而言，本来还算美好一天的开始就这么转向了龌龊，当他百无聊赖来到店里的时候，却发现有人在高声吵架，两个光着脊梁冒着热汗的男人扭在了一起，像两头泥地里抵角的水牛，本来桃子是懒得理他们的，但是作为店里的老板他却不得不去过问一下。

这才发现打架的两个人竟然是老三和王哲，两个人满身是汗，都是气喘吁吁，但脸上身上都没有受伤的痕迹，显然是没下真手，不然两个人使出蛮力放开厮打的话，他的店未必能保得住。桃子一过来，还没动手拉他俩就已经松了手。

“怎么回事？你俩咋还干起来了？切磋武艺呢？要是想练练的话去外面，打死谁都不用我负责，在我店里撒什么野？”桃子劈头盖脸一番质问，把两个人的脸降了温，他俩都耷拉着头不说话。

僵持了一会儿，老三又恢复了往日的大大咧咧，他穿上了衣服，哼着小曲，对着镜子摆弄着头发，好像刚才的争斗与他无关似的。

桃子觉得事情也就这样过去了，他回到了办公室里，自己的事情已经让他心力憔悴了，实在懒得管他们。

大猫却慢慢推开了门，伸进了半个头。

“你鬼鬼祟祟的干什么，进来说。”桃子也许因为冷漠才能摆出一副老板的面孔。

“你知道他俩为啥打起来么？”

“不想知道，爱打不打。”桃子点着了一根烟，又丢给大猫一支。

“不管怎么样，老三是自己人，你要是辞了他，反正我也一块走。”大猫蹲在烟雾里，说话间也显得垂头丧气。

“这是谁说的，你们从开店就在这里，我哪能离开你们俩。别整天大惊小怪的。”

“徐央妮这么说的。”

“这个傻娘们，别听她的。”

“哦”，大猫一副似懂非懂的样子，他丢了快烧手的烟蒂，又豁然开朗地走到桃子身边。

“我发现老徐和王哲最近走得很近，王哲这个人你得提防着点，他可不像以前那么老实了。”

事关徐央妮，而且大猫不是那种要嘴皮子的人说出这番话，着实让桃子从座位上站了起来。

“他俩怎么了。”桃子关切地问。

“最近你不在，他俩经常在这个办公室里不知道聊些什么，有时候王哲下班还送她回家。”大猫似乎觉得说这些有点太过敏感，又要了一支烟娓娓道来。“其实，可能老徐真有事和他聊，这个我也说不准，不过自从上次比赛回来，王哲这个人脾气就变了，一点玩笑都不能开，基本上就是一点就着。平常练得更猛了，而且好像在吃类胆固醇的药。还有就是对我们几个很不友好，这次就是因为抢一个客户才要和老三打一架。”

桃子听大猫叙述中就差点发作了，但央妮能给他空间为什么他又不能给她呢？同时又觉得央妮未必和王哲这种人能有什么特别的剧情，这个时候发了脾气无疑降低了自己的身份。他还是拍了拍大猫的肩膀，差点说出了声谢谢，但还算沉稳地回答了。

“好的，我知道了，我还是那句话，如果让我做选择，我肯定选你们俩，咱们才是哥们。”

那天可能是没有夏老师的课，整晚也没等来她，当桃子最后关了店回家的时候，他慢慢悠悠走在路上，倒是回想着王哲的事情，如果一个人一直得不到别人的认可，不断接受世界的压力和嘲讽，他会变成什么样子？他的印象里王哲是那种沉默寡言的人，当然即便是他能言善辩也很少人走进他的世界。这不和自己的处境差不多么？没有人关注他内心的世界，没有人关心他是怎样的存在，所以有没有记忆这件事情本就没那么重要。也许这就是他不断地从一个女人走向另一个女人，那些女人成了印证自己的唯一符号。

他胡乱想着，觉得自己解脱了，却又进入了另一个谜团，坐标和角度不断在变，印证自己的存在变得愈加困难，当他站在那里迷惘地望着闪烁的霓虹灯和匆匆而过的车流时，后颈传来一阵剧痛，他被什么重击了一下，眼前一黑，失去了知觉。

第六章

当桃子醒来时，发现躺在一间像病房的房间里，准确点说这应是间卧室，只是不管是衣橱还是窗帘都是素雅到单调的白色，好在昏黄的阳光映暖了窗子，他拧了拧仍然刺痛的脖子，努力抬起头望着窗外。约莫已经是下午向晚的时候，但他无法确定这是第二天的下午还是第三天，至少他消失几天是没有人主动寻找甚至没有人动动手指报警的，这让他有点悲凉之意。回想那背后一击，会是什么人？无非是上次那几个被他收拾的男人？或者是那些他记忆里没有保存的其他仇人？

他挣扎起身，晃动了下四肢，除了略微有点恶心之外并无异样，只是肚子里饥饿难忍。他推开门走出去，客厅里却是另一番景象。各种书籍和唱片在过道里胡乱堆放着，高的地方甚至越过了他的头顶，电影海报和字画交叠挂在墙上，形成一种混搭奇异感觉。电视里放着黑白电影，如果没有记错的话应该是《罗生门》。一个人背对着他坐着，那是一个长头发而且消瘦的背影，看不出男女来，在近一点才发现那人坐着的凳子是一把轮椅。

“你醒了。”冷不丁的一句让桃子站住了，这是个气息不足的声音，但能听出来是个男人。

“是你？”

“对，是我”，他扶了扶自己的黑边眼镜。

“你叫叶……叶帆？”

“我是叶帆。”那男人向后退了轮椅，让出道示意桃子坐在沙发上。

“我听彭麦说过咱们是同学，我们见过面，不过我不记得你。”

叶帆抽动了脸部肌肉，讪笑了下，转身推了轮椅进了另一个房间，从里面拿出了两瓶可乐，递给桃子一瓶，自己打开咕咚咕咚一口气喝完。

“我睡了多长时间？还有我是被谁暗算了，难道是你么？”

“我打了你再救你，没有道理嘛，再说我这个样子能把你打晕么。就昨天晚上的事情，当时我正在等一个人，正巧碰见有人拿棍棒从后面袭击了你，那人打了你就跑了，本来想叫救护车呢，看你没什么大碍就把你弄到我这了。”

桃子还是不太相信他，完全以为这个坐轮椅的人派人暗算了他，他还记得上次遇袭这个叶帆也在场。

“那你为什么救我，再说你这个样子怎么把我弄过来的。”

“是这样，我有一个护工平常带我出去。至于为什么救你，就算一个陌生人我也会这样对他，何况咱俩是同学，而且不是一般的同学。”

“我还是不记得你。”喝了一瓶可乐之后，顶出的气体让他觉得大脑缺氧，思维更加混乱。

“你不记得我很正常，很多人你都不记得了。”叶帆扶了扶因为埋头沉下来的头发，从一个厚厚的黑色皮夹里拿出一张照片来。那是一张青涩的脸，长长的马尾拢在肩膀上，是夏豆！桃子心里一惊，但仍是试探性地摇了摇头。

“她你不认识么？她是你的爱人，是你的妻子！”

“胡说八道！”桃子猛然站起来，虽然还是有点眩晕，但他发出力量十足的声音。“我早就看出来你不是什么好东西，上次我被人打你就在旁边看着，我过去问你，你立马就跑了，不是你干得还能是谁？昂？别他妈假惺惺的还救我？说吧，你搞这一出到底是什么目的。”

被桃子指着鼻子大骂，叶帆倒是显得愈加沉静，他枯瘦的脸上灰蒙蒙的没有任何表情，等桃子不说话了，在一阵可怕的沉寂之后很久，他才慢条斯理说着。

“我承认，上次是我告诉那个人的，告诉他，你和他老婆的事情，让他给你一点点教训。我想用这种方式让你能够清醒，明白谁才是你爱的人，谁才是你应该去爱的人，回到她的身边。”说话间叶帆把手伏在膝上，低着头，如同忏悔一般。

“我也不知道他们去了这么多人，敢这么下狠手，再说当时你也没有吃亏，不都把他们打趴下了么。”叶帆抬起头看了看桃子的表情，见他愁眉不展的样子，接着又补充了句。“但这次我真的不清楚，跟我没什么关系，我真的无意伤害你。”

“咱俩什么关系？我的事情要你管吗？就你这个样子还有闲心关心别人的生活？”桃子开始指着鼻子质问起来，看着他那气势汹汹的样子，如果不是叶帆坐在轮椅上，很有可能会一拳打过来。

叶帆冷笑着，似乎觉得桃子这种反应实在是可笑，他仰起头盯着他，目光凝聚成一条线。

“我倒是不太关心你怎么样，其实上学的时候咱俩就不对付。我说了，我没有别的想法，只是想让你回到她的身边，让她幸福，仅此而已。”他拍着椅子的扶手，悻悻地说，“如果我要不是这个样子，还用你来陪着她么。”

桃子越听越觉着混乱，他觉得和这么一个人纠缠下去也没有什么好的结果，他不想再费口舌，转身想离开，又觉得落下了什么，于是他还是留下了几句话。

“我不管你是谁，不管咱俩到底是不是同学，也不管你到底什么意思，反正以后如果你再干涉我的事情，我就让你从轮椅躺到担架上。”

等桃子愤怒摔门出去后，房子里渐渐恢复了平静，叶帆才看到电影一直在播放中，晃动的光影落在他的脸上，浮现出波光粼粼的水光色，给他的脸上挂上了丰富的表情。他就这样静静看着已经跨越了好久的剧情，但他试探性继续跟随着，不知道能不能跟着已经中断过的故事发展。好一会儿他好像根本没心思看片，或者是没有前情的铺垫，后边的剧情的发展让他感到厌倦，他关了电视，干咳了几声，拨通了电话。

“怎么了？找我有什么事情。”是个女人的声音。

“他来我这里了，我们聊了聊，他怎么很多事情都记不得了，连我都不认识。”

“你把他怎么了，为什么他在你那里？”她的声音显得急切不安。

“我一个残疾人能把他怎么着？其实我还救了他一次，你知道他在外面不知得罪了多少人，昨天刚下班就被人打晕了，我把他带回了我家，他醒了反而把我臭骂了一顿。”

“还有人能打得过他？我希望你以后照顾好你自己，我们俩的事情你就不要再管了。”

“我都是为了你好，真的，你听我说……”那边已经挂掉了电话。叶帆愤怒地把电话一摔，正好砸在一排书本和唱片上面，轰然倒塌，散落一地，和他此刻的心情也差不多。

而桃子走在路上也是乱成一团麻，他不知道遇到的这些人到底和他有什么关系，至少过去有什么瓜葛，还有他们到底说的是真话还是假话。今天这个叫叶帆的人，很可能他就是凶手或是幕后的指使，反过来又扮演救他的角色，这不过是他自编自导的一场戏，但他做这些的目的到底是什么，很难猜测。就拿他将夏豆说成自己的妻子这个事，背后的动机更难以捉摸。抛开这一些来看，难道自己真的失忆了，但失忆前和这些人是什么关系，自己又是因为什么中断了这些记忆，一个个谜团笼罩着他，这阴谋的气息，让他心跳加速，呼吸困难。起初他是躲避的，不去想也不愿去想，但现实四处躲着利刃，步步紧逼，时刻让他就范。

回到家后，空荡荡的房间更放飞了他的思绪，他想出去走走，下了楼，来到地下车库，这才想起来自己的车已经抵押出去了，他摇了摇头，笑自己已经快成了行尸走肉。不过他的车位上此刻停着一辆黑色的奔驰SUV，这是一辆很多年前老款车型，虽然身材魁梧，但四四方方显得愣头愣脑。这肯定是小区的某个邻居看他车位空闲，临时就给占用了，他摸了摸那辆车，车上落了些许灰尘，应该是有几天没开动了。

他看四下里没人，锤了几下挡风玻璃，又对着那辆车的前门猛踢了两脚，虽然车身纹丝不动，但那车的四角灯闪烁起来，桃子理解成是一种求饶的信号，便放过了它。

在外面闲逛，走来走去又回到了店里。刚进门就看到了徐央妮和王哲在吧台前窃窃私语，他俩看到桃子的时候，互相对视一眼便分开了，央妮转身去了吧台里面，面对着电脑不知看着什么东西。

桃子走了过去，咳了一声。央妮仍然埋着头打字，不吭一声。等了一会儿桃子又干咳几声，央妮才抬起头来，眼睛红红的噙着泪花。这让桃子很是惊讶，觉得央妮是那种十分开朗的性格，他从没见过她哭，但又觉得最近遇见令他惊异的事情太多，反而有些麻木了。桃子生拉硬拽把她弄到里屋里面，还算温柔地询问什么情况。

“谁欺负你了？怎么又耍小孩子脾气了？”

“你还有脸说，还不是你个臭流氓。”这次换作央妮坐在转椅上，开始了审讯。

“说，你和那个夏豆到底什么关系。”

“我和她能有什么关系，还不是你和她的关系一样，同事呗。”他过去想从抽屉里掏一支烟来，被央妮一把抢先拿过来。

“你到底想怎样，我还没有说你，你和王哲什么关系，别以为我什么都不知道。”

“陶小桃”，央妮红红的眼睛变得愤怒，“你的嘴给我放干净，怎么把我和他扯在一起了？肯定是老三那个瘪三造谣诽谤我，我和王哲什么关系你可以自己去问他。”

“没有啦，跟你开个玩笑。”不知不觉桃子又开始嬉皮笑脸起来，“我不可能怀疑你，我的意思咱俩互相信任，你也不要胡乱猜疑我了。”

“我哪是猜疑你，我有确凿的证据。”央妮从口袋里掏出那个项链来，拳击手套在灯光下反射着明亮的光线。“这个东西她也有，你怎么解释。你说吧，我只想知道你会不会骗我，只要你跟我讲实话我就原谅你。”

“不就是个同款的项链嘛，这有什么稀奇的。你和你那个闺蜜去商场还不买了同一款包么。”

“说实话，不说我就走了。”

看着央妮较真的样子，桃子觉得十分可笑，但也觉得温暖，毕竟央妮还是在乎他俩之间的关系，也就等同于在乎他。

“夏豆是我的前女友，她自己告诉我的，但我对她一点印象都没有。那是我上大学时候的事情了，我都忘记了，你还在乎她干嘛。再说，你不是说过不在乎我在外面有点小插曲么，而且我现在已经改正了，真的，相信我。”

“是，以前我是不在乎你怎么样，是因为我觉得有一天我也会离开你。”央妮眼神里充满了哀怨，又流出了泪水，她的语气变得缓慢而轻柔。“可我现在觉得愿意陪着你，愿意和你一起走下去。”

“小傻瓜，只要你不抛弃我，我怎么舍得离开你。”他走过去顺势把她的头抱在怀里，央妮呜咽了几声，又挣脱开他的手，抬起婆娑的泪眼，盯着他。

“你骗我，她根本不是你的什么前女友，他是你的妻子，你的老婆。”

桃子吓得向后退了两步，中风了的病人一样，浑身略微摇晃，双手不停使唤，双唇不由自主地颤动起来。“你怎么知道的？不，不，你是听谁胡说的。”

“夏豆，是她告诉我的，她说你们是夫妻，你只是失忆了，你们短暂分开是一种治疗的过程。她说你会想起她，会回到她身边，会抛弃我。”

“不，我没有结婚，我根本不认识她，她只是个骗子，骗子。”央妮的一番话显然成了压倒他精神的最后一棵稻草，他的思维已经堵塞了，他急切地想找到夏豆，当面质问她，甚至想给她来上几拳，让她能讲实话。

“她现在人呢？”

“和我打了一架，已经走了。她的电话我试过了打不通。”

“好吧。”桃子又从抽屉里拿出烟来，点着了，这次央妮没有阻拦，他坐在烟雾里忽明忽暗。

“她肯定是在说谎，不然她为什么不当面来跟我说。你别胡思乱想了，反正我不会离开你的。还有，即便是我真的结婚了，我也会跟她离婚的，只要你不嫌弃就好。”

徐央妮只是看着他没有说话，眼神直勾勾的，像是盯着一个陌生人。

回到家里，桃子收到了一封信，他打开门的时候差点踩在上面。他捡起来回到卧室，躺在床上翻弄着它，那是一个卡其色的信封，皱皱巴巴，看起来被反复折叠过，边角还磨损起了毛。里面纸张油乎乎的，感觉是汉堡店里用过的垫纸，不过笔记很是清秀，工工整整书写着。

“很冒昧，向你写这封信。如果我不做自我介绍，你一定不会想起是我。我是庄维，就是那个强奸犯庄维！我现在已经出狱了。是呀，在监狱里足足呆了四年半，这其中的滋味你无法体会。扯远了，反正我现在是自由的了。前两天我在街上无意中碰到了你，而且跟踪了你，别担心，我只是好奇你现在过得怎么样。我听说你和她最后结了婚，很让我觉得可笑。那天我气不过，在你回家的路上袭击了你，我真的很对不住，我也不知道当时为什么会突然这样，但我觉得这样的话咱俩算扯平了，即便是你当时打我更严重些，我也不跟你计较了。我今天写这封信也不是想跟你讨论这个，我只想告诉你一个事情，离开她！离开你现在的妻子！不然你会后悔的！”

桃子合上信的时候，汁涔涔的手已经把纸弄皱了，接二连三的事件让他应接不暇。他把信扔到一旁，点着了烟，躺在床上慢慢地理着思绪。他心里琢磨着，虽然这几件事看起来很是奇怪，但无疑都指向了一个线索，那就是他是有妻子的，而且这个妻子很可能就是夏豆，当然如果这不是一场很多人一起营造的骗局的前提下。但如果他们一起来骗他，又有什么目的呢？他思来想去都没有想起这个叫庄维的人到底是谁，里面蕴含的信息更是无法考证，强奸犯？强奸了谁？他为什么从背后袭击他？当然这次袭击倒是和那个叫叶帆的人的陈述连接起来。而他又为什么用三个感叹号来警告自己离开妻子？离开夏豆？又是为了什么？

“妈的，都他妈装神弄鬼，有能耐都当面跟我说，当面告诉我。”桃子自言自语。说这句话也让他把自己吓了一跳，他心里很是清楚，他遇到过很多傻子，有些是对着你憨笑，有些就是不停地喃喃自语，虽然不敢承认，自己恐怕是快要疯了。

想到这里，他站起来，从衣橱的镜子上开始审视着自己，他看到自己的颧骨开始凸出，嘴唇也变得单薄，头发有点蓬乱，甚至胡子也好久没有刮了，好在眼神里还没有变得灰暗。他又开始翻箱倒柜，从一个犄角旮旯里找出一瓶洋酒来，这好像是家中的唯一一瓶酒，一瓶瓶盖有点生锈的威士忌。

越是酒精味浓越是不能细细品味的，一杯酒一口饮下去后，又接着倒满了一杯。黄昏已经来临，他没有开灯，躲在房间的一角，借着渐逝的光色，盯着自己的影子，仿佛和它交谈起来，聊累了，慢慢地眼皮变得沉重。恍惚间灯光转亮，他坐在一个巨大而空旷的剧院里，一排排整齐的座位上空荡荡的，只有他一个人静静坐着。舞台上面一位穿着纯白色百褶裙的女子在翩翩起舞，随着钢琴曲的起伏，转身跳跃，举手投足，辗转腾挪，如一只天鹅扇动羽翅，波动绿波，曲项天歌。她频频把目光抛向他一个人，一颦一笑都牵动着他的神经，这是多么美的一幅画面，是流淌着的，飞翔着的，让人不敢亵渎，不愿停顿的。他沉醉其中，已经看不出她是一个人还是一只鸟。

砰的一声枪响，舞曲中断，已经腾飞的鸟被击落了。周围变成了无边无际的芦苇荡，狂风肆虐，芦苇摇摆着头起了波涛，他回头寻找那枪声响起的地方。是一个穿着晚礼服打着领结的英俊男人，手里的猎枪似乎还冒着余烟，他想上去理论，还没迈开步，那个男人已经再次装填好了弹药，把枪口对准了他。恐惧使他闭上了眼睛，但没有等到死亡来临，当他再次睁眼的时候，又回到了那个空旷的剧院，舞台上灰暗的灯光下空无一人，但他身边却多了一个人，是那个开枪的男人，他仍然穿着高雅贴身的晚礼服，手里却没有再握着枪，他伸出一只手，对自己笑着。

"你好，我叫庄维。"

梦境就从这里戛然而止了，他的心仍然激烈地跳动着，这分明是一场噩梦，但那个叫庄维的男人形象为什么这么清晰，那么似曾相识，难道故事真像这封信说的那样?

桃子又躺在了一个陌生的房间里，一张陌生的床上。是典型的女人的床铺，除了软乎乎带着香气的床垫，粉红色波纹的床单上面散落着几个卡通人偶，纸张般褶皱上还留有几根长长的发丝。这里是间很小很小的公寓，厨房客厅和卧室融合在了一起，一张懒人沙发和一架老旧的音箱几乎占满了整个过道，落地窗旁架着两道横杆，下面的一道系着舞蹈练习鞋，上面挂满了黑白两色的衣服。对过的墙上没有电视机，却贴满了照片，因为房间太过局促，照片上人物的动作清晰可见。是一位舞者在各类舞台上的定格的舞姿，她充满自信的脸上挂着笑意，还有几张是和别人的合影，应该是演出过后演职人员集体留念，还有两张她手捧着奖杯。

他有好几天都做过同样的梦境，大约是从观察的角度审视房间一周，如同进入一个三维空间，只不过看完之后他就醒来了，这一次却有所不同。他从床上慵懒地坐了起来，发出滋滋嘎嘎的声音，卫生间里水流潺潺，太阳光透过轻薄的窗帘把房间映得暖暖的。桃子想着这梦境竟然还能够继续下去，而且应该不算场噩梦了吧。他带着恶作剧般的用意起身，想着蹑手蹑脚去推开卫生间的门，他特想知道梦境里给他安排了怎样的女人。

还没等推门答案就揭晓了，他看清了墙上照片人的面容。竟然是她，夏豆，梦里经常出现的跳舞的女人今天终于露出了真面目。这一点并不让桃子惊讶，那只大鸟的化身应该也是她，毕竟最近的种种事件都与她有着关联。

卫生间的流水声停止了，桃子吓得缩着身子退回到床上，他的心砰砰跳着，有种做贼的心虚，而且他害怕推开门又会出现一个可怕的东西，可能是一个面目狰狞的怪物，或者是一个披头散发的女鬼，更可怕的是自己而且胸口中枪鲜血淋漓。他胡思乱想，但一切都没有回到噩梦的轨道之上。门被轻轻推开了，一个身材高挑，脚步轻盈的女人，拖着湿漉漉的头发，在浸透房间的阳光笼罩下，她的身上洋溢着生命的活力和肉体的欲望。

浴巾和裸露的皮肤用白色融合在了一起，一条腿搭在床沿上，肌肉的线条如同雕刻一般，修长的手指抚在上面，一条涓涓细流滚入磅礴大河。红褐色的指甲是河流中的沙洲，沿着河口溯流而上，翻阅过胸口的两座大山，停泊在朱唇黛眉环绕的港湾里。桃子眼睛看得发愣，咕咚一声不禁咽了口唾沫，他竟没有看出来夏豆有这么好看，当然也许是梦境里把她美化了。

“你傻愣着干什么，还不收拾收拾去吃饭。”她背对着桃子，梳理着头发。

“你可真好看，嘿。”桃子一脸垂涎欲滴。

“不好看你能要我么。”她颀长的脖子扭转了下，用硕大的眼珠瞪着桃子。“是不是你在每个女人面前都这么说？”

“你们女人都喜欢这么问么，是的，我喜欢女人都是因为她们长得好看，都是她们性感妩媚，都是她们能给我带来快感。不然你以为呢？你们喜欢男人，除了看男人的脸，还多一样钱不是吗？”桃子心里觉得，既然梦境是自己安排的何必不随性而为呢。

“所以你一直以来都是这样的想法，和我在一起也是这样的想法？”她单薄的皮肤开始变了色。“骗子”她咬牙切齿挤出了两个字。

“骗子？”桃子轻蔑地笑出了声。“你到底是干什么的，你到底是谁？

一会儿是我的老同学，一会儿是前女友，一会儿又是瑜伽教练，现在又到处跟别人说是我的妻子？你难道说你没有骗我吗？”

“你刚才不是说你已经记起来很多东西么，记起来我们的过去，你要痛改前非留在我身边么？难道说你是故意演戏给我看？”她的脸变得阴郁起来，好像一阵冷风突然刮过，起身披了件长袍，双手交叉在胸前，用力拥着。

“我可是演不过你，我只是猜不透你做这一切为了什么。”

女人用一种极为怀疑的目光盯着他看，从口袋里掏出一只烟点着了。桃子从内心里讨厌女人抽烟，也许这是梦境里又在丑化她，他有点捉摸不定自己内心里对她是怎样的设定，只是闻着那缕缕青烟让他口舌生津。

“还不都是为了你；我做这一切还不都是为了你！”

“为了我什么，你出现后给我带来了什么好处？本来我和央妮好好的，现在被你弄得一团糟。”

“她？”她向下吐了一口烟，吐了口唾沫一般。“真是一对狗男女。”

“婊子和狗，天长地久，又能怎样？”桃子爱答不理地回击着。

“你没有看出来你的央妮才是个演员么，她才是在骗你呢，如果你想活的时间长点，最好离开她。”

“笑话，我为什么要离开她，反而是她让我离开你好一点。”

女人没有争辩，从身后的梳妆台的抽屉里拿出一个小盒，缓缓掏出个项链，是那枚拳击手套，依然金光闪闪。

“你知道这个吗？”

“怎么不知道。”

“你不知道。”她大声呵斥着，浑身的肌肉紧缩，已失去了刚才曼妙的曲线。“这是我送给你的，咱俩一人一个，现在你竟然把另一个给了别的女人。”她的声音很是尖锐，直刺到桃子耳洞深处，让他有些疑惑这奇怪的梦境。

“你说的可是真的？我曾告诉过别人这个东西对我很重要，难道就是因为你送给我的？”桃子满脸挂满了问号，一时缓和的语气却让她也松弛下来。

“那你给我说说，彭麦和你什么关系。”

“你不是比我更了解他吗？”

“那叶帆呢？”

“他就是咱们的一个校友，和彭麦我们几个人都比较熟悉而已。”女人说话的气息明显弱很多。

“真的么？”桃子很难信服的样子，他接着问，“那庄维到底是谁？”

她的脸色骤然巨变，如同被人从背后敲了一闷棍，她迟疑了好一会儿，才赶紧转过身去背对着桃子，躲着他的目光。

这场猫鼠游戏显然是桃子占据了上风，他开始戏谑地从背后悄悄爬过去，双手突然抱住女人，她显然是被吓了一跳，浑身一紧张，想挣扎却又很无力。

“告诉我，他是谁？”桃子从她的背后，贴着头发嗅出了声响，那是一种栀子花很浓郁的香气，沁入他的心脾，让他呼吸和心跳都在加速，忽然觉得梦境的朦胧感褪去了，一切变得真实无比。血液流入了脑子，又流向了下腹。

“你给我滚开，我恨你！”女人极力挣扎着，甚至掐到了桃子的大腿，让他发出了一声哀嚎。

不知是愤怒占据了他还是那种勾人摄魄的香气控制着他，他变得极为狂躁，一把将她抱起来，翻过身把她紧紧压住，开始撕扯她的衣服，嘴里还不停的念叨。“让你骗我，你这个小婊子……贱货……”

她越是叫得惨烈，桃子越是觉得莫名的兴奋，在梦境的大布局下，他做什么事情都是合理的，在压得他喘不过气的迷局中，任何反抗也都是合情的。他褪去了她的长袍，全身裸露成了一团白，如同一团迷雾，只有穿越它才能看清方向。

一个重重的耳光打得桃子眼冒金星，火辣辣的疼瞬间将血液抽回到脸上，这种疼痛感让人立刻清醒，让他忽然意识到，这不是梦境，这是真实的世界。

他忽然瘫在一边，瞠目结舌，直冒冷汗，把目光羞愧地从她身上避开，挪到墙面上。那是一幅巨大的结婚照片，白色婚纱和黑色礼服上刻画着两张快乐的面孔，夏豆和陶小桃！

桃子彻底被打败了，刚才一只胜利的猫吃了老鼠药般，浑身无力，气息奄奄，听着夏豆声嘶力竭叫了一声，“滚”。连滚带爬出了门，下了楼，在街上丢了魂一样狂奔着。

第七章

回到家里的时候，才发现大门微敞着，里面透出了光线，甚至还有人谈话的聒噪。他猛地推开门闯进自己的家的时候，发现两位身着制服的警察正坐在沙发上，其中一个因为脱发而显得年龄稍大的人正弹着烟灰，看见桃子跳了进来，倒是很吃惊，把带火的烟头弹落了。

桃子也是一愣，但他如死灰般的心境已经让他放弃了任何思维上的争辩，他的身体醉了酒一般，晃动地无法站立，只能扶着门框质问着。“你们是谁，为什么跑到我家里来了。”

“同志，你不要激动，我姓周，我们是朝清路派出所的，这位是我的同事……”姓周的警官礼貌地出示了证件。

“你们怎么可以私闯民宅？”桃子使劲把门关上，带起一阵风把烟都吹散了。

“门没有上锁，而且一直是打开着的，所以我们就进来了。”周警官把帽子带上，没了光溜溜的头皮，整个人显得年轻多了。那位年轻的警察倒是干净利落，他起身掏出了亮堂堂的手铐。“我们怀疑你与一场盗窃案有关，需要去所里配合调查。”

“盗窃，盗窃什么？跟我有什么关系？！”

“希望你能给与配合，不然我们就要采取强制措施了。”他带着笑意晃了晃手里明亮亮的手铐。

周警官示意年轻警察坐下，起身走到桃子面前，拍着他的肩膀，递给桃子一根烟，在他耳旁轻声细语说。“就是带你回去了解点情况，我们也是执行公务，配合一下嘛。不然我们采取强制措施，吵得左邻右舍都来围观，你面子上也过不去嘛。”

“可我真没有偷过什么东西，怎么……”桃子抽了一口烟，又叹了口气，把手朝着年轻警察伸出来，却被周警察制止了。

桃子在两个警察簇拥下跌跌撞撞坐上了警车，半躺在冰凉的坐垫上，他的心情反而轻松多了，至少还有一个目的地可以去，至少还有件事情可以做，这样也就可以从荒谬且混乱的境地中暂时解脱出来。但他刚清醒了一下，又陷入为什么涉嫌盗窃的思索之中，年轻的警察专注开车，年长的虽然坐在自己身边，却在低头拿笔记本记着什么东西，显然没有人愿意和他聊起这件事，再说，很可能他俩只是执行抓捕他的任务，其他的案情并不太了解。

汽车左拐右拐，过了好几个街区，并没有开进朝清路派出所，反而来到了安澜区公安局，一位自称刑侦处的女警察接洽了他们，她年龄已过了四十五的样子，身材有些走样，但皮肤十分光洁，而且充满着精力和自信。周警官在她的侧身嘀咕了一阵，他就带着年轻的警察回去了，临走前还对桃子笑了笑，桃子不知道为什么也对他笑了下，显然让自己看起来很傻。

起初桃子还是很配合，穿过长长的走廊，直到尽头又拐弯，才来到一个房间里坐下。他轻呼了一口气，刚准备审视一下，却迎面看到了“审讯室”的字眼，腾地一下从椅子上站了起来。“不是说，只是了解情况么，为什么成了审讯了，我可什么坏事都没干，你们不要冤枉好人。”

那女警察向下摆了摆手掌，并没有说话，好像对他的过激反应很不理解。她和一位带着眼镜，白净瘦弱的年轻警察一块坐到了对面，他们都摊开了纸和笔，带着要大干一番的样子。

“具体说，既是了解情况，当然我们也有审讯的任务。”她开了口，声音凌厉干脆，虽然没有命令的口吻，但明显带着不好回绝的意味。“你如实回答就可以，我们会充分尊重和保护你个人的权利的。”

“嗯”，桃子点了点头，显然是选择了配合。

“一个星期前，我们接到了报警，有人说在两个星期前，从家中丢失了奔驰越野车一辆，就是这辆，你认识么。”她拿出一张照片，朝着桃子的方向伸着。

桃子探了一下头就坐下了，“认识，这不就是占着我车位的那辆车么。偷的车？为什么放到我车位上了？”

“好”，她没有正面回答桃子的问题。“据失主反映，他的车子装有定位系统，因为你家小区车库挖得太深一直没有信号，还是我们的民警一点点排查找到的。”

“这跟我有什么关系吗？”

“很有关系。这样，我再给你看一个人，看你认不认识。”她的语气一点点冷峻起来，这次是把照片递给了桃子。

照片上的女子烫着时下流行的大波浪卷，头发染成了浅红色，略显俗腻，眼角挂上了不少鱼尾纹，好在又白又圆的富贵相压低了年龄，让人猜测应该还不到四十岁，只是眼窝比较深，眼皮很是单薄，又让人转而觉得有点薄命相。仔细端详了好久，桃子才发出一阵又闷又长的叫声。

“哦，这不是她么？”

“是谁？”

“我不知道她的名字，差不多两个月前我曾追尾过她的车，不过她也没有索赔，就匆匆离开，可能当时有别的什么紧急的事情。”

“以后就没再联系过？”

“没有。”

“你有没有去过她的家里。”

“真的没有，警察同志我没有必要骗你，我真的不认识她，还有她和这个案子有什么关系吗？”

“她是失主的妻子，而且也是她报的案。”

“这又能说明什么呢？就说明我偷了她的那辆车？”桃子有点不高兴地拍了两下桌子。

女警官倒是没太理会他情绪的变化，甚至带着一点笑意地点了点手指，示意他不要太过激动。“我们已经掌握了一定的证据，案发当晚你去了失主家里，而且我们还有证据显示，当晚你就把车开到了你现在住的这个小区。”

“这不可能，我怎么什么都不知道，你们一定是弄错了。”桃子越说越激动，又起身站了起来，把头朝前伸着，唯恐别人听不到的样子。

“你可以看看这个。”又是几张照片顺势交到了桃子手中。

“这是失主家中，你回家途中以及你进小区大门时监控拍到的，显示得很清楚，是你开走了那辆车。”

“这，这怎么可能？”他内心十分排斥，可照片的确拍得清清楚楚，衣服、发型、神态表情以及习惯性挠头皮的动作都无不契合，即便是双胞胎兄弟也未必模仿地如此相像。桃子一屁股又坐到了椅子上，不知道说什么好。

“也许……，我想，我可能是得了梦游症，有时候晚上起来的时候到处转悠，我自己不知道。”他的语气变得无力且缓慢，慢慢把头抬起来，带着无辜和诚恳。“警察同志，如果我是梦游，在无意识的情况下做了这个事情，是不是算作无罪呢？”

“这个需要有专门的鉴定，我这里不作回答。刚才已经向你强调过了，你要坦诚，不然的话我们也不好帮你。”看来桃子的解释未免太过可笑，只不过出于职业的理性，她并没有表示什么。看着桃子可怜的样子，她也把语气缓和下来。“我们对案情进行了分析，失主家的别墅装有特别的安全系统，在没有特别授权的情况下，一般人是很难进入的，而且那辆车没有钥匙也不是随随便便就能开走的，就如何偷走那辆车我们存有疑虑。当时你把车开走的时候，女主人是在家的，过了一个星期才又报的警，这是其中另一个疑点。所以你和女主人如果认识或者有特别的关系就可以解释了。”

“真的没有，但我也真的没有偷，不，不，是我真的没有有意去偷，这不过是场梦游。”

“同志，如果你需要心理鉴定，我们可以帮你申请，在这之前，请你好好回忆一下。”说完，女警察起身走开了。那位好像实习期警员的年轻人看了他一会儿，两个人面面相觑。

“我这还有资料需要补充，请你再配合一下。”

“问吧。”

“姓名？”

“陶小桃，大小的小，吃的水果那个桃。”

“年龄？”

“三十周岁。”

“等等，你说你叫什么名字？陶小桃？你不是叫夏豆吗？”

“什么夏豆，和她有什么关系，我姓陶，就叫陶小桃，这还能有错？”

“请您出示下身份证件。”

“没有带，应该放在家里了。”桃子没有尝试掏一下口袋，他不喜欢把身份证带在身上，也很不喜欢陌生人突然了解他的底细，比如某个陌生的女人。

他又想起了前边的问题。“为什么你们知道夏豆这个名字？她和这件事情有关系么？”

“你自己的名字都能记错么？那你输一下你的指纹吧。”年轻警员拿出一个小小的指纹收集器，一边连着笔记本电脑，经过好几次按压之后，系统找到了他的信息。

短到贴头皮的发型下面，双眼炯炯有神，小麦色的皮肤增添了几分刚毅，身份信息完全和自己吻合。照片里的年轻自己对着现在的自己笑着，现在的自己却笑不出来，因为上面赫然写着的名字是“夏豆”。

“怎么会这样，没有弄错吧。”

“应该错不了。”

“那陶小桃又是谁？我想问一下。”“夏豆”发出了幽灵般的呼喊。

“这个？”年轻警察皱了下眉头，霹雳吧啦敲击着键盘，然后抬起头带着笑意说，“你说的是那个水果的桃对吧，哦，那就没错了，她是你的妻子。”

“对不起，能让我静一静么，如果有可能我想回家休息休息。”这个现在叫“夏豆”的男人已经被一连串的重击彻底击倒了，他的脸上没有任何表情，看不出是在发呆还是在沉思，双眼空洞洞的，已经没有了灵魂一般。

“现在是调查期间，还不能允许你回家，不过你可以先休息休息。”

年轻警察搀扶着他来到另一个房间，刚进屋，他就急不可耐地一头扎进床上，像个死尸一般趴着，唯一的区别就是还呼吸出沉重的气息。在这种情境之中他衍生出了另一个自己，一个能够从旁观者的角度来观察，高高在上审视着自己的人生，于是产生了哲学家的思维。在他此刻的内心里，其中想到了更为深刻的问题，我是谁？我从哪里来？我又到哪里去？

几个小时后，已经确信自己是“夏豆”的男人请求打了通电话，徐央妮几乎是他现在唯一可信的人，对方的回答迅猛直接。

“喂，你现在在哪里？”

“什么？你被抓走了，为什么？”

“怎么可能？你应该不会干出这样的事情来吧？”

“那你和那个女人到底什么关系？”

“不不不，你肯定在骗我，你这个骗子！”

“还有脸跟我打电话？你去死吧，好好蹲在里面反省吧。”

“凭什么？你和我是什么关系？我是你的妻子吗？去找她吧。”

“错了？错在哪儿？等你真正清醒了，知道自己真正错在哪儿了，再来找我吧。”

“不，你以后也别再来找我了，咱俩就不要再见面了。”

电话挂掉后，他骂了句脏话，甚至不顾形象在房间里啐了口痰。这女人的善变真是令他难以置信，甚至怀疑他们之前的种种甜蜜是她伪装出来的，他忽然觉得有些恶心。

从打了那场电话后，“夏豆”便主动上交了手机，他不想再和任何人联系，觉得在这个相对封闭点的环境里还挺好，不用再发生那些令他匪夷所思的事情，不用刻意去猜测当前的意识状态到底是现实还是在梦境之中，当然也不用和别人发生密切的关系，并在此之前揣测他们到底是真心派还是演技派。

他还有一个紧要的谜团没有解开，也就是他和那个以前叫“夏豆”的女人为什么换了名字？即便他俩是夫妻关系，但一想到她，自己就羞愧不堪，毕竟自己有法律上承认的女人还到处沾花惹草，特别是自己上次那鲁莽的举动真是不能原谅。也许是这方面的原因，他的思绪变得更加混乱，有好几次在房间里踱着步，低头喃喃自语。他念叨着“陶小桃”和“夏豆”两个名字，又觉得自己身体轻飘飘的，成了一朵浮在房间里的云，或者是升腾但无法散去的雾气，可以变成任何的形状，但又什么都不是，什么都没有。

过了几天警方安排了一次心理测验，不知道是应了“夏豆”的要求，还是调查案件的规定程序。总之那天他被带到一个空荡荡的房间里，当他推门进入的时候，两把椅子放在中间。一位身着白大褂的中年人工工整整地坐着，他的脸油乎乎的发着亮光，头发是那种膨胀炸裂的形状，一丝丝地挺立着，让人看了很不舒适，他的五官还算规整，只有那双眼睛出奇得大，并向外凸出，让人担心随时会掉出来，滚落到地上。

“你好，这是我的名片。”他倒是很客气，很明显不是一位警察。

“黄奕言，一言心理咨询服务公司首席咨询师。”“夏豆”把名片上的字一个一个磕磕巴巴念了出来，似乎每个字都很生僻一般，实际上他想到了一尘精酿，这个一言和自己的水平差不多吧。

“是的，因为我们公司和区公安局有着良好的合作关系，有时候我们会做一些义务咨询服务，所以本次咨询我们是不收费的，请你放心。”

看着“夏豆”漠不关心的样子，他接着说，“我初步了解了你的情况，而且我从福康医院医档处找到了你的病历。”他拿着一个厚厚的本子朝他炫耀了一下，带着职业性的笑容。“是想让我先说说，还是你先陈述一下自己的情况。”

“我只有一个问题，梦游的过程中人是有意识还是无意识的？”“夏豆”看着天花板，因为那个人的发型实在让他心里发毛。

“梦游是一种睡眠性障碍，多半和心理疾病有关系，有没有意识这个很难解释清楚，从精神分析法来讲，梦即愿望的表达，梦游实际上是梦中的意识付诸在行动上，从这一点上应该讲还是有意识的。”他的解释含糊其辞，也许是被“夏豆”给问住了，但他还是东扯西扯避免无法回答的尴尬。

他开始反问夏豆。“你难道不想知道这里面写着什么内容吗？”

“不想。”

“这里面可是有很关键的信息哦。”他又拿着那本档案晃了晃。这让“夏豆”心生反感，很明显他在用安抚和引导一个小孩子的态度来对待他，也许在他心目中自己已经是一位心理疾病患者。

“说吧。”

黄医生立马笑逐颜开。“哎呀，我看过病历，你受到过严重的脑部创伤，这种创伤足以使人昏迷，陷入植物人的状态。里面没有说明你是怎么受到的创伤，但这不重要，重要的是你曾昏迷过两年之久。”

“夏豆”身子微微一颤，但他不想让别人看出来，用手在后脑勺抓着。他在心里想着，这是不是和他回忆不到以前的事情有关，毕竟连他父亲的死都毫无印象，也许正是在自己昏迷期间发生的，但自己受到了怎样的创伤，更是无从探寻。

黄医生眯着眼对着他笑着，给了“夏豆”好一会儿思索的时间，等“夏豆”看着他的时候，又开始说。“从我临床的情况看，有些人在长时间昏迷清醒后，会造成意识的断裂，很可能他会记不起来以前的东西，也有可能他会用一些其他的东西来补充自己的记忆，这些所谓的记忆很有可能就是自己臆造出来的。”

“你说这些，和我的诉求有关系吗？我只想知道我这样是不是属于无罪的。”“夏豆”依然表现得很冷漠。

“这个我是不能回答你的，毕竟我不是警察，我没有这个权力。不过你不用担心，如果你完全或部分丧失刑事能力的时候，我相信会给你公正的对待的。”看着“夏豆”垂下了头，好像已经失去了兴趣，他接着谈到。“我主要是对你这个人感兴趣，坦白地讲，你现在所处的心理状态很值得研究，毕竟长期中断过意识，又苏醒的人实在太少了。”

“那我就是你的试验品喽。”“夏豆”冷笑着说。

“严格意义上讲，算是也不算是，你帮我研究，我也在帮你啊，你不是最近遇到了很多烦恼么，比如这次，我想很大程度和你所处的心理状态有关系。”

“我没有病！”“夏豆”站起来打断了他的话。

“你有讳疾忌医的表现很正常，没有人愿意承认自己患病，特别是在心理和精神领域，比如你看有哪个精神病院里的病人称自己……”

“夏豆”白了他一眼，让黄医生也觉察到了自己一时可能失了言，他想如果聊下去就可能得到更大的排斥，所以也起身，把白色的大褂脱了下来，露出了笔挺考究的方格西装，这身装扮很明显与他的气质不能统一，特别是和他那像是因为忙碌来不及修剪的发型格格不入。

“夏豆”却在这时突然问了句。“你相信人能穿越么？”

“什么？”黄医生不太相信自己的耳朵。

“夏豆”开始低声陈述道，更像是自言自语。“我相信，因为时间是相对的，也许那两年我并不是意识中断，而是我用这种方式跨越了时间。”

“我不太明白你的意思。”

“就像是一只青蛙冬眠一样，做了一个梦就度过了一个冬天。”

“夏豆”的回转很明显激起了黄医生的兴趣，他把脸伸过来，恐怕遗落了每一个字。“为什么这么讲？没人能控制了时间，我们都一样。”

“不，你还不了解，也许有一天我会证明给你看的，但现在还不能。”

“我能理解的是，人的意识是可以传承的，和生孩子传承基因一样，我们把思想传递给了相信我们说话的人，也就等同于我们转移到了别人身上，这种转移发生在孩子身上，左右着他们的行为。即便是我们死了，我们可能还活着。如果是位思想家，这种转移可以传递很久，比如孔子。”

黄医生这段话不知是为了诱导“夏豆”而说的，还是他本来就是这么想的，但“夏豆”根本不愿去求证，他反而觉得有一点道理。“也许肉体还不能穿越，但是思想和意识可以。”

“你为什么觉得你能穿越呢？我认为，一个人中断过意识，醒来的时候编造回忆，但回忆的复杂性不会臆想得那么周全，所以会有那些奇怪的理论作为心理补偿。”黄医生已经坐回了椅子上，他似乎想从“夏豆”那里套取更多的内容。

“难道你就相信你拿到的所谓我的病例就是真的么？”

“这假不了，我有个同学就在这家医院，他没有必要给我假的档案来糊弄我。”

“你这不是侵犯了我的隐私吗？难道警方让你这么做的？”“夏豆”此刻的思路倒是十分清晰，反而觉得他又转换成了审讯者。

“呵呵”，黄医生干笑了一声，显然对露出的马脚很不适应，他觉得和“夏豆”这种人接触还是说实话的好。“不是警方安排的，今天我只是被叫来做心理疏导。至于那本病历档案的确有点侵犯隐私，但我觉得做心理治疗有时候用点技术手段也很正常。”

“技术手段？”“夏豆”轻哼了一声，“对我来说，倒也无所谓。我只是觉得你看到听到的未必是真的。我一直以为自己叫陶小桃，所有人都承认我这个名字，但现在我又成了‘夏豆’，你说哪个是真的？还有，这次虽然有我的监控录像，依现在的技术手段，把我的脸贴在视频里不也很容易么？”

“你总不能猜疑警察骗了你或者专门陷害你吧。”

“他们不会，但有人也许会。”“夏豆”又开始挠头，像是又陷入了思维的混乱。“我想休息会儿，总之谢谢你来听我说这么多废话。”

“如果你有需要随时可以打电话给我，我还是那句话，我们是相互帮助。”这次黄医生却没有了不舍，匆匆起身离开了，“夏豆”只是呆呆坐着，看过去真像是位久居医院精神科的患者。

第八章

“夏豆”身陷囹圄的这段时间，彭麦和任大义倒是尽到了朋友的责任，他们轮流好几次来探望过他，想安抚他焦躁的情绪，但对于他们两个人，“夏豆”却表现出截然不同的态度，每次彭麦来探视的时候，“夏豆”不是避而不见就是见了面也是沉默不言，很显然他对彭麦的知情不报耿耿于怀。彭麦来的几次都只能是留下东西就离开了，除了日常用品，彭麦还送来了好几本书，那几本书都是讲科学理论的，属于那种放在书店里几乎无人问津的专业论著，却出奇地合了“夏豆”的胃口，有种特别熟悉的亲切感，不知道是为了躲避胡乱的思绪还是消磨时间，反正“夏豆”大部分时间沉浸在书中的理论之中。

除了书籍能带来些许安慰之外，还有两个好消息让他很庆幸，一个是大义给他聘请了知名的律师，据说这个律师除了收费高之外，几乎没有输过官司。二个是正式的心理评估中，虽然又是测谎又是催眠的搞得他身心疲惫，好在他被认定为“具有间接或不完全刑事能力”，因为心理测定结果和事件本来不算严重双重加持，他只是被判处了一年期的缓刑。

重获了自由，着实值得庆祝一番，那天大义，彭麦还有大猫老三几个人开着一辆加长的凯迪拉克来接他，上面还扎着红色的礼花。“夏豆”看到他们的时候，先是激动，后来也觉得可笑，他指着他们，大声笑着，把他们笑得面面相觑，不知所措。

“你们几个傻子，把我当什么了？这是什么，这不是接新娘的婚车么？”“夏豆”上气不接下气地说着。

“这就是婚车，今天就是你出阁之日，大喜大喜。”大义一把冲过去把他紧紧搂住了，好像劫后余生的紧紧相依，搞得“夏豆”有点尴尬。

“任老板这么着急当新郎么？还有你这个新娘子胡子有点长啊，脸也没洗吧。”老三又在旁打趣。

“大哥，在里面受委屈了吧，你看，你都瘦了。”大猫脸上浮现着激动，声音里颤巍巍显得很委屈。

只有彭麦站在一旁，沉默地微笑着，他穿着一身卡其色工装，脖子上挂着一个镜头很短的单反相机，更像是位外出活动的摄影发烧友，而不是专程来接他的。彭麦与他匆匆会了个眼神，就朝他按了一阵快门，把“夏豆”搞得莫名其妙。

“夏豆”哈哈一笑，周身拍了拍灰尘，也许是扫笼罩在身上的晦气。“今天就当哥们结婚，走，咱们一起去嗨一把。”说话间还揽着大义的肩膀。“是吧新郎官，你愿意娶我吧。”

“我就等着入洞房了！”两个人开始没羞没臊起来。

“走走走”老三大呼小叫着，“还是跟着老板有酒喝，对了，不过现在该叫你陶老板还是夏老板啊？”

“夏豆”拍了拍大猫的肩膀，一股激愤之情涌上他的脸庞。“兄弟们，我现在叫‘夏豆’，夏天的夏，大豆的豆，以前那个名字就是搞伪装的。”

“这就是你的不对了，你骗别人也就算了，主要是那些跟你暧昧的女人，怕她们找你算账也能理解，咱们都这关系了，你还来这个。”不知道大义明知故问还是有所不知。

“你少来，我可是有家室的人，咱俩不一样，以后别整天在我面前谈论别的女人。”

“呦呦”，大义一脸轻蔑，“看来你在里面改造得不错啊。我怎么以前没听说过还有个大嫂，你可隐藏得够深的。”他四顾一圈，“大嫂呢，怎么没见着，没来接你啊，怕是又是你在忽悠我吧。”

“你嫂子的事情以后再说”，“夏豆”回头看了看彭麦，他的脸上带着笑意。“别说这么多没用的，今天都高兴，你选地方，我请客总可以了吧。”“夏豆”举着手臂像发动一场冲锋。

“还是我请吧，算是对你的补偿。”彭麦还是站在一旁，仍旧笑盈盈地看着他。

“你们这时候争个什么劲，到付钱的时候别跑就行。我们只管吃，是吧大猫。”老三显然对他们这种造作的对话很不买账。

“好啊，不过，店里的事情先处理处理再过去吧，不然……”大猫拉着老三的袖子低声地絮叨，被老三恶狠狠地瞪了一眼，躲在了一旁。

“店里怎么了？”“夏豆”踏进车里的一只脚又抽了回来。

没人说话，大家都把目光投在了大猫身上，大猫倚在车屁股上，像一个做了错事的孩子。

“大猫，告诉我到底什么情况，你可从没骗过我。”

大猫支支吾吾地说不出个所以然，最后无奈抛出了一句，“要不你去看看吧。”

大队人马杀到健身馆的时候，正好一群人议论纷纷站在门口，“夏豆”拨开人群一个箭步冲到了门口，门栓用一坨铁链捆绑着，上面挂着一个锈迹斑斑的锁。从贴满广告的玻璃门上看过去，里面空空荡荡，所有的器材物品都凭空消失了，甚至他珍爱的原木吧台也不见了，地上只有散落着的一些纸张，墙面上的画报撕裂了，画中的人丢失了一个手臂，另一面墙上玻璃碎掉了，还有残缺的部分张牙舞爪挂在墙上，把整个房间映照地更加凌乱。

“夏豆”惊呼了一声，向后退了几步。人群中有人认出了他，围着他质问着，呵斥着。

“这不是这个店里的老板嘛？还我们的钱，你这个骗子。”

“赶紧还钱，你还敢跑回来。”

“把他送到派出所。”

“打他，揍这个不要脸的。”

周围的人恶狠狠地盯着他，叫嚣声此起彼伏，慌乱中有人踹了他一脚，还有个人抓住了他的领子。

老三和大猫赶紧跑过去，把“夏豆”从那人的手中夺了回来，又迅速站在他和聒噪的人群中间，用他们大块头的身体组成了一堵墙。

“各位大哥大姐，不要这么激动，我和大家解释解释。”大义掐着腰站在人们面前，语气镇定激昂，在危机公关时刻竟也有了领导的派头。

“解释个屁，你是谁？”

“我先介绍一下，这个店是我投资的。当前店里经营没有问题，我们只是对店面进行升级改造，也是我们店既有规划，目的呢就是为大家锻炼身体创造更好的环境，给大家提供更好更优质的服务。可能中间和大家沟通不是很到位，所以……”

“骗谁呢？你们的经理都被警察抓走了，还不是因为诈骗。”

“他这不是好好地在这里么，不要听人胡说以讹传讹嘛。”

大义大谈特谈开“新闻发布会”的时候，“夏豆”拨开人群转身离开，大猫跟在后面亦步亦趋，两个人窃窃私语地来到楼下，沉默一会儿后点着了烟，使劲吸着。彭麦看见了从车里走下来。

“怎么了这是？店里出什么事了么？”

“装什么装，这事你能不知道？”“夏豆”一脸黑线。

“真不知道，我有装的必要么？”彭麦苦笑着。

“徐央妮跑了，把店里的钱和东西都弄走了，我现在真的是一无所有了。”

“怎么能这样？是不是有什么误会？她不是和你挺好的么？”彭麦一幅吃惊的样子。

“这个事情你真的不知道么？我不知道还能不能相信你。”

“我发誓，真的。”彭麦拍着胸口一派信誓旦旦。

“好吧，我信你，不过你要把你知道的我的过往统统告诉我。”

“可以的，我早就想说出来了，但你一直都不肯见我。”

“现在还不是谈的时候，我现在心情乱得很，后面一大群会员跟我争吵着要退钱，我现在身无分文能怎么办？”“夏豆”猛吸了一口，把烟蒂弹了好远，在空气中划出了一道短暂的红色印记，天色已经渐晚了。

“你可以选择报警啊，至少她随意处置你的资产加上坑了这么多人，很明显诈骗么。”

“这个店从开始就是登记的她的名字，实际上她可以随意处置自己的资产，至于诈骗这个事情，我不想报警，也不想她被抓。”

“你这是又为何呢？”

“我觉得我亏欠她的。”“夏豆”抬起头看着已经若隐若现的星辰，他在思索，徐央妮已经是天上的某颗星星，即便是看到找得到，但再也得不到了。如果还有一颗星星呢，也许就是陶小桃了吧。

叹了口气后，彭麦表情和语气缓和下来，“哎，钱呢没了可以再赚么，至少你现在人平平安安的，不是挺好。以后这些问题都可以慢慢解决。”

“也只能走一步算一步了。”夏豆看着大义踏出了门，迎着微风拧着扣子，黄昏的余光打在他的脸上，他步伐矫健，笑容里透着自信和神秘，夏豆发现大义竟然如此风度翩翩，与他印象中的纨绔子弟简直判若两人。他大声呼叫着并向大义招手，转过头又轻声对彭麦和大猫说了句，“有你们在，一切都能解决。”

由于大义今天的个人表演很是出彩，他自鸣得意地请吃了饭，所有的人怀揣着一些仇恨和一些兴奋都喝大了酒，而未来的忧愁所有人都不记得了。大猫说，徐央妮是善良的，也是爱着夏豆的，她是暂时生了气，算是场离家出走，很快想开了就会回来的。老三说都怪那个叫王哲的男人，看他老实巴交的，其实心怀着鬼胎，这一切都是他设计好的，他不是个好东西，如果见到他肯定把他碎尸万段。大义说出来混迟早要还的，夏豆这个感情大骗子也有被女人耍的时候，他还谈到这次牢狱之灾不也是因为一个女人的事情嘛，顺便还讥笑夏豆，你别不承认，我心里跟明镜似的。彭麦说，这一切还得从很早之前说起，你们只是不了解过去的夏豆。夏豆自己却说，一切都已经过去了，生活还得继续，老三和大猫你们不要怕，你们不抛弃我，我也不会抛弃你们，咱们的生意还得继续下去。

送走了他们几个，夏豆和彭麦在路上漫无目的地溜达，在公园的一角他们坐下来，这里静悄悄的，密集的树和花丛把路上的声音隔绝下来，把灯光也隔断的婆婆娑娑。彭麦瘫坐在长椅上，一向不抽烟的他也叼起了烟卷，吐出一阵带着酒气的烟雾。

“夏豆，有很多事情我是不该瞒你，但我也没有办法，你知道么，我这样做都是为了你好。”彭麦语气里带着满满的歉意。

“为了我好？就是为了把我害成这个样子？”

“你知道么，你在医院里曾经躺了两年，我以为你一辈子就是那个样子了，不会说话，不能行动，基本上就是个植物人，你那时连点意识都没有。”

“那又怎么了，我现在还不是好好的，说吧我到底是因为什么成了那个样子的。”夏豆目光炯炯地盯着一片黑暗。

“哎呀，你听我慢慢讲。你后来又醒过来了，你知道当时医生都说你这样坚持不了几年了，但奇迹还是发生了。开始的时候我们大家都很高兴，但发现你什么都不记得了，你一直说你不是夏豆，你是另一个人，我们谁都不认识的人，一个穿越过来的人。我们当时也以为你疯掉了。”

“那你们为什么不告诉我真相呢？”

“你哪听得进我们讲的话，医生建议我们不要硬告诉你是谁，不能刻意改变你的记忆，不然的话容易造成很严重的后果，比如什么对自我的认定障碍，基本上就是精神分裂那个范畴的，所以只能等你慢慢回想起来。”

“那我是因为什么成了植物人的？车祸么？”

“这个，好像还不能告诉你，毕竟对你刺激太大，你要是再疯掉了，我可担当不起。”彭麦把烟掐灭了，从身边的背包里掏出了那个相机，仰着头朝天空拍着。

夏豆盯着他沉默了一会儿，他怀疑彭麦的那个相机对着黑乎乎的天空能拍清楚什么，遥远而寂寥的星辰？但这份执念和自己不也一样么，在茫茫黑暗里要抓住什么东西一样。夏豆对这个问题没有再追问下去，他思量了一会儿，开口缓缓地问道，“那总可以说说我所谓的媳妇吧。”

“你们俩的确是真正的夫妻，是领证过的，我们三个都是大学的同学，同学从相恋到结婚，也是很平常的事情，没有太多好说的。”黑暗中彭麦停顿了一下，看不到他迟疑的表情，他把相机收起来，又点了一只烟，猛吸过后引发了一阵咳嗽，只是用不稳定的声音继续说着。“你爸不太能接受她，他极力反对你们俩，当然依你的性格，你们俩偷偷结了婚，但具体什么情况我也不太了解，你家的事情你曾经就很少跟我说起。”

“那后来呢？”

“你昏迷后的那段时间里，她一直陪在你身边，为了照顾你把自己的舞蹈事业也放弃了，我了解她后来各个地方去带瑜伽课也是为了给你凑医药费。当时房价还没有涨这么厉害，你还算不上拆二代，家里没有多少钱的。”

彭麦说话的分贝陡然提升，甚至带着责备。“不扯这么远了。她可是尽心尽力为你付出了很多，可你倒好，不感恩也就罢了，醒来先是不认她，后来又变成了个花花公子，借着你家里拆迁的那两个臭钱，到处沾花惹草、四处留情。”

“你只说事实经过就行，我不希望你来评价我的事。”彭麦的火刚开始点燃，夏豆就泼了冷水，他很不喜欢被人质问的状态。

“好吧，我不评价你，我只说一个细节，当时她和你换了名字，就是把她的名字留在你身边，也许有一天你会回想起她，然后找到她，回到她的身边。可你倒好……”彭麦没有说完，只是用轻蔑的笑收了尾。

不知道怎么抓破了夏豆敏感的神经，他噌得站了起来，喘着粗气就要开口骂了，正好彭麦的电话响起了，解了围。

“喂，我马上回去，好的，好的。哎呀我说了，我和朋友在一起，能干嘛，昂？”彭麦背过身去一阵絮叨，等打完电话看着夏豆仍然傻愣愣地站在那里。

“你以为这个世界上只有你痛苦吗？你以为别人都是很傻很天真很快乐了吗？有些事情我是告诉你了，有些事情还得靠你自己，回去吧，我也该走了。”彭麦边走着边回头向夏豆说着，“从这里吵完，还得回家吵，过的什么日子……”他的声音越来越远，最后慢慢消失在黑暗之中。

回到家的时候已经是凌晨两点了，夏豆倒是异常的清醒，脑子里的酒精和思绪还在来回激荡，产生的兴奋才刚刚开始消退。只不过楼道里黑漆漆的，声控器已经老化需要大力跺脚才能唤醒它，不过夏豆不想吵醒别人，他打开手机，借着屏幕幽蓝的微光找到了自己的门和门上的锁眼。推开门才发现门把上还挂着一件东西，用黑色的塑料袋装着，一进门又被什么东西差点绊倒。

也许好久没有交电费了，灯是没有反应，他又借着冷光翻箱倒柜找蜡烛，又在冰箱旁不小心滑了一跤，可能是流出的水迹还没有完全干掉，闻了闻有股刺鼻的臭味，加上酒意让他产生一阵干呕。

收拾好一切回到床边，他没有洗澡，身上黏黏腻腻的，但夏豆并不以为意，至少找到了在家的舒适感。借着烛光他首先看到的是地上捡来的一张纸条，上面写着几个字。“最近找不到你，该交这半年的房租钱了——老袁留”。

他把纸条扔在一旁，打开了那个差点绊倒他的纸盒子。里面赫然躺着两捆现金，正好二十万，下面仍是一张纸条。“对不起，我也有我的无奈，从今以后天涯分隔、各求安好。”字写得很瘦，又感觉像是被风吹过，倒向了一侧，显得软弱无力，很显然是个女人的字迹。

想起来最近的牢狱之灾，他很快就锁定了那个女人，从这点上讲，那个女人是和他有着特殊联系的，不然的话她怎么能打开门，把钱放在屋里呢？夏豆又想到，他完全可以带着钱和这个纸条去警察那，告诉他们他完全是冤枉的，但他只是摇了摇头，把自己的想法给否定了。“任何人都可以被原谅，除了自己。”他脑海里不知道为什么冒出了这么句话，很可能是在离开陶小桃家的时候，他就想到的。

钱又被放回了盒子里，他又捡起了那个黑色塑料袋。里面有封信还有个很是精致的小铁盒，摇了摇哗啦作响。当打开小铁盒的时候他就明白了写这封信的主人，那是两个一模一样的金色拳套项链，这个再熟悉不过。拿着信的时候他的手有些颤抖，这颤抖里也许包含着彭麦讲起的过往的故事，也包含着那场像是发生在梦境里的怪异的故事，不知是深深的愧疚还是有种被原谅的感恩戴德，总之他的心扑腾扑腾地跳着。

但信中说的却很简单。“我走了。”

“走了？”去哪儿？还是有其他的含义？特别是另一种含义让夏豆顿时不寒而栗，难道就因为自己的无知和鲁莽，她会作出那样的傻事么？应该不会的，他应该不值得她这么做，但她又是什么意思呢？夏豆的思维掉进了冰窟窿。

辗转反侧的时候，他又想到了徐央妮，相比陶小桃，他更喜欢她，更喜欢她的直爽和包容，更喜欢她丰腴的肉体和青春的活力，更喜欢她能让他感到更多的存在感。但不能否认的是，她确实欺骗了他，夺走了他的所有，但他无法知道的是，这是一开始的阴谋还是情形变换后的取舍。也许正如他们说的，徐央妮是被王哲诱导才会这么做。他想找到她，把她带回来，重新开始。就这样反复想着，几乎一晚上都没有睡着。

一大早夏豆就抱着一盒子钱出了门，从早点摊上找到了头上闪着油光的老袁，他把钱丢给了他就离开了，既没有接受老袁签合同的建议，也没有接受他请吃的包子。夏豆找到了老三把剩下的钱一股脑交给了他。

“从哪里弄到了钱？”

“卖肉得的。”

“啥？”

“哈哈哈”夏豆自己乐得直不起腰来。

“把这么多钱都给了我，你也不怕我和王哲一样跑路了。”

“钱无所谓，你不拐我的女人就行。”两个人又一阵大笑。

办完了这些，夏豆又急匆匆地来到了一尘啤酒铺子，他把纸条交给了彭麦。彭麦凝视了一会儿，把手里的抹布一摔，皱起了眉头。

“这是小桃给你的？”

“怎么？你认识她的字迹？”

“有点印象，主要是猜的，这是什么时候的事？你见着她了？”彭麦的眼神变得无助且慌乱，甚至不能聚焦在夏豆的脸上。

这个时候，彭麦的妻子刘子琪从内屋里走了出来，她穿着碎花的雪纺上装和蓬蓬裙，不过色泽暗淡，显然是穿过许久，她的脸又白又大，浑身圆乎乎地说不上可爱，至少能说明最近过得很舒适安逸，不过她还是在头上扎了两个骨朵，系着零零碎碎的小玩意，很难对应着自己人妇的身份。见到夏豆显然是有些羞怯，愣在那里不知道说什么好，倒是夏豆挤着笑容主动打招呼。

“嫂子没去上班啊，怎么有空到店里来帮忙了？”

“今天星期六啊，不用上班的。”她的声音很小，也不用正眼看夏豆，这时候才发现她的眼白红彤彤的，显然是哭过。她和彭麦相视一眼，轻轻地问，“你们在讨论什么呢？”

“没有，是夏豆女朋友的事情，最近他们俩在闹矛盾，让我给点建议。”

她没有说话，显然对彭麦的热心肠极为不满，脸上发起了红晕直达耳根。

“我去给你倒水。”

“这有酒呢，水不用拿。”还没等夏豆说完，她就又逃到了里屋里面。

“你们俩吵架了？新媳妇不知道疼爱么。”

彭麦没有直接回答，他从抽屉里掏出个相机镜头，用洁白绢布擦拭着，他举着镜头，眯起一只眼睛，用老式望眼镜的方式朝夏豆这边看着，看得夏豆发慌。

“你是怎么打算的？”

“我想知道她去哪儿了，至少知道她很安全，还有见到她，离婚也好，和好也罢再做决定。还有，刚才我还去了她住的地方，已经人去楼空，邻居说两个星期前就搬走了。”

“你不觉得她已做好了决定么？”彭麦的眼神忽然明亮起来。“一个女人为你付出这么多，又被你伤害成这样，如果换作是你，你会怎么决定。”

“我又不是女人，我怎么知道？”一大口啤酒下肚，夏豆打了一个嗝，“我想，她还没有做好决定，不然她就会直接告诉我‘我和你拉倒了，咱们离婚吧’。”

“那我帮不了你了，我也不知道她说这话到底什么意思了，我不知道她能去哪儿？”彭麦停了下来，看着里屋的门，好像把心思放回到自己的女人身上。

“你们俩到底什么情况？”

彭麦叹了口气，脸上郁结了阴霾的气息，他看着夏豆的眼睛说，“所以说，你以为世界上就你最痛苦吗？”

沉寂了一会儿后，看着夏豆并不太搭理他，接着又解释说，“很可能这个店快经营不下去了，到时候我把店卖了，正好还你的钱，你也正是缺钱的时候。”

“钱的事情你不用管，我已经筹到了一部分，可是，店为什么要卖掉？”

“我得换份工作，一个能让人不丢脸的工作，坐在办公室里，西装革履、人模狗样。”他把语调提升了很多，很明显是说给屋里的人听的。说完后里面传来了噼噼啪啪摔东西的声音，中间好像还掺杂着哭声，夏豆没有继续听下去，匆匆离开了。

回到家里，夏豆硬生生地躺了一下午，他不愿意起床，也不觉得饥饿，身体既不活跃也不疲惫，他呆呆地盯着天花板，又用不能聚焦的目光瞄着窗帘，看着阳光在房间里留下的痕迹由明渐暗，慢慢消逝。他觉得一切都索然无味，好像没有什么事情能提起他的兴致，特别是当他想到那些女人，想起她们善于用温柔的假象来欺骗，喜欢鼓弄这些是是而非的游戏，无非是掩饰她们自私的真面目，一旦遇到了困境或是演不下去了就逃之夭夭，种种行为把人性的黑暗赤裸裸地展现出来，让人十分恶心。过了一会儿他觉得恶心的情绪都让他提不起精神，他在反复思考要不要去找陶小桃，即便是自己知道她在哪里还有没有必要去找她，还有既然自己已经忘掉了一切也失去了一切，何不重新开始呢。

模模糊糊间夏豆还是睡着了，他做了一个奇怪的梦，梦里是一片没有尽头的草原，绿草悠悠，无边无际，远处有起伏的山峦，随着行进高高低低跳动着，这是一幅沁人心脾的美丽画卷。这时候他发现自己开着一辆崭新的敞篷吉普车，行驶在一条没有尽头的公路上，视线平坦而开阔，路面有缓慢的曲折和起伏，让人感到一种吊床摇摆的舒适感。风轻柔地扫在脸上，扫在头发上，头发又反复挠着脸颊，让人感到一阵阵愉悦的酥麻。

可过了一会儿，他闻到了一股浓重的烟味，他这才发现一个带着黑色棒球帽的矮个子男人正坐在后座上，他抽着一根雪茄，烟雾从帽檐下面冒出来，又迅速被风刮散了，风还把他的帽子掀起来又按下去，整个动作像是一架老式的蒸汽机。

他的下巴上下蠕动着，似乎在对自己说着什么，可风和发动机的轰鸣声把一切都掩盖了，他转过头请求那个人大点声说话。好一会儿那个人终于摘下了帽子，头发一下子就散开了，迎着风向后扬着，他的脸白煞煞的，下面是乌青的血管，感觉缺了氧一样。夏豆回头看了看路，又看了看远处的雪山，是呀，在高原上还抽烟能不缺氧么。他又转头的时候，那个人贴了过来，说了句话，虽然声音很小，但还是听清楚了。

“你最好离开她。”虽然语气不重，但里面透漏出那种绝望里的无所畏惧。

“离开谁？”夏豆大声吼着，风灌入了他的嗓子眼，痒痒的让人想咳嗽。

“这辆车送给你了，如果你不喜欢的话，我可以给你折成现金。”

“什么？”夏豆还是用大力气说话，他没有把车的速度降下来，好像车也不受他控制，被设定在恒定的速度上。

“我是说，你离开她，我给你钱。”那人用了命令的语气。

“如果不呢？”夏豆转过头的时候，又观察到他的脸，瘦削的面容，以及凸出的眼泡是显著的特征，加上他阴森森的面颊，基本可以断定这个人就是叶帆，那个坐在轮椅上的男人。夏豆觉得被他威胁十分可笑，他开始戏弄地问。“如果我拒绝呢，我看不上你那点钱。”

“她没有你想得那么好，她是个坏女人，她也不是个干净的女人，她在你身边只能害了你。”他说话的声音也很大，急促的呼吸让他变了声调。

“我为什么要听你的，你又算什么。”说完他把油门猛踩了一下，把叶帆重重地摔在了后座上。

“我求你了行不行，只要你答应我，什么条件我都可以答应你。”他开始哀求起来。

这并没有撩起夏豆的同情心，他对这个男人很是厌烦，不管是他的形象，说话的语调，变化的表情，特别是他黏黏糊糊的那种气质，让夏豆甚至产生了把他踢下车的想法。

“如果你不求我还好，你求了我我反而不会这么做。”说完夏豆发出一阵放浪的笑声，加上急促的行驶，声音被拉长了，变得尖锐而诡异。

突然间，夏豆感觉脖子里猛得一阵冰凉，一把闪着寒光的刀就抵在他的喉结上面，他一个激灵，甚至还不由自主地咽了一口唾沫。他想再复制加速的动作，但又怕那刀子借着惯性刮破他的喉咙，虽然风依旧很大，但他开始觉得额头开始发起汗来。

“你想干什么？”夏豆显然有些慌乱，他已经不太能抓住方向盘，车在摇摇摆摆前行。

那人发出一阵低沉的笑声，他的声音很干涩，让人听起来很发麻。“我跟你开玩笑的，看你那怂样。”

夏豆迅速反应过来，他一把抓住叶帆手里的刀子，想顺手夺过来，但对方显然是有所防备，争执中夏豆已然丢下了方向盘，车从公路上脱了轨，在颠簸的沙石地失去了控制。突然间他感到自己腾了空，牵着手的叶帆也腾了空，车子已经飞了起来，又猛地下坠，那是银亮亮的一片，不是天空，也不是地面，是一条奔腾的大河……

第九章

因为这个梦第二天一整个上午，夏豆都闷闷不乐，这个时候那个姓黄的医生又找到他，这一次他直接敲开了夏豆的家门甚至还带来了一瓶红酒。他进了门之后，完全没有在意夏豆厌恶鄙夷的表情，就自顾自地翻箱倒柜找了俩杯子，顺便还从冰箱里拿个了苹果，没有洗就大咬一口又叼在了嘴里，随后把杯子啪啪地摔在桌子上倒满了酒，一屁股深深地砸进了沙发里，一气呵成好像这就是他的家，夏豆却根本不存在似的。他的头发总算是剪短了，穿了一身宽松亚麻料的中式长袍，脖子上挂着很大的一串朝珠，一坐下来就捻开了一把大纸扇，上面写着“洞察秋毫”几个歪歪扭扭的字，摇在手里呼呼作风。

“愣着干嘛，还不坐下聊。”黄医生不解地看着夏豆，“怎么，不欢迎我是怎么地？”

“你怎么找到我这的？”

“你不知道我参加过你的案子调查嘛，来来来，尝一尝我上次去波尔多带来的红酒。”

红酒这东西对夏豆来说毫无饮用的快感，但喝下去一会儿，的确让人舒服下来。

“我这次来呢，没有别的意思，就是作为一名朋友和你聊聊天。”他咧着嘴露出两排整洁的牙齿。

“上次我们不是谈了很多么，你想从我这得到的你已经都知道了吧。”

“不至于，每个人都有很多秘密，这些秘密别人永远不会知道，但对你来说，你有很多秘密，你自己却不知道。”

“我能有什么秘密，无非就是个人私生活的一些琐事。”夏豆递给黄医生一支烟，被摇手拒绝了。

“对不简单的人来说，他的琐事也就变得很不简单。”

“你不是说过么，我不过对你来说是一个很值得研究的案例，仅此而已。还有咱们俩不是朋友，你带着这种功利的想法，咱们还能做朋友么？我还想问一问，作为你们心理医生，是不应该和病人做朋友吧，这点操守你都不要了吗？”

黄医生随手拿起一本书，自己无心地看起来，有意躲避夏豆质问的目光，等夏豆说完了，他才合上书，仍旧笑嘻嘻地看着夏豆，那表情觉得更像是夏豆在胡搅蛮缠。

“哎呀，老夏同志，这个年龄了还这么冲动？别什么事都那么较真好不好？这个世界上哪有这么多板上钉钉的事情，就拿你那些朋友来说吧，他们难道就没有对你点儿功利的想法，对你就没点儿秘密可言？这不太现实吧。”他举着杯子碰了碰夏豆的杯子，又陷进沙发里，小口抿着，接着把语气放缓了。

“这次来我不是想和你讨论这些没有意义的话题，我还是想多了解了解你，帮你梳理下你的记忆。”

“我不是失忆症么，还有什么记忆能梳理？”

“你并不完全算是失忆，只是记忆被重新洗牌，然后保留或者屏蔽。当你从长期的沉睡中苏醒过来，你的大脑可能选择了一部分你能接受的东西，把它们还原出来，还有一部分让你感到失望或者你不愿再唤醒它们，索性把它们丢进了大脑的垃圾站。”

“你别说这些没有用处的，把我都搞迷糊了，如果你能帮我看清我内心真实的想法，比如说，到底爱不爱一个女人，爱着一个还是另一个，如果没有这个本事，就把你的屁股从我的沙发上挪开！”

面对夏豆的“羞辱”，黄医生竟然满脸喜气地说，“这就是我来的原因。”他把酒杯迅速地往桌子上一滑，把头埋进了自己的公文包里，掏出几张打印纸来。“你瞅瞅，我还给你带来了点礼物。”

接过来之后，夏豆看了看是一篇网络上的新闻报道，在体育栏目板块有一段文字被红笔画上了横线，上面写着这样的内容。“作为本次全国散打锦标赛中的一匹黑马，来自江北大学的年轻选手夏豆，在短短进行一年多的系统训练后，第一次参赛就直接KO了数位拳坛老将，轻松夺得了70公斤级冠军。他灵活的走位、迅猛的拳风以及强烈的攻击欲，在每场比赛过程中都形成了对对手强有力的压迫感和窒息感。有专业人士指出，夏豆很可能是近十年来，中国拳坛难得一见的天赋异禀的新星。颁奖仪式之后，夏豆接受本报独家专访，他说自己的成功完全归功于自己的伯乐汤益阳先生，我们知道著名教练汤益阳……，他还坦诚讲将来会更加努力，以更好的表现争取早日进入国家队。”

由于最后几句话被红笔覆盖到了，夏豆在认真分辨后，一个一个字念出来。

“这个夏豆就是我？”夏豆一脸迷惑，而黄医生眯起眼睛，捋着胡茬，怡然自得地盯着夏豆，顺便点了点头，他的右手握着左手的手腕，拧着那颗给手表发条上弦的探头。

“你接着往下看。”

翻开第二页，有一副照片，一个浑身腱子肉，巧克力肤色和腹肌的男人，站在拳台上面，举着一个巨大的奖杯，旁边围着一众人等，只不过为了突出主角都被镜头虚化了。虽然有几分相似，但夏豆还是觉得这个人更像自己身份信息上的那个照片。照片下面配着寥寥数字，也被红笔标记。

“著名拳击选手夏豆，因牵扯一项刑事案件，接受警方询问。”

接着是第三张，是一幅杂志上剪下来的一块，文章的末尾仍是一大段文字，红笔标记了这么一句话。“新一届国家队名单出炉，著名天赋型选手夏豆无缘……”。

夏豆把几张纸折了一下，扔在了桌子上，抱着头沉下来，用双手按住了天阳穴，使劲揉捏着。这时候黄医生缓缓站起身来，用轻松的口气慢慢说着。

“没想到你还得过拳击冠军，怪不得我上次见你的时候看起来有些面熟，只是我不太关注这种运动，一般心智成熟的人是不会诉诸于暴力的。”

现在轮换成夏豆瘫坐在沙发上，他声音又疲惫起来。“怎么这些我什么都不记得？”他又拿起那几张纸来，快速翻动了一遍，又匆匆丢在了桌子上。他想到自己记忆的空白都是通过别人的叙述来填充的，很多人的话不值一信，难道这几张破纸就能完全真实么？但他转而又想，想到了那两串拳击手套项链，也想到了为什么这么多女人会爱慕他，当然也想到自己的妻子，陶小桃为什么作为锦瑟舞团的领舞还能嫁给他，很多东西好像都串联了起来。

等夏豆的表情从阴晴不定中解脱出来的时候，黄医生才慢慢解释说，“这也是我关心的，一般来讲一个人屏蔽一段记忆多半是因为痛苦，但至少你做过拳手光辉的一段历史不应该被抛弃。”

“你没看到，后来不是很惨么？不是又是涉及刑事案件，又是被排除出国家队了吗？”

“那怎么地，可不是人人都能进国家队的，那个全国冠军已经够你牛气一辈子的了。”

“好吧，总之，谢谢你告诉我这些东西。”夏豆站起来，想去拥抱黄医生，但觉得两个人的感情还没发展到那一步，于是和他握了握手。

在后续配合治疗的几个小时里，他平躺在沙发上，按照黄医生的询问，描述着这么一个梦境。

这正是那位女人说的，法兰克福的大剧院，从外面看上去那是间巴洛特式的古典建筑，巨大的大理石柱子上挂满了各式人物的石雕，走进去有种无边空旷带来的震撼，穹顶高高挂在上面，绘画着中世纪欧洲特有的神迹图像，一排排红色的座椅就像是海边滩涂上的咸碱草，无边无际，这一切便组成了天空和海洋的印象。在那遥远的海岛上面，一个女人身着白裙偏偏起舞，远远望去是一只白色的天鹅，身边一群白色灰色的小鸭子也跟着摇摇晃晃。

说到这里，夏豆又谈到，他曾到过类似的梦境，他知道那只天鹅就是自己的妻子，陶小桃。黄医生没有理会，让他继续在梦里畅游。

“我走上了舞台，不，已经变成了拳台，好多人盯着我看，他们一个个光着膀子站成了一排，他们说要和我决一死战，我打倒了一个又一个人，但一个又一个朝我扑过来，我快招架不住了。”说话间夏豆还在空中挥舞着自己的手臂和紧攥的拳头，紧接着他不再说话，喉咙里发出公猫发怒时的咕噜咕噜声，一粒汗珠从他的额头开始汇集，滑到鼻尖上，闪着银光，身体蜷缩在一起，头上冒着热气，如同一个煮着沸水的茶壶。黄医生没有理会，等着夏豆慢慢冷却下来。

“我看见她了，是陶小桃，是她指使那些人来打我的！我要和你离婚，我不要再见到你……”

黄医生用了一种极为生硬的口吻在质问着他。“别谈你的妻子了，我想问问你，想没想起你的父亲。”

“我父亲？”夏豆虽然还闭着眼睛，但脸上的表情由愤怒转为了不安，他摇晃着脑袋，后背不停地砸着椅背，屁股时而离开了椅面。

“我的父亲不算是个好父亲。”夏豆从齿缝里挤出话来，“他曾经是一个导弹工程师，他在戈壁滩住过很多年，直到很老才生下的我。他在有辐射的地方工作很多年，明知道很有可能会生下一个畸形儿，还是要执意把我生下来，他本就是不负责任。”他的语速变得越来越快，“后来他对我要求极为苛刻，他觉得我应该做一个科学家，大学的时候逼迫我学习物理专业，但我根本不喜欢这个东西，学那些乱七八糟的方程式又有什么用处？有什么用处？”

“你没有找他谈过么？说一说你内心里真实的想法？”黄医生用明亮的眼神看着夏豆。

“没有用的，没有用的，就算是我拿到了全国冠军也没有用的，他是不会让我继续打拳击的，他是不会让我和陶小桃在一起的，在他眼中我就是个‘混球’，她就是个‘婊子’，他曾在我面前这样说过她。如果要不是他的身体不好，我当时会立马给他一拳……”

说到这里的时候，夏豆突然间睁开了眼睛，猛地站了起来，把椅子拎在后面，他昂着头视线超过了黄医生的头顶，张着嘴大呼着气，眼白里冒出了血丝，像一个随时要发动袭击的眼镜蛇。

“你为什么引导我提起我的父亲！为什么！”，还没等到黄医生回答，他就把椅子朝对方头上扔去。而黄医生显然是对此有所察觉和防备的，他面不改色，从容地躲过了袭击，从口袋里掏出一把啪啪作响的手电筒，往夏豆身上一杵，一阵痉挛过后，夏豆又失去了意识，遁入了黑暗。

不知过了多久，当夏豆醒来的时候，他却睡在一辆汽车上了，温热的阳光照在他身上，轻柔的风给他的脸做着按摩，他仿佛躺在女人的温柔乡里。又过了好久他在朦朦胧胧里伸了个懒腰，打了个哈欠，睁开了眼睛。

彭麦开着车，顺着路面的颠簸摇晃着脑袋，把脸伸在夏豆面前，大声喊着，“你可真能睡，从上高速到现在都四个多小时了，我都开饿了，到下个服务区你来开哈。”

“我这是在哪里，我们又去哪儿？”夏豆揉搓着自己的眼睛，从彭麦的墨镜里看见了自己憔悴的脸。

“从东土大唐而来，去西天取经来着。”彭麦被晒得黑兮兮的脸上，露出灿烂的笑容，好久没见他这么开心过了。

看着夏豆还是痴痴地看着他，他收起了笑容，还是大声喊着，“开什么玩笑。喂喂，后面的那位也起来了，给你的二师兄解释解释，我们从哪里来，到哪里去。”

“解释什么，他就是装的。”

夏豆寻找那个尖锐的声音望过去，是一个带着牛仔帽的男人，他的身材瘦小，胳膊却异常的白皙，一股轻柔的长发在空中挥舞着，即便是绳子紧紧拴在下巴上，风随时可能把它掀走。

“叶帆？怎么会是你。”夏豆惊呼一声。

“是我怎么了，这是我的车，是我花钱加的油，是我付的高速路费，我坐在这个车里有那么奇怪吗？”

“咱们要去哪里，我刚才还在家里来着，还有那个黄医生呢，他去哪了？”夏豆本能地躲着叶帆，朝着彭麦的方向问着。

“装什么装，演什么演，这一切不都是你安排的么？”叶帆就差发出嘘声来表达自己的不屑了。

“我安排的什么，我什么都不知道，是不是你们把我从家里绑出来的？”夏豆开始愤怒了，一旦掉进了无知和愚昧里，他就想到这是别人设计好的骗局。

“别闹了好不好，你不该会是又失忆了吧，我可是把啤酒屋都给卖了，咱们没有回头路了。”

“那我们到底去哪里？”

“去找你消失的爱人，陶小桃。”

“为什么要找她，我不想去。”夏豆把身子缩在了座椅上，“都是她害了我，让我失去了央妮，失去了健身房，失去了父亲，断送了我的运动生涯。她离我越远越好，最好永远不要再见面，我为什么要去找她呢？”

彭麦边开着车，边不时把头送过来，迎接着夏豆的质问。他没有把车速降下来，他们的吉普车敞着蓬，风从前车挡拂过去，在头顶上发出阵阵呜咽。虽然还没来得及问，但这让夏豆很不理解，为什么要敞开车篷在高速上行驶，就好像裸体开摩托车一样，给人一种不安的怪异感。

“你可不是这么说的。”彭麦怕夏豆听不清楚，又重复了一遍，“你找我的时候可不是这么说的，你说你要找到她，你说这个事情总要了结。你一会儿说爱她，一会儿又说恨她，到底几个意思呢？我们到底还去不去？”

“怎么不去，都走了这么远了。”叶帆朝彭麦喊完，又朝夏豆喊着，“你不是整天说心理有问题么，我来告诉你，是因为你对不住她，你才会觉得她可恨，她才有错，这是一种心理补偿，因为心里面把自己给美化了，实际上你这是于心有愧。是不是？”

“我不知道。”夏豆无话可说，同时也不想说话了，他又把头沉下来，躲着头顶呼啸的风，他又突然把头昂起来，大声叫着，“停车！停车！”

车慢慢停在了应急车道上，夏豆立马打开车门窜了下来，刚要迈过栅栏，才看自己在高架上面，望下去，高高的杨树梢簇拥在一起，像是条深深的水沟。

“怎么不跳？”叶帆把帽子摘了下来，他的脸虽然呆滞但还算和善，他敲击着车门，扮演着一个看客。

“搞什么？等你想起来了，你就想开了。”彭麦在高速路上闲庭信步，又把钥匙丢在了夏豆的身上，自己站在旁边，拉开裤链尿了起来，一泡尿随着风飘散下去，还没落地就消失得无影无踪了。夏豆忽然也觉得尿意正浓，也跟着尿了起来。

“你上不上厕所？”彭麦朝车里的叶帆问着，叶帆还是木了吧唧的表情回应着，举起了一个矿泉水瓶。

车子再次起航，夏豆没再把车开得那么快，他没有那两个人如此疯狂，刚才的一系列举动，让他对那两个闷葫芦都刮目相看，仿佛他们本来就是这个样子，以前的他们不过是扮演出来的而已。

夏豆开车的时候，黄昏已经降临，一轮巨大的太阳沉落到地面上，两侧的云朵都泛着红晕，无边无际的公路像是浮在半空中，把他的思绪带起来，又按下去。车厢里也和天色一起沉寂下来，他们都没有说话，彭麦看来是疲惫极了，刚到副驾驶不久就传来了厚重的鼾声，正好用着是他刚才睡觉的姿势。而后面的叶帆也埋在了帽子里，风好像也不愿搭理他一样，帽子没有了起伏，他在帽子底下几乎没有了气息一样。

夏豆并没有在高速的服务站停留，反而是在最近的出口下了高速。他转而开到一条乡村公路上，路面不算开阔，上面布满了零星的石子，压上去有些弹在车的底盘上，冷不丁发出叮叮的声响。两排巨大的杨树种在路两旁的泥沟里，像一队冷面的卫兵。这个时候已经下凉了，雾气开始升腾，两侧的荒野都隐藏在一片白茫茫之中，有种失落之感，加上冷飕飕的风和唰唰作响的树叶，让人起了鸡皮疙瘩。车上的另外两个人却毫无觉察一般，不知道是真睡还是假寐。

路着实不太好走，也不知道到底要去哪里，好在从潮湿的空气里看到了几个字挂在一所破旧的楼房顶上，走近的时候，才发现到了一条国道上，几辆拉着沙石的卡车呼啸而过，把路面上的尘土都裹了起来，扑进了夏豆他们车子里面，彭麦和叶帆被呛醒了，这个时候夏豆正好把车开进那所叫做“能人聚”的饭店。

老板是个个子很矮但极为壮实的中年男人，有着北方农村人那种特有的土黄色的皮肤，头发也被黄土和黄昏染成了土色，他穿着一件印着酱油广告的白色T恤，不知是被忙碌的汗还是傍晚的潮气弄湿了。老板看见了他们就急匆匆地冲了出来，上来就问着哪来哪去的问题，还热情的帮着把叶帆的轮椅支开，等着彭麦把他抱了上去。

“什么？我们要去这么远的地方？那里离国境线不远了吧，陶小桃怎么会在那个地方？”夏豆偷偷问着彭麦。

“是呀，如果陶小桃不在那个地方，我们可能还得出国，去法兰克福。对了，去法兰克福的馊主意可是你出的，你可知道偷越边境会是什么罪么？搞不好咱们三个都得一块儿蹲局子。”他还没回答完就爬上了二楼，看了房间之后，朝楼下喊着，“房间还行，你们先点吃的，我洗个澡。”

干花生米应该是现成的，还没点完就已经放在桌子上，老板是个勤快的人，又火急火燎的走进了厨房，从递菜的窗口处和他们对着话。夏豆觉着这个季节夜晚雾气腾腾的很是奇怪，老板用一种西北婉转粗糙的口气回答说。

“咱们这个地方就在黄河滩上，一般收了麦子，如果地还不错就会抽黄河的水浇地，浇完地就种花生和扁豆，水抽得多了满地都是水，下了凉就成了雾。”接着又说起了他们从这么远的地方过来，一定是吃了不少苦头，至少土肯定是没少吃，自己嘟囔着一会儿炖块羊血清清肺什么的。一会儿炉火咆哮起来，他也就不聊了。

现在只剩下夏豆和叶帆四目相对，上次夏豆想见叶帆的时候还准备了一席话，但现在又不知道说什么好，甚至尴尬到手都不知放在哪里。倒是叶帆把帽子和手套脱了下来，往桌子上一丢，开始发话了。

“如果不是我在家里一个人闷得要死，要不是你和彭麦死乞白赖来找我，我是绝不会跟着你来蹚这趟浑水的，特别是和你这个连自己都骗的人。”

“我真的不记得了，但我绝不相信我会去求你。”夏豆用手捏了一粒花生米嚼得嘎嘣作响，打开了瓶白酒，摆上三个杯子，都满上了，自己抬起来一口就下去一多半。

“你当然可以不用来求我，只要你把你的店卖了，有了钱，就用不着找我了。可是，你不舍得，你这个人把钱看得很重。”

“喝你的酒，少放屁。”夏豆找不到合适的理由来反驳他。他喝了口酒自己反而发笑起来，弄得叶帆一张莫名其妙的脸，“这不正符合你的想法么，作为一名宅男，出来就得用野一点的路子。”他又朝上指了指，“楼上那位怎么想不开也跟着一起过来了？”

“他比你还奇葩，我都懒得说你们。”

“说说嘛。”

“他没跟你说过？”

“我脑子不好，都不记得了，真的，这回不骗你。”

叶帆支着桌子把头伸了过来，夏豆把脸凑了过去，两个人显得十分亲昵。

“他现在的媳妇你知道么？”叶帆压低了声音，但还是很有穿透力的那种。

"知道啊，叫刘，刘子琪。不就是个胸大无脑，爱听妈妈话的女人么。"

"她有过婚史，就是说在彭麦之前就结过婚。只不过彭麦的岳母十分看不起那个男的，就是他的前夫哥。"说起这些叶帆也变得不冷漠了，甚至舞动起他瘦削的眉毛来，十足像个市侩的长舌妇。"虽然他们是偷偷结了婚，据说还生了个小孩，但她妈极力反对啊，嫌他只是个超市的配货员，结果就把人家给蹬了，孩子也不管了。这些事一直隐瞒着彭麦，他这次能跟你出来，多半是为了散心，或者躲避……"

一道猛烈的光打在他们两个人的脸上，回头看的时候，彭麦正站在门口，他的头发和人一样都直挺挺的站着，手里拿着那部相机，他俩转过头的时候，又一阵灯光闪过。

"你们相处得很融洽嘛"，彭麦乐呵呵地坐下来。"你们俩这两个老情敌怎么成了朋友了，我今天算是开了眼界了。"

店老板用一个木质托盘端上了三个菜，还配有三大碗清汤面，很有古旧的气场，肉的焦香扑面而来，让人食欲大开，三个人只顾呲溜吸着面，没有人再讲话了。

一早上，虽然夏豆问了店老板三遍路怎么走，但没超过半个小时，他们还是迷路了。那时候雾气刚开始升腾，他们穿云过海一会儿就迷失了方向，只觉得地势越来越高，路也歪歪扭扭越来越崎岖，路旁的树也从高骏的白杨变成了歪歪扭扭的柳树和槐树。清早应该下过雨，路上的土变成了泥水，沾满了树叶，轮胎碾在上面发出了一种类似划水的声音，让人听了很舒服。天气还是太凉，叶帆仍然带着帽子，身上裹着一件深灰色的毛毯，让人看到了都有暖意。这个时候彭麦抬着相机左一张右一张到处拍着，对他们迷路这件事毫不在意的样子。只有夏豆在浓淡交织的迷雾中，在湿滑的山路上开着车，旁边是深不见底的深沟，急得大汗淋漓。

这个时候一只黑色的大鸟从树上掉了下来，夏豆没有看清那只鸟是从树上飞下来还是本就是跌落了，甚至没有看清那是一只什么鸟，是乌鸦还是喜鹊。那只鸟掉下来的时候，正好砸在吉普车的前窗上，几乎在同时，夏豆本能得躲避猛打了下方向盘，那只鸟在滑腻的玻璃上乱抓乱挠扑腾着翅膀，挡住了夏豆的视线，车出现了侧倾，越来越严重，带着夏豆一声惊呼滚到了路旁的沟里。

一阵翻滚带来的眩晕过后，夏豆摸了摸身体，好像也无大碍，周遭黑漆漆湿漉漉的，他知道肯定是底朝天了。他急切地询问着叶帆和彭麦的情况。

“死不了。会不会开车？”车尾处出还是那个冷冷的声音。

“喂，你们两个没事吧。”由于夏豆是倒栽在地上，在脚底的上面，彭麦不停地敲击着车门。

“你小子跑得倒是快啊，身手不错啊。”夏豆着实没看到彭麦是什么时候跳的车。

“这个时候你还跟我贫，开的什么车这是，在里面待会好好反省吧。”外面还是传来彭麦拉拽车门的声音，可一个大铁盒子严丝合缝地就扣在一个小洼地上面，凭他一己之力是根本掀不动的。

“别捣鼓了，找人救援吧。”叶帆显得也一点不着急，夏豆想象着他肯定还裹着毯子，被束缚在车座底下，如同一只裹在菜叶里的豆虫。

彭麦嗯了一声，撒腿就跑开了，周围慢慢恢复了平静，甚至清晰地听见鸟的叫声从山上树上回荡着，从刚才的生死攸关的波折中渐渐平息，这让夏豆的思路清晰起来，一条大河似乎从悬崖上冲破了阻碍，变成了回忆的洪流。他觉得这只掉下来的鸟就和陶小桃有着密切的关系，这是一种谶语，一种符号，他以往的梦境里的鸟几乎都代表着她，但从今天的情形看，夏豆不知道是车接住了这只鸟，救了它，还是来撞它、碾它、弄死它。唯一可以肯定的是，这只鸟给他们带来的厄运，差点害死他们三个人。他忽然想到以前收到的那封陌生的来信，一个叫庄维的男人曾经这么警告过他，让他快点离开那个女人，快点离开自己的妻子。他还记起来，自己做过和叶帆一起旅行的梦，一切都是那么熟悉，以前他觉得那场梦是一段回忆，现在看起来更像是一种预言了，这样他对鸟落在车上的启示更加深信不疑了。

他又想到自己上次记忆中断的地方。那天他接受黄医生的催眠，忽然醒过来的时候和黄医生打在了一起，那个家伙竟然随身带着防身的电棍，但是他虽然被电流击倒在地上，但从意识混乱中瞬间清醒过来。他抄起一把桌上的水果刀，一只手掐住黄医生的脖子，把他拖起来，死死按在沙发上，把刀尖顶到他的颧骨处，对着他的眼睛。夏豆记起来他最后还是没能刺下去，他对黄医生有着又爱又恨的复杂情绪，他进行了调查并可以告诉夏豆的过往，但也正是这些过往激起了他的不适，类似一种被监控的感觉萦绕在心头，比被人遗忘和忽略痛苦多多了。怪不得彭麦在很久之前曾说过，把过往毫不保留地告诉他会造成他的发狂或者崩溃。

夏豆也记起来了那天彭麦崩溃的情景，他虽然没有哭，但脸色难看到了极致，在彭麦开口前，夏豆猜测很有可能彭麦自己得了绝症。实际上他正如同叶帆所说的一样，他突然发现了自己新婚妻子的秘密，就是那个看起来傻傻的女人刘子琪，竟然有过婚史，还生过一个女儿。彭麦那天绝望地表示，如果她隐瞒自己曾经结过婚，他着实也可以理解，甚至有可能原谅她，然而他最无法接受，也永远不能原谅的是，她竟然在几年间没有去照顾自己的骨肉，哪怕是偷偷看一眼也没有过。她解释说自己怕被彭麦发现，而所有的过往都是自己年轻无知犯的错误。彭麦觉得这种女人在身边让他汗毛直立，让他有种恶心的感觉，让他吃不下饭，让他无法睡眠。

夏豆还记起来那天和彭麦两个人一起去找叶帆，夏豆问彭麦为什么要和他一块去找陶小桃，他说，自己待在这个地方只能是更伤心，不如躲避一段时间，重新梳理自己的生活，等回来时再定夺和刘子琪的未来。夏豆又问他为什么要找叶帆，实际上他们两个就可以去的，彭麦白了夏豆一眼说，你有钱吗？你有车吗？还有你可是缓刑期间，外出要申报的，你愿意再等等走程序吗？夏豆没有再说话。彭麦还说，叶帆曾经骑着摩托车去过很多地方，他旅行的经验十分丰富，而且也很有可能去过那个西北边陲的小镇，那里正是陶小桃的故乡。十几年前陶小桃正是从那个小镇里走出来，来到这个城市和他们成了同学，她现在也许会再次回到那个地方。夏豆问彭麦为什么的时候，彭麦表示，人在当下受到了挫折和伤害很容易怀念过去美好的时光，很愿意回到过去生活的地方，夏豆也没有理由反驳，姑且相信了。

再次见到叶帆的时候，听了陶小桃的故事，他先是一惊然后又对寻找她表示了极大的热情。想到这里夏豆想问问他为什么会这么爽快答应了。问了好几遍，直到夏豆怀疑叶帆可能窒息而亡的时候，一个不高兴地声音才从毛毯子里传出来。

“把你的腿砸断了，在家里蹲上几年，你就知道了。”

第十章

由于头朝下倒置在车里面，血液都被挤进了大脑，感觉时间过得如同爬虫蠕行。好在恍惚间听到了车的声响，听到了彭麦大喊的声音，慢慢地他觉得自己要腾空了，光线和干燥的空气猛地灌了进来，一阵巨响后的晃动，车被生生地拉回了路面。

“你们两个用不用去医院？真是命大啊，没缺胳膊少腿吧。”彭麦站在一辆拖拉机前，乐呵呵地看着他们俩。

可这种玩笑话明显对叶帆而言是话里有话，他揭开帽子白了彭麦一眼，说了句，“我看车要进医院了。”

夏豆从车上面跳下来，抖了抖身上干掉的泥巴，饶有兴致地看起彭麦身后的那辆手扶拖拉机来。

“你还别说，这个东西劲还挺大。你是从哪儿找到这东西的？”

“喏”彭麦走到车后，把一位正从轮胎上扣泥巴的大伯请了出来。“你们可是不知道，我是跑了多远，这地方荒郊野岭的鸟都不拉屎的地儿。多亏碰见了高老伯，老爷子听了二话没说，就开着车来救你们了。”

夏豆赶紧递过去一支烟，也同彭麦一起砸吧砸抽了起来。这位高老伯头发是花白的，平头应该刚理过没多久，倒也显得精神，只是胡子蓄得有点长，也是花白的。脸上布满了沟壑，皮肤看来是风吹日晒久了，比那位饭店老板的土黄色要更深一些，更像是下雨过后深褐色的地面，他穿着一件很不合体的斑纹T恤，很明显是他的儿子丢下来不穿的，虽然双臂显得十分壮硕，但是腰和背已经有点佝偻，只能抬起头看着他们。

“你们的车要是发动不了，就用它拖着去国道，那里有很多修车铺子。”他的声音质朴而洪亮，给人一种特别的暖意。

“那高老伯，你是去做农活还是赶集啊，耽不耽误你的事情？”彭麦坐在拖拉机驾驶位上，把吵闹的机器关掉了。

“不碍事，是我山上还有九分旱地，这不麦子要收了，早上起来去割麦的么，不碍这一天。”高老伯抬头望着天，看着太阳烧得火红，若有所思。彭麦赶紧掏出相机来给他照了一张，又跑过去拍刚刚从沟里拉出来的那辆吉普车，随后又抓住那辆拖拉机拍个不停。

高老伯对他投来费解的眼光，问起来，“你们几个年轻人跑这来要干甚？给家里面说了没有？这里路很难走的，几十年前修河堤推土用的，早就不用了，前面到头就是杨树林子，这是条死路。”

“可不是死路一条么，差点要了我这条老命。”夏豆扭动着腰部，感觉浑身发紧，可能是困得时间长了，血液流通不畅，还有几个地方明显有些软组织挫伤，从关节深处向外顶针的感觉。

“就这点风浪就吓破胆了，害怕就早点回家睡觉吧。”叶帆又带上了他那顶帽子，就这几分钟还掏出本书来把头沉在里面。

高老伯倒是对这几个年轻人很有兴趣的样子，他主动提出来要带着叶帆回家休息，因为回到国道的路非常不好走，最好是用拖拉机把吉普车拖到乡村公路上，然后打电话给维修店，他们一般都有拖车的。

夏豆他们本是不打算再去麻烦他了，但是盛情难却，更重要的是这荒野之处他们三个也没有办法。在被高老伯推辞了好多次后，看着他义正言辞的表情，夏豆算是缓和了一句。“这样吧，既然耽误了您老人家的农活，那明天我们帮你干活，算是种补偿。”高老伯捋了捋他的胡子，点点头算是默许了。

把事情都料理完，天已经快黑了，修车铺的师傅开着摩托三轮把夏豆和彭麦两个人送到了西疃村的村头，说自己也不认识什么高老伯，你们自己去找吧。还有车子需要两天后来取，因为不知道里面坏了什么东西，费用什么的就说不准了。拆开看如果发动机出了问题，那不仅仅是钱的事情了，很可能就修不成了。

作别了修车师傅，夏豆望着西疃村正沉浸在落日的余晖之中，鸡犬相吠、炊烟袅袅，一派质朴祥和的气氛。高老伯家就坐落在村西头的高岗上，一户独门独院，是一个放学后系着红领巾的小女孩把他们带到那里的。他们两个由这个小女孩领着穿过整个村子的时候，那些胡同口、麦秸垛旁边总坐着男男女女，当发现他们俩的时候，那群人就从高谈阔论中戛然而止了，他们的眼睛木木的，直勾勾地盯着他们，随着他们的步伐向前移动，好像他们是两只从山上跑下来的猴子或者是从天外飞来的外星人。这把夏豆看得几乎都不会走路了，他一瘸一拐地勉强往前挪着，倒是彭麦满不在乎，他用另一种眼光回击着他们，这就是他手里的那个相机，灯光一闪，所有人都用手捂住了脸，不再看他们了。

高老伯的院子是红砖绿瓦，可时光久远，那所房子和村里的土坯房也一样变成了焦黄色，绿瓦上留下了青苔的痕迹，有几处还冒着几棵狗尾巴草。夏豆倒是觉得这里更像个破庙而不是一个人的家。

进了院子，除了看见那辆手扶拖拉机正趴在里面，车头盖上了装过化肥的编织袋，叶帆正在院子里看书，由于光线稀薄，他几乎趴到自己的膝盖上面，听见他两个回来了，叶帆把头抬了起来，扶了扶自己的眼镜，很无奈地说道。

“是不是我的车要报废了？”

“你还差这么一辆车么？大不了再去买一辆呗，再说换辆越野能力好的，我们的路还远着呢，总不能再掉沟里吧。”彭麦跟他打着诨，说完又跑出去到处拍东西去了。

高老伯看他们回来了，就吆喝着几个吃晚饭，夏豆钻进了那间又矮又黑的厨房，里面有着烤泥土的味道，刚进去就被滚滚浓烟给呛了出来，只好把叶帆推进了堂屋里。里面比从外面看起来小多了，不过一切都是井然有序，用红砖铺设的地面上竟有几分光洁感，墙上挂着几幅裱好的字画，虽然是那种俗不可耐亭台楼阁的画和类似“家和万事兴”之类的题词，在泛黄的纸面上倒也显得古朴可爱。下面供着观音佛祖，对面的墙上还挂着毛主席相。除此之外，屋里的陈设极为简单，或者说没有什么陈设，几把椅子，一个饭桌足以，还有的就是镰刀锄头和靴子麻绳之类的杂物了。里面昏黄的灯光照着，让人有种穿越久远的感觉。

高老伯和彭麦两个人说笑着进来了，彭麦端着一大盆热气腾腾的菜，虽然是黑乎乎的一片，但香味扑鼻，特别是在饥肠辘辘中让人口水泛滥，就连还埋头看书的叶帆也不免抬起头来。

“高老伯今天把养了一年的大公鸡给杀了，今天咱们哥仨有口福了。”彭麦一进门就聒噪起来。“老夏，把你买的酒拿出来，今天陪老爷子喝两盅。”

本地高粱酒应该过了五十度，喝起来着实辛辣。叶帆还是不喝酒，他吃饭的时候把脸凑在盆沿上，眼镜被糊住了，用手在镜片上擦出了两道空白，借着狭窄的光挑食着自己喜爱的部位。彭麦用手抓着一个鸡腿啃着，用着陶制的小碗大口喝着酒，有几次要站起来，一只脚踩在板凳上，活像一个“座山雕”。他的脸更像是因为激动而发红，高谈着本地的景色之优美，这所房子之古朴可爱和适合拍摄取景种种。

夏豆怔怔地望着他，他忽然觉得人真的是那么善变，虽然自己有时候发疯发狂，做着一些不可理喻的事情，但相比较而言，或者说他眼前的这些人才算是精神分裂。按理说，彭麦的表现更应该像是自己，和任大义两个人喝大酒、吹大牛，和老三大猫谈天论地互相埋汰的场景还历历在目，是那样的无畏和洒脱，而印象中的彭麦却是那么唯唯诺诺，现在却完全颠倒了。还有这个叶帆，总是一副无所谓的面孔，现在感觉像只到盆里抢食的鸡，这真是不可理喻。还有徐央妮，当初对自己百般依赖和无限崇拜，怎么会说走就走，更让人费解的是和一个性格肉了吧唧的王哲一块跑了。对了还有陶小桃，为什么不能正面和他说说自己真实的想法呢，如果讨厌他完全可以提出离婚，或者说自己侵犯了她，让他罪上加罪，以解心头之恨。当然也包括自己，为什么会糊里糊涂走上寻找她的旅途。

高老伯的声音把思绪飘散的夏豆拉了回来，他黑褐色的皮肤变得鲜活起来，深陷在皱纹里的眼睛水汪汪的，放射出骄傲的光来。他的语气在彭麦的带动下也高昂了很多，夏豆似乎很想听听秦腔的韵味，但却听到了一股子老北京的味道。

“不瞒你们说，我也曾经去过很多地方，包括你们要去的地方。那个时候搞运动，坐火车不用花钱的，到了地方还有人接待，我背着一个包，里面只有一个记录本、一个饭盒、一个水壶，足矣。”

“高老伯，听您的口音，您可不是本地人？”彭麦说起话来也感染成了同样的味道。

“是呀，我是知识青年上山下乡的时候来这里的。”

“那您后来为什么没回去，待在这穷山沟沟里有什么意思。”

“这个就说起来话长了”，高老伯把酒杯抬起来又放下了，眉头挤成了疙瘩，他抬头看着灯，那种表情就像是痴痴地望着一盘明月。他似乎想到了什么，又端起酒杯来，说，“我想过离开这里，但那个时候条件不具备，到后来慢慢老了，也不愿离开了。对我来讲，在这生活不是挺好的么？”

“你真的去过铁力沙镇么？说说那个地方。”夏豆打断了高老伯的追忆。

“哦，那个地方，那是祖国西北角的一个小地方，向外就是俄国或者是什么斯坦国，就不太清楚了，反正离得很近了。我曾和一帮同学到处去宣传毛主席思想，我们曾提出要每个镇都到的口号，后来很多地方没有去成，因为中国实在太大了，我们大多数的时候还要靠两条腿走路，根本没办法实现。不过我们还是去了很多地方，那里应该是我们到过的最远的地方。”说道那个地方的时候，高老伯的脸颊抽动了一下，用一种难以置信的口吻问夏豆。“你们真的要去那个地方？去找人？”

“是的。”

“那个地方不太适合住人，虽然镇的附近就是一片湖，而且很漂亮，看一看风景还可以，长期生活就不行了。你听这个名字，铁力沙，那里是个大山口，刮起风来飞沙走石那简直要人命。那一年我们到那里的时候，当时正刮着八九级以上的风，我们就缩在铁路看守的那种小屋子里，差点连人带房子都给刮走了。铁力沙与其说是一个镇，更像是一个铁路的站点，其实就是零星住了几户人家，他们就是铁路工人的家属，再无他人。”

“不是吧？”叶帆吃得酣畅淋漓，倒也没有耽误收听大家的聊天，他把眼镜摘下来，从口袋里掏出手绢擦拭着，用油乎乎的嘴和空荡荡的眼睛看着高老伯。

“对，叶帆，你不是说你曾去过那个地方么，说说你看到了什么？”彭麦来了兴致。

“铁力沙，那个地方取这个名字，是说的那里有一个铁矿，因为这个铁矿派生了一座小镇。我去的时候那座铁矿还在运营，我去镇里的那天，我的车就差点刮到了一辆拉铁矿石的大卡车，还差点和一群矿上的人打起来。所以我对那里的印象很深刻。镇上还有个很大的市场，那里有很多从西亚中东来的商品，当然那里就住满了很多商人。反正那里是个镇，而且很大。”叶帆话语间信誓旦旦，甚至有点咄咄逼人，这在夏豆看来完全没有必要，再说高老伯既是长辈又是救命恩人，哪有当面冒犯的道理。

高老伯看起来倒也不是很在意，他用很缓和的语气解释说，“可能我老了，记不太清楚了，还有我去的时候可能还没你们几个年纪大，到现在都成了个老头子了，几十年了，没有什么变化那才叫怪呢。”

夏豆看着高老伯的语气也不免产生了落寞之感，他说出了大家的疑虑，“当时为什么没有回城里呢？还有你的家里人呢？”

高老伯好一会儿都没有回答，夏豆觉得可能是老头年老耳背了，没有听清楚，想再问一遍。高老伯却突然说了句，“你们尝尝我这个。”看着他从别在腰里的布口袋抓出一把烟丝来，一小块白绢纸，把烟丝放在上面，呲溜一下搓成了卷，再用手指点了点白酒封住了口。

屋里散发出一种火烧火燎的味道，在他们面前升起了一团团白雾，加上微弱的灯光，反而给了他们一种迷离而又安全的感觉。高老伯咳嗽了一阵还是说起了自己的故事。还是回到他插队的时候，他在这个地方与一个农民的女儿好上了，他讲述得很简单，但是夏豆觉得他们肯定发生过轰轰烈烈的爱情，和描写那个时代的电视剧里的故事一样。因为后来回城的时候，很多人是抛弃妻子，然而高老伯没有，高老伯把岳父母养老送终，把自己的儿子抚养成人，一直没有再离开这块土地。还有一点能够证明的是，高老伯的妻子在他儿子出生没多久就患病去世了，他其实完全可以带着儿子回去的，但他的心已经留在这里了，他要守着他的妻子，甚至把家搬到村西头这间孤零零的破房子里，因为他想住的离妻子的坟头更近一些。

如果要夏豆来解释的话，应该是高老伯的青春在他的爱人走了之后就死了，他即便是想出去也没有力气了。他无法躲避地又想到了自己的妻子，也许驱使他去踏上这条漫长的路和把高老伯滞留在这个地方是同一种道理。

高老伯讲述的时候，大家都沉默着，叶帆也戴上了眼镜，张着大嘴听得入了迷。夏豆也曾听过很多次老人们讲起自己的故事，那些故事基本上都属于“只提当年勇”的范畴，像高老伯这样清新脱俗、情真意切的闻所未闻，这种故事让人惊奇，又有很强的代入感，让他们都跟着低沉伤感起来。

“那您儿子呢，怎么没有见他，这农忙季节不一起帮忙么，是不是还在上大学？”彭麦是率先从那种情绪中挣脱出来，也可能在他残酷的婚姻面前，对于爱情故事是最没有想象力的。

高老伯露出尴尬之色，“他呀，年龄比你们小不了几岁，七八年前出去就没回来过，他不愿待在这穷地方。”

“那总得逢年过节来看你呀，把一个老人留在这里算什么？”

高老伯又叹了口气，他看来是很不愿意提及这里面的故事，只是说了句，“他能照顾好自己就可以了。”

那天晚上他们在刚才吃饭的位置支开了帐篷，三个人挤在一起，加上又潮湿又硌人的地面，还有彭麦的鼾声，又想着高老伯讲的故事，这一些都让夏豆辗转反侧难以休眠。他又想到了自己的父亲，这是从黄医生那里想起他之后，第二次想到他。他想到也许黄医生说得对，自己是因为太过于怨恨他才会把对于他的记忆都隔离掉了，但今天高老伯可怜的语气却让他感觉自己的父亲同样可怜，即便是他已经离开了这个世界。只要这次能回去，就赶紧回到母亲身边，一个是多陪陪她老人家，另一个是听她讲讲父亲以前的故事，也许能够把他真实的形象还原了，想来想去他还是睡去了。

第二天站在半山腰上，极目远眺，夏豆看见了一条银灰色的大河，大河在地面以上，浮动着如同一条坠落的云。从大河开始就是被树林隔开的一段段的道路和一块块的村落，再近一点就是无边无际黄澄澄的麦田。早上的风就已经躁动热切，把脸暖得热腾腾的，风又从麦子秆间穿过，如一波一波的海浪，给膝盖以下送来了阵阵海水般的清凉。

叶帆应该是无法感受这样的知觉了，他待在地头边，坐在轮椅上，拿着彭麦的相机，来回旋转着长镜头，一会儿看看山，一会儿看看河，一会儿再抬头看看天空的云。他的帽子褪到了脖子后面，太阳已经把他的脸上了色，那种淡淡的焦糖色是黑色素也更像是血液流动带来的，总之少了很多阴郁的气息。高老伯和彭麦正蹲在麦浪中间，挥舞着镰刀，左手举一把麦子，右手挥一下镰刀，一手金黄、一手银光。除了金属切割麦秆的嚓嚓声，土地里还有蛐蛐的低吟，甲虫飞过的嗡嗡声，蚯蚓钻入泥土的呲溜声，高空布谷鸟特有的叫声，直起腰甚至能听到村子里拖拉机发动的声音，上课的铃声，棒槌敲打衣服的声音，再远一点就是大河的背景音，这一切都成了一场令人着迷的交响乐。

不过快乐没有持续了多久，太阳越爬越高，越来越大，阳光按摩的敲击从木槌慢慢变成了铁锤，腰部发出阵阵酸胀的感觉，两只胳膊又灌了铅，夏豆已经完全失去了收获的兴致。可抬头看看高老伯和彭麦正干得起劲，高老伯看起来喜气洋洋的，他应该觉得今年的收成还不错，而彭麦的脸上也浮着笑意，他知道彭麦这种能为了酿酒熬一个通宵的人，这点活是难不住他的，但笑意却包含了劳动的快乐。

叶帆摇着轮椅走了过来，拍了拍夏豆的肩膀，夏豆转过身看见了一丝关切的眼神，虽然转瞬即逝，但夏豆还是捕捉到了，他接过来叶帆送来的水。那是用一个破了漆的巨大的茶缸，上面还写着“抓革命、促生产”的字样，叶帆纤细的胳膊颤巍巍地举到夏豆面前，夏豆咧着嘴傻笑了一下，就咚咚把一缸子有点苦涩的茶水全喝下去了。

这个时候彭麦那边发出了一声大叫，“喂，是兔子”，只见他挥舞着镰刀，把腿撇开左右横着跳舞，像是一只螃蟹。还没来及嘲笑他，麦浪里生出一道细流，一只灰色的野兔从里面杀了出来，夏豆扔了缸子想要扑它，倒是叶凡连身带椅都歪在了地上，不偏不倚正好砸在那只野兔上。那只兔子后半个身子被压在了土里，还歪着头露出两个大板牙吱吱哇哇地想要咬叶帆，彭麦跑过来没有帮忙，倒是夺过相机来忙着给他们合影留念，直到高老伯出现，把那只兔子套进了一个布口袋里。

几个人瘫坐在地上，哈哈大笑，那笑声在山上可以传得很远，一只托着长长的彩带的野鸡受了惊吓，从麦田里飞起来，嘎嘎叫着朝山下飞去。

虽然还不到一亩地，等他们忙完了，坐着拖拉机回到高老伯家里的时候，已经没了日光，北斗星正在西天挂着，天空非常纯净，有一个弯弯的新月，再无其他的星辰。他们按照高老伯的指导把麦子堆起来，打成了垛，在院子门口的小空地上建成了个蒙古包，看着这么多麦子，几个人虽然满身的疲惫但是内心充实而喜悦。回到院子里，他们关上了大门，都脱得赤条条的，夏豆这才看起自己的身体来，那副身体虽然浮着一层浅浅的脂肪，但是骨头粗大、肌肉充实，而且发起力来青筋暴出，他想自己是个拳击好手应该不是什么谎言。他从院子角落里的老井打上了水，把站在那里同样赤条条的彭麦浇了个透心凉，又和彭麦一起把叶帆推到了院子里的菜圃里，举起水桶连人带车都冲了个干净，在月光下，叶帆没有被晒黑的皮肤有了种奶白的温润，椅子被摩挲的发亮的把手，也显得油亮，还有水滴溅在了青色的黄瓜上，也显得晶莹剔透，他们嬉闹着如三个少年，菜地里的蛙虫在鸣声附和着，一切都如梦境般美好。

唯一不美好的是夏豆看到了叶帆的腿，他浑身的白流淌到膝盖处就消失不见了，只有一个柳树瘤子一样的疤，即便是明亮的月光在映照不出它的颜色，它是那样的丑陋与黑暗，像是一个黑洞把夏豆的目光紧紧锁住了。夏豆很想问他发生了怎样的事故，但他没敢问，他不想打破这幸福的氛围。

他们就在院子里摆上了桌子，吃了高老伯做的红烧野兔和香葱炒野鸡蛋，他们又撤去了桌子，打扫了一块空地，摆上了凉席，又赤条条地躺下对着明亮的月光。高老伯在旁边坐着马扎，吸着他的旱烟问起他们这趟旅行的故事。

故事都是彭麦来讲述的，涉及到夏豆的时候他就用手指点点他。高老伯听完后，叹了口气说，“有个能这么照顾你的女人不容易”他打了个“夫妻本是同林鸟、大难临头各自飞”的谚语，又说，“特别是现在，人和人之间没那么重感情了，就拿村里的年轻人说吧，一方如果出去打工，另一方就必须得跟着，也不管家里剩下老人和小孩没人照顾，他们是怕离开久了，另一个肯定要变坏要变心。前些年就是这样，男的打工回来，要么是带了一个小媳妇回来，要么就发现媳妇在村里和别人好上了。”

高老伯的话有点絮叨，明显是带着些醉意，他们三个也带着醉意，迷迷糊糊地听着。出于好奇，他们还是问起了高老伯的爱情故事。起初，夏豆觉得这种事情对高老伯来讲是很难启齿的，也许酒精的缘故，或者说几个光屁股的大男人躺成一排，这种毫无保留的真诚是很有感染力的。

“哪有什么爱情故事，我们那个年代就是凑一起过日子嘛，跟你们现在的年轻人还是没得比的。”高老伯虽然这么说，但夏豆从神态里看出他还是有得意的故事的，无非就是一种欲扬先抑的说法罢了。

后来，高老伯讲到，他和其他的知青从他们伟大的征程中铩羽而归之后，还是回到了他们插队的这个地方，那个时候他们因为折腾了这么长时间，钱财已经花得差不多了，回到这里的时候他们衣着破烂，更像是一群流浪的乞讨者。那个年代里只有劳动才能记公分，用公分才能兑换口粮的额度，因为他们没有在生产队里参加劳动，加上那是个大家都一样食不果腹的年代，所以他们几个就闹起饥荒来。

其中一个年纪小点儿的知青因为饿得实在受不了了，一天晚上偷了农民的一只羊，烤着吃的过程中被生产队发现了，在生产队抓人的过程中，与知青们产生了争执，甚至打起了架。高老伯声称自己羊肉没有吃到一口，但年轻气盛打架反而冲到了最前面，结果混乱中伤了人，最后被抓了起来。

他说他记得，他自己被单独关在一个空荡荡的房间里，浑身绑着麻绳，麻绳又系在屋里一根歪歪扭扭的顶梁柱上，因为好几天油盐未进，他已经气息奄奄挂在那里。这个时候他从铁栏杆的空隙里发现了个女人，更形象的说他在迷迷糊糊之中仿佛看到的是一位天使，一位穿着花棉袄扎着长辫子的天使。高老伯是用了夸张的语气来讲这一段的，他说那是一件灰暗潮湿的房间，但正因为她的到来，犹如照进一片暖人的阳光，她的脸蛋被冻得红扑扑的，很像一个刚升起的太阳。

那位天使看他太过可怜，用一个中通的竹竿从窗子伸进来，用嘴吹来了水，又用那个竹竿挑来了窝头，晚上的时候，借着月光又吹来了咸糊糊。他说咸糊糊不知道什么原因，尝起来不是那么咸，反而有种淡淡的甜味，那是一种女人嘴里特有的味道，当温热的糊糊转进他的嘴里的时候，他们俩就算是接了吻。

后来，迫于上级的压力，生产队还是把他们给放了，但没过多久那女人的父亲和兄弟几个又把他抓了起来，说他对自己的女儿耍流氓，又把他关进了那间屋子。就这样那位天使又过来给他送吃的，这次有疙瘩汤，有小米粥，还有一次吹到嘴里有又香又膻味的奶来，那是她家里的母羊刚生了一窝，羊初乳都被她偷了过来，这样子他们亲了一次又一次。再后来没多久，他又被放了，用高老伯的话说，他的岳父自是为了撒撒气，因为他们没有结婚就生米煮成熟饭了。

高老伯说这些的时候，空气中似乎飘散了一种奶香味，夏豆觉得自己的嘴巴干干的，不知道是想喝奶了还是想找个女人接吻，也可能仅仅是酒劲过后身体露出的疲态。一朵云从月亮下面快速地飞过，把夏豆的脸映照得忽明忽暗，夏豆开始冥想着自己有过很多女人，但现在无一在身边，他现在内心浮现着一种莫名的冲动，那就是渴望接吻，渴望女人，渴望爱情，就像喝多了酒嘴里干渴一样。

“阿姨当年这么着迷你，肯定是因为你当年长得很帅。”彭麦的话打断了高老伯的话，也打断了夏豆的思绪。

高老伯回答说，“我年轻的时候和这里的农民没啥区别，吃穿的都不好，还要干很多农活，都是又黑又瘦。至于当时她怎么看上我的，我曾经问过她，她说当时就觉得我这个人很可怜，她是可怜我，所以跟我在一起了。至于后来，当大多数知青都回城里的时候，我一想到离开她就觉得她也可怜，所以就走不成了。”

叶帆把盖在腿上的毛毯掀起来，在空中抖了抖又盖上了，吸引大家注意后，发出了一丝若隐若现的冷笑，开始说起来，“可怜一个人就会和他在一起么？我腿没了之后，很多女人说过要跟我一辈子，但我知道她们不是可怜我，是看我的那点钱罢了。”

“有钱有什么不好的，钱虽然是臭了点，但是的确能买来女人啊，的确能让我们开着吉普车到处旅行，的确能让你啥活不干待在家里吃喝不愁。这有什么不好的？你这种心理就是身在福中不知福，说难听点就是矫情。”

“不就是你的女人嫌你没钱么，这样的女人不要也罢。”

“这不是说你的事情么，扯到我身上干什么，刚才听高老伯讲得多好，你乱插什么嘴。”

叶帆和彭麦就这样吵了一阵子，过了一会儿觉得无趣也就不说话了，月亮一会儿亮了一会儿又暗了，天气越来越凉，高老伯还是蹲坐在一旁抽烟，空气里有一种烟草味带来的安全感，慢慢地彭麦和叶帆睡去了，夏豆也开始迷糊起来，高老伯这个时候起身给他们盖上了毯子，夏豆假装把呼吸喘得很匀实，没有翻身，听着高老伯的步伐有些蹒跚，像一个很老很老的钟表，它从没错乱过时间，但每一秒都走得很慢很慢。

第十一章

他们再次上路的那天天气出奇的好，甚至说有些奇特，虽然是个明亮的天，却见不着太阳，洁白的云在透彻的蓝天下叠嶂在一起，从天际一直叠架到了苍穹的正中央，另一半的天就是空悠悠的蓝。夏豆只是觉得这种天色是特别的好，让人心情十分舒畅，但又不知道用什么词汇来形容，想了半天才想到了半句，“半江瑟瑟半江红”，但天空不是江河，云朵也不是流淌的水，瑟瑟和红更无从谈起了。他这种心情和高老伯作别的时候是一样的，很难用语言来表达出来。

临走前，夏豆曾和彭麦商量一块去到高老伯妻子的墓前祭奠一下，但彭麦直言拒绝了，一方面他们也没有鲜花作为礼节，另一方面他怕勾起高老伯的伤心事。但直到离别时，高老伯还是哭了，他说了一通路上注意安全，早点回家让家人安心的话，转而就扭过了身子，低下头用手拂面，身体发出了一种微微的痉挛。他哭的时候，夏豆内心也是泛起了一阵阵的怜悯之情，至于彭麦和叶帆也是阴沉着脸，显得尤为难过，这种难过就像是离开自己的故乡，离开自己的父亲一样，即便是他们仅仅来到这里几天的时间。

他们再次下了车，分别和高老伯拥抱了下，这个时候他们的眼泪都止不住流下来，在西疃村的村头上，在日夜奔流的黄河岸边，在刚刚明亮的阳光下，几个人抱着哭泣，发出呜呜的声响，真是一种奇怪的风景。

高老伯用袖子拭了拭泪水，把一袋烟丝交给了夏豆，又嘱托他说，“如果你到城里见到他，就告诉他，我就他这么一个儿子，不求他有多大的成就，他是我的儿子我就为他骄傲，希望我死之前他能来到这里，把我和他妈埋在一起，我就这一点要求。”

夏豆埋下头，又默默地点了点头。这时他看到那袋烟丝上面还有个少年的照片，稚嫩的面孔里倒有几点高老伯的影子，但明显有种不羁的气息，他的胸口挂着一个巨大的红花，红花下面写着四个大字‘文科状元’。他笑得很是狂野，露出两个突出的门牙来，把头歪在一旁，用乖戾的眼神盯着镜头。

夏豆想问这照片的缘由来，又怕勾引起高老伯的伤心事，自是淡淡说了句，“高老伯，你照顾好身体，我们处理完还会回来看你的。”急忙爬上了车，深深地踩下油门，头也没回匆匆离开了，他的心里忽然浮现了一种奇怪的感觉，这种感觉明显告诉他，他是不可能再回到这里了。

直到回到宽阔的大路上，夏豆的心情才慢慢明朗起来，他望了望一望无际的天空，又望了望一望无际的道路，天朗气清，车子的速度带来了徐徐轻柔的风，风把云朵吹走了，太阳又送来一片暖洋洋，车子里播着痛仰乐队的《公路之歌》，主唱的声音反复唠叨着“一直往南方开，一直往南方开……”，每发出一个音符就被重重地甩在了后面，形成一种类似门发了潮出来的那种吱扭声。彭麦和叶凡都蜷缩在座位上，一个鼓弄着手机，一个仍然在看着书，夏豆想和他们说说话，或者叫他们看看这外面美妙的景色，但又觉得会自讨没趣，所以作罢。

太阳越来越明亮的时候，地面就似乎升腾起了水汽，那种水波纹在目光所及之处偶尔冒出来，又转瞬即逝，前面的路变得弯弯曲曲，有些地方像是一片片水洼，这种感觉就如同驾驶一条船漂流在风平浪静的河面上，当你开过去的时候才发现和刚才来的路并没有什么区别，犹如打盹时分你迷迷糊糊进入一种状态，但当你耷拉的头又猛地抬起时，又瞬间跳进了现实。“眼睛看到的并不是那么真实，自己都可能在欺骗自己。”夏豆自己心里默念着，就算是当他眼睛忽然扫过一个招手的女人的时候，他觉得这可能是个幻觉。

反过神来，夏豆全力踩下了刹车，轮胎发出了一阵急促的屁响声，在滚烫的地面上留下了两道黑乎乎的印记。彭麦一头顶在了手套箱上，而叶帆应声滚落下来，发出了一声可怜的哀嚎。

叶帆刚从地上爬上了座位，他的脸涨得通红，不知道是因为爬上座位竭尽了全力，还是已经怒不可遏了，他刚要骂出声来，一个圆乎乎的脑袋从车外伸了过来，把他吓得一个激灵，瘫坐了下来。

“你们好，我能搭你们车么？”她的声音有些疲惫，但还是听出了清亮的底色。他们三个人齐刷刷地看着她，给人印象最深的就是她的皮肤，是那种在海滩上慢慢晒成恰到好处的小麦色，她的眼睛和脸都是圆乎乎的，小嘴也是小得可怜。她的头上系着很多脏辫，上面挂满了各种花花绿绿的饰品，再加上她穿着一条紧身的黑色背心，格子衬衫系在了腰间，从脸上看过之后会让人有很强烈的跳跃感。

夏豆朝她勾了勾手，说了句，“上车吧。”那女人就把包往后备箱里一丢，没有开车门，扶着前边的座椅就跳了进来，甚至横跨躲过依旧瘫坐在那里瞠目结舌的叶帆，可能是她身上的饰品太多，发出了一种琐碎的铃声，还溢出了一种苦荞茶的香气，这种香气让叶帆安神醒脑，让他对这个女人笑了笑。

“姑娘，你要去哪？”夏豆开着车还转过头，只为多看她两眼。

姑娘说，“那你们又要去哪儿？”

夏豆回答，“我们可能去塔城，也可能不去，反正就是往西走。”

姑娘就说，“你们去哪儿，我就去哪儿。”

彭麦也把头正经地转了过来，顺便给这个女人拍了张照片，她白了他一眼，嘟囔说，“有没有水，我快渴死了，这些司机们都被热傻了么，看见美女招手都不停车。”

叶帆从屁股后面掏出了瓶水，看着姑娘咕咚咕咚一口气喝完，就是没插上话。夏豆却放大了声音说着，“姑娘，在高速路上搭车，也真有你的，你怎么跑到这上面来的？”

姑娘说，“和我男朋友吵架来着，我和他在车上打了一架，还扇了他几个耳光，就让他停车下来了。”

彭麦又把头伸了过来，还竖了个大拇指，“姑娘，你可够任性的。”

姑娘用鼻子哼了口气，挤着眉毛说，“他就是个混球，不过没关系他已经是我的前男友了，不会再和我有任何一点关系，这辈子也不用再见到他了。”

说完她挠了挠头，笑了笑，在亮黑的皮肤衬托下，她的牙齿十分的白，笑得也很甜。她接着说道，“我叫楼兰，对，就是你们想到的楼兰古国那个楼兰，很高兴认识你们。”

她和他们一一握了手，和叶帆握完手，还故意捞了捞他的裤管，觉察到里面空空如也，她忽然显得尴尬起来，对着叶帆傻笑了一阵，顺便捞起叶帆的书来，那是一本小小的册子，写着几行字《我的丁一之旅》—史铁生。

也许是为了躲避尴尬，她向叶帆问起这本书的内容来，这一问反而让叶帆显得不安起来，他红涨着脸，看着她求知的眼神，支支吾吾说不出话来。楼兰哈哈笑起来，她不清楚叶帆为什么尴尬，就爽朗地说了句，“等你看完再讲给我吧。”

一路上欢声笑语，还没到下午四点，他们就到了塔城，那是个拥堵的城市，路面很狭窄，又被各式各样的门店摊位占据了一半，路面和楼房都灰突突的，像是刚刚吹过了一场沙尘暴，人也是灰突突的，好像是刚从建筑工地下了班，显得疲惫不堪。起初楼兰说，既然到了塔城她就不再与他们同行了，但当她知道了要去遥远的铁力沙镇的时候，又明显来了兴致。

“我也要去，我也要去。”她的屁股从座位上不安生了，掀起的一阵阵波浪把叶帆震得头晕目眩。

夏豆赶紧制止了她，“楼兰姑娘，你要么和你的家里打个电话，要么跟你的男朋友说一声，和我们三个陌生的大男人搞在一起，明显不合适么。”

楼兰瞪着大眼睛，用不服气的口吻说，“我的事情我自己做主，再说我就是想搭车旅行的，你们能狠心把一个弱女子丢在半路上么，要么你们三个也是混球。”

在得知叶帆才是整个旅行计划的财主时，她一脸坏笑地贴在叶帆脸上，揽着他的胳膊，“叶同学都没有说不，你们俩计较什么，对了，我还跟他约好了，等他看完这本书讲给我呢，是不是。”一阵骚乱又把叶帆弄得面红耳赤。

夏豆看得出来，叶帆对这个女人很有好感，除了这个女人浑身散发着某种野性不羁的味道外，更重要的是她很喜欢和叶帆聊天，至于听说叶帆曾经开着车游历过大半个中国时，更是和他腻在一起，仿佛一瞬间把他是个陌生人给忘记了，把前男友给忘记了，甚至把夏豆和彭麦两个人给忘记了。这个女人犹如一汪清水，把他早已干瘪的心给灌溉了，虽然他仍旧是个瘸子，但在讲到唾沫横飞的片刻，叶帆已然四肢健全，能够昂首自立，甚至无限膨胀成了巨人。

夏豆却听得心神烦躁，那些故事无非都是某个城市的人土风情、美食佳肴、旅游景点什么的。对夏豆而言，城市之间似乎没有什么区别，都是些钢筋水泥的森林，而那些圈在一起的人们，无非都是眼睛无神、表情麻木，好像是一群被病毒杀死脑细胞的行尸走肉而已。就拿他们所处的这个城市来看吧，他转了好几个小巷，无非是麦当劳、兰州拉面之类的连锁快餐，要么是火锅、烤肉之类的热捧题材，很难找到独具一格的餐馆，所以转悠了半天也没落下脚。

简单吃饱后，就在拉面馆旁边的一个很小的旅馆住下了，那是个同样土色的小楼，上面还挂着招待所的字样，墙面涂了粉红色的漆，可能年久了很多墙面剥落了，露出了里面的土灰色，有些墙皮还没有脱落，像刮起的鱼鳞，让人看到有种得了皮肤病的不适感。按照叶帆的意思他们本可以住在星级宾馆里面，夏豆又怕自己的身份证暴露了自己的行踪，况且楼兰说她的身份证还在前男友那里，所以他们也就只能屈尊这小破楼了。

虽然里面着实阴暗，灯也显得弱不禁风，甚至还有一股浓浓的铁锈味，这让夏豆想起来高老伯被关禁闭的时候，大约就是闻到了这种味道。好在屋子里的陈设十分简洁，一切都显得井然有序、一尘不染。他们开了三个房间，一个双人标间留给夏豆和彭麦，而叶帆和楼兰则是一人一个单人房。楼兰刚把包抛进自己的房间，就急匆匆钻进了叶帆的房间，她说他的故事还没有讲完，这种感觉好像上厕所上了半截被人撵了出来，她是等不到明天继续听了，这句话说出来让夏豆都很吃惊，他摇摇头回到自己的房间里。

彭麦已经迅速将自己脱得一丝不挂，他在翻弄着相机看着照片，一会儿又把手机掏出来，两手开工噼里啪啦按着。过了一会儿，他突然从床上站了起来，央求夏豆去买啤酒，说自己已经光溜溜了，不便出门，但同时又酒瘾难耐，想尝尝本地的酿造如何。夏豆摇了摇头，又从这座小楼里走了出来。

傍晚空气中似乎凝结了水分，让人感到潮湿难耐，他闻到了雨要到来的信息，心里又挂念起高老伯来，不知道下起了雨，那个麦子垛怎么处置。这个时候，街头上走满了人，可能是吃过了晚饭用这种方式来消化食物，也可能是实在无所事事，他们摩肩接踵，和夏豆目光交接又迅速脱离。夏豆混迹其中，和久居这里的人们并没有什么分别，但从他内心深处却有深刻的孤独感。

他想起一句话，这句话好像是从某本书上看到了，应该是走着走着突然从脑海深处冒出来的。“生活是场伟大的失眠”，这句话简直就是恰如其分，就是金玉良言，就是至伟真理。他看到的人们就是如同失眠一样，他们好像只是游荡而已，并不清楚自己活在怎样的环境里，自己究竟要干些什么，甚至都不愿去想去求证。夏豆也觉得自己就是活在一场失眠里面，失眠的时候意识不受控制，会做出一些匪夷所思的事情来，就像他现在突然在这个小城里游荡，除了被动的穿越他真想不出其他合适的解释。还有那个叫楼兰的女人，怎么突然就来到他们身边，怎么就成为他们西游的一份子了，实在是失眠一般荒谬。

想到那个女人，此刻也许正在叶帆的房间里聊得正欢，她肯定是发出一阵阵爽朗的笑声，整个身体前仰后合，甚至把头一时间扎进了叶帆的怀里。一会儿就笑出了泪，用叶帆的衣服擦拭，甚至脱下来拿在手里用着方便。一会儿又笑出了汗，加上这闷热的天气，只能把她那件黑背心脱下来，露出了黑色的文胸和小麦色的胸膛，那胸膛就是乳房隆起的山脚，在汗水的浇灌下，露出黄澄澄的光来，让人垂涎欲滴。

随后楼兰又对叶帆说，既然你已经把你的故事毫无保留地讲出来，我也投桃报李，来一个浑身坦荡荡。慢慢解开了自己黑色的胸罩，露出十分突兀白花花的乳房，只不过那乳房的顶端又是黄澄澄的。叶帆直勾勾地盯着那两个点，然后就失了魂，那女人又把头伸了过来，他们开始接吻，而且是舌头搅在一起，然后就是胳膊缠着，双腿也盘在一起，应该准确地说是女人修长且结实的腿盘在叶帆剩余的残肢上，那是两条充满力量的腿，线条像风中摇摆的柳枝条，强壮处却有点河滩上光洁的磐石一般，两个人就这样黏在一起变成了两条蛇，在一张洁白的床单上滚来滚去。那女人坐了上来，发出一声轻叹，接着他们又开始制造噪音，开始疯狂地出汗，开始呓语连连，过了一会儿他们似乎消停了，叶帆一个类似杂技演员的动作，拖着他惨白的身体站了起来，用双手撑着床面，又猛地扑上那女人的后背，活像一条狗一样……

这些都是夏豆的臆想，他不知道为什么会突然想到这些乱七八糟的东西，但是叶帆瘦弱而又白皙的皮肤和楼兰黄澄澄的身体搅在一起，这种印象已经深深地搅在他的脑海里。想着这些东西上楼的时候，夏豆觉得双腿都在打颤，直到回到房间他一头倒在床上感觉浑身没了力气。

彭麦喝着酒仍旧在摆弄着他的手机，这个时候一阵爽朗的笑声飘了进来，那声音破开了门，从空中高高跃起，又重重砸在了他的床上，夏豆打了一个滚，差点掉下床去。

“怎么，这才几点就要睡觉了。”夏豆不用看就知道这是楼兰的笑声，但他还是回头看了看，叶帆并没有跟来，楼兰也没有脱光衣服，只是她头上乱糟糟的，几道汗水从发根深处浸了出来，有些流在了脸颊上，有些流到了脖颈，流向了胸口黄澄澄的深处。

“看什么看，不许用这么色眯眯的眼睛看我。”楼兰拍了拍夏豆胳膊，打断了他那直愣愣的目光，看着夏豆还是无动于衷的样子。她颇有耐心地把头上的辫子一束又一束慢慢解开了，然后用手指作为梳子，把搅和在一起的头发硬生生地扯开，满头蓬松就像秋天那种叫做天鹅舞的菊花一样怒放了。

彭麦一罐酒刚下去，还没点评一下酒的味道，就把手机扔在一边，说自己先睡了，还不出一分钟就打起酣来。楼兰从他们的卫生间里冲了冲脚，带着滴滴答答的水就又跳上了夏豆床上，把两只湿漉漉的长脚丫就杵在了夏豆的脸旁，夏豆盯着那些沾着水滴的脚指头，又看了看红扑扑的脚心，还有几条青色的脉络从脚掌的厚皮处消失了。

楼兰看着夏豆什么反应都没有，以为他睡着了，但眼睛还是那样痴痴地睁着，觉得他可能是傻掉了，自觉无趣，便没头没尾地说起话来。

“老夏，我听叶帆说，你们这次是去铁力沙找你的媳妇，是不是真的？”

夏豆还是那样呆呆地看着，他不是没听见，而是不知道怎么回答，更重要的是他觉得那双脚十分美，让人无法从上面移开。

“喂，你在听我说话么。”楼兰把脚收了起来，盘坐在那里，这才让夏豆收了神。

夏豆又想到刚才的臆想，语气开始冷冷的。“他都跟你说了，你还来问我干什么。”

“我问你就是有我问你的道理，再说他是他，你是你，你们能一样吗？”

“不一样。”

“不一样就说出怎么个不一样来。”

“说出来又一样了，不说才不一样。”

“你不说怎么知道不一样，不说就是默认，说了就是辩驳。”

“反正就那点事，可能感觉不一样，但说来说去就会觉得一样了。”

楼兰这个时候笑起来了，说了句“你可真会诡辩”。她充满敌意的看着夏豆，把头发又甩了甩，头发又开始蓬松起来，壁灯暖色的光从她的背后打了过来，把她照得像一只草原上的雄狮。外面起了大风，窗子被吹开了一角，一股股清凉的风被灌了进来，大雨好像就要来临。两个人都竖起耳朵听着外面滚滚的雷声，接着雨滴砰砰打在窗子上，越来越密，盖住了雷声。

夏豆坐了起来，开始讲起事情的缘由经过来，他说得很慢，很多地方讲得前后颠倒，有些地方支离破碎，但这并不是他的错误，他是顺着感觉来的，因为感觉就是断断续续颠三倒四的。庆幸的是楼兰看起来听得很有耐心，用着那种好奇的眼神一直看着夏豆，全程翘着嘴角，带着甜甜的笑意，唯一不老实的就算是时不时的把自己黑色的背心带子拉起来，又啪的一声打在自己的锁骨上。等着夏豆慢慢说完，她才像憋了好久一样，赶紧说了出来。

“我明白，你为什么去找她了。实际上，你不是想找到她，而是找不到她。”

夏豆一脸不解地盯着她，好像说你怎么也学起我说这样模棱两可的话来了。

楼兰又接着解释到，“其实在你内心里对她没有什么感觉了，也可能就不喜欢她了，但她至少照顾过你，你怀有某种愧疚感，所以会去找她。但很显然她不可能去那座边缘的小镇了，你去看看，没有她也就落个心安理得。你觉得我说得对不对？”

夏豆听了这些话，觉得有几分的道理，但还是保持着大男子主义的某种深沉，大声质问，“你这是跟谁学的，小小女孩子知道这么多干嘛。”

楼兰终于起身去把窗子关了，地上已经零星落进了不少雨滴，她蹑手蹑脚躲开那些湿漉漉的地板，夏豆看着她那双脚，仍旧感觉美得异常。门关上后，就像雨和雷都被隔绝了，她才回答。“谁说我是小姑娘，嘿，你没听我的名字么，楼兰，我来自楼兰国，我是穿越过来的，按辈分你应该叫个祖奶奶了吧。”

“电视剧看多了吧，小姑娘，还穿越，赶紧回去睡觉吧，明天还得赶路。”

“不信拉倒，告诉你吧，你这是穿越到别人身上，或者是别人穿越到你身上，所以你才会神经错乱。”

“什么乱七八糟的，我得睡觉了，帮我关上灯。”

看着她赤着脚跑出了门外，夏豆心里却犯了嘀咕，自己曾经很多次极力说服别人自己是经历了某种非自然现象，才出现了后面离奇的事件，但无一人相信，等别人说出来自己相同的理由，自己又完全不能相信，甚为可笑。

第十二章

从那天谈话之后，连续好几天夏豆都沉浸在自己想到的时间空间理论之中，他又想到自己的脑细胞想得在头颅里四处乱撞，也许他的时间就慢了下来，所以路途开始漫长，一个城市到另一个城市变得越来越远。但好的是越是向西走，路变得越来越宽，而车越来越少，给了他思考的空间。

一路上彭麦还是一副懒洋洋的样子，除了拍东西，就是仰头呼呼大睡，好像他有点失去了旅行的兴趣，也许他又怀念起他的啤酒屋，还有她的妻子也未尝不可。楼兰则带着耳机听着歌也陷坐在位子上，她换上了黑纱长袖上衣，风在她衣服里面进进出出，把她鼓吹成了胖子，又瞬间把她捏扁了。她时而摇头晃脑，把头发散开被风扯得好长好长，时而把脚朝着夏豆的座位踢着节拍，好几次把夏豆惹得火冒三丈。叶帆依旧是低着头读着他的那些书，好像外面的风景对他而言根本提不起兴致，实在读腻了，他就和楼兰聊起他曾经旅行的事情，聊起那些书里面的故事，有几次夏豆听到叶帆向她解释起那本史铁生的书。

她依旧是耐心地听完，然后急不可耐地对叶帆说，史铁生和叶帆是同一类人，你看你们俩都坐在轮椅上面，同样你们都喜欢书籍，都有深邃的思想，就好像这书中的主人翁丁一一样，是一个游荡的灵魂，灵魂不会毁灭，只会从一个肉体落到另一个肉体上面。而且你比史铁生更为可爱的是，你不仅读了万卷书，你也行了万里路。

她讲这些的时候夏豆听得很清楚，他觉得这十分荒谬，说起来叶帆就是个残废，说起来他就是个臭书生，有什么资格和一个真正的作家相提并论，更可笑的是还什么深邃的思想，永恒的灵魂，这些更和他毫不沾边。这么看，楼兰还真有可能是穿越而来的，毕竟这样的口味还真不符合现代的女孩子。夏豆倒是又想起高老伯和他的爱情来，也许就是因为可怜，一个活力少女可怜一个孱弱的瘸子。就这么胡思乱想结果又出了事故。

当时是这样的，虽然不是高速公路，因为路上基本上没什么人，路面又十分整洁，两侧是青葱的草地，视野十分开阔。夏豆把车开过了一百迈，脑子里还在胡思乱想，眼神变得迷离。直到离得很近的时候，才发现几只山羊正要横跨马路，它们慢慢悠悠迷迷糊糊，看着呼啸而来的汽车，傻不愣登站在那里发呆，好像看见了一只甲虫飞来飞去一样平常，这种表情和开车的夏豆几乎一个样子。就这样夏豆连刹车都没有点，就扎进了羊群里面，把两只羊撞飞了，其中一只还在空中翻滚了几下，正好掉在了车厢里面。

楼兰从惊吓中缓过神来的时候，正好怀里抱着一只山羊，那只羊瘦骨嶙峋的脸上，眼睛大得出奇，嘴里还咩咩叫个不停。夏豆下车查看的时候，那只羊还躺在楼兰的怀里，灰白色的毛发被风一吹，贴附在黑色的纱衣上，犹如披上一个毛坎肩，颇有混搭的时尚气息。

夏豆没有过度关注她，他又迅速地跳到车厢里，把卡在地板里的叶帆给捞了出来，叶帆转过脸时是一幅绝望和无奈交织的表情，一道红灿灿的血从他的额头上流了下来。

彭麦把头凑了过来，大声喊着，“叶帆，叶帆，你还会说话么，赶紧，快打电话叫救护车！”

叶帆却轻呼了一口气，用极为委屈的语气说，“哎呀，我真是服了你了，你要是恨我或者想杀了我，就明说，我借给你一把刀子都行，反正早晚死在你手里。”

夏豆查看了下，发现伤口并不算严重，只是磕破了头皮，就撒开了手。被叶帆这么一说，他的脸涨得通红，明显有点恼羞成怒，他转过车头去看看车损的情况，一边大声唠叨。

“这一路上你们几个大爷一上车就睡觉，我累死累活当司机，我埋怨过吗？还我想杀你，我想杀你用得着搭上我自己的命吗？再说，这么鸟不拉屎的地方鬼知道怎么突然杀出一群羊来。”

他的絮叨被一声哀嚎打断了，一个个子很高，胳膊腿都细长的少年正匍匐在地上，他的身下是那只已经被撞死的羊，它的舌头从嘴里伸了出来，上面浸满了鲜血。那个少年抱着它哭了起来，嘴里好像还喊着它的名字一样，那种悲恸犹如亲人离世一般。

夏豆想走过去问问什么情况，但又愣在那里不知道怎么去安慰，车厢里又响起楼兰的叫声，“你们几个都一点不关心我吗？谁能帮我把身上的这只羊拿开。”夏豆又像个救火队员一般，急匆匆地把那件羊毛坎肩给她拔了下来。那只羊落在地上的时候，腿打了几下颤，又蹦蹦跳跳钻进了羊群里面。

他们几个再去看那个少年的时候，他已经不哭了，瘫坐在地面上，他的脸上的皮肤又黑又糙，上面还有些泛着高原红，眉毛确实很黑很粗，上嘴唇还蓄着毛茸茸的胡子。在他身上，一个破旧的背心上面满是污迹，几乎看不到它原本的颜色，那背心下面是高高翘起的锁骨，肩膀向内收着，加上细长的四肢，像一个没有尾巴的螳螂。

彭麦还没忘记也给他拍了张照片，又凑过去，用一个十分陌生但又显得很和蔼的语调问，“小伙子，你叫什么名字，家在哪里啊？”

那个少年蹲了起来，目光游离在他们几个人之间，结结巴巴地说。“我，我叫仁布，你，你们撞死，我的羊，得赔，赔钱。”

彭麦看见这个样子，反而乐了。“呵呵，赔钱，赔钱没问题，要不要先回家告诉你家大人一声，让他们过来处理啊。”

这个少年眼神更加慌乱了，他支支吾吾地说，“家里，家里只有我一个人，没有大人，你们，你们给钱就是了。”

楼兰走了过去，她拎起那只羊的蹄子，看到那只羊干瘪的肚子，好像和这个少年一样的瘦。她又伸出手搭在那个少年的头上，在那种乱糟糟的头发里揉了揉，又用她柔软的手指在少年的脸上揉了揉。转过头对他们几个说，“这孩子肯定是被你们吓坏了，还是把他送回家吧。”

看着他们几个都点头表示同意，那少年开始嚷嚷起来，“我，我不回家，家里就我一个人，骗你们是小狗。”

彭麦最后总结道，“还是看看去吧，去了让我们都放心。”

就这样，一群羊在前面走，仁布挥舞鞭子跟在后面，车子缓缓拉在最后，那只死去的羊躺在副驾驶座椅上，开车的换成了楼兰，后排挤着三个男人，他们三个都百无聊赖地看着车慢慢蠕行，一张张生无可恋的脸孔，其中一个男人脸上还挂着已经风干的血迹，实在没东西包扎，楼兰只给他贴了一个创可贴，如果想定格有趣的画面，彭麦着实应该给他们三个人自拍一张。

绕过了一道山梁，又穿过了一片稀稀拉拉的树林，在一条潺潺的小河边，他们看见了一所破旧的小木屋，小木屋外面是用乱树枝围成的羊圈。仁布说，这就是他的家。这里除了那所房子以外，景色十分的美好，空气中有一种青草的香甜，哗哗的流水声和从山梁上倒下来飒飒的风交织在一起，让人听起来心情舒畅，夏豆看到这里的时候，能想到在电影里看到的欧洲庄园。但那所房子太过碍眼，在日光的曝晒下，变得焦黑，很多地方漏着缝隙，更像是比较密集的栅栏，这所房子看起来就是孩子自己搭成的木屋，即便他们谁都不相信房子是仁布盖成的。

夏豆把头探进去，因为瞬间掉入黑暗，他什么也没看到，倒是被浓重的羊尿味给顶了出来。他索性就在门口喊了几句有人在么。

仁布走过去，挡在了夏豆前面，对夏豆观察自己的木屋有些羞怯。他低着头说，“家里真的就我自己。”

夏豆惊诧道。“什么？你自己一个人生活，还住在这样的房子里，你的家人呢？”

等仁布一声不吭把羊赶进了圈里，从黑乎乎的房子里拿出一条长凳来，那条凳子虽然也黑乎乎的，但明显看得出是专业的木匠所做。他把凳子放在夏豆面前，自己坐在上面，盘起了二郎腿，也许是为了假装成熟，他用了一种极为低沉的语调，但仍旧磕磕巴巴的方式说，“你们现在都，都看到了，家里就我一个人，我的羊和我自己，所以，所以你们快点赔钱吧。”

没有人回答他，大家面面相觑不知道该用什么样的语气说起，是安慰还是冷冷应对？仁布环视一周后，把眼光放在叶帆那张血迹还没擦拭干净而又挂满了幽怨的脸上，他的眼神里有几分渴望，好像祈求叶帆帮他解脱一样，好一会儿，叶帆摇了摇头，又摇了摇轮椅走开了。

夏豆正想蹲下身来好好质问一番的时候，他的手机响起来了，如果它不又吵又闹，还在嗡嗡地颤抖，夏豆都不觉着自己带着这种玩意。

在这种平静里突然杀出一股带风的噪响。“喂，老夏，我们的店开业了，热闹极了，你听听。”里面一阵噼噼啪啪应该是鞭炮声，还有锣鼓的咚咚声。

夏豆听到老三的声音还是有点恍惚，恭喜两个字已经到了喉咙眼儿，又咽了下去，那边传来了一阵嘈杂，老三上气不接下气说着，“你看我们忙得要死，那个，刚请了婚庆公司的几个人还搞了个小典礼，大义也来了，说公司里忙剪了个彩就跑了。对了，你现在怎么样？你们现在到哪里了？”

夏豆看看日头，又看看周边的荒野，没有一个可参照的东西，简单地回答，“应该快到了吧，我这挺好，你们忙好店里就行。”

那边又一阵窸窸窣窣，一听就是大猫抢过来电话。“桃子哥，不，豆子哥，咱们店还是老名字，桃子健身，这是我的主意，也没征求你同意，我只是觉得老名字好啊，我们看着顺眼，这样我们很多老会员就能留在这了。”

夏豆发出一阵爽朗的笑声。“你和老三你们俩现在就是老板，再说了，将在外君命有所不受的嘛。”

大猫发出一声短叹，“我们当什么家，等你回来接盘。我可不是操心的人，这段时间装修可把我们累死了，不过效果不错，你来的时候肯定惊喜。对了，你那边好不好，吃得还习惯么，要不要我寄点东西给你。”

夏豆又觉得想笑，忍住说了句，“我自己在哪儿都不知道，地址你写哪儿啊？”

“行了行了，你忙你的吧。”听得出老三又夺过了电话，把声音压得很低。“你知道么？王哲给我打电话来着，他又回来了，还想重回我们店里上班。他说徐央妮把他也骗了，说的时候哭得很厉害，他不敢给你打电话，但他也是受害者，想让你原谅他。你说该怎么办，报警把他抓起来？”

夏豆把地上的一团风干的草一脚踢了老远，抬起头沉思了一下，这么回答。“不管他有没有意骗我，我都没有怪罪他，因为怪不怪罪根本不重要。告诉他，我不会报警的，也不会跟他索赔。至于还能不能在咱们店里工作，那都是你的事情了，你现在是老板，你自己做决定。好了，再有什么事我回去再说吧，你们忙吧。”

夏豆收起电话，一种不安的感觉笼罩在他的心头，他自己绝没有想到王哲会回来，他觉得那种沉默寡言的人一旦做了什么决定，基本上便会执拗到底。也许这种不安的感觉就来自对人性善变的判断吧。

他走回那所房子的时候，看到楼兰正用一只脚踏在板凳上，手指着那个叫仁布的额头，少年的一侧的脸红扑扑的，但很明显不是害羞，因为上面还印着一个清晰的手印。彭麦在旁边劝解着，楼兰根本不作理会，依旧不依不饶，像一个把自己的老公捉奸在床的女人，这种形象和夏豆对她的印象可是大相径庭。

夏豆劝道，“怎么了，干嘛发这么大火，他还是个孩子嘛。”

楼兰把小嘴撅起来，看起来有点可爱，但是语气却是十分焦躁。“什么孩子，这就是个小混蛋，你知道他让我们赔多少么，五千块，一只羊能有这么贵吗，明明是讹诈么。”

夏豆又反问说，“人家孩子小不知道市场行情也情有可原啊，再说你看他一个人住在这地方，多可怜，你就当发发善心，不好么？再说区区五千块，找你的叶帆哥哥，都不及九牛一毛。你这样打人，就有失身份了吧，你叶帆哥哥可不喜欢女汉子。”

楼兰对着夏豆倒是既不羞愧也不生气，她指了指这个房子，用一种陈述的语气说。“你看这房子，能是他自己一个人住的地方吗？他这么小，能自己一个人生活吗？明明是骗我们来这里的，然后装可怜。刚才在马路上那会，他抱着那只死羊，哭得是呼天抢地的，可我扶他的时候，发现一滴眼泪都没有，这不就是演给我们看的么？”说完，看着夏豆若有所思的样子，便发出一种苛责的眼神。“现在不打他，等他长大了，成了大混球，那岂不是更害了他。”

解释完毕后，她盯着仁布涨得通红的脸，接着审问。“说吧，这样的事情你做过多少次了，啊？”

少年羞愧难耐，他低着头揪扯着自己的衣角，月牙状浓密的眉毛挑起来又落下去，显然是偷窥着大家的反应。但他已经无人可以求救了，连夏豆也露出鄙夷的表情，站在了楼兰的立场上，最后只能小声道，“两三次吧。”

楼兰得到了自己想要的答案，瞬间有了得意之气。“你以为我们是这么好骗的么，告诉你，你这种孩子我可是见多了。我看不止两三次吧？”

少年仰起头来，从蔫不来几的状态中迅速找到了底气，他争辩说，“就是两次，这次是第三次，不信拉倒。”

楼兰苦笑了下说，“好吧，我信你，不过这种事情最好一次都不要再发生。”

少年喏了一声，没有再辩解，他从凳子上移开，蹲在门口的大石头上，抬起头若有所思，好像是在消化着楼兰的话。

楼兰又接着说，“这样吧，钱就按一只羊真正的价格给你，羊就算是我们的了，还有请你帮我们把羊处理处理，我们大家一起吃烤全羊，你看怎么样？”

少年什么话都没说，迅速钻进了那所黑洞洞的房子，紧接着端出一把亮闪闪的刀来，把站在门口精神涣散的夏豆吓了个趔趄，一屁股坐在板凳上，少年露出狡黠的笑容。紧接着他把那只口歪眼斜的羊倒挂在了那所房子最大的门板上，这么看起来更像是上吊而亡的了。

夏豆在旁边看着仁布熟练操作，从羊的脖颈上划上一刀，那只羊连舌头都是硬挺挺的，好像塑料做成的，一滴滴瘀血慢慢滴下来，溅到墙角的一朵野菊花上，形成了一种古怪而凄美的画面。

楼兰为了躲开这屠宰的惨境，早早跑远了，仁布回头看见她径直向河边走去，彭麦不知道什么时候已经扛着相机跑到远处的山头上拍风景了，叶帆摇着轮椅走到吉普车那边，头枕着车门眼睛眯着。看着只有夏豆在身边仁布才又肩膀向下一耷，浑身松弛下来，还接过了夏豆给的烟，吞云吐雾间开始嬉皮笑脸起来。

夏豆和他攀谈说，“怎么，你这么害怕她。”

仁布转头看着夏豆，手里的活也没停下来。“当然，你没看见她刚才有多凶么，我从没见过这么凶的女的，她是你的女朋友吗？”

夏豆回答说，“她也不是我喜欢的类型，你小子知道的还不少呢，你到底多大了？”

“十六岁吧，没人告诉过我的生日是哪一年，反正这也不重要。”

这才发现仁布竟然不口吃了，他又仔细打量着这个少年，他的脸瘦得可怜，挂着两个肿眼泡，身体十分单薄，但肌肉线条丝丝分明，仿佛他年轻的外衣下裹着和他一样成熟的男人。

脱去拘谨的仁布开始慢慢讲起他的身世来，说起身世其实简单到一无所知，不知道自己出生在什么地方，不知道父母是谁，也不知道自己原先姓什么叫什么，他的身世就是从他记忆开始的地方。

他说，在这所房子西北方向十公里处有个镇子，叫做北石镇，在离镇上不远的地方就是疏勒河，仁布就是从疏勒河坐着羊皮筏来到这个镇上的。那时候他不知道几岁，只记得那是十三年前的事情了，他是被一个表叔送到这里的，他只记得那个表叔是一脸的络腮胡子，还有一个光秃秃的头顶，这也就是他身世的一点点线索，后来那个表叔就杳无音信了。

仁布还说，他在北石镇生活的前十年，是一段十分美好的时光，在他的这个家庭里，他的养父是名货车司机，养母是附近纺织厂的一名工人，他们都长得慈眉善目的，而且对他也是视如己出。他的养父每次跑运输走远门的时候，总给他带来一些小礼物，有时候是几斤糕点，有时候是一件小衣裳，还有一次给他带来过一辆小自行车。他的养母手很巧，从工厂下了班就给他做好吃的，还在晚上点灯给他纳鞋底。在他的印象当中，两个人没有打过他或者骂过他一次，即便是有一回他把家里的羊棚给点着了，还烧死了几只羊，他的养父回家后还送给他一个铅笔盒。

仁布说话的时候，一边干活，一边摇头晃脑，好像旁若无人反刍记忆一般，时不时脸上还挂点笑意。这个时候仁布突然提出一个疑问，他那个时候已经把那张羊皮剥去了半个，仁布向夏豆伸了伸手，夏豆走到他身边，帮他扯住了那张在半空中发颤的皮。空气中弥漫着一种鲜肉温润的气味和一点点辛辣的血腥味，这一点并没有让夏豆感觉恶心。

仁布小声问，“我想问问你，有个问题我一直想不通。”

夏豆满腹自信地说，“说吧。”

“那个，来到北石镇的一切我现在都记得一清二楚，但对之前的却啥也记不起来了。我很想知道来自哪里，也很想知道自己的爸妈长什么样子。”

“那个时候你多大？”

“我不知道啊，四五岁吧，可能是，反正我刚来的时候就知道我的养父母是生不出孩子的，他们才收养了我，所以小时候我也很皮，我觉得我对他们很重要，这些我那个时候都能懂。”

“也许把后来你养父母告诉你的当成了你的记忆，也许是你受到了被家里人送给别人的刺激，才开始有了记忆的。”

“我好像是穿越到北石镇的，反正我是这种感觉，有时候我做梦，我觉得我是上天的一个神仙，被贬到人间的，所以我没有什么亲生父母。那个送我的表叔，好像还拄着拐，就是铁拐李的样子，你觉得有可能吗？”

夏豆脸上的肌肉抽动了一下，他抿着嘴，喉管里发出咕咚的声响，但是久久说不出话来。

等那只羊被清理干净的时候，天色已经黯淡了下来，荒野上的风和星辰都来得很早，那所房子发出了一阵阵咯吱咯吱疲惫的声响。也许是蹲的时间久了，夏豆站起来的时候感觉到一阵眩晕，他仰起头想让血液流畅地通行，却看到星空在旋转，他想起了梵高的那幅《星空》来，忽然觉得艺术家的创作未必完全凭空捏造，有时候那些荒诞的事情就是真实发生的。

直到那只羊被架到篝火上，瞬间滋啦一声，产生了一阵迷人的肉香味的时候，那几个人瞬间围了上来，彭麦在旁边手舞足蹈，连连称赞，恨不得马上把那个只是皮上的水分刚刚褪去的羊腿拔下来。虽然脸上的血迹已经擦干净了，但叶帆却状态不佳起来，他把头歪放在轮椅上，上面盖上了一个棕色的羊毛毯，他蜷缩在那里，显得十分单薄。后面推着的楼兰满脸的关切，她摸了摸叶帆的额头，又把脸贴在他的额头上，简直和刚才对仁布判若两人。

“发烧了，你们说怎么办？”楼兰焦急地盯着夏豆。

“我没事，就是困了，睡一会儿就好了。”叶帆连眼睛都不睁，摆着一副愁眉苦脸。

“实在不行，我就带他去附近的北石镇去看看，那里有诊所吗？”

当夏豆把目光投向仁布的时候，他已经举着一盒药，他说，“现在去倒是能去，不过不好走，要不先吃点药试一试？”

等叶帆吃过药，又喝了不少水，脸变得温润的时候，那只羊也烤得一样的通红温润，夏豆觉得那结实的肌肉和金黄色的皮肤就好像楼兰美妙的肉体，让他口舌生津，想入非非。粘稠的肉汁掉在了烧红的木炭上，滋滋作响，焦香的味道被夜晚的风裹着，扑在脸上，灌入了鼻腔。这时候几个人早已经急不可耐，在撒上的盐还没完全融化的时候，就嗷嗷叫着，像几只饥饿的狼，等着仁布一声令下，一呼而上，把肉撕扯下，大快朵颐起来。

夏豆觉得饥饿是最好的佐料，但也不完全是，如果形容的话，那羊肉已褪去了油腻，变得有种花草的清香，浓浓的汁液在口舌中炸裂开，更像是咬到了丰水期刚摘下来的梨子。还有一点重要的原因，那就是就餐周围美妙的自然，夜晚的风已经轻柔多了，星光斑斓，月亮就已经滑过了山梁，跑到树梢上面了，羊儿已经不再咩咩叫了，也许是为了同类默哀，也许是睡过去了。夏豆觉得这环境真美，如果做一点类似于满手油乎乎生吞海吃这种不美好的事情，反而觉得更加美好，就比如在万籁俱寂的大自然里，两个白花花的肉体叠加在一起。

他们吃完那只羊绝对没有超过半个小时，似乎看似食欲不振的叶帆也啃掉了一只前腿，而楼兰姑娘早就花了妆，等他们吃饱了以后，都瘫在那里，没有人起来收拾东西，就盯着那堆通红木炭噼噼啪啪冒出火星，迅速消失在黑暗之中。由于呆久了又觉得无聊，所以就按照弱肉强食的理论，谈论起仁布的故事来。

可能是楼兰的注目，仁布说起话又变得磕磕巴巴，这种说话方式有点催眠的功效，再加上血液都流进了胃里，所以脑子空空的，夏豆依靠在自己的背包上，对着那片篝火打起盹来，不过迷迷糊糊还是听到了故事的大概。

仁布重复了和自己讲过的那一段故事之后，又接着讲到，后来他的养父母终于生了一个儿子，他们喜出望外，但是仁布却忧心忡忡，因为他们把更多的精力都放在自己的亲生儿子身上，这对仁布打击非常大。那个时候他变得更加调皮捣蛋，因为他觉得这样能够得到更多的关注，但事与愿违，这样做却导致了养父母态度的转恶。特别是有一次他不知道被什么冲昏了头脑，做了一件自己都无法原谅的事，那天弟弟把他的玩具枪给摔坏了，他向母亲申诉的时候，却没有得到想要的结果，肇事者没有受到惩罚，反而晚上为他做了最爱吃的煎饺。实在气不过，仁布趁着晚上大家都熟睡的时候，把他的弟弟偷了出来，扔在了猪圈里，因为他听母亲说，不要靠近猪圈，因为猪会把不听话的小孩吃掉。

后来他的弟弟虽然没有被吃掉，却因为这样患上了过敏性的肺炎，由于这里空气干燥，他的养父母便变卖了家产，说要带他弟弟去一个海边的小城，那里空气湿润，也许他的弟弟才能活到长大成人。他们当然没有把他带走，但他一点都没有埋怨，因为他知道家里根本没有钱，如果要带上他，他们很难活下去，别再说给弟弟治病了。就那样他被送到了另一个没有孩子的家庭，但是那是一个酗酒的男人和一个抑郁的女人，有一次他看不过那个男人打女人，便用剪刀捅在他的腿上，从此就逃了出来。

故事听到半截的时候，楼兰就坐到了夏豆的身旁，她捏住了他的手臂，像是一个在看恐怖电影的小女生，时不时把指甲陷入了夏豆的肉里，把夏豆瞬间弄清醒了，但迫于不能打断别人的谈话，他龇牙咧嘴却不能发生声音来，不一会儿汗就下来了。好在楼兰不一会儿也松开了手，轻轻抽泣起来。

她带着委屈的鼻音说，“实在太可怜了你，如果早知道是这种情况也不会那么说你了。”随后她好像想到了什么，瞬间又改了口，“你小子可没骗我吧，再说不管怎么样，你也不能去这么骗人，不是么？”

仁布阴云散去的脸上，又在火光跳动下紧缩住了眉头，口吃到话都说不太清楚了。“可，可是，我想赚钱，赚钱去海边的城市，找他们。而且我也想去海边生活，我一直有个梦就是有一所海边的房子。如果有钱的话，我不光，不光能够找到他们，然后再买一所海边的房子，然后再和他们住在一起。实在没有办法，我也没有骗你，一次，一次都没成功过，倒是羊被撞死了几只。他们都没有下车，有一次，一个人下了车，把我还打了一顿。”仁布说着还把裤管掀起来，把膝盖处那个又黑又硬的结痂露出来，那种结痂细看起来，有点“川”字型，应该像是被人踹了一脚，跌在路边上被石子划开的。

“我们带他走怎么样，带他去找他的养父母，同意吧？”楼兰用脚戳了戳又陷入迷糊状态的夏豆，夏豆如梦方醒，不悦的语气嘟囔着，“你说什么都行，不过我们又不是去海边，这不是南辕北辙么？”

“哎呀”，她娇嗔了一声，“就是先去找你的媳妇，然后我们可以再回江北啊，那里离海不就近多了么。”

“我是没什么意见，你得问问你的叶帆哥哥吧，毕竟车是他的，路上的盘缠也是他付的。”当夏豆刚指向叶帆的时候，才发现他已经裹在毯子里睡着了。当楼兰过去想摇醒他的时候，才发现他的额头滚烫滚烫的了。

“怎么办，这么烧下去，一晚上会把他烧坏的，还是送他上医院吧。”

“好吧，走麦子，我们把他抬上车去。”

仁布却站起来，拦住了夏豆。“这个时候你们去不了的，从这个地方到北石镇，需要穿过疏勒河，可只有一个浮桥能过，这个点儿守桥的人肯定回家了，去也是白去呀。”

“那怎么办，就他这小身板，我看再熬不过去。”彭麦打着岔，还起身伸了伸懒腰，哈欠还没打完就被楼兰的眼神吓了回去。

仁布又转身进了他的小黑屋里，捧出来乱七八糟的一堆药来，楼兰从中挑拣了一大把，喂给了叶帆又灌了他一大碗水，才让他睡去了。

那天晚上夏豆睡得很不舒服，他把帐篷留给了叶帆，起初仁布是邀请他们进屋里睡的，但是夏豆和彭麦都不敢踏进那间屋子半步，楼兰不放心叶帆的身体，竟然陪他在那间帐篷里。夏豆开始从车的后座上冥思了一会儿，又想到楼兰结实的腿和叶帆残缺的腿搅在一起的样子，思来想去睡不着，又跑到篝火旁依偎在彭麦旁席地而卧睡下了。

到了深夜星光惨淡，风声鹤唳，夏豆紧缩着身体，这让他的梦里都充满了冬天风雪的景象，后来梦境又产生了转变，他又到了沙漠，到了戈壁滩，一轮红日就在头顶上，他感觉自己就是那个浑身滚烫的叶帆，就是那只架在篝火架上滋滋冒油的烤羊。

他觉得不太对劲，猛地睁开了眼睛，眼前的一幕让他颤栗，那所房子就是仁布的木屋子已经成了一团巨大的火焰，在广袤的荒野里，在惨淡的星空下猛烈地燃烧，噼噼叭叭的声响就是激烈的鼓点，浓浓的青烟不断升腾，又随着风飘得更远更远。那种景象让他的嘴巴大大地张开了，却一点发不出声音来。

彭麦也被吵醒了，他开始大呼小叫，赤着脚就朝着远处的山梁那边奔跑，好像那边有人能够帮忙似的。接着楼兰也从帐篷里跳了出来，她的上身穿着那件花衬衣，下边空荡荡的。烈火把她的脸映得通红通红，风又把她的衣服吹得起伏不定，她站在那里像一棵直溜溜的树，衣服就成了挂在上面断线的风筝，她咬着那两片血红的嘴唇，似乎那上面是流出来的血而不是火光的影子。

夏豆把自己水壶里的水朝那所房子泼完之后，就一屁股蹲在地上，一脸丧气地对着楼兰说，“这是没得救了，我们还是赶紧收拾收拾东西走吧，一旦别人来了，我们可就说不清楚了。”

楼兰的牙齿放开了嘴唇，又相互研磨在了一起。“你真是个冷血动物，怪不得你的女人会离你而去，如果我是她一定不会再跟你在一起了。”

夏豆猛地站起来，呼吸急促，眼里发出恶狠狠地光来，朝着楼兰嘶吼着说，“这能怪我吗？难道是我放的火？你有什么资格来评价我？我明确告诉你，如果这是我的车，我早让你滚蛋了，什么楼兰？别骗人了，什么穷旅，什么文艺女青年，跟别人睡觉来换车票的我又不是没听说过。”

“你他妈的就是个变态，就是个混蛋。那我走好了，但我会报警的，我就看看到底谁是个大骗子，谁是个杀人不眨眼的变态。”

楼兰气冲冲地转身就要走和正赶过来的彭麦撞了个满怀，楼兰拨了拨彭麦的手臂，却被他一下抓住了。“哎呀，都什么时候了你们还吵，不过你们放心，仁布那孩子没事。”

“那他在哪儿？他不是明明……”

“那你看看叶帆去哪儿了，还住在一个帐篷里，人丢了都不知道。”

还没等楼兰去帐篷里面查看，仁布就忽然出现了，他急匆匆推着那个轮椅，轮椅上坐着神色肃然的叶帆，即便是速度太快把他整个人都要颠了出来。离那所房子还有几十米的时候，就撒手不管了，径自奔跑到那朵熊熊烈火前，匍匐在地面上发出呼天抢地的惨叫。

他们都静静看着，没有人上去安慰，就等着仁布哭声渐渐偃息下来，和那所房子一起冷却下来，最后剩下了一片黑乎乎的残骸还有几具黑乎乎的羊的尸骸。那个时候有好几个问题萦绕在夏豆的脑海，为什么同样是烧烤的羊，一个就能发出致命的香甜，一个却是致命的恶臭呢？为什么仁布会不在那个房间里，他和叶帆又去干了什么？到底是谁放的火烧的呢，还是风把火塘里的火苗吹到了房子上？还有那个楼兰到底什么来头，是不是就是他想的那种文艺女青年，还有她和叶帆在那个帐篷里面到底做没做那件事情？

后来他还是知道了些答案，叶帆告诉他，那天夜里他实在是发烧难耐，整个人燥热得要命，他没好意思叫醒睡在旁边的楼兰，只能自己爬出来找水喝。正在这个时候碰到了出门夜尿的仁布。仁布看他烧得实在严重，就想了个办法，推着他去远处的河湾里洗澡，他说他就是这么治病的。因为他觉得自己可能随时要被自己烧死，就权且死马当活马医了。

后来，叶帆还说，“鬼知道这个样子也能治病，后来我们看到这里着火了，急匆匆赶过来，又出了一身汗感觉好多了。”从这个角度上来讲，仁布算是救了他一命，再加上房子烧过之后也就无家可归了，所以他们又把他带上了。叶帆还说，“等你的事情忙完了回到江北的时候，我会带他去看海的，没准我弄套海边的房子，我们住在一起彼此也有个照应。”

关于那些被烧死的羊为什么会发出令人恐怖的臭味，彭麦简单地回答过，“很简单么，那些羊的肠子里都装满了粪便，你想想烧烤粪便的味道就能理解了。”至于那天的大火是不是场意外，还是有人蓄意而为之，大家都好像都很避讳的样子，夏豆倒是看到过他们几个怀疑的眼神，甚至自己有这么一瞬间都怀疑过自己，因为他知道自己以前有过梦游的坏毛病，但当他实在找不出要烧死这个孩子的任何一点理由，想想也就放弃了。

第十三章

从那天开始，他们继续朝西去，路过的城镇变得越来越少，路变得十分漫长也变得十分寂寞了。直到有一天他们几个在一个山包上休息，那天是个阴灰色的天，从早上六点出发，夏豆已经开了四五个小时，加上彭麦晚上凉啤酒喝得太多，吵着闹肚子，他们就从那条蜿蜒的公路上开了下来。那个地方显得很荒凉，群山被侵蚀成了波纹状既鳞次栉比又起伏不定，像是开天辟地刀斧留下的印记，给人带来一种远古的遥想。

夏豆喝过了水，又抽完了一支烟，等着彭麦迟迟没有回来，就登上了山包的顶端遥望起来，下面不远处是个百丈深的河谷，能看到沿着公路的脉络延伸到了天际，不免让人有了地面塌陷甚至直通地心的遐想，亿万年的冲刷把那些土山包削斩成了齐刷刷的岩壁，然而那些削石如泥的水已经不见了踪迹，也许是旱季还没有结束，只能看到那些水曾经呆过的地方长满了一团团的绿，看不清是灌木还是高高的树。

夏豆刚大声呼喊了彭麦一声，就听见一个焦急但又刻意压低了的声音。“哎，老夏，别喊，别喊，我在这呢。”只见彭麦满身灰土一头蓬发从一块巨石后面冒了出来，他摘下头上的茅草，一个劲地蜷曲着身子，并示意夏豆也埋下头来。

“搞什么，神神秘秘的。”

“我看到一群人，就在河湾的那边，”彭麦指的正是那块巨石挡住的方向，他又压了压声音，成了一种嗡嗡声“他们好像是一群盗猎的，好像抓住了一群羊，我看那些羊都是那种带着大角的，肯定不是自己养的那种。”

“管这么多干什么，拉完了咱们就走，我们这一路惹得是非还少吗？”夏豆对他这种胆小又多事的举动惹得很不快，说完就走了。

等到他们和叶帆几个集合之后，讲起这个事情又发生了戏剧性的改变，实际上他们的重心突然不是去铁力沙镇了，而是要解救那些被抓住的山羊们，好像是对那些被烧死羊的一种补偿和告慰一样。起初夏豆是极力反对的，他能压制住跃跃欲试的彭麦，但叶帆却只能被一个爱心爆棚的楼兰所控制住，迫于无奈，夏豆都快哀求他们了。

“咱们报警不行吗？仁布不是说他们可能有枪，就凭咱们几个赤手空拳这不是送死么。”

楼兰终于摆脱了对夏豆的冷漠，但话语里还带着嘲讽的冷气。“自己胆小不敢去就直说，别扭扭捏捏的。仁布不是还说了么，在这个生僻的地方，报警肯定是来不及了，他不是说他们的枪都是那种土枪，根本打不远也射不准，再说了也不一定有枪。”

夏豆又威胁说，“即便是没有枪又能怎么样，他们任何一个赤手空拳都可能打倒我们一片，然后把我们和那群羊一起杀了，你不怕死么？”

楼兰把手叉在腰间，挺着圆滚滚的胸膛，用一种特别剧场化慷慨赴义的语气说，“不管你们谁去不去，反正我是去定了。”

夏豆又争辩说，“我只想说，这样做有什么意义？”

楼兰用一种审判的眼神看着夏豆，淡定地说，“因为和你跑这么远找你的妻子是一个道理，也许你做了也没有多少意义，但不做肯定会后悔，就这么简单。”

夏豆看着她觉得非常可笑，但又有一种特别的感动在内心里涌动，他看了看叶帆坚定的目光不再提出非议来。顷刻间夏豆终于明白了楼兰是一个怎样的女人来，就在这蛮荒失落的土地上，可以自由穿行，很多东西也可以漠不关心，形同人生匆匆而过，从一个起点到一个终点。但她却不一样，她是对一切事物都充满爱心和善意的女人，这一路上只要碰到的听到的都和她有关，都有着非同一般的意义。因为她竟然能照顾一个并不熟悉的瘸子，能照顾到一个帐篷里，一张床上，也能对一个素未谋面的少年的坏而愤怒，为他的惨而悲伤，甚至对于冷漠的夏豆，她都时不时的释放某种感化之情，也许她就是这种女人，一个可以爱上某只羊，某片土地和土地上很多人的女人。

夏豆忽然想到，这广袤荒凉的土地上，在人情冷暖稀薄的空气里，女人肯定会很少，但楼兰这样的女人却会很多，而那些人们麇集的城市里女人自然很多，如此的女人却少得可怜。他想到了陶小桃，像她那样的女人也许还爱着他或者恨着他，但她却不能同时爱着他又恨着他，她们也许是你院子里的一棵苹果树，她们就待在你的院子里，但结出的果子永远不知道是酸的还是甜的。他也想到了徐央妮，像她那样的女人也可能会爱上他，但她很可能也会爱上别人，爱情在她们身上就是一条河，河水从不在一处停留。还有他的那些情人们，她们说着我爱你爱我的情话，但爱来爱去无非就是爱她们自己，她们是一只猫，也许它属于你，但实际上你可能属于它。

这一连串的想象让夏豆对楼兰充满了莫名的钦佩之意，他在所有人的注目下过去拥抱了一下她，楼兰竟没有躲闪，还顺势拍了拍他的后背，说了句，“没事的，你要是不愿意去，你就去找你的爱人吧。”。夏豆没有说话但是笑了笑，因为情绪变化之快已经超出了他自己的所料，实际上他也不知道说什么好了。

夏豆在彭麦和仁布去观察敌情的时候，看到河谷里面站着两个人，他们都用白色的纱巾裹住了口鼻，一个人正把一只灰黄色的羊倒挂在一棵枯树上，那只羊有一种粗大且倒旋的长角，也许是放了血的羊身体已经变得很单薄，所以看起来那双角显得沉重而拖累。仁布说，那就是黄羊，带角的是公羊。另一个人四周望着做警戒，他的头很快朝四处张望着，好像在等人等久了急不可耐地样子。再远一点的地方，有两个人坐在一条河床的枯木上抽烟，他们的脸没有被蒙住，显露出黑乎乎的络腮胡子来，他们脚下捆着三只羊，那些羊显然是挣扎了许久，身上已经快被黄土掩盖了，时不时闹出一阵烟尘来。再离他们更远的地方可以看到四匹马，马被并排拴在树下，躲避着太阳的曝晒，悠闲地用马尾扫着蚊蝇。实际上他们看到的就是几个人影而已，而彭麦就用他的长焦镜头洞察了一切。

仁布说，“他们就是用麻醉针来抓羊的，抓住了以后再杀，如果开枪打不准可能就把整张羊皮破坏了，那就不值钱了。”

彭麦踢了他一脚说，“你怎么什么都知道，你是不是也干过这个？”

仁布做了一个鬼脸，“我就是听人家说过，这也是第一次见，你看那里就是土枪。”

彭麦刚把头扬起来，想看到那把枪就倚在那棵枯木旁，头上就挨了夏豆一掌，结果还被仁布嗤笑了一声，便又迁怒于他了，仁布却是一脸狐疑地说，“你们确定要这么干吗？”

后来他们制定了这样的作战计划，因为仁布会骑马，所以由他潜伏把他们的马给放了，他们必然会追马，然后夏豆和彭麦开着吉普车从山坡上冲下去，把那捆着的几只黄羊给放了，然后他们再进行会合。

但是这个计划有两个人显然不同意，叶帆说这里面没有他什么事，我又不是没有英雄气概，是把我当成窝囊废了么，他还谈到自己曾经一个人游历过大半个中国，什么危险没有见过，区区几个偷羊的蟊贼又算得了什么。另一个不满意的人就是楼兰，她怒不可遏地指出，她虽然是个女人也是见过世面的，也有着巾帼不让须眉的优秀品质，特别是这件事是她发起的，如果没有她的勇敢和果断，他们也就夹着尾巴逃走了。

夏豆着实无奈，他只能把叶帆放到吉普车上，他靠摇着轮椅被盗猎者抓住那是无疑的，还有既然楼兰如此诚恳，加上她也是会骑马的，所以就安排和仁布组成特战小分队了。

战斗打响了之后，特战小分队算是初战告捷，四匹马在河谷里四散逃开来，其中还有两匹分别坐着仁布和楼兰。仁布把头贴附在马背上，瘦骨嶙峋的脊背和马的脊背融为了一体，那匹马四角踏空一下就弹出老远，他们两个人就这样飞了起来。楼兰正骑着一匹枣红色的马，那匹马肌肉块十足，特别在奔跑中气息粗重青筋暴出，和她青棕色纤细的身体产生了极大的反差。她扬起手挥着皮鞭，长长的头发和长长的马尾成了两条平行的墨迹，人的嘶喊和马的嘶鸣声响彻山谷，着实把四个盗猎者都给震住了，也把夏豆看得入迷了，几乎忘了开车从山坡上冲下来这回事。直到叶帆大声催促，“你他妈的快开啊！”这才狠踩了一下油门，四轮腾空从山顶栽了下去。

要不是他们系住了安全带还扶着门把手，他们随时都有可能从这辆车里弹射出去。实际上这个看似山坡的路，根本就不是什么路，很有可能是某块从山顶滚下来的巨石碾出的一条轨迹，上面布满了荆棘条和大大小小的石块，快速通过的时候感觉轮胎像一个软绵绵的气球，随时可能被扎破，而被石块敲击的底盘就是层薄薄的铁皮，马上要散架一般。

但最终吉普车还是经受住了考验，它带着滚滚烟尘从山坡上冲到山谷的时候，带着一种愤怒野牛的某种气质，冲着那个枯木撞了过去。此时剥羊皮的和把风的人已经跟着马的足迹追了出去，而守着一群羊的那两个人差点在快被撞到时从那棵枯木上跳了下去，分作两边在地上打着滚。夏豆快要站立的姿势把刹车踩到了底，但是在松软的河滩上和冰面上几乎无异，就这样他们结结实实地撞到了上面，前排的安全气囊砰地打开了，带了一股烟尘和一种塑料烧焦的气味。

夏豆还在一片白茫茫混沌之中时，感觉被人揪住了衣领，那是个胡子茂盛的男人，眼皮松塌塌的，但白眼珠里布满了血丝，那个人一拳就打在夏豆的颧骨上，有一种强大的力量把他的头扭到了后方，这让夏豆在一片白布之中看见了四散的火花。叶帆发出一声惨叫，夏豆在火花散去后看见他被另一个络腮胡子的男子拽起来拖到了车下，还在上面重重踢了一脚，这个胡子男的眼皮也是一样的松软，他们的五官极为相似，只不过这一个显得粗壮矮小了些，应该是两兄弟，双胞胎也未尝不可。叶帆惨叫后，好在彭麦一跃而下，攀住了那位矮胡子的肩膀，也可能抓了下那个人的耳朵，那人也发出了一声惨叫，两个人就滚落在一阵烟尘里。

情急之下，夏豆却能想起来自己以往的战斗经验，他曾和很多人交过手，他知道一脸络腮胡的人绝对不好对付，因为他们雄性荷尔蒙和肾上腺分泌是很旺盛的，能够有很好的爆发力，但他们的弱点就是耐力不足，他索性从车上车下前排后排辗转腾挪避开那人的锋芒。而彭麦和叶帆那边就明显混乱多了，他们三个人滚在一团飞扬的尘土之中敌我难辨，他们的吼叫声和羊的哀嚎声混为一谈也无从分辨。

夏豆显然是体能也无法持续作战了，一个躲闪不及，他被那个高胡子的边腿重重打在腋下，他感觉肺部像在抽动，也可能是他的边缘的肋骨断裂了，一阵疼痛直钻心脏。那个人看着跪在地上的夏豆，发出了两声嘲笑。夏豆把头埋下来，向里面抽着冷气，他转头看见了另外的两个人已经缓过神来，他们不再追逐已经遥不可及的马匹，而是朝这边杀了过来，其中的屠夫还举着长长的劈刀，刀刃上的光在崎岖地面上起伏着，加上他杀猪般的怪叫，也像是在发起一场战争的冲锋。

夏豆知道一切可能会变得很糟，就在那个人俯身抓他的头发的瞬间，他猛地起身，用天灵盖冲到了高胡子的下巴，把那人瞬间顶翻在地，接着又绕了汽车半圈，一脚踢向踩着彭麦肚子的人，那人挣扎着站起来，又被夏豆迅速地一拳打在胸口上，马上就沉浸在内脏痉挛的痛苦中，失去了战斗力。而当夏豆扶起彭麦又在滚滚烟尘中找到叶帆的时候，他的双手沾满了血迹，牙齿上还衔着几缕羊毛，这个时候几只恐惧的黄羊从烟雾中一跃而出，带着未定的惊魂和自由的喜悦飞奔而走。

然而没有人去享受这幅美景，彭麦也没来得及拍张照，他们急匆匆的爬到车上，渴望瞬间从恐惧中脱离一般，夏豆颤抖的手拧了好几次也没打着火，好在就在高胡子一拳打在叶帆脸上之前，他向后倒了车，轧到了那人脚上，随后在屠夫马上要赶到之前，急速翻转方向盘又全力踩下油门从烟尘中冲了出去，惊恐中他还看到那把亮闪闪的刀飞出了烟尘追了出来，刺破了已经成了空布袋的气囊，直接插在了空调出风口处。

当他们再次看到楼兰和仁布的时候，他们正在河谷的一棵大树下乘凉，那两匹马在树上拴着，也躲在阴凉处，时不时地抽动着脖颈肌肉，用长长的马鬃驱赶蝇虫，好像什么事情都没发生一样。

楼兰看到他们三个的时候就哈哈大笑起来，她的笑声像是一发不可收拾的样子，越笑声音越大，把三个人笑得不知所措甚至有点不寒而栗的意思。好在是她也觉得这样笑多少带了点恶意，就抚了抚笑疼的肚子说。“怎么样，可是大胜归来？”

“那是当然，羊都给放归了。哎，要不是你们拖后腿，跑太快，没吸引住他们的火力，说不定我们轮流把他们制伏了，现在很可能把他们几个都给绑了。”彭麦说完就端着那把长飞刀，从吉普车上一跃而下，显得很有英雄气概，只不过他的脸上泥土加汗渍掺和在了一起，形成了花狸猫一样的花纹，这也许是楼兰大笑的所在。

夏豆一只手叉到腋下使劲按着，慢慢扶着车门下了车，吐了口浓痰，带着不悦的口气说，“你还有脸笑，我们为了你的那几只破绵羊，差点把老命都给搭上。”

楼兰上去搀扶了夏豆，笑眯眯地说。“哎呀，别生气，你不觉得这件事很有趣么，你们几个开始都不太同意，结果一个比一个拼命，所以人是很容易变的。”

“变什么变，只不过是被你骗了而已，反正我现在是特后悔，我想那几个人也想不通，无冤无仇的，为什么突然杀出几个傻货，放了羊，丢了马，还挨了一顿打，要是我肯定追到天涯海角。男的就直接砍了，女的就先奸后杀。”听了这话，楼兰一把将他推倒在地上，夏豆扶着的手又顶了伤处一下，让他龇牙咧嘴说不出话来。

“喂”，叶帆从车里冒出个头来，脸上红红的却带着一种愉悦之色。“爽啊，刚才打得真是过瘾哈，好久没有这么痛快了。车里还有没有酒，我想喝点。”

夏豆看着叶帆黑乎乎的脸，两排淡黄色牙齿暴露着，带着一种由内而发无法遏制的喜悦来，那张脸在这么多天的风吹日晒下成了古铜色，在泥巴没有覆盖的地方也显露出黄澄澄的光泽来。这让夏豆很是吃惊，因为叶帆在他的印象里，曾是个躲在阴暗角落里瘦弱的小猫，现在却也有了几分野生动物的味道，也许真如楼兰所讲，人是可能变的。

仁布却打断了他的想象。“我们得赶快走，他们很可能沿着河滩追过来。”

彭麦拍着仁布的肩膀，乐呵呵地说。“怕什么，我们开出了几十里路，他们马都没了，天黑也赶不上我们。来了也不怕，有我们你不用担心。”

“不是的，他们肯定不止这几个人，如果他们打电话联系同伙，肯定会来更多的人，别忘了，他们有枪的。”

“是嘛？老夏，赶紧起来，我们得出发。”

起初他们是想把马留在那棵树下，因为它们的主人会沿着河谷追回来，但是当他们刚把车开到从河谷里开出去的时候，发动机就发出一阵滴滴声，接着一阵不规律的晃动就熄火了。夏豆查看的时候发现吉普车的水箱被撞破了，防冻液早已泄露干净了，如果再开车子就得自燃了。没有办法又把那两匹马牵了过来，又给马套上了绳索，硬生生地把汽车改成了一辆马车。

那天的夜晚好像来得特别早，他们几个饥肠辘辘但是没有人说停下来吃饭，总感觉那批人随时可能拍马赶上了，为了隐藏自己他们也脱离了公路，但显然这样做很不明智，因为很快他们就迷失了方向，夜色渐浓加上人疲马乏只好停下来休息。

不知怎的当他们停下来时忽然萌生了一种悲观的气氛，大家席地而坐，都沉默不语，只听得马匹打着响鼻。也许四周都是无边无际的荒野，天空阴沉沉的没有丁点儿星光，不免让人横生悲凉之感。

彭麦把那套野餐的炊具从后备箱里扒拉出来，刚要点火，就被夏豆制止住了。夏豆感觉疼痛比刚才猛烈多了，也许自己的肋骨真的断了，他的声音听起来毫无底气，有种泄了气的气球吹响声带的感觉。“别弄了，我们不能生火，他们看到火肯定能找到我们。”

楼兰小声问道，“难道说他们还真这么执着，非要追我们到天涯海角？我们不要自己吓自己。”

夏豆忍着痛嘟囔着，“我们没有必要冒这个险，我现在受了伤，叶帆行动也不便，你是个女人，我们还有个孩子，他们要真是找到了，我们拿什么抵抗。再说，我总觉得我们走的方向并不太对，你知道老马识途，我们也很有可能回到了原点。”

彭麦安慰说，“老夏你可能多虑了，我觉得我们走的方向没有错，再说我有我的办法，你放心好了。”

彭麦捡了一堆土块，把那个炉子围了一圈，又用车上的一块破布遮拦起来，把整个炉火变成了一个朦胧的灯笼，夏豆坐在地上感到身心疲惫，迷迷糊糊中似乎看到一个灰蒙蒙的月亮落在地上，那月亮中心里还有黄莹莹的光，又像刚出生的太阳，更离奇的是还冒着热腾腾的水汽，发出了催人尿来的叫声。

彭麦给每个人泡了一包面，自己还有啤酒喝着，看来早对野外生存有所准备。夏豆吃了几口又觉得胸痛难忍，点了一颗烟在黑暗处忽明忽暗，是一块快要熄灭的炭火。楼兰看到又不免想起仁布的房子来，那所房子在隆起的土包上猛烈地燃烧，风助纣为虐般把火拉得很高很高，把荒野照得红彤彤的，她就目不转睛看着那堆火，直到变成了一堆炭火，忽明忽暗直至熄灭。

楼兰寻着那点火星而去，贴在夏豆身边坐下了。“你伤到哪里了，到底严不严重？”

夏豆在黑暗中喜欢用平静的表情说话，黑夜里的伪装让他的脸上感到无比松弛。“问这个没什么用吧，我们困在这里严重也得忍着，有什么办法？”

“当然有用了，我学过按摩的，疼的话我可以帮你揉揉。”

“按摩？”

“哎呀”，楼兰在黑夜里偷偷踢了他一脚，“你想什么呢，是那种推拿的，我奶奶身体不好，我就专门学了这个东西帮她按摩，可舒服着呢。”

“你不待家里陪你的奶奶，在外面野什么，真不懂你们现在的年轻人。”

“喂，大叔，你比我大不了几岁好么？再说不趁着年轻去走走看看世界，难道一把年纪再找寻自由吗？你不知道生活在别处也在路上么。”

“在别处？在路上？”夏豆又点了一支烟，陷入了沉思，好一会儿才说，“在别处，在路上，那就是永远都找不到了，那还找什么劲，还不如找一个地方了却此生就行了。”

“看你挺聪明的一个人，怎么能想不明白呢，我的意思是你可以找不到你想去的地方，你想不到遇见的人，但你总会去很多地方，遇见很多人，这样就会发生更多的故事，你知道么，过程很重要。还有你知道么，一个人是什么不重要，想成为什么才重要。就像那本《在路上》说的，我还年轻，我渴望上路。”

“你说的也许有你的道理，当然到了我这个年纪，你也可能觉得有些人遇不遇见没什么区别，有些地方去不去也不重要。”夏豆笑了笑，在黑暗里没有发出声音，无人察觉就如同没有笑过。“你知道我最喜欢的那部电影《东邪西毒》，洪七公一直有个想法那就是翻过那座山去远方的江湖，欧阳锋是从山外面走来的，一直没有告诉他，山外面其实和山这边没什么区别，山外还是山，人外面还是一样的人。”

“哎呦，没想到你还挺文艺的，没少用这些泡小姑娘吧？”

“你看，你这句话就有人曾经对我说过，所以没什么新意。”

“你这个人真没劲。”楼兰觉得没趣但又不愿离开，那盘在地上的月亮已将沉没了，周围一片黑洞洞的，她能听到马的呼吸人的私语，但却无从找到他们。她又开始引着夏豆说话聊着，“其实呢，我的名字不叫楼兰，但是我很喜欢这个名字，楼兰古国多有神秘感啊，还有那个楼兰姑娘，多让人神往。”

夏豆其实知道这不是她的名字，也不想知道她的名字，但他想知道她和楼兰到底是否存在某种神秘的联系，这也或许能够解释出为什么夏豆这个人和他自己的记忆无法完全对接，他用一种大人给小孩讲童话故事的语气谈起。“我想告诉你，从宇宙之初，整个世界都是一大块混沌的物质，有很多很小的粒子把他们粘合在一起，或者相互纠缠在一起，但宇宙发生了大爆炸，这些物质就分离了。他们在茫茫太空里游荡，又重新碰撞、融合，他们组成了新的星球，比如我们的地球。有两个相互纠缠的粒子恰巧遗落在地球上，他们开始互相演化，开始是两个单细胞动物，后来成了多细胞动物、两栖动物、爬行动物，又变成了两只鸟，两头熊，最后成了两个人。然后他们某一天在一个咖啡馆里或者大街上偶然间相遇了，瞬间擦出了火花，也就是我们常说的一见钟情。他们觉得相互如此地熟悉，但又不知道为了什么，也许他们每个人身上都存有某个很小的粒子，它们无时不刻不在相互纠缠着，他们注定要相遇，注定要相爱，从宇宙之初这事就这么定好了。”

楼兰被这一通迷迷糊糊的理论搞得摸不清头脑，她开始耿直地问。“你说这些和我喜欢楼兰有什么关系呢，就算你说得很对，你也讲得都是很理想的状况，如果是那两个粒子落在两个男人身上呢，或者一个人和一块石头上了呢，那可怎么办？”

夏豆被楼兰这么一问，开始发起笑来，他倒是没有笑对方的意思，忽然只是觉得自己那么可笑，但笑得不受控制，就发出了一阵撕心裂肺的咳嗽，好一会儿才平息下来。他开始轻声细语地说。“其实呢，这也是我从书上看来的，我只是觉得也许那颗粒子曾经在楼兰姑娘身上，后来又经过几世轮回跑到了你的身上，你们也许就建立了某种神秘的联系。至于人会不会爱上一块石头，我就不知道了。”

楼兰觉得这有一定的道理，频频点头示意，“怪不得我总是做那样一个梦，那是一座被巨大绿洲包裹住的城市，里面有高高穹顶的宫殿，有尖尖的石塔，有热闹的集市，我就坐在一条河岸上，河两岸都是数不尽的沙枣树和胡杨林，还有那些生长茂盛的灌木丛，燕子在河面上嬉闹喝水。我就坐在河边的石阶上，把脚放在河水里，看见了里面有个人，盘着高高的发髻，披着轻纱，还有那个模样好看极了，我想我做梦把自己当成了楼兰姑娘吧，那座城市就是我想的楼兰古国吧。”

楼兰又大梦初醒般“哦”了一声，“这也就是我们上次说的穿越的意思所在吧。”“还有一点”楼兰又补充说，“叶帆看的那本书里好像也讲的差不多的道理，他说亚当和夏娃从伊甸园流落人间后就彻底分开了，他们从一个人转世到另一个人，互相在寻找彼此，如果有两个人相爱了，可能正好一个人的身上住着亚当，一个人身上住着夏娃……”

那天晚上他们都没有睡好，因为荒野的天气变化很快，到后半夜的时候起了大风，那种风带着沙石能让人无法睁开眼睛，打在身上肉疼。好在彭麦在煮完面之后又搭好了帐篷，他和仁布以及叶帆就挤在一块听着外面不休止的哨音。夏豆也在大风剧烈之前将帆布车棚搭好，并把每个扣子都锁死了，等他做完这些的时候风就把他的眼睛迷住了，外面黑洞洞的充满危险，他也没有理由把楼兰赶走了，而楼兰也没有走的意思，她说还有很多东西想和夏豆聊。他们也躲在黑暗里听着风带着哨音从它们头顶吹过，听着马时不时发出一阵叹息的响鼻，感受着吉普车在黑夜无边的荒野里止不住地摇晃。

第十四章

进入罗城的时候，他们才知道实际上他们昨晚住的地方离罗城也就仅仅二十公里，但是他们离通往那里的公路太远，实在是方向莫辨。那天中午他们还是到了罗城，他们每个人眼里都挂着血丝，经历了昨天和一夜的折腾之后，体力和耐心都耗尽了，连马也显得十分疲沓，特别是那匹枣红的马被风吹来的树枝扎伤了腿，走路一瘸一拐，吉普车也摇摇晃晃，活像几个逃难的人。

进了城他们就在路边找了个餐馆，胡吃海喝了一顿，只是夏豆还是浑身不舒服，赶紧打了车去了医院，彭麦叫了拖车和叶帆一起把吉普车送进了汽车的医院，楼兰和仁布把那匹枣红色的马送进了动物医院，又把另一匹马寄养在了那里，又匆匆赶去了医院。

刚进病房的门就看到夏豆被一群人团团围住了，他们有男有女但大都是年轻人，有的拿着手机和他合影，有的拿着小本子让他签名，搞得乱哄哄的，特别是后面几个高中生模样的小女孩被挡在了外面，她们翘起脚尖，举着花束和玩偶高声喊着夏豆的名字。楼兰这一瞬间以为走错了房间。直到一个身材矮胖的护士长出现了，大声骂了几句才把他们陆续赶走了，楼兰找到了那个护士长想问问夏豆的病情。

那个人把横眉向上一扬，嘴向一边翘着，用质问的声音说，“你又是谁？和他们一块的？告诉你们了，这里是医院不是菜市场，病人都需要休息，现在的年轻人一点公德心都没有。”

楼兰搂着仁布解释说，她也不知道那群人是干什么的，她和他们不一样。

那女人紧皱的眉头才又舒展开来，吸了一口气，那肥硕的胸脯差点把衬衣的扣子挤掉，又换了一种凌厉的语气说。“哦，那就是病人家属了，心这么大啊，病人肋骨骨折，等了一天了才送医院啊，连个陪床的都没有。还有这是住院的清单，一会儿去前边那个楼上缴费。”她扔给楼兰一张单子，转身仰着头走开了。

楼兰又回到那个病房的时候，发现夏豆正侧着身背对着门口，铁床边架着一袋点滴，摇摇晃晃的还留有被人撞击后的痕迹，听见有人进来了，他翻了一个身子，朝着楼兰做了个鬼脸。

“这什么情况啊，你怎么成了明星了，那些人都是干什么的，粉丝还是讨债的？”

夏豆带着自嘲的口吻说，“我怎么知道，从来了医院就有人认出了我，后来就来了这么一大群，又是要合影又是要签名的，我也是个病人好不好。”

“不简单啊，隐藏得够深的，对了医生说你肋骨骨折了，我这看你没事啊，开个个人演唱会都妥妥的。”楼兰这才把带来的一束花插在一个杯子里，又嘱托仁布去洗水果。

那是一束紫罗兰和百合还有一些衬托的小碎花扎成的花束，夏豆知道在这西北内陆小城，买到这样的花显然是煞费苦心的，看着她被花映照得显着色彩斑斓的面孔，内心也斑斓起来。

夏豆看了一会儿，觉得自己有点发愣，又接着说，“这不是打了消炎止痛的针了么，现在感觉好多了，不过医生说要在这里住一段时间。”

楼兰坐到了床边上，她的手扒在洁白的床单上，显得黑黝黝的，但手指细长仍带着一种特殊的美感，她说，“那是不是要做手术呢，把断了的骨头接上。”

“应该不用的，肋骨可以自己长回去的，只不过用的时间长一些，但是我不想再等了，铁力沙镇离这里不太远了，我想一口气走完它，我想尽早见到她把这件事了结了。”

楼兰哦了一声露出一丝失望的表情，一刹那之后她的脸上又堆满了笑容，乐呵呵地说，“是呀，有缘千里来相会，祝愿你最后抱得美人归。对了，这次为了感谢你的英勇无畏，我还专门跑了好多花店找了这么一束花。怎么样，好看吗？”

“是很好看，但我觉得花这个钱干什么，你们女人就是喜欢这种华而不实的东西，你看这边。”顺着夏豆指着的方向，楼兰伸长脖子看去，病床的内侧摆了一排各式各样的花束，一瞬间楼兰脸色又不悦起来。

“那是，你有了这么多就不用稀罕我的了。”

“我可没这个意思，我现在都很迷糊他们到底是谁，找我干什么。”

楼兰把脸凑过来小声说，“我曾听彭麦说过你原来是个打拳击的，还得过什么全国冠军，他们也许都是你的拳迷。”

“不可能的。”夏豆扶着床帮坐了起来，又发现自己的声音有些大，又压低了声调。“我以前怎么就没遇见一个我所谓的粉丝，再说了那是多少年前的事了，没人记得了，即便有人记得又有几个人喜欢拳击呢。”

“你没骗我？”

“骗你是……”看到仁布端着洗好的果盘进来了，就赶紧转成了“不，不可能。”

楼兰把眼球滑上了左上角，感叹了一句，“那可就奇了怪了。”

实际上还没过多久她就知道了答案，当楼兰去啃一个苹果的时候瞥见了门口一个探头探脑的人来，那个人在楼兰的招手下腼腆地站在门中心，直到楼兰喊了句“进来吧”，她才正襟危坐到对面空荡的病床上。楼兰打量了她一番，是个十八九岁的女孩，扎着两个小辫子，穿着素雅，那种宽大的衣领让人回到了二十年前旧时光，她生的白白胖胖的，笑起来露出了虎牙和酒窝，倒也显得甜美可爱。

“你是来找他的吧？”楼兰指了指床上已经睡着了的夏豆。

“不止是夏豆哥哥还有您呢楼兰姐姐，还有他。”那女孩指了指趴在窗台上好奇地看着外面的仁布。

楼兰露出极为吃惊的表情，“啊，你认识我？”

那女孩又笑了笑，“是呀，很多人认识你啊，我看他们在网上发了消息说你们在这，就赶紧过来了，也没带什么礼物，真是不好意思啊。还有刚才我冒昧声称我是夏豆哥哥的妹妹，所以就混进来了，嘿。”

楼兰起身踱了几步，把嘴噘到一起，摇着头一幅百思不解的样子，看着她的样子那女孩只好淡淡地说，“我其实是来感谢你们的，不过看着夏豆哥哥在睡觉，我就不过多打扰了，麻烦您转告给他吧，还有彭麦和叶帆哥哥。”

“别别别”，楼兰一把抓住了她的手，又把她按了回去，“你慢点说，这到底是怎么回事？”

楼兰说了这样的话又让那个女孩疑惑不解起来，但她却没有丢掉微笑。“是这样的，我呢上大学的时候因为长得胖，被人起了个外号叫‘团子’，后来我就和他们吵架，结果弄得很不好，再后来我因为这个事情觉得同学们都是有意捉弄我又冷落我，所以变得很不高兴，久了就很自闭。后来没有办法就休了学，只能待在家里一个人上网。再后来我从网上就是从彭麦哥哥的微博上看到了你们旅行的故事，让我觉得还得走出门去，去看看，去拥抱外面的世界。后来看到你们要来罗城的消息，我很激动，昨晚都没有睡好，我想见你们并不是为了追星要签名，我只想当面感谢你们。”

等那姑娘说完，楼兰僵在了那里，不知道是没听还是没听懂，脸上是似笑非笑的表情，傻傻愣愣的，过了好一会儿才说了句。“网上？在网上？”

那姑娘又开始疑惑，楼兰穿着这么时髦的女人，别是网络都不知道吧。她笑着说，“对呀，你们的故事在网上可火了，点击量老高了。有这么几期还上了热门推荐呢，其中一个你们昨天和盗猎者战斗的故事。”那女孩掏出了手机给楼兰看，又接着介绍说。“对了还有那期帮助高老伯割麦子的，夏豆哥哥给孤儿院的小朋友教拳击的那一期，这些都是进了热搜榜的。”

楼兰从手机里看到了自己的照片，就是那张在河谷里她拍马飞奔的那一张，她的身姿矫健飒爽，加上身上穿着的紧身衣，她想起了旧时代那些游荡在西北荒原里的侠客，自己哼笑了一声，嘟囔了句，“彭麦啊，彭麦，没想到你还有这一手。”

当第二天彭麦来到医院给夏豆解释这件事的时候，他反而带着傲慢之意，还让仁布给他搬凳子，坐下来就叹了一口气，开始语重心长地说。“老夏啊，别摆着你那张臭脸，你应该感谢我，还有你们几个都该感谢我，咱几个现在都成了网红啦，和明星差不多。你看我和叶帆去修车，我给那个店在网上做了下宣传，给我们直接打了五折。你现在有这么多的粉丝，找起陶小桃来也会容易很多。”

“感谢个屁，你甭说这么多没用的，你起码也得跟我商量商量吧，你这个人想成名想疯了吧。”

彭麦发出一声冷笑，语气开始变得陌生起来。“是的，我是想出名，我喜欢摄影，喜欢和人在网上交流，这有错吗？我们做的这些事难道就不能给别人看吗？你没听楼兰说么，昨天还有个小姑娘来感谢你来着，这么有意义的事情难道就不值得歌颂吗？”

“那是你的事情带上我们干什么，至少别带上我。”

“你的事情？哼，我陪你不远万里跑到这鸟不拉屎的地方，你说是你的事情？”

“那是你自愿干的事情，我又没有强迫你，你赖不着别人。”

“夏豆，你这人是不是有病啊？你还记得你当时打拳的时候么，你说你要成为一个名人，一个能影响千千万万人的那个，现在你就堕落吧。对了你不记得了，你现在就是有病，我看还是挂精神科吧。”

夏豆明显憋着一口气，脸上的肌肉都有点抽动，他用手捂住了腋下但仍能压低声音说。“我看，是你有病吧，不就是从小孤儿院长大么，有什么值得自卑的？你想出名不过是做给你的老婆你的岳母看的吧，好了，你成功了，她们都是有眼不识珠，你赢了，行了吧。”

“那也比你把自己的老爹活生生气死强……”

当他俩正吵得不可开交，已经惊动了那位矮胖的护士长的时候，楼兰推门进来了，还带了一个胡子拉碴，穿着冲锋衣的中年人，那人进来就递名片，结果没人伸手去接，只好尴尬地自我介绍起来，“冒昧介绍一下我姓丁，我是《南风晚报》的记者，夏先生如果不打扰您休息的话，我想和你聊一聊。我是昨天下午看到你来到这里的消息，就坐飞机赶过来了。”

“甭在这白话了，这里没人接受你采访，赶紧回去吧。”

“你好丁记者，欢迎你的采访。”夏豆看着彭麦脸憋得通红，气哼哼地跑开了。

楼兰笑着问，“你们俩这又是怎么了？”

夏豆还没回答，门又被推开了，“整个医院就你们屋里最吵，想吵架回家吵去。”夏豆和楼兰看着那个胖女人一脸冷漠，倒是那个丁记者点头哈腰赔着不是。

后来夏豆在回想那天和彭麦吵架的事情时，忽然觉得完全没有必要，但是不知道怎么话赶话就钻到了牛角尖里，两个人互相揭对方的伤疤，自己感觉痛不说，并没有获得一点点胜利的愉悦，反而有种东西压在心头，越说越是沉重，这一点让他觉得自己很是幼稚，一方面是因为没有什么理由就随便发了脾气，显得很没有城府，另一方面是觉得心中有些东西不受自己掌控，如同库里的水一样，水坝一旦打开就四处泛滥，甚至淹没了自己，这让自己感觉既无力又后悔，更让夏豆感到后悔的一件事就是接受了丁记者的采访。

当对信任的人产生怀疑的时候，人总会随便找个陌生人来相信。那天夏豆对丁记者就特别相信，还将自己心里隐藏的东西托盘而出，倒不是这个显得有点疲惫和邋遢的中年人有什么特别语言艺术，主要是他开始就说了句。

“夏老弟，我们可是老熟人了，虽然你可能不认识我，但我很了解你啊。”

“老熟人？”

“是呀，我原来是《南风晚报》体育版的编辑，对你当年还在拳坛的发展做过很多跟踪报道，那时候你可是明星啊，当然现在也是，嘿，我可是没少在报纸上恭维你。现在我又负责社会新闻这一块，报社又安排我来采访你，看来这就是一种缘分。”夏豆又审视了这个说话的人，发现他的头发稀疏，笑起来眼角的纹路交叉在一起，又觉得这么一个年纪的人还出来跑新闻，肯定混得很是一般。

“他以前真的得过全国冠军？”楼兰朝着那个头发稀疏蓬松的男人问去。

“何止呀，他作为特邀选手还参加了中欧对抗赛，曾经击败过欧洲冠军，我当时写通讯还把他说成中国最有潜力的新星，当时还有美国俱乐部看中了他，要不是发生后来那些事情，他肯定能进国家队，也很有可能去美国打职业联赛了，要是打得好那收入可是不一般了，一场就可能几百几千万啊，还是美金。”

“那，后来出了什么事？”楼兰对这件事充满好奇。

“这个”，丁记者看看夏豆又看看楼兰说，“这个，我就不便说了吧。”

到最后他还是把一切都说了出来，那天楼兰匆匆送来了一期《南风晚报》，在第三版《娱乐大爆炸》板块上洋洋洒洒写了个整版，文章的题目赫然用着这么几个大字——《没落拳王的心灵独白》。

已经打过了针，夏豆吃着楼兰送来的午饭，那是一份高配的什锦炒饭，还配着滋补的鸽子汤。楼兰送来了饭就嘟囔着要去看她的马了，又问了句要不要仁布陪着夏豆，夏豆摆了摆手就把他们送走了。

夏豆吃着饭，眼睛就没从那张报纸上挪开，他看到了这样的文字。

“近期前著名拳手夏豆因为公益旅行而受到了社会各界广泛关注，对此，本报独家对夏豆进行了专访，夏豆对如何离开拳坛，又在远离我们视线的这几年等问题做了首次说明……”

夏豆觉得导语写得乏善可陈，毫无什么新意，就越过去前边介绍自己如何辉煌的一段段，找到了这么一个小题目“黑拳？爱情？是什么毁掉了前途”，读到里面有这样的介绍。“在他事业蒸蒸日上甚至于说如日中天之时，正当各大媒体猜测他是否能参加美国职业联赛时，却被当年的一件丑闻抢了头条，当时有媒体称他因为感情纠葛和当时江北大学艺术学院副院长、锦瑟歌舞团团长庄某发生了冲突，因涉嫌故意伤害被警方调查。随后又接着爆出了在国家队对其考察期间，他曾在某地下场馆打过黑拳，据当时的知情人士透露，夏豆在地下拳界很有名气，被业内人士成为‘串哥’，也就是说能连续挑战好几位选手。因为地下黑拳基本上都是涉赌，还有人声称其在正式比赛中打过假拳，不管怎么样他失去了进入国家队的资格，当然也和美国职业拳坛失之交臂……”

读到这里的时候夏豆明显感到不适，他没想到这个丁记者竟然知道这么多，更为可恨的是他不管是捕风捉影还是有真凭实据，但明显都是黑料。他又翻阅了这张报纸的其他版面，无一例外都是明星八卦新闻、逸闻趣事之类，很明显这就是份单纯博眼球的花边小报，让他感到了这个世界赤裸的恶意。

他继续向下读到，“夏豆现任的妻子陶某某就是当年锦瑟歌舞团的领舞，据称当年陶某某和时任团长的庄某保持着长期的暧昧关系，夏豆正是因为争风吃醋才打了人。令人惊奇的是，陶某某后对庄某提出了性侵的指控，导致庄某锒铛入狱，但当事人庄某辩称，他和陶某某当时保持正当恋爱关系，而陶某某为了获得某国际大赛的领舞位置，才以此作为要挟，因为没有得逞才故意设局，让他蒙受牢狱之灾。”

夏豆忽然觉得有种特殊的赤裸感萦绕在他的身上，就好像他现在站在人潮人海的街头被人扒光了衣服，倒挂在一块巨大的广告牌上，供别人指指点点，这让他忽然脸红了起来，随后又产生了巨大的羞耻感。他扔掉了饭盒，打开了窗子，让冷冰冰的风灌进来，扑到他的怀里，让他能有片刻的冷静。

“妈的”夏豆咬牙切齿地骂道，“什么乱七八糟的，简直是一派胡言。”他觉得这完全是那个姓丁的捏造，但一瞬间他又想了一个人来，就是文中所讲的庄某，也许正是几个月前那个偷袭过他又寄信给他的那个叫做庄维的人，而且他在信中曾经提到自己是个强奸犯，让他赶紧离开自己的妻子，那就是陶小桃无疑了。

这让他赶紧又拿起那张报纸看了起来，里面就接着出现了一个标题，“昏迷？失忆？还是一切皆是伪装和逃避”里面又这样写到，“夏豆在本报的独家专访中提到，自己曾经在医院昏迷了两年，但具体原因不明，大约去年他清醒过来，但失去了一切的记忆。本报记者曾联系过对其进行心理辅导的黄医生，其称夏豆昏迷和受到重大的冲击有关，也就是和他打地下黑拳很有联系，然而他的失忆并无完全意义上的临床证明，也就是他根本没有失忆而是处在某种心理疾病期间，很可能他为了逃避自己的所作所为，失忆无非就是他的故意掩饰而已……”

这让夏豆实在无法看下去了，他翻箱倒柜又在垃圾桶里终于找出了那张皱巴巴的名片，急匆匆的拨通了号码，那边一个慵懒的声音“喂”了一下，夏豆开始气呼呼地嚷起来。

“你是不是想死？不想死的话把你的报道撤掉，然后给我发道歉声明。”

“你谁啊？”

“别跟我在这装了，你知道我是谁。”

“哦，哦，原来是夏老弟啊，干嘛生气呀，报道不是挺好的么。”

“好个屁，你这是造谣，这是诽谤。”

“喂喂，话可不能这么讲，你说我诽谤你可能是你对我的诽谤，我们写东西都是有真凭实据的，虽然说得丑事多了些但是都是实话啊。虽然你做了这么多丑事，但是你后来重新来过也树立了正面形象啊，特别是你和盗猎者搏斗当英雄的事迹我可是大篇幅的报道的，你去网上看看，这篇报道已经上了很多网站的头条啦，广大网友也是对你拍手叫好，你现在是响当当的网红，而且是相当正面的那种，你应该感谢我不是么？总不能恩将仇报吧。”

“你别跟我在这里信口雌黄了，什么正面，什么网红，上面全是我的私事，你尊重我的隐私了吗？那天怎么说的，不是说都是正面报道吗？你要是不发道歉声明，咱们就法庭上见！”

“怪不得黄医生说你精神有问题，我看也是，爱告不告，爱见不见。”

忙音过后，夏豆又气哼哼地坐到床上，把那张报纸团在一起从窗子扔了出去，他觉得整个世界都有和他作对的敌意，那种树欲静而风不止的无奈深深钳住了他，特别是一阵阵的电话铃声开始响起。

“喂，是夏先生么，我们是娱记网的记者……”

夏豆关了机，咬牙切齿地说，“这个卑鄙小人！”

其实在气消了之后，内心却充满着纠结和矛盾，一面既对自己的过往充满着无限的好奇，一面又在知道之后产生巨大的怀疑。就像后来他们再次启程，开着吉普车的时候后面跟着一大排各式的越野车，他们在他的车后面一字排开，浩浩荡荡，你会觉得这是一个结婚接亲的车队，哪会有人察觉到这是接一个已经结婚的女人。此刻夏豆心潮澎湃，他望着前方茫茫无际的天路，又看看后面黑压压的追随者，忽然萌生了“为报倾城随太守”的豪迈之意，他松开了方向盘，挥起手站起来，让风摔打他的毛发，灌入他空空的胸怀，此刻感觉像个气球一样，轻飘飘地无比膨胀。然而与此同时他又隐约觉得一种被风裹挟之意，就还是如同气球一般，在风中飘荡，仅仅是连着一根细如发丝的绳子，一旦断裂便随风而去永劫不复。

楼兰看出了夏豆一脸的兴奋还有心底的不安，就嚷着说，“让我来开会儿吧，你身体刚恢复还是休息为好。”

夏豆也没有下车，就跨过中间的档位，一脚踩进了楼兰两腿之间，那条如同海豚脊线和光泽的腿就刺溜一下缩了进去，然后他把屁股和楼兰的脸摩擦在一起，直到楼兰说，“你可别放屁啊”，然后大声嚷嚷，“车，车，看着路”，才又放过了她。

他堆着一脸笑坐到副驾驶上，向后一侧脸就看见彭麦那张苦脸来，他伸出胳膊戳了戳了彭麦，鬼里鬼气地笑着说。

“喂，老朋友，还生着气呢，怎么跟个娘们似的撅着个嘴。那天怪我，我不是神经病么说话冲了点，就当照顾个病人了好不好。”

“我就没生气，只不过懒得跟你说话，你这个人有一个毛病我最受不了，就是变脸变得太快，跟个小孩似的，啥事都兜不住。”

“好吧，我已经向你认错了，就别再斤斤计较了好吧。”

“那还有什么办法呢，脾气没有你大，打架又打不过你，只能这样喽。”彭麦无奈地摊了摊手也笑了起来。

夏豆趁机变得深沉起来，他问彭麦，“你下一步怎么打算的，等我们找到陶小桃之后，回去你还和你的刘子琪在一块吗？”

“我也说不清楚，也许我能原谅她，也许永远不能。”彭麦点了点手指让夏豆抽出烟，两个人对着一把火点着了，彭麦又舒展了面容，他指了指后面长长的车队说，“你看，我现在活的也没那么卑微了吧，还有这么多人跟着咱们，所以我何必就纠结在一个女人身上呢？世界上有这么多的女人，她们很多人感情都用不完，我为什么非要在一个女人身上挖井找水呢？”

夏豆苦笑了一下，“是呀，你怎么越来越像我了，不过我又越来越像你了，不瞒你说，如果后面跟着的大部队知道我们是为了找一个女人，他们会是什么样的反应，是不是觉得很吃惊，是不是觉得被骗了，是不是会立马调转车头回家？”

“所以说，有些话说了还不如不说，骗骗别人也骗骗自己，只要生活过得去也没有什么。”

夏豆拍了彭麦肩膀一下，着重问道，“报纸上讲的那些你原先大都知道吧，你不愿告诉我也是这个原因吗？”

“不是”彭麦说得很坚决，“我是很想告诉你，一方面是因为你的病情，我以前跟你说过的，更重要的是你的陶小桃曾让我发过毒誓，不让我告诉你，就像她和你换名字一样，她想让你慢慢想起你们的过往，想起她对你的好，她还说过，忘掉一些不好的东西也没有坏处。我可不想违背毒誓做一个‘软男’，告诉你干嘛呢？”

“可她这么对我纯属折磨我啊，这样我就能念她的好？”

“这就看你怎么想了。”

夏豆此刻很想回忆起他们真正的过往，而不是那些别人的旁白或者是报纸上的文字，但越想越是模糊，甚至连陶小桃的样貌都记不得了。

“老夏，敢不敢玩一玩？”一只手拍在了夏豆那侧的后视镜上，他抬头看着叶帆正骑着那匹枣红色的大马，那匹马昂首阔步，带着某种骄傲的姿态。叶帆看着夏豆就像从一架飞机上俯视着他，他的脊背直直的，像矗立在马背上的一根旗杆，那两条腿正好从马的腹部消失了，让他的身体和马更为恰当地融为一体。

“没想到你也会骑马，深藏不露啊。”

“很简单的，以前每个周末都还去马术俱乐部，咱俩换一换，你可以试一试。”

“不行的，开车都开不好，骑马更不行了。”

“来吧，我带着你，感受感受。”

夏豆就从行驶的吉普车上颤抖着一跃跳到马背上，那匹马后臀一沉又向上一顶完美地承受住了他俩的重量。

楼兰把墨镜摘了下来，看着他们俩，大声喊着，“喂，你们别把我的马压坏了啊，喂，注意安全啊，都老大不小的了……”

叶帆朝她抛了个媚眼，意思是逗逗夏豆，这时候他看到她的脖子里有颗项链在阳光下闪着金光，一时无言，拍马而走。

叶帆把马赶在了车队的前面，甚至遥遥领先了，才转过头问夏豆。“你看，越过前边的那片湖，再不远就是铁力沙镇了。你这次要是见到了陶小桃，是要和她离婚呢还是继续生活下去？”

夏豆越过马高高的马鬃看见了前面起伏的山丘下波光粼粼的，夏豆想起高老伯曾经说过铁力沙附近有片湖，也许真的要到了。夏豆挠了挠自己的头发说，“是呀，原以为还有好远，没想到这么快就到了。不过我没有想清楚呢，我觉得和她好好谈谈很有必要。”

“都什么时候了，你竟然还没想清楚？我们来这里到底干嘛？”叶帆朝前看着，和马一样吐着粗重的气息。

“唉”，夏豆叹了口气说，“就怕她不肯原谅我啊，还有我觉得她实际上更爱她自己吧，当年为了当上领舞也是煞费苦心。”

“你说什么？”叶帆的声音变得尖锐起来，让夏豆想起来刹车声音一般的心惊肉跳。“你知道当时什么情况么，你这个人太冲动，动手打了那个姓庄的，桃子当时为了保你，为了你的前程，舍身给你赔罪，结果才被那个混蛋占了便宜，现在你竟然这么说她，你有没有良心？”

“这事你怎么知道，陶小桃告诉你的吧？”

“是又怎么样，不是又怎么样。我明确告诉你，陶小桃是爱你的，她为你付出了这么多都是为了让你过得好，在你昏迷的时候是谁伺候了你？为了唤起你的记忆还跟你换了名字，这是怎样的良苦用心？可你后来怎么做的，你心里应该很清楚，你不觉得惭愧吗？”

“你不要这么激动。我是有点惭愧，可这东西就必须是等价交换么？也许我之前是爱过她，但人是可以变化的，我很感谢她对我的付出，决不能因为这样剥夺了我的自由。”

叶帆拉起缰绳，马抬起头嘶鸣了一声。他冷笑了一声说，“好嘛！看来你已经做好决定了，怪不得你把那个项链送给了楼兰。”

“这件事我不想跟你解释，你把我送回去吧，还有陶小桃的事情是我们俩的事，用不着您费心过问。”

“什么叫你们俩的事情，楼兰的事情，小桃的事情都是我的事情”，叶帆说着情绪是越发失控，甚至带着哭腔，“实话告诉你，陶小桃并没有回铁力沙镇，她一直就在江北，她是想测验你愿不愿意为她走这一遭。”

夏豆看着远方厚重的云，心情也一块阴沉下来，那种被掌控的感觉又捏住了他的动脉，扼住了他的咽喉。他忽然觉得像陶小桃这种女人就是可爱与可怕的结合体，也许她曾经愿意为自己付出所有，但她也要自己像她那样付出所有，所以她会一次次测验他，这种感觉让人温暖又窒息，让人忽然想逃离。他又想起了陶小桃那张大鸟一样的形象，那双翅膀裹起了风，把他这个气球吹得漂浮不定。他叹了口气说了句，“回吧。”

可马突然惊了，拼命朝前跑着，任凭夏豆怎么呐喊，叶帆怎么去拉缰绳，但那匹马就像丢了魂一般，在辽阔又蛮荒的大地上狂奔，就像是要逃离开什么让它唯恐到骨髓的东西，甚至超越了对死亡的恐惧。马儿驮着他们俩登上了山丘，又从山崖高高跃起，然后带着人马的惊呼慢慢坠落，夏豆感到全身的血液都冲进了头颅，这样让他的眼睛胀得浑圆，看到了下面深深的河谷和银光闪闪的水，风在托着他的臂膀和后背，让他感到一种羽毛般的轻盈，他突然明白了死亡才是最好的逃离，死亡就是天地倒悬的模样。

第十五章

那天从山崖掉入河谷的过程中，由于夏豆全身的神经在即将死亡的刺激下变得极度活跃，带着恐惧、绝望以及愉悦信号的电子脉冲在全身高速运转四处冲撞，这让他能感到头脑清明透彻而且时间似乎慢了下来。这让他能想到很多东西，甚至想到了初中教科书上让全文背诵的《前赤壁赋》来，他在默念全文的过程中注意到这么两句话，“逝者如斯而未尝往也，盈虚者如彼而卒莫消长也。”也又接着想到了孔夫子的话，“逝者如斯夫，不舍昼夜。”他觉得孔子的话带着某种遗世独立的深刻，但他更觉得苏东坡的话更为丰富而确切，世界上的东西总是在变与不变之间纠结的，带着这种哲理式的思考他慢慢醒了过来。

他开始以为是死亡打断了他的思考，但他睁开眼睛探寻了一番，发现并没有想象中的地狱或者天堂的模样。他的面前是一间宽敞的房间，而他自己躺在一张宽阔的床上，他的身上罩着纯白色丝绒的被子，他用手在被子上面摩挲着，感到一种沐浴在阳光里的感觉。很快他就被床的一侧的角柜吸引了，上面陈列着一些磨砂质感的瓷瓶，很有现代的艺术气息。角柜的上面挂着一幅巨大的油画，用繁复的花纹刻画的实木边框装裱着，里面有个女人衣襟向一侧敞开，赤裸着上身，两个白皙而坚挺的乳房压在画幅的中心位置，她的眼神向脚下看着，但也能看出她嘴上浮现着蒙拉丽莎式的微笑，女人的两侧是一群光着屁股半浮在空中的幼儿，像是天使但却没有画上翅膀，这种画的格调有种文艺复兴前的宗教画，但却带着明显的现代气息。

床的对面有一面弯曲的显示屏嵌入墙面，下面是一个更具现代风格的玻璃壁炉，里面火苗像是无根的野火上下跳跃，夏豆猜测里面应该通了某种可燃的气体，夏豆盯了一会儿觉得火苗的舞蹈带着某种韵律，才又觉察到整个房间萦绕着一种低吟的交响乐。他抬起身想听听那音乐来自何处，只见头顶上面挂着一盏简约而又不失华丽的吊灯，夏豆觉得有点新古典主义的风格，屋里其他的陈设就可以用新现代主义来形容了，还有很多家具比如那件黑皮的沙发就很有北欧的极简主义风格。

难道这就是死亡的样子么？很明显不是的，此刻的感觉是那么熟悉，也许这一次不过和上一次差不多吧，他们坠落受伤然后失忆，最后再重新拾起记忆。但有些细节他却十分模糊了，他记得和叶帆一起骑马，他用手攀着他的肩膀，他们俩聊天然后又吵了起来，那匹枣红色的马突然惊了，狂奔不止。他好像记得是他用脚尖猛踢了那匹马的下腹，才导致它的突然发狂，但他又觉得自己没有踢，他不过是晃动身体想从那匹马上下来，他没有理由去害叶帆，去害那匹马还有他自己。然而现在叶帆到底怎么样了？楼兰彭麦仁布他们呢？陶小桃又在哪里呢？自己又是怎样的状态？

无数的问题不断累积，看起来轻飘飘地，但雪片积压厚了仍能将房子压塌，他索性就破罐破摔起来，“管它呢，爱什么样就什么样吧。”，这些问题果然是庸人自扰，不去想马上轻松快活起来。他从衣橱里找到并穿上了件浅黄色毛料的睡衣，在房间里溜达了一圈，他靠近窗子时，那张贯穿上下的雾蒙蒙的玻璃竟然拨云见日，他看到外面阳光还未浓烈，楼下的院子里一切还显得十分宁静，清晨的风刮过光秃秃的树梢，残雪堆积在树根和墙角处，铁青色斑驳的墙面显得很是苍老，上面爬满了藤根植物，只是他们没有了绿色的叶子，如同苍老皮肤下的鼓包的血管。院子中间有个精致的水池，上面侧卧着一个铁青色的雕塑，那是一个裸体的男人，带着古希腊惯用的肌肉线条，但从他的角度看只能看见他光洁的屁股，上面反射的光线着实让他无法判断这是件石雕还是青铜器。远处便是一片银黑发亮的小湖泊，让人以为灌满了水银，上面浮动着白茫茫的雾气，让人再无法远眺。

一阵敲门声突然响起，夏豆赶紧收了神，几个跳步跑到沙发前，正襟危坐下来，然后回了句“请进！”，那边顿了一顿还是咚咚轻轻敲了两下。“难道是门锁上了？”他思忖了一下，起身去开了门。

开门后夏豆看见了一位金发碧眼的姑娘，皮肤很薄也很白，下颚十分的宽，稍显了一些木讷。她穿着深红色的毛衣，外面罩着一件纯白色带褶的围裙，让他感到她很像一位电影中酒吧里的waiter。

那女人说了一句话，夏豆没有听清楚，但很自然地让开了道，那女人走到茶几旁蹲下来，从一个挎着的编制篮掏出了咖啡蛋糕还有一份报纸，然后又笑着说了句话，就匆匆退出了房间，把门带上了。

夏豆俯下身呷了口咖啡，虽然香气浓郁，但没有放糖觉得未免也太苦了，就放下了一块。他开始拿起报纸读起来，他虽然懂点英文，但报纸上的拉丁字母组合起来没有一点章法，让他无从下口，这让他意识到这肯定不是英文。他只能看报纸上的几幅配图，一张是国家领导人之间的会面，一张是路上的街景，照片上全是拥堵的车辆。报纸里面还有几张图，有夺了冠军的赛车手喷洒香槟酒的坏笑，有棒球赛场一位拿着棍棒的选手垂头丧气，很明显这又是体育新闻，下面还有一幅巨大的广告，一个人带着头盔，浑身穿着紧身的黑衣服，躺在一个类似飞行训练的铁环罩中，旁边仍配了一大堆看不懂的字母。夏豆又丢了报纸，此刻真有点不知所措来。

好在留给他个人的时间没有太长，又一阵叮叮咚咚的敲门声响，夏豆没有回音，想再去起身开门时，门自己开了，另一位女子拎着一大堆东西就闯了进来。

“佟总起得够早的呢，看您昨晚上没睡好吧。早知道就让您吃点安眠药了，毕竟今天这么重要的场合，睡好了才有精神不是么？”那个女人说话很细很轻柔，听起来让人感到酥酥麻麻，但还不至于起一身鸡皮疙瘩，就好像不太甜的华夫脆。

夏豆看了看她会心一笑，仍旧默不作声，实际上他也不知道回答什么好，在这种情境下最好的选择当然是静观其变了。他发现那个女人很高，足有一米七五以上，加上那个类似于鹳鸟细长小腿般的高跟鞋，足以高过了一米八，为了适应这个长长的身体，她的脸也在椭圆中带着细长，但决不至于突兀，也绝没有影响她精致的容貌。特别是她宽宽的眼睑遮住了半个瞳孔，让人感觉有一种慵懒般的温暖，她的脸上装容极为精致，类似于从极高分辨率的显示屏上看到的脸，丰满的嘴唇涂着光亮的朱红色，从嘴的一角露出白亮整洁的牙齿。还有她那身紧致的西装和套裙也增色不少，黑色的丝袜裹住了结实的大腿和修长的小腿，一切都显得比例协调乃至恰如其分。

那女人手里提着一个黑色的长袋，打开衣柜放了进去，对着空空的柜子说，“黑色的面料虽然庄重但也太沉重，所以我给您挑了件灰色暗纹毛料的，一会儿您试试看。”说完转过身挪着婀娜的小步走到桌子前，回了个手势，墙上的显示屏亮起光来，然后她又摩挲了下腕处一块酱红色的手表，屏幕上光影转换呈现出一颗透蓝光亮的地球来，那个狭长的屏幕显得很深很远，地球又在触手可及之处，很有立体感。

女人又浅浅一笑，轻轻舞动了浑圆的屁股，又带着果敢的语气说，“您如果有时间就再熟悉一下，我们都在楼下等您，8点半准时出发。”

那女人把眼皮努力向上挑着，侧着头像在等着夏豆的回答一般，夏豆这才嘟囔了一句，“好，好吧。”那女人得到了授意满脸欢欣就着踢踏舞步出了门。

夏豆长长松了口气，他咬了两口甜点，又觉得太过甜腻咽不下去，何况自己一点儿都不饿，就放下盘子又从窗子旁边的酒柜上面拿出一瓶矿泉水来，咕咚咕咚喝了半瓶。又趿拉着鞋去开了衣柜，把放在套子里的西装一件一件拿出来套在了身上，他活动了一下胳膊腿感觉很是舒适，特别是那种面料摸起来说不上是什么感觉但觉得很有档次，又穿上了棕黄色漆皮的鞋子后他甚至感到了自己的气场得以升华。可是苦于屋子里缺少一面镜子，不然要好好一睹自己的芳华了。

当他合上衣柜的时候，其中的一扇门却悄然发生了变化，原先木纹的装饰渐渐淡化，一面光洁的镜面显露出来，夏豆完全被这种变化惊呆了，觉得这一切完全按照他的想法来的，他又刻意在脑海中命令镜面再变回木纹来，可是镜面却无动于衷，这才打消了衣柜能猜透人的想法极恐的细思。

镜面里站着一个人，西装革履风度翩翩，是一位细皮嫩肉的中年人，只是细纹爬上了眼角嘴角还有额头，他站在那里，又有合身的西装衬托着，犹如身着铠甲英武的战士。只是肚子向外凸出来，那里面屯积着不少脂肪，大腿也有点臃肿，甚至那圆乎乎的脸庞也是油脂的堆积之处，所以有很多油水渗了出来，看起来油光油亮的。头发劈开了一道向两侧高耸又垂下，中间的两撇已经白花花的，这让他又有点像衰老的侠客，好在鼻子依然高挺，而且眼睛依旧能发射出温纯的光来。

夏豆和画面中的人对视了一会儿，他两个人都直愣愣地站在那里，好像定格的画面。起初夏豆以为这不过是一个显示屏，里面是教人如何穿西装的教程，但发现里面的人和自己一样毛手毛脚的，再说穿个衣服还用别人教么。他又想起来这也可能是一种带着滤镜的程序，把人变成自己想变成的样子。但他最后还是不得不承认镜中的人就是他自己，严格说来这也不是他自己，不是自己的年纪，不是自己的样子，没有自己的一丁点儿的痕迹，应该是他的灵魂装进了一个陌生人的躯壳里，想到这里他扶着那个肉乎乎的肚子一屁股坐在沙发上。

总体来说，经历过这么多之后，夏豆已经可以接受很多的荒诞，他的理解生活本就是荒诞的，就拿他们以前做过那些乱七八糟的事情就可以很好地证明。所以很有城府的他还是按照那个女士的嘱托在8点半之前下了楼。那是间很古老的电梯，当然也只在电影里看到过了，还没到楼底他就透过栅栏看到了女士站在楼梯口等他了。

那女人笑吟吟的，手里拿着一件水貂皮的坎肩，夏豆刚走过去的时候，她顺势披在了他的身上，这一瞬间夏豆闻到了一股熟透了的风信子和薄荷混合的香水味，里面还掺杂着淡淡的八角味，很奇怪也很好闻，让他瞬间清醒了不少。两侧站立着几位身着深色西装的中年人，他们看到他的到来，都停止了交头接耳，然后把目光抛在他的身上，他们对他堆着笑容，他也点头示意微笑以报。

推开那扇彩色琉璃门，清冷的风瞬间打在脸上，让夏豆打了个激灵，好在门侍把车门拉开了，他顺势钻了进去，里面热腾腾的，那柔软的座椅上也是热乎乎的，让他瞬间又松弛下来，甚至拍着大腿合着交响乐的节拍来。那女人从车外脱掉那件靛蓝色呢绒大衣，优雅轻盈地坐到了夏豆的旁边，把衣服又递到窗外。

“今天天气还真是挺冷的，也不知道路上好不好走。”她说话带着上扬的嘴角，像是训练有素的空姐的表情，但还不至于失真。夏豆仍然笑了笑作为回应，外面阳光已经很明烈了，雪加速融化，轮胎滚在有水的路面上，有一种船劈开水面的哗哗声，加上软绵绵的悬架，更加深了夏豆坐船的印象。

那女人从小包里掏出了一把木纹梳子，伸到夏豆的头顶，夏豆只好顺势把头侧到她的一侧，从衣领腾起的空隙里瞥见了她白皙丰满的胸口，又顺势看下去，看到她的红色高跟鞋，两只脚的骨架已经在一片黑纱下面昭然若揭。她把夏豆的头发整理完之后，又掏出了一瓶水，夏豆在她的安排下闭上了眼睛，接着感受到了一阵清凉的雾水，接着又是一片棉布包裹，然后放开，睁开了眼睛他又看到了她的眼睛。

“今天怎么了，不在状态么？我就说晚上应该早点休息的。你还穿着这个干什么，脱下来。”夏豆的披肩又被撤了下来，然后那女人又掏出一块叠好的绢布手帕，散开又叠好，放在夏豆西装左胸口袋里，侧远了身体，看了会说“很帅嘛”。

夏豆想了想刚才镜中的自己，问了句，“我们要去演电影吗？”

她捂住嘴咯咯地笑了起来，然后又松了手，露出了职业微笑来。“上次我还跟您提起过，当时市场低谷期可以收购一两家影视公司，你又没同意，怎么现在又想演戏来了？”

夏豆又笑了笑不置可否，看着他没有把这个话题延伸下去的意思，那女人又拿出一个小平板电脑，开始念叨起来。

“伊森伯格，今年47岁，43岁掌门海德森家族，罗克奇动能是家族旗下的主要公司，主营业务就是超级计算机芯片、微型反应堆、天文望远镜处理器、航天航空器核心控制等，去年的产值效益在160亿美元以上。伊森伯格本人继承了父亲的男爵爵位，所以等一会儿我们和他交流时最好称呼他为爵士，他爱好打马球、游泳和旅行，据说他40岁之前还曾独自用帆船横渡了大西洋。他的性格高调，但思维缜密，对科技有着浓厚的兴趣，现同时全额资助科研项目30个以上，这次所有欧洲公司只有他们提出了合作意向，也和他个人对我们的科研成果感兴趣有关。他这个人还有个特点就是情绪化强烈，所以把控和依顺他的情绪也是我们今天谈判的关键。”

夏豆并没有把心思放在她的谈话上，他看着外面的风景，汽车沿着河边的公路一路慢驰，路上的车也都开得不快，为了迎合河水一起静静流淌一般，河岸上坐落着很多古老的尖顶或是穹顶的房子，那些房子都有很狭长的窗子，有些打开了，有些紧闭着，倒映在碧绿的河水之中呈现出两幅美的画面。广场上有人在喂鸽子，他们悠闲地盯着河水，仿佛时光也如同河水一般流淌得很慢，没有人去留意有一个人此刻正坐着车里偷偷溜进这座城市。

“怎么？莱茵河的风景不错嘛，等忙完了这一阵子，您也要休休假了。”

“莱茵河？”夏豆突然似问非问地冒了一句。

“是呀，法兰克福不就是莱茵河么？”

“法兰克福？不，休假？那就是静一静了，我倒是很想啊。”夏豆的声音低沉还带着一点嘶哑，这种声音传到他的耳朵里，陌生到是以为别人对他讲话。

“好啊，你不是说想去南极么，那地方可是安静得很，到时候我陪你啊。”女人还是笑了笑，脱去了很多职业感变得甜甜的。

“我们还去谈什么，现在就去。”夏豆此刻倒是极为冷静，他正用挑逗的语气来刺探现在的剧情。

“佟总您可不能开这玩笑啊？您不是说这是个很好的机会么，如果和罗克奇签了协议，我们就能获得他们的合作资金，更重要的是如果成功那肯定会大幅度提高我们的股价，光股市上面的收益就能让董事会那些保守的老家伙们闭嘴了，省得他们整天跟您唱对台戏，也能对您以后控股公司有很大的帮助。”

“是嘛？我说过这些吗？”

“您今天怎么了这是，身体不舒服么？”那女人把手伏在他的额头上，她的手有些冰凉，也许是天气太冷，也许是被他吓到了。

“我没事的，我只是做了个很奇怪的梦，梦见我骑着马从悬崖上掉了下来，然后梦醒了之后很多东西我都记不起来了。”

“昨晚上做噩梦了？怪不得一早上您都不愿意说话，临时性的健忘您是有过几次的，等忙完了这些您是该休息休息看看医生了。”那女人咬了下嘴唇又问到，“您都忘了什么，我可以告诉您啊，趁现在时间还来得及，我现在有这次合作框架的具体内容和我们项目的大部分数据。程董事长曾建议您带着吴教授和技术团队一块过来，您说要自己介绍这个项目，那现在该怎么办？实在不行您就致辞，具体的内容我了解得差不多，由我介绍。”

“哈哈哈”，夏豆突然大笑起来，他拍了拍那女人的肩膀，安慰说，“骗你的小姑娘，看你今天这么严肃把我都搞紧张了，有我在一切没问题。”

那女人还是一脸的疑惑，怯怯地问了句。“真的没问题？”

车子继续开着，离开了河岸，走进了现代化玻璃高楼的商业办公区车子缓缓停下，抬头望见一座类似于卢浮宫玻璃金字塔样式的宏伟建筑，三个玻璃尖顶相互叠加，有种群山绵延之感。

楼层并不太高，22层已经到了金字塔的塔尖，走进去好像进入了一个巨大的万花筒，房顶各种棱角的玻璃把阳光分离成五彩斑斓，投影在白花花的地板上，亮灰色的墙面上以及乳白色的长桌上，有种潜水在热海珊瑚礁丛之意，说是热带还因为阳光汇集之处，一切暖洋洋的。

夏豆还沉浸在这种迷人眼的色彩之中时，一只大而有力的手拍了拍他的肩膀，夏豆看到了他的脸的时候，突然想起一个人来，是一位好莱坞演员，如果没有记错的话应该是亚历克·鲍德温，是那种安静下来有些冷漠和威严的人，无论是发型还是脸型还有体型都有几分相似，他的眼睛有种浅绿色，夏豆又想起这像一只猫的眼珠，只不过他笑起来嘴歪在一边，显得不羁甚至有点痞气。

陪伴夏豆的女子瞬间插在了他们俩之间，“这就是伊森伯格爵士”，然后指着夏豆莞尔一笑，又对那位有些嬉皮的爵士说，“This is CEO of huayu communication Services company，Mr tong.”

“Welcome，Mr tong”，那人声音很大，离得很近甚至有种有聒噪感。他把手高高举起，又使劲朝着夏豆切了过来，好像给他来一掌似的，夏豆赶紧把那只手接了过来，两个人使劲晃在一起。

“Vanessa ,Thank you”，女人做了自我介绍，把手伸出来接受了爵士的吻。

他们在那张横贯这所大房子的长条桌上坐定了，把人群分隔成两排，夏豆看着对过一排西装革履的外国人回到了刚才隔着河岸看广场时的感觉，实际上夏豆两侧也坐好了一排衣着表情严谨的中年人，他们侧着身朝他的方向看过来，让夏豆想起了站在吉普车上看到了那一排长长的车队。

爵士先生上来还是说了很多客套话，他的嘴吧嗒吧嗒的，好一会儿夏豆才明白他说的是德语，不过Vanessa从旁边不慌不忙地做着翻译，大体意思就是有朋自远方来不亦乐乎，听闻贵公司在业内如何享誉海内外，佟先生又是如何的人才，今日方得一见真是名副其实之类吧，夏豆笑眯眯地听着，看着桌面上“佟方伟”的字牌，又瞅见一旁的屏幕在一堆拉丁文字幕下面有一串汉字，“罗克奇—华宇量子通讯安全洽谈见面会。”汗水从后背上渗了出来，一会儿热乎乎，一会儿又凉飕飕的。

等他说完了，Vanessa也停止了翻译，两排的眼神向他这边汇集过来，夏豆知道需要他讲点什么了，但他仍是笑眯眯的故作镇定状，由于空档时间太长，两边的人都不免露出了尴尬之色。好在爵士临危不乱，从口袋中掏出一根棕黑色的雪茄，对着Vanessa说了句“May I?”得到点头认可后，慢条斯理地拿出火柴又是烧又是抽，好一会儿才吐出一团小小的烟雾，然后朝夏豆这边扔了一支过来。

夏豆把雪茄在手里把玩了一下，但又不知道怎样操作，就放在鼻子前嗅了嗅说了句，“good”，对着爵士点头笑了笑，大家也就都放松地笑了起来。

夏豆用这一段时间慢慢冷却了情绪，不温不火地讲了起来，“很感谢爵士先生的溢美之词，也非常感谢爵士先生对华宇的认可，能与贵集团这样的行业领跑者并肩合作也是我们华宇的荣幸，特别是今天和爵士一块谈项目聊友谊也是我人生的一大幸运……”

Vanessa的声音婉转而且清晰，让伊森伯格听得满脸红扑扑的，频频点头认可。

夏豆又接着谈到，“我和爵士也是素未谋面，但早闻大名，所以可以说是熟悉的陌生人或者说是陌生的熟悉人，我们大家也许都是，我们曾是这个世界上毫无关联的一群人，今天能坐在一块愉快地聊天，也许这就成为命运，也许我们身上就存在着相互纠缠的粒子，是命运的驱使让我们走到了一起。但仅这一点还远远不够，还需要一个真正的帮手，那就是通讯，就是communication。”

他接着说，“然而这一切看起来完美却并不完美，我们即便是再过熟悉都不会走进彼此的内心，即便是两位热恋中的情人也是如此。实际上世界上只要有讯息，我们只要有通讯就会有谎言，谎言就是这个破坏者，亚里斯多德说过‘谎言自有理由，而真实则无缘无故’。此刻我想举一个例子，假设有一天你从梦中醒来，发现自己成了一个企业家，所有人都告诉你是这样的人，你穿着这么一身西装，去一个地方，可能就像现在这样的地方进行一场商业洽谈，但你的意识里竟对此一无所知，在你的梦境中回忆中，你是一位拳击手，你是一位流浪汉，你也不知道怎么就突然掉进这个人的人生里面，但是你怀疑是没有用的，你永远无法分辨什么是真实，什么是谎言，你就陷入了深深的疑惑之中。”

看着大家疑惑不解的神情，他收了话题放低了声调，“谎言也许仅仅是阻碍真实全面通讯的一个方面，比如偏见，比如窃取等等，所以人并不可靠，我们看以往的通讯中不管任何形式的加密手段，都是人为发生的，有了人的参与便变得不确定了。就像物理学界一直存在的争议一样，上帝到底会不会掷骰子，其实我也不知道答案，但我知道的是最好不要让人去掷骰子。我想也许光子就是上帝的骰子，它们是不受人为控制的，没有人的参与便没了谎言，没了偏见，就能找回真实和安全，这也就是我们用量子通讯的意义所在……”

掌声在伊森伯格的带动下开始响了起来，夏豆身体开始变得热腾腾的，他觉得自己忽然和这个佟方伟的人熟悉起来，好像感觉佟方伟才是他的本尊，脑海中残留的一切不过是一场梦的残影，即便它是那样的惊奇，那样的丰富，不过是一场宏大而复杂的梦，一场梦中梦而已了。

夏豆双手合十谢了一周，然后用轻盈的语调说，“我呢就是门外汉的胡思乱想，算是给大家上了一点餐前小菜，大餐的内容就劳烦我们的Vanessa女士了。”

被夏豆点到的时候，Vanessa并没有吃惊，她会心笑了一下，然后起身带着她那千娇百媚的姿态，用流利的德文讲述起项目细节来。因为说的是德文，夏豆基本上什么也听不懂，只能从偶尔的屏幕图画中看到一些端倪，他看着伊森伯格满脸笑意盯着Vanessa，不知道他听不听得懂，还有他到底有没有在听。

夏豆身体冷却也松弛了下来，他开始想到自己为什么会懂些量子物理的奇怪的东西，也许这正是他本尊就是佟方伟的直接证明，但不幸的是他想到了自己在成为一名职业拳击手之前学过一段时间的物理学，而自己最爱的就是读量子物理有关的书籍，这无疑又遭受了一棒，让他陷入迷惑之中。

那天下午吃过饭Vanessa给他换上了马靴马服，说是下午爵士想请他去他的马场去聊一聊，Vanessa一边给他整理着衣服一边撅着个嘴。

“怎么，生气了？”

“你还好意思说，差点把我害惨了，原先都是准备您老人家来做介绍，好么，说了个开头把包袱甩给我了，你说这次如果没谈成公司还不得怪我不成。”

“不要在意这些细节好么，你说得很好不是么？至少肯定是比我强得多，你不是说你那里有项目的大部分数据么，再说课件也是你准备的，我知道你行的，不然也不会点到你。”

“哎呀，我不是那个意思，至少你之前也得跟我沟通沟通不好么，您身边一堆老总他们个个业务精通得很，越过他们肯定是会落闲话的。”

“什么闲话，反了他们还不成？”夏豆故意把桌子拍得砰砰响。

“还当真去生气啊，有你这句话我就心满意足了。还有啊你今天的说话方式很不一样啊，怎么说的这么玄乎乎的，还有你中断了那一会儿，我还真以为你失忆了呢。”Vanessa给他沏了杯茶，使劲弯着腰才又放到了他前面的桌子上，又蹲在他的面前给他锤起腿来，夏豆又从她的衣襟里看了会儿，觉得那层层叠叠的骨头也生的如白巧克力般。

夏豆试探性地捋了捋她在自己大腿根处抓挠的发梢，把它们抬到面前轻轻闻了闻，除了香水味里面还似乎掺着几丝冬天木头温热的气息，这让夏豆有些捉摸不透。他已经明显感觉到Vanessa和他，更准确地说应该是和佟方伟的关系并不仅限于工作关系，但她这样的女人看起来独立而且美丽，在她介绍项目过程中那种冠压群艳的傲气让他心声敬佩。夏豆想到不管怎样，这一路走来，不管是徐央妮、陶小桃还是楼兰姑娘，一个男人喜欢上一个女人总关乎怜悯，而一个女人喜欢上一个男人总关乎崇拜。从这一点上看这个叫佟方伟的男人强大到可能让这样的女人成为小女人，但这样的女强人终究会得不到怜悯也不可能得到真正的爱，想到这里他甚至有点怜悯起她来。

那天在爵士庄园的下午过得并不轻松，那是一片远离市区的山地，连绵起伏的山峦是遥远的背景，缓缓涨落的草地上一片洁白，在茫茫无际的洁白中间坐落着一片小木屋，夏豆想起来了仁布的小屋来，但走进了却发现大不相同，因为那是一座原木修建的很精致的别墅。

在别墅的巨大客厅里，在温热的空气里，在温热的沙发里，夏豆和爵士没头没尾地聊了起来，壁炉的上面摆着青花瓷的将军罐，上面挂着的巨幅《穿越阿尔卑斯山的拿破仑》，拿破仑用冷漠的眼神看着他们俩，而那匹马却露出了惊恐的眼神。夏豆在想一位德国人怎么可能这么欣赏法国人的画，怎么会钦佩于历史上的一个国家仇敌，他摩挲着大腿，想问又觉得不妥。

爵士一脸轻松地送来一盏葡萄酒，他的脸红彤彤的，让人觉得午餐时肯定喝了不少酒，他开始说话，但语速很快，让人感到这是一种酒后的自言自语。一位头发黄得发白身体瘦小的年轻人坐在沙发后面做着翻译，他的中文说得磕磕巴巴，至少在意境上和原文已经有了天壤之别。

“上午听了你讲的觉得很受启发，我不知道你说的那种不属于自己的感觉是不是你真实的经历，多年前我曾经独自一个人用一条单帆船从德国飘到了美国，我曾经历过大风大浪，但这一切都不是最危险的，你知道最危险的是什么吗？是孤独，就是你一个人时间长了无法判断什么是梦境，什么是真实，什么是回忆，什么又是想象。”

夏豆不知道他说这话的重点是什么，只是简单地回应，“是很可怕的，这个我能理解。”

爵士嘴向上一斜，狡黠地一笑，继续说，“其实最危险的就是最美好的，正因为如此你什么也不是，你什么也可能是，你可以把自己想象成任何一个人，任何一种人，而不单单是一位家族式的商人代表，一位爵士，你身上的这些符号都是别人冠予的，正像你说的，有了人为的参与一切都显得不那么真实。”

“生活总是在别处么，人人都想逃离自己所拥有的，向往着另一种可能，所以会有时怀疑自己现实的真实性。”夏豆此刻想起了楼兰的话。

“你说得很有道理，但你有没有想过，用技术手段实现这种可能，你变成你想要的样子，去过你想过的人生？”

“这个？恐怕是不太好实现吧。”

“哈哈”，爵士把帽子摘下来，整个头顶热气腾腾的。“任何科技，任何创新出生的时候听起来总是那么荒诞不羁，但后来就变得那么平常。这个世界总需要人来创造未来，为何不是我们呢。”

“所以您会给这么多的科研项目来投资，也会看中我们的量子通讯技术。但我不得不告诉你，量子通讯技术仅仅为了通讯的安全，并不能实现你说的穿越到别人的人生中去。”

“我们总不能一口吃个胖子，路要一步一步走的不是么？”那个男孩把话翻译成这个样子的时候，把夏豆都给逗乐了。

“那您说的体验更多的人生，是控制时间？意识移植？还是肉体穿越呢？”夏豆怀疑地看着那个年轻人，并不觉得他能把这些都能翻译清楚。

“从一个城市离开去另一个城市要怎么去呢？坐飞机，坐火车，还是自己驾车呢？这些都不应该是问题，重点是我们该如何修好机场，建好铁路，铺设好高速公路。”

夏豆知道和他的聊天容易让他陷入思辨的迷惘中，他没有告诉他，他自己的人生已经实现了两次穿越，并非依靠什么高深莫测的未来科技，也许只要被人打一闷棍，不会因为力大而死亡，也不会因为力小而仅仅是皮肉疼，如果这一棍打得力度恰如其分造成了失忆，等你醒来也许就可以迎接新的人生。

他从那所房子里出来陪着那位爵士散步的时候，驯马师给他们牵来了两匹马，把一匹枣红色的马交到他的手上，夏豆觉得这匹马吐着白色的烟雾，像一个已经煮沸了的青铜茶壶，他们骑着马慢慢踱着步，没有了翻译互相说不上话，偶尔用几句英文做简单的交流，夏豆回头远远看着那所慢慢变小的房子，又想起仁布的房子来，想起那场黑夜的大火来，精神不够集中，那匹马冷嘶一声，忽然觉得自己屁股一热就从马上掉了下来。

那天晚上夏豆因为脚崴伤了，并没有参加爵士给他们准备的晚宴，但他实在不愿自己待在酒店里，他好像再次患上了那种独自一人便会胡思乱想的毛病。为了暂时逃避自己的思维，所以那天晚上他还是一瘸一拐地出来散心，因为晚上气温降得很快，冷飕飕的风只要近了身就四处乱钻，吹得眼睛奇痒难忍，只能不停地打着眼皮来挠着。

Vanessa同样也没有陪那些公司高管参加晚上的酒会，她踢踏着军绿色的靴子，身上裹着猩红色的大氅，揽着他的手臂走在冷风里，实际上夏豆的腿脚不方便把身体一侧的压力转移到她的胳膊上，他们就这么慢悠悠地在街头上摇晃，看起来像两个残年相扶的老夫老妻。

Vanessa实在走累了，就把他扶上了路边的长椅，自己在一旁揉着胳膊，凛冽的风把她的头发吹得盖住了脸，她把头发分开像揭开了一面黑黑的面罩，她的脸在暗黄色的路灯下仍然冻得雪一样的白，只有鼻尖上长着一块红，又失去了惨淡的气息。她跺着脚说，“你可真会演啊，没想到还有这一招苦肉计啊。”

夏豆看着她咄咄逼人的眼神说，“什么苦肉计？”

“不就是你落了马受了伤，那位爵士先生如果再不跟咱们签协议，那岂不是太没有贵族风范了。”

“你这个丫头也是脑洞大，我自己都没有想到。不过，你得考虑这些外国资本家们才没有我们社会主义商人的道义。”

“只要是商人，哪有什么道义啊？”

“我这个人可不一样，咱是有理想有道德有节操的‘三有’企业家。”

“就说嘛，就您会演戏，改天真得找个影视公司给您设计个角色。”

“好啊，记得给我找个漂亮的女主角，最好是当红的女明星。”

“我这样的还不行么？”她把手套脱下来，赤手空拳掐腰托腮，定格在一个模特的标准姿势上。

“这么冷的天，你看你都快冻坏了，还是回去吧。”夏豆自己也被这异国街头的冷风吹得微微颤抖。

“哎呀，您还没说好不好呢？”

“不好。”

“好，那明天见。”

“好，好好，好了么？”

夏豆抬起头看着她的眼睛，希望得到肯定的回答，但她尴尬地笑了笑，又接着摇了摇头说了句“不好。”

从冷冷的街头他们也没有直接回酒店，Vanessa叫了出租车把他们送到了歌剧院，据说今天正好有俄国来的舞蹈团的表演，而夏豆也借机看看那所剧院和印象中的有什么分别，当他看到那所用石头堆砌成的大房子时，看着那一根一根的大柱子，看着墙上那些带翅膀的人物和有着人的面孔的动物，觉得这里既熟悉又陌生，好像天底下的剧院都长得差不多这个样子。

俄国的舞团果然带来了那部经典的《天鹅湖》，他们走进去的时候音乐已经响了很久，夏豆看着一位高高瘦瘦的舞者正在舞台中间旋转，偏偏飞舞的羽翼扎在她的腰间，如同被山川穿透的云或是土星上那片圆环。她跳起来又落下去，跳起来又落下去，再不能飞起来，夏豆盯着她的样子，觉得她好像一个人，她不是一只天鹅，不是那种能过冬飞走，春天还能飞回来的人，觉得怅然所失，从座位上起了身，一瘸一拐地朝外走着……

第十六章

回国后的当天晚上公司举办了盛大的庆功宴，高管们轮流来向夏豆敬酒，夏豆坐在那里只能频频举杯致意，那个场面犹如夏豆的寿宴，这样又让他瞬间老了几十岁。到家的时候夏豆看起来已经醉到不省人事，Vanessa只能亲自把他送了回来，车子拐过了大理石的通道，一架钟楼横亘在路的尽头，一侧是墨绿色的树，一侧是浅蓝色的湖，这里甚至比法兰克福的街道还要更像欧洲。

夜里长明的门灯蓝盈盈的，照在司机困顿的脸上，他凝视着汽车中控的指针转过了一点钟。夏豆的眼光却实在不愿抬起来，他觉得自己的头硬得像块铁，只能在最软的地方才能得到片刻安歇，他把耳朵放在那片柔软的肚腩上听着她的心跳和呼吸，想和她调整到一个频率，但她的呼吸很慢很慢，比钟楼的时针还要慢。他隔着丝袜揉捏着她的大腿，觉得那里的肉却是很硬，让他身上的肉软了下来，也许是那张司机扭曲的脸，也许是他闻到她的身上还是有种薄荷的气味，这种气味让人清醒，而夏豆只想昏昏然，让他的依赖感渐渐分崩离析。

夏豆其实是耍了小聪明的，如果不喝醉他是回不到家的，因为他不知道回家的路，甚至都不知道有没有家。这样司机就能扶着他叫开了门，甚至直接带他上了二楼，踩着棉花走进了一间软绵绵的房间，又被放到了一张软绵绵的床上。

一只温热的手把他抚摸醒了，是一位笑盈盈的女人，她的脸盘很大，高高的额头上面闪着银光，身材却将骨架都瘦了出来，如同这冬夜里树枝上顶着个月亮。她端给他一杯柠檬水，那水里应该放了很多蜂蜜，暖暖甜甜的拖住了他慌乱的神经。

“也不跟我打个电话，你走的时候说差不多今天就回来了，小宝等了很久才睡。你不是好久没喝过酒了么，今天怎么喝这么多，不管你的胃了？”那女人就坐在床边，看着他吸溜着把水喝了下去。

“对不起，我下次绝不会是这个样了。”夏豆把身子弯曲着，头枕着她的腿，像一个闯过祸受了惩罚的孩子。

那女人用手指梳理着他的头发，喃喃地说，“头发又白了这么多，看起来都成了个老头子了。那天我听了个讲座，说头发白得早的人肾脏都不会太好，所以你一定要抽时间去医院检查检查。”

“我肾脏好着呢，你要不摸一摸。”夏豆嬉皮笑脸拉着她的手放在自己的腰间，她的手里的热气渗进了皮肉。

她打开了他的手，给他按摩着腰肢，他仍旧躺在她的腿上，闻到了从她体内呼出的热气，类似刚屠杀后的猪肉冒的热气，让人既感到饥饿的寒冷又感到饱腹的温暖。

他挠着她的腋下，趁着她笑不支力，就开始爬上那棵树，亲吻了那圆圆的月亮，她使劲回应着他，把他的脸罩在黑影里好久才拔了出来。

他嘴里吐着酒气，力气变得异常地大，急不可耐地把她的睡衣向下拉，卡在了胸脯上，又撩起来使劲向上推。她的皮肤咸咸的，应该是正在出汗，也许是他的肉本来就没有味道的，而是他刚喝了蜂蜜水的缘故，但一会儿就真的咸了起来。他的肚子软软的，她的屁股硬硬的，两件东西撞在一起发出清脆的响声，夏豆特别喜欢听这种声音，是马蹄子打在硬质的石板上的声响，很显然在这样的姿势里，他成了那匹被人骑着的马，一位瘦人骑一匹肥马应该能跑很快也能走很远，直到两个人流着汗冒着烟，丝毫没觉察到外面的寒风凛冽。

她把那张大脸盘伏了下来，两个人脸离得很近，夏豆使劲盯着这个女人的脸，她的眼睛很大很圆，但半掩着，显得疲惫而愉悦，这种愉悦传递到夏豆的身上，让他忽然觉得自己也很幸福，甚至开始喜欢上这个叫佟方伟的人生，绝非因为自己的妻子此刻是一个陌生人。

第二天夏豆也没有去公司上班，也许酒确实喝多了，醒来的时候仍然觉得脑子空空的，胃里却堆满了枯木杂草一般，更重要的是他根本不知道回到公司里能干些什么，如果认错了人或者说错了话，很容易被人揭穿。他不知道生活会把他带到何处，在他还没有搞清楚什么情况之前，他最好的是不要轻举妄动，只能暗处观察着佟方伟的生活。

夏豆从楼上走下来时，一个胖乎乎的孩子从客厅的沙发上滚了下来，连蹦带跳跑到了他的身上，那个孩子眉毛又黑又粗尾尖还向上翘着，看起来不像是乖巧的那种，上来就扑进夏豆的怀里，大声喊着“爸爸”。

夏豆觉得天上忽然掉下了馅饼，前半生浑浑噩噩的，就这么莫名其妙地膝下多了个五六岁的儿子，他煞有介事地把那孩子举起来，只是体力不支举到一半就作罢了，他轻轻地把孩子放在地上，用额头对着额头抵了抵牛，最后用手挠着他的头发。那孩子把头扬起来问，“我要的航模呢？你带来了么。”

夏豆一脸茫然反问，“什么航模？没有啊。”

那孩子听见这个就一下瘫在地上，左右翻滚着瞬间发出了杀猪般的嚎哭，那哭声一出来就不想收场的样子，声浪一浪高过一浪。

这一招让夏豆措手不及，他赶紧掩饰说，“哦，哦，就是那种飞机啊，带来了，不对，爸爸忘记公司里了。”

“你骗人，骗人，骗人……”那个孩子成了一个复读机。

他俯下身来，傻笑着说，“好孩子，你先去上学，等放了学就拿到了，怎么样？”

“我不管，就现在要。”那孩子虽然不再生嚎，他从回形花纹的地毯上抬起了头，活像一只小乌龟。

夏豆心里忽然焦躁起来，他厉声喝道，“赶紧给我起来，听见没有，信不信我打你。”

那只小鬼看来是油盐不进，鬼头鬼脑的还披着一件龟壳，夏豆刚把手举起来要威胁一番的时候，那孩子又开始了歇斯底里地嚎叫。

妻子不知从哪里冒了出来，惊呼了一声，扔了手里的东西，风一样扑了过来，把夏豆的手扯住了。夏豆被那女人愤怒的眼神慑住了，顺势把手就收了回来，气哼哼地朝楼上走去，走了一半踅过身也是气哼哼地说，“看你教育的孩子，你就这样惯他吧，早晚得毁在你的手里。”

说完了话，夏豆又觉得自己真是可笑，这是人家的儿子自己生什么气，但这么想又觉得那孩子的眉宇表情很像儿时的自己，此情此景也与当年自己要小汽车被父亲打的时候如同镜面，他忽然慌了神，又朝妻子问了句，“今年是哪一年啊？”

女人起了身，已经把孩子安顿好了，站在那里看着他笑了，正准备回答，发现夏豆已经从楼梯处消失了。

夏豆打开了电脑先是看了看，又想到了当年从悬崖上坠马的年份，自己不禁感叹道，“已经整整11年了啊。”夏豆和佟方伟到底是什么关系呢？从儿子这一点上也许夏豆正是佟方伟，他把鼠标捏得嘎吱作响，又搜索了夏豆这个名字，除了大部分无关紧要的信息之外，他还是找到了几篇关于自己的报道。

在网页上翻阅了好一会儿，才在一个边角处找到了一篇是很多年前自己拳击比赛的体育通讯，最后他还是寻找到了西行那一路发生的花边趣事，他看了一会儿才又想起来这就是丁记者那篇《南风晚报》的整版报道，只不过至此之后就没有了任何的消息，好像夏豆这个人就此人间蒸发了，连死亡或者失踪之类的字眼一个也没有，给人一种感觉夏豆几乎是从未存在过这个世界上，那些报道无非是虚拟小说里的故事。

他短叹了一声，想抽支烟，但房间里窗明几净，看不出有任何烟熏过的痕迹，他也懒得再去问楼下的妻子，只得摩挲着大腿再次坐了下来。

他开始搜索“佟方伟”这个字眼，网页的窗口哗啦啦坠下来让他应接不暇，他点开了某个头条新闻，上面写着“科技新星、商界黑马”之类的标题，他觉得这些话也是倍感亲切，内容大约是华宇通讯这几年在行业内突飞猛进，科技研发屡获国际大奖，又与国际巨头“罗克奇”开展合作，势必引领行业潮流国际潮流之类的话，夏豆实在没有心情认真细读，他甚至觉得这篇新闻就是条商业软文，是他们公司自己写的也不是不可能。

他还是留意了一篇带着自己照片的报道，内容也是很多，洋洋洒洒的一大堆，但其中的一个数字却显得尤为扎眼，“在这个行业摸爬滚打了17年。”

“17年？！”夏豆用舌头顶着上颚，发出了一种模糊的哨音。他又赶紧翻阅了好几篇关于他的报道，还有他自己的搜索词条，是的没错，就是17年。词条上的介绍极为简单，但是也十分明确。“17年前他涉足了通讯行业，然后得到了数次知名天使投资人的资助，联合著名的“疯子”教授吴应研发了“单光子体”的量子加密技术，之后娶了高腾集团副总裁的女儿，同时其创办的华宇通讯公司被高腾集团收购，成为商业和家庭联谊的佳话……”

夏豆起身坐下又起身，他关了电脑，黑漆漆的屏幕上映出他的脸来，两鬓花白的头发告诉他，也许他现在确实快到了五十岁，但摸了摸自己胳膊上结实的肌肉，发现又不太可能。自己到底是不是佟方伟呢？如果是的话，那中间的6年又作何解释？自己和佟方伟的模样为什么如此迥然有别？如果不是的话，自己又怎么跑到了他的身上，意识穿越或者平行宇宙这种东西明显超出了他的思索范围，还有和自己十分相似的儿子，还有那实际存在过的夏豆又作何解释呢？

电话响了，算是替他自己解了围，是Vanessa的声音。“佟总，不好意思打扰您了，身体感觉怎么样了？还用不用我安排一个医生去看一看？”

“没事的，应该只是宿酒未醒的原因吧，只觉得有点头痛，休息一下应该就好了。”

“真的么？上次德国行就感觉您状态不佳，如果您觉得明天时间可行的话，我安排您去医院做个全面体检。还有您上次不是说过么，等您忙完了就去休假，现在协议都签完了是该兑现承诺了，据说您可是五年没有休息了啊。”

“好，都听你的，你安排吧。”

“就怕到时给您都安排好了，您又不去了，您都跳票多少次了？对了，今天的股市您关注了没有，开盘没多久咱们公司就涨停了，很多评价机构都给了A+以上的评分，财经大咖门纷纷撰文对我们这次签约成功都给了很高的评价……”

“好好好，我已经都看到了。”如果谈别的话题，夏豆是绝不会打断这个好听的声音的，他正准备挂电话时，突然想到了什么说，“明天我准备到江北市跑一趟，我自己去就可以，不用你陪着我。”

“江北市，就是那个北方的小城？您去那里干什么？”

“去看看以前的老朋友。”

“没听您说过那里有朋友啊，您这么着急出门，还用不用提前给高管们开个会，安排一下近期工作，视频会议就可以。”

“有什么事你电话联系我就可以，就当我在家休息，不要告诉别人。还有，你去给我买一个航模，对，给我儿子的，晚上的时候派人给我送家里来。”

电话刚挂掉，夏豆还没陷入沉寂中就有人推开了门，妻子穿着一身居家服，把头发都归拢到了脑后，带着温柔的浅笑看着他。“哎呀，知道你最近忙，也不能对孩子发脾气不是？公司的人来了，好像是那位高总，说找你有急事，就在客厅里呢。”

他过去吻了吻妻子的额头，说了声“对不起”，就径自走下楼来。

那位高总并不高，实际上身材有些矮小，只不过身体倒是挺粗壮。夏豆看到他的时候，他正站在落地窗前望着外面，听见脚步声后，赶紧转过身，弓下腰把双手捧着的咖啡杯放到了桌子上，又背过手微曲着身子，脸上笑嘻嘻的。

“坐吧，找我什么事？”夏豆瞬间看出了尊卑，也就装模作样起来。

高总先是做到一侧的沙发上，伸着头说，“佟总，您可是神人啊。”

夏豆一只眼瞄着他问，“神在哪里了？”

“这还不神么？您没看今天的财经头条么，都是说的您。罗克奇是什么公司，那是国际行业的头牌，这是第一次跟咱们中国企业合作，您现在都快成了民族英雄了。上次董事会的那帮老顽固们大都不是说这次根本谈不成么，还说要带着技术团队去，这次您一个人不就轻松搞定了么。”高总说起话来眉飞色舞，他那张坑坑洼洼的脸上的坑看起来更多了。

“咱们就是个做生意的，跟民族英雄有什么关系呢，这些媒体都是为了吸引眼球，要么夸大是非，要么就是捕风捉影无中生有。”夏豆说完慵懒地伸了个懒腰又打了个哈欠问，“你不是找我有急事么，到底什么事？”

“还是上次咱们商量的那件事。”高总露出神秘地一笑，向夏豆这边挪了挪屁股，头伸得更长了些。

“哦？”夏豆把眉毛一挑，也是狡黠一笑。

“就是老程的事嘛，咱们现在公司签了这么大的合同，股票翻了好几倍了，但作为咱们一个子公司，做得再好再大也得受制于董事会啊，说白了儿子再牛也得听老子的不是？董事会里最和咱们不对付的就是这个老程了，这个老程没什么本事，就是一个老顽固，还看不清楚形势，不知道早点退休让贤。这次去德国谈判也是他在下面撮合着一帮人提了反对意见，只有把他搞定了咱们才有可能实现控股。”

夏豆忽然觉得佟方伟是个野心不小的人，他想了一番自己和这个姓佟的这方面性格类似的例子时，还是找到了自己打拳拿冠军的佐证了。他此刻又看着这个姓高的，仍旧是笑眯眯地不置可否，那人赶紧凑得更近了，对着夏豆窃窃私语起来。

“我调查清楚了，老程不是有个儿子么，现在做职业车手，据说挺有天赋的，赢过几次比赛，在赛车圈也挺有名气，当然，你也知道像他那种纨绔子弟开赛车也就是图个乐子。老程就这么一个儿子，溺爱得很，可以说是他的心头肉，但这个孩子一点都没有随他那种古板，倒是和他一样执拗，这不大学肄业就跑去玩车了，还有就是十八九岁就知道玩女人了，但是品味真不怎么样，最近喜欢上了一个便利店的售货员，那女的也很清楚他俩不会相处很长时间的，更不可能结婚生子的……”

“你这都是从哪儿打听的，手段不错啊。”夏豆想起了那些讨厌的八卦记者，暗讽地打断了他。

“这不是按您的指示办的么，老程这个人除了工作就没什么私生活，找不到突破口啊，这也是没有办法的办法。”

“好吧，你接着说。”夏豆心里却嘀咕着这个佟方伟果然是他想象的那种人。

“我安排人和这个女孩接触上了，那个女孩应该是很缺钱，她也知道这家伙和她无非就是玩玩，玩完了就把她一脚踹了。让她做的其实很简单，就是在小程比赛前给他喝的东西里加点东西，这东西神不知鬼不觉的凭谁也查不出来，她现在也基本同意了，而且钱也收下了，只要是尿检出了问题，这个孩子也就甭玩赛车了，绝对是终身禁赛。这边儿子一消沉，老程肯定坐不住，我们趁机把他联络的那几个小股东拉拢过来，再加上您家老爷子的底子，把他挤兑出董事局还不易如反掌么。”

高总越说越高兴，眼里水汪汪的快要流出泪来，越说也越靠近夏豆，他的消化应该不是太好，从胃里呼出了半消化食物的腐败气味，把夏豆弄得向后趔着身体皱着眉头。那人硬是毫无觉察向前贴着脸，夏豆赶紧咳嗽了几声。

“这个？”夏豆思吟着，仍是眉头紧锁，对方有所察觉，脸上唯恐和期盼都写在脸上。夏豆抬起头问了句，“没有别的更好的办法了吗？”

对方一下松懈了，“好像是没有，这个老程真没什么私生活，老婆去世了这么多年，他就没再续上，下班就回家，也不知道一个人待家里能干什么，我甚至都怀疑这哥们已经老到无能了，什么女人都起不了作用。实在不行，我们只能先给他治好男科病，再给他找个女人，然后再借这个女人的手弄他？”

夏豆听出这话中有刺，但他觉得没有必要也用刺来挑开，就装作不解地问。“我觉得这个法子有点不妥吧，祸不及家人不是么？况且你觉得这么做真的管用？会不会被他发现抓住咱们的把柄？”

“我办事您还不放心啊？这都做过多少次了，绝对没有问题，佟总您今天怎么如此优柔寡断了，不像是您的性格啊。”

夏豆一拍沙发说了句，“容我再想想吧。”说完就丢下对方起身上楼了。

从楼上看见姓高的匆匆穿过他家的花园，走进了停在园子外的一辆汽车，汽车无声地冒着急匆匆的热气离开了。夏豆感到一种异常的烦闷，自己和佟方伟的关系还没有理清楚，自己现在却要强制性地丢进了另一个人的设定，要抚慰他的妻子，教育他的儿子，甚至还要为他奸诈的计谋助纣为虐。难道做回自己就那么难么？他甚至有点同情老程的儿子来，他觉得自己不是和他曾经一样么，为什么自己追求点自己喜欢的事情这么困难重重，如果要怪罪，就要怪这个世界上无非就是多了像佟方伟这样的人。

到达江北的路上，七八个小时的车程夏豆坐在后座上一言不发，他既没有睡去也不愿意清醒，他感觉到一种孤独感，汽车从高速路上疾驰，远离了那些林立的高楼，却仍将投入到另一个高楼林立的城市的怀抱，但他不知道现在还有哪个人能给他提供怀抱，想了半天他猛地想到了自己的母亲。

到达目的地的时候，夏豆发现一切都变了模样，那些青砖绿瓦的低矮的楼房已经不复存在，取而代之的是直入云霄的玻璃大楼，遮住了的太阳又从多个角度反射来的光线，很容易让人迷失方向。夏豆反复让司机开车倒车，直到通过路牌才找到了外公那所老房子的原址，现在已经变成了一个高端小区，尽管司机和门口的保安协商了很多遍仍没有被放行。夏豆心情沉闷硬生生的坐在路口，点上了一支烟，像一位穿戴考究的乞讨者，路上的汽车哗哗地驶过，卷起地上干巴巴的树叶，他知道他要的东西没有人能够施舍。

他知道不管11年还是17年都是一段极为漫长的时光，一个城市早就可能在这段时间里变成另一个城市，而离开母亲时她已经过了60岁，而这个时间上还有没有这个人仍未可知，想到这里他想哭，但是司机从远处直愣愣地看着他，让他还是扭捏地站了起来。

好消息还是有的，壹丰广场还保留着，以往的新城已经成了旧城，反而变化不太大。广场明显经过了修缮，但是主体并没有太大的变化，整个楼体也符合时下流行的银灰色，在阳光下反射着金属般的光泽，夏豆却一下就能想到他脱掉这层衣服的样子，一片光秃秃的屎黄色。

穿过楼内大厅，一群兜售打折衣服的女销售员大声吆喝着，再里面聒噪的音乐下一帮卡通玩偶在上面跳着舞，下面一群孩子跑过去，手里拿着炸鸡腿，油乎乎的手蹭到了他的裤子上。电梯里贴满了各式各样的广告，有些涂涂改改，有些被撕掉了边边角角，两个年轻人目中无人般当着夏豆的面热烈地接着吻，这一切都让夏豆有些眩晕。

好在电梯一口气上了4楼，电梯门打开的时候风吹了过来，一股浓浓的奶油味窜进了鼻腔，夏豆已经被佟方伟的早餐折磨得够呛，瞬间被呛得一阵咳嗽，转过身看见了一家咖啡店，如果没有记错的话，这就是当年“桃子健身”的遗址，因为建筑的主体样子还清晰可辨，门口那几块镶在墙里面的铁皮仍然得以保留，甚至和店里那种时光格调的装修融为一体，好像早就是为它而设的一样。门牌已经换掉了，变成了那种能闪烁的电子屏，“午后咖啡”。

走进去里面空荡荡的，显然还不是喝咖啡的恰当时间，夏豆拣一个靠窗的位置坐了下来，一位穿着女仆装的瘦弱女孩揉着惺忪的睡眼走过来，扔下一本皮革包裹的厚厚的菜单，转身就要离开，夏豆把他叫住了。

“小姑娘，我想问你一个事情。”

“啥子事情嘛。”那女孩接着打了个哈欠。

“这里原来是不是有个健身房，大约十几年前。”

“十几年前的事情你问我干啥子喽，我才来这个地方一两年，你要喝什么快说噻？”

夏豆觉得自己这身装扮都受到了冷遇，气哼哼地说，“那就来杯最贵的。”

“那就是猫屎的噻？”

“你说什么屎？”夏豆一拍桌子，把找不到线索的痛苦迁怒于这个女孩的身上，那女孩对着后厨喊了句，“老板，有人找茬。”一个黑壮的汉子掀了布帘子冲出来，故意撸起了袖子露出两个纹得花花绿绿的粗胳膊，头上反戴着棒球帽，很明显是为了掩盖住光秃秃的头，一脸的胡茬子，愁容满面，反而对着女孩吼了句，“你怎么就不能让我省点心。”看来是做的两手准备。

他走到夏豆面前敲着桌子问，“跟个小姑娘叫什么劲，喝什么，我给你做去。”

“我不是来喝东西的，只想跟你打听点事情。”夏豆把一张钞票拍在桌子上，看着那人也坐了下来，用满是纹身的胳膊挡住了看钞票的视线。

“这里是不是曾经有家健身房来着，叫做桃子健身？”

夏豆问得很慢，那人吃了一惊，诧异地盯着他看了一会儿然后反问了句，“你问这个干什么？早就不开了，七八年前的事情喽。”

“那我再打听个人”，夏豆又把一张钞票拍在桌子上。

“老三你认识么？还有大猫，你听说过他们俩么？”

那人忽然把拳头砸在桌面上，震得夏豆胳膊发麻，夏豆很吃惊他做出这么过激的动作，向后撤了撤身子，半躺在椅子上，看着对方吹胡子瞪眼睛。

“这么多年了，竟然还找到这里，明确告诉你，他们和我没什么关系，不管欠你多少钱，你自己去找他们，我这里是不会给一毛钱的。”

夏豆把胳膊交叉放在胸前，把话抛得很远，“我不是跟你要钱的，也不是跟他们要钱的，我只是想找到他们。”

“那我也无可奉告，不喝东西就出去吧，我没有功夫跟你在这里闲扯。”

夏豆把一叠钞票又放在了桌上，又把那人按了下去，“我只想问问健身馆和那俩人是怎么回事，为什么没继续开下去？”

那人疑惑地看了看夏豆，夏豆也盯着他的脸审视着，夏豆忽然从这个人的脸上想到一个人——“王哲”，他的嘴蠕动了一下，但出于理智并没有喊出声音来，原来一个结实俊朗甚至有些木讷的年轻人竟然变成这个样子。

那人开始反问，“你问他俩干什么，实话告诉你，他们就是俩赌徒，当时的健身馆就是这么败光的，后来欠了一屁股债，还借了高利贷，我帮他们还过不少。后来他俩就跑了，这都是七八年前的事了。”

夏豆此刻看着“王哲”带着一种试探性地口吻问道，“好吧，我相信你，我还有一个问题，你认不认识一个叫夏豆的人？”。

那人认认真真看着夏豆，冷漠地说了句，摇了摇头，“不认识。”

“那王哲呢？”夏豆看着他不怀好意看着他。

那人吃了一惊，强装镇定地说了句，“你问得太多了。”说完把钱拿起了，起身向后厨走去，对着那个女孩说了句，“给他弄杯猫屎咖啡。”

夏豆也懒懒地起了身，“咖啡留着自己喝吧，桌子上有我的名片，如果想到了这个人就与我联系吧。”

离开了咖啡店，夏豆坐着车在街上游荡，他穿梭在这座城市之中，感觉无比陌生，实际上让这座城市陌生的应该是他自己，刚要准备回去的时候，竟然想起彭麦的那间啤酒铺子来，但一时间却忘记了那间店是在哪条路上。

夏豆招呼司机赶紧靠边停车，司机猛打方向盘，刚靠在路旁时，就听见后边砰地一声响，夏豆下车查看时，发现车被后面的汽车追尾了，车受损并不严重，但司机却下车和后面开车的年轻人扭打在了一起，正准备劝解开，发现周围一大圈人迅速围拢过来，有人拿着手机拍着，夏豆赶紧扔下他们慌不择路跑到了一间酒吧里。

里面比从外头看上去要大得多，小舞台、舞池、吧台一应俱全，虽然酒吧里有一扇很大的落地玻璃窗，但是被厚厚的窗帘遮住了，屋里面只有零星的氛围灯点缀着，里面的气味很浓厚，说不上是什么具体的味道，和剧场人散后浮在空气中的味道差不多，夏豆想到这也许是沉淀后的人群的气味。

一位扎着马尾辫的姑娘站在吧台里面，她穿着很紧的黑皮衣，眼线画得很长很粗，好像故意遮盖可能存在的黑眼圈一样，口红画得也很重，嘴里还衔着一根烟。

“大叔，喝点什么。”她嘴里的烟没有放下，尽管带着浓浓的鼻音，但听起来还是很稚嫩。

“给我来杯啤酒吧。”夏豆坐在凳子上，环顾了四周又把目光投在那女孩的脸上，他感觉这孩子十六七岁的样子，只是不清楚家长为何把她放任成了这样。

啤酒很好喝，但夏豆仍是心事重重的，他跟那个女孩要了一支烟点着了。外面的人群越积越多，发出嗡嗡地声响，像是一架飞机从窗外飞过。夏豆朝外面观望了一下，又转过身子摇了摇头，“现在的年轻人真是冲动，有话不能好好说么。”

“大叔，您多大岁数了，不是我们节奏快，是您老了吧。”

“你这个小姑娘说话不要这么直接好不好，不管怎么说我也是你的顾客。”

“做人直来直去的不好么？”那女孩自己又吸着了一支烟，带着湿乎乎的口水直接掖在了夏豆的嘴里，夏豆躲闪不及只能吧嗒吧嗒抽了起来。

夏豆直呼了一声，“有道理。”然后又把头向前伸了伸，“小姑娘，这店是你开的？还是在这里打工？”

那姑娘翻了个白眼说，“说话直接也不是让你查户口本，有这么直接和陌生女孩搭话的吗？”

“好好，恕我冒昧了。没别的意思，只是好奇而已。”

“都不是，这店是我爸开的，我现在给他打工，他呢又给我打工，你说我现在算不算打工啊？”

夏豆看着她伶牙俐齿又一派认真的样子，觉得很是有趣，差点把口里的啤酒喷了出来。

“小小的年纪这么聪明不去上学真是可惜了。”夏豆摇摇头，他不知怎的通过这个女孩想到了楼兰，然后又和声悦色地说，“也罢，人年轻的时候总是要叛逆几下的。”

那个女孩子显然不高兴了，“大叔，你怎么知道我没在上学？聪明就一定要上学么？什么是叛逆，什么又是不叛逆？你们这些老家伙们就知道妄加评论。既然这样，我也说说你。”

“我？有什么好说的。”

“看你穿的像模像样的，应该是一位商人，外面那辆被撞的豪车你的吧，那就是个成功的商人。一个成功的商人在一个工作日的下午，出现在一个街头的酒吧，喝酒抽烟还和一个小姑娘搭讪，只能说明你要么做了件很成功的事，要么觉得自己很失败。看你愁眉苦脸的样子不像是很成功，那就是生意失败了或者是失恋了。生意失败了那就是没钱了，比死还痛苦，应该不是，失恋最有可能，你们这种有钱人有的是女人，心疼一会儿也就没事了。”那女孩说话很快也很有节奏，如同在敲一张算盘。

夏豆喝了一大口酒，觉得这酒酿得和彭麦一样好，那女孩也可能真的是彭麦的孩子，如果他们分别17年，他的女儿也可能这么大了吧，如果他后来生了女儿的话，但他知道彭麦这种人是不会把女儿惯成这个样子的，不觉又摇了摇头。外面又起了一阵哄，打断了夏豆的思绪，紧接着一阵警笛响了起来。

“别在这闲话了，你的司机要被抓走了，还不出去看一看。”

夏豆只能出门去看一看，他正要推门的时候，发现这间房子的一面墙上挂满了很多照片，基本上都是风景照，其中的一幅让他僵在那里，虽然是一幅黑白的照片，但很清晰能看到火的样子，那是一朵怒放的火，长在一所木房子上，房子下面是草地，房子顶上是月亮。

第十七章

那天由于司机接受警方的询问，而到海北的机票已经售光了，夏豆是坐了半夜的火车回去的，路上车厢里有孩子哭闹，吵得他没怎么睡好，更主要的还是他接了Vanessa的电话，她打电话的时候说话很快，能听到很清楚的呼吸声，夏豆不明白她这是兴奋还是焦虑。

“告诉您个不太好的消息，刚才程董事长的公子开车出了车祸，送医院的路上人就没有呼吸了，现在董事会是一团糟，人心惶惶的。”

这一番话弄得夏豆也是人心惶惶，一大早夏豆来到公司的时候，心情很是忐忑不安。也许为了凸显科技公司的未来感，整个公司充斥着各种金属和玻璃，空间被各种棱线切割地犬牙交错，让人走在里面有种迷失感。让他不安的是，在这整个公司里面没有一张熟悉的面孔，很多人虽然向他点头致意，然后清晰地说一句“总经理，早上好”，抬起头就匆匆走过了，透露出一种唯恐不及的眼神来。

夏豆转悠了一大圈才看到Vanessa的身影，她看上去满脸的疲惫，应该是没怎么休息好，见了他一改以往的镇定，凑到他的脸上神神秘秘地说，“警察来了，就在会议室里等你呢，不知道找你因为什么，好像还是跟程董儿子的死有关系。”说完还从口袋里掏出梳子，帮夏豆整理了头发。

虽然去会议室的路上夏豆两股颤颤，但坐下来的时候，他又有了一种愉悦感，这无疑是从夏豆人生到佟方伟的角度转变，甚至有种看见别人人生支离破碎幸灾乐祸的后快，实际上夏豆不知道他似乎进入了一种表演和观看的双重角色之中。

两个身着制服的警察正襟危坐，目光如炬，但夏豆没有用目光回应他们，他看着天花板，看着窗子，和窗子外的天空。

“佟先生，您不用紧张，我们只是想跟你了解点情况。”

“好，尽管问，我会积极配合的。”

“那咱们就直奔主题吧，想必你也已经知道了，贵集团程浩民的儿子昨晚出了车祸当场死亡。”

“什么？我刚去了外地，竟然发生了这样的事情。”夏豆的语气虽然猛烈但是表情仍是皮肉僵住的样子。

警察并没有理会他，只是继续说，“据现场勘探和初步尸检的情况看，死者的死因不仅仅为醉酒驾驶，可能与死者服用了含有激素的某种药物，加上酒精作用临时休克，引发了车祸。”

“真是令人痛心啊，听说老程就这么一个儿子，白发人送黑发人，哎呀，真是……”夏豆拍着大腿感慨了一番，马上又反应过来，“激素？药物？你们的意思是有他杀的可能？这不可能吧，老程人很好的，基本上没得罪过什么人，要么就是他儿子和别人有过节吧，你知道现在的富二代……”

“我们了解的并不是如此吧，贵集团的其他负责人普遍反映程浩民这个人对别人要求很苛刻，而且作为贵集团最大股东，经常压制小股东的权益。我们还了解到，他好像很不支持你们公司的量子通讯技术，并且在媒体公开提出反对意见，说你们的项目实际上很不成熟，存在技术隐患，要知道这种内讧很影响你们集团的声誉的。”

“这个，主要还是程董不太懂技术，年纪大了思维有些陈旧，实际上只要有利于公司发展的他还是很支持的，至于对我们的项目为什么提出异议，这也可能是他的一种营销推广策略。”夏豆咽了口唾沫，忽然抬起头问，“我觉得公司运转经营的事情和他儿子被杀没有直接关系吧，你们这次来，总不是把我列入嫌疑范围了吧。”

“别紧张，我们来呢只想了解了解情况，如果你有什么好的线索请及时告知。”

夏豆送走警察的时候，办公区发出一阵窃窃私语，等夏豆再回头的时候，那种苍蝇嗡嗡声便消失了。他走进了自己的办公室，那是一间极为单调的房子，唯一的特点就是大，巨大的书橱堆满了各种商业财经书籍，巨大的美式沙发放在了房间的一头，房子中间躺着一张巨大的办公桌，是那种巨树切割而来的原木，夏豆首先想到有这么宽的腰肢的只有那些美国原始森林里的巨杉了，夏豆又想到了自己曾在健身房放置的那张吧台，两张在纹理上有些相仿，但这张明显巨大的多了。

那张巨大的桌台上放着佟方伟和各路人马握手的照片，每张照片他都笑得那样开心，让夏豆觉得很不开心。正当夏豆拿着其中一张细看时，一个人猛烈地在敲门。

“谁呀？”

“是我，高尚。”

原来是那天去他家的那个姓高的，既然是熟人了，在这个陌生的公司里倒也感到很是亲切。夏豆招呼对方坐下，但对方却急匆匆跑到夏豆面前，极力压住自己焦急地声音。“刚才警察来找您了，问了什么？”

夏豆这才猛然想起那天高尚向他汇报的事情来，他看着那张坑坑洼洼的脸，觉得十分讨厌，但也不敢直抒胸臆，只好淡淡问了句，“这件事是不是和你有关系？”

高尚立马一跺脚，又叹口气说，“唉，人有旦夕祸福啊，不过这事可跟我一点关系都没有，程董是集团的领导，我有什么胆量有什么理由去害他呢？”高尚说完抛给了夏豆一个眼神，夏豆不明白这是什么意思。

“那天你不是说……”

“佟总，那天我可什么都没说，您也什么都没听到，对吧。”

夏豆彻底迷惑了，这不过前两天的事情，他清楚地记得高尚跟他说过陷害程浩民儿子的事情，看着高尚的脸却又像是根本没发生过一样，但夏豆没有怀疑自己的回忆，他仔细地观察着这个人，看久了像看透他的底色，但越看越觉得模糊。

“真的跟你没关系？”

“佟总，您这是怎么了，没必要把屎盆子往自己身上扣吧，再说这杀人越货的事，咱就是有这个胆，也没这个本事不是。”

夏豆白了他一眼说，“那是你的事情，但愿这次你是听了我的，没有轻举妄动。现在警察对我都进行了问询，看来还是对我有所怀疑的，不管怎么样还是低调行事的为好。”

“那是，那是，闷声发大财么。”

“那以后怎么办？”

“还能怎么办，你说怎么办就怎么办呗。”

“好吧，总之以后这种害人的想法还是不要有的好，好自为之吧。”

夏豆似乎听到高尚发出了一下轻呼的鼻音，那是一种不满的声调，但看他的表情仍是笑意盎然的，听他说完就转身大步朝外走去，夏豆又猛地叫住了他。

“你呢帮我个忙，找几个人，他们也许住在江北市也许不在，曾经在那里住过。”

高尚接过夏豆递过来的纸条，读了一遍“彭麦，叶帆，陶小桃。这不等于大海捞针么，找不到可不要怪我。”夏豆就挥挥手背，让他出去了。

晚上回到家里，夏豆仍是心神不宁的样子，自己的过去杳无音信，自己的现在又错综复杂。他怔怔地看着佟方伟的儿子，拿着一架飞机模型蹲在地上滑行，慢慢从地毯上艰难起飞，慢慢越过那个罗汉松盆景扮演的森林，又飞过了沙发连绵的群山，沿着一层层楼梯的云层直朝着楼顶飞去。

妻子现在就在一旁，她静静地平躺在沙发上，手里举着一本杂志，安静地睡着了一般，有点用杂志遮挡光线的意思。夏豆看着她，以为她睡着了，看着她的腿上的青筋若隐若现，皮肤是血与肉上面罩着的白纱，看着她的大脚趾时而抽动一下，好像手指指示他走过来，当他靠近了抓住了她的脚时，她突然哼了一声，“别闹”。

然后她把杂志甩了过来，瞪着两只眼睛问，“听说你们集团的程老大的儿子出车祸死了，而且还可能是被人谋杀的，看你像个没事儿人似的，一点反应都没有。”

“你从哪儿听说的？”

“电视上都播放了，上面还说你来着。”

“说我什么了？”夏豆把那只脚甩了下来。

“说你和你们的程老大不和嘛，前两天你不是在德国签约成功了么，不知道他犯的什么邪，非要说你们的技术不过关，后来导致你们公司的股价升了又跌了么，所以电视节目上说你们俩私人恩怨很重，连集团的利益都顾不上了。”

夏豆拿着那本杂志敲着女人的大腿说，“什么破电视台，怎么这么八卦，他那么说就好像我是嫌疑人似的，安得什么心呢。”

“能安什么心，他们不就是想把事情惹大了，然后好炒作么。”

“我就不信他们能把黑的说成白的，反正这件事跟我没什么关系。”

“哎”，她起身拉住了他的胳膊说，“你可以去找我爸啊，他和你们的程老大是老交情了，当初一块创业，不行让他出面说和说和。”

“生意上的事情你就甭管了，把你的儿子管好就行了。”还没说完一架飞机滑翔下来，正好撞到了白色雪山上的黑色头颅，女人大喊一声就直奔楼上跑去，夏豆嘿嘿地笑着，觉得看热闹还是很有乐趣的，他看着女人和孩子都消失在视野里，随手拿着那本杂志读了起来。

杂志还卷在女人读的那一页上，带着温度和油脂的纸面上有一张很大的背景图，是一个男人坐在一架高高的桅杆上，赤裸着结实的上胸，他一只手挥舞着像是在招呼远方的人，另一只手挡着炙热的阳光，眼睛遮在阴暗里，但能看见眯成了一条线。他的头发很长，顺着风飘扬像是长在桅杆上的旗帜，桅杆下面是一个穿着白色T恤的人，背对着正在整理着船上的绳索，那是条又细又长的帆船，不知是什么材质的，反正在湛蓝的海水映衬下显得很破旧，阳光照在桅杆上人的脸上和拉绳索人的背上，影子拉得很长很长。

夏豆看那张照片看得出神，忘了上面还有一层文字，他看见文字的时候也发现那个坐在桅杆上的男人竟然是没有小腿的，那个黑乎乎的伤疤就在膝盖处，猛看起来是两个错字。

夏豆一口气把那篇文章读完，这是一篇游记，说了一大段夏季太平洋的季风以及洋流的变化，以及如何利用这些风向进行航行，还有如何在船上用设备净化海水，如何捕捉鱼虾烹饪美食等等，夏豆觉得这篇文章的文采很不精彩，甚至有点说明文的意思，文章倒是在最后属了个名—“叶帆”。

“叶帆！”虽然已隔多年，而且他那稚嫩的皮肤也变成了结实的古铜色，但那张脸并没有多少变化，他回想起那个上午他们俩骑着马从山崖上坠落，他竟然没有死，但这个叶帆会是他的老朋友吗？

夏豆根据这本杂志上面的联系电话，几经周折夏豆还是找到了对方，那天夏豆自己驱车回到了江北已经是下午五点多，他们约在一家烧烤店，夏豆还特意提前预约了一只烤全羊。

外面的天气很冷，汽车的尾巴吐着热气，人们从口中吐着热气，高楼上升腾着热气，太阳不知道沉落了没有，但是经过折射后的橘红色的阳光还是铺洒在落光叶子的法桐上，在树木凄惨的皮肤上抹上了胭脂。夏豆还是愿意在外面等着，直到风浸透了大衣，在他的胖乎乎的身体上抚摸着，让他浑身打着寒颤，好在叶帆还是及时赶到了。

叶帆从的士下来的时候，夏豆还朝着路对过东张西望，直到拨通了手机，才在一片昏黄中确认了眼神。夏豆从来没有见过直立着的叶帆，让他张开了大嘴，在冷风中浸泡一会后，皮肤发紧整个下颚都难以合上去。

那人一只手支撑着一杆合金的拐杖，忙笑着说，“怎么，不是在照片上见过我么？没啥惊奇的，是两只假腿而已。”

“对对对，我是从杂志上看到你的文章的，写得不错。”夏豆想去搀扶他，但是发现他比自己冻得僵硬的腿走得快得多。

“过奖了，是哪篇文章？哦，那篇文章是杂志社约的稿，是我写得最不好的一篇，让我写感受还可以，搞得成了科普文章我就不行了。你找我还有别的事情么？总不会是来要签名的吧。”这个叶帆褪去上衣，隔着单薄的毛衣能看到充实的胸膛和粗壮的胳膊，夏豆想从这个人身上找到以前叶帆的影子，但发现人的变化可以是如此地巨大，不自觉地又摸了摸自己胖乎乎的肚腩。

“是这样的叶先生，你不是喜欢旅行嘛，我是华宇公司广告宣传部门的，想和你合作做个宣传推广。”夏豆压抑住自己躁动的声音，竟然也发现自己转换地如此之快。

“呦，还有这样的好事，您这么大的公司还能找到我？不可思议，不过我最近没有出行的打算。”

“那也不必着急，我只是有这么个想法，还需要策划，更重要的还得公司通过，所以我想了解了解你对旅行的看法，看看和我们公司的营销策略是不是能够契合。”

夏豆看着叶帆，而叶帆笑盈盈地沉默不语，夏豆不知道是不是已经被看穿了，心里面有点慌。不过两位服务员把一只巨大的托盘放到了桌面上，里面躺着一只焦黄色的羊，油水从肉里面滋滋向外冒着，一位黑又瘦的少年手执刀片在那片巨大的羊肉上面横竖切着，夏豆想起了仁布烤羊的那个晚上。

“不知道这个合不合你的口味，据说这家的羊很有特色的，很传统的做法，好像只有盐没加其他任何调料。”

那个男孩伸直了脖子用一种极快的语速说话，好像这一段台词烂熟于胸又说过好多遍一样。“是的先生，我们店里的羊肉都是每天早上从草原空运过来，绝对不超过五个小时，因为新鲜……”

叶帆招了招手让那孩子闭了嘴，自己咬了一口酥脆的肉皮，嘎吱嘎吱嚼了起来，直到把夏豆被那声音弄得口舌生津，他才慢慢地说，“味道不错，你也尝尝，尝尝，这次可让你破费了。”

“区区一只羊能花几个钱，只要是能找到原来的味道花多少都值得。”

“佟先生是吧，看来你也是个有故事的人。”

“我哪有什么故事，今天主要是来听你讲故事的。”

“你想听哪一段？你不是看我写的书了么，里面说了全部的东西，没有必要跑这么远还赔上一只羊来听我讲。”

夏豆诡异地一笑，又让那孩子去拿酒了，对着那个背影说，“叶先生，你有没有发现这个孩子像一个人。”

“像谁？”

“仁布。”

“你见过他？哦，我想起来了，我们一块接受过采访，对的，你见过他的照片。”

“我见过少年时候的他，那时候他和这个孩子也差不多年纪，也是这么干巴巴的瘦。”

叶帆把筷子放下了，等着那个孩子斟满酒，看了看又摇了摇头，接着质问夏豆说，“这个世界上重名的人太多了，你想想我们的汉字也就是几千个而已，而我们却有十几亿的人民，不管怎么组合，起到的名字也已经被叫过成千上万遍。也许，你说的那个仁布只是另一个叫仁布的人罢了。”

叶帆把杯子往桌面上轻轻一砸，径自喝了半杯，他龇牙咧嘴哈了一口气，用破碎的语调接着说，“你知道吗，这世界上没有两片完全相同的树叶，就像你和我，咱俩完全不一样，也比如像你说的仁布和我说的那个仁布以及我们眼前的这个孩子，他们也是完全不同的三个人。当然啦，这世界上的树叶又基本相同，因为他们都是树叶，你和我，以及所有叫仁布的人也许并没有什么分别。”

夏豆擎着酒杯悬在半空，若有所思之后才又问，“我还是不太明白你的意思，不管怎么样，我的世界里只有这么一个仁布，所以我眼中的世界里也只有一个仁布，就这么简单。”

叶帆噗呲一声笑了出来，赶紧又仰着头用纸巾擦拭着喷在自己嘴角的碎肉。“咱们聊的都是些什么，我们在这里吃个饭而已，完全没有必要假装成一个哲学家，你说对吧。”

夏豆表情干巴巴的，仍旧直愣愣地讲着，“我还记得仁布有一个梦想，就是在海边买一所房子，你还记得吗？”

“谁没有‘面朝大海，春暖花开’的梦想啊，都是些文艺青年的扭捏造作的想法，实际上无非就是钱的问题，买得起的不喜欢，买不起的才向往。”

“他不是为了自己的弟弟吗？”

叶帆抬了抬眼角，瞄了一下夏豆，才又问，“你真的认识仁布？就因为他有这么一个患怪病的弟弟，所以这些年来他一直待在我身边，给我做助手，他工作很努力，但你也知道，就现在房价涨的速度，买海边的房子？我看够呛。但这些和你们公司有关系吗？”

夏豆没有直接回答他，也是自己喝了口酒继续问，“那你直接买给他不就结了，看你又是世界各地到处旅行，又是写专栏出书什么的，这点钱还是有的吧，实在不行这个钱我来拿。”

叶帆用费解的眼神直勾勾地看着夏豆，“你到底是干什么的啊，土豪？慈善家？随随便便就送别人一套房子，再送一座海岛？”

“聊天嘛，你这么认真干嘛。我当然没有你有钱，但是你可以帮帮他么，毕竟天南海北地陪着你。”

叶帆用嘴把黏糊糊的塑料手套衔了下来，又把围在前胸的白餐布揪下来，摆正了自己的身体严肃地说。“我是不差这个钱，但我不会买给他，你知道为什么吗？你不知道，你不懂。”

“这有什么不懂的，要不你爱惜你的钱，要么就是怕他有了这个钱就不需要你了，就会离开你。”

叶帆嗤笑地说道，“我说过你不懂，你还真就不懂。那我就告诉你吧，也算是回报你请我吃这么大只羊了吧。我不给他不是我爱钱，也不是我离开他不能继续旅行，我完全可以再找另一个搭档。我不给是为了他好，他只有靠自己双手赚来的才有意义，你知道拥有任何东西都要付出代价的，即便是我免费送了他，他也要在其他方面付出代价。”

夏豆把肉丢进了盘子里，被叶帆这么一数落，心里憋了一口气，冷嘲热讽地说道，“是呀，天下没有免费的午餐，也没有免费的晚餐。”

“不就是一只破羊嘛，大不了这顿我请。”

夏豆一幅小人得志的样子，“钱已经付过了，不给你机会，我就是让你欠我个人情。”

叶帆从口袋里拿出钱重重扔在桌子上，“我也不给你机会。”说完就要起身离开，被夏豆拽住了胳膊。

“你先不要走，我还有话想问你。”

“你是谁，到底想干什么，不松手的话我可就不客气了。”

夏豆松开了手，一个字一个字重重说出来，“我叫夏豆。”

“什么？”叶帆恶狠狠地看着他，“你到底是谁？你到底干什么？”

“我就是夏豆。”

“放你妈的臭屁。”叶帆使劲跺着脚，膝盖处被磨得生疼，他把那拉杆拐杖撑开，敲击着地面，餐馆里的人又都放下了手里的羊肉，咧开油乎乎的嘴朝他们这边瞧着，那个黑瘦的男孩过来把叶帆拉住了。叶帆摇摇晃晃之中猛然扑向夏豆，夏豆本能一缩，但是还是被对方扯住了衣服，并从口袋里掏出一沓名片来。

“你不是叫佟方伟么，还什么公司CEO，我看你就是个骗子。”说完把那一把名片扔成了雪花。

夏豆任凭他处置后，默默地说，“叶帆，我真的是夏豆，我还活着。”

“你给我滚，我不想再见到你，明确告诉你我不认识什么夏豆，从没见过这个人，从没听过这个名字。”

“那你为什么……”夏豆的话没说完，叶帆就推开了那个服务员，踉踉跄跄匆匆地离开了这里。

叶帆离开后，夏豆心情十分沮丧，一个人走在冷冷的街头，看着来来往往但与他毫无关系的汽车人群，一种莫名的脱离感从他心里面滋生蔓延，他也说不清楚这是不是孤独，很久以来他的内心里似乎都暗含着这种感觉，但唯独今大是那么强烈，他想这也许是身边没有其他人，没有人认识他关注他，即便那些关注只是他的肉体，他的身份，他的钱而已。

他不知不觉又来到了那家酒吧，这座城市里可能那个小女孩还算是她的朋友，也许不止这个原因，让他牵挂的还有那幅挂在墙角的照片。

屋里的空气暖和得让人发胀，特别是冷风吹得已经缩到极限的皮肤在已经激活的血肉压迫下快撑破一般，灯光不算明亮，忽明忽暗间让他感觉走进了早年间的练歌房，空气中弥漫着一种焦糊和酵母的味道，让他想到了威士忌和啤酒，但也可能是某个人把袜子放在了暖气片上。音乐的声音很小也很飘渺，但夏豆能听出来那是鲍勃迪伦的歌，他有限的英文词汇还是能够分辨出“blowing in the wind”这类的词语。

夏豆坐在吧台上，一位蓄着精致小胡子，梳着很亮很重油头的男子接洽了他，在这大冷天里他只穿了一件真丝的花衬衫，不过汗还是大滴地从他的面颊上留下。

“先生，喝点儿什么？”

“随便。”

“我们这没有随便这种酒，看你心事重重的样子，我推荐你一款酒叫‘记忆空间’，这款酒可是原创哦，别的地方喝不到。”还没等夏豆首肯，那花衣服小哥就开始杂耍起来，两个银色的瓶子在空中飞舞着，而他自己却像一只扭曲的花蛇，一会儿便在玻璃樽上吐进了绿色的汁液。

夏豆尝了尝，先是浓郁的甜，接着是极致的酸，最后还有清冽的辣，他不知道这种味道和记忆有什么关系，如果强加上那种联系的话那就是端着这杯酒看墙角的那副照片了。他死死盯着那张照片，能把他瞬间带入到那个晚上，火光好像仍然在燃烧，在一个吹着冷风的晚上，让人感到一种暖意，但那张照片经过处理已经变成了黑白色，明显带着一种陌生感，直至一种迷茫的愤怒借着酒劲冲上了头颅。

夏豆又跑到吧台，要了一大杯啤酒，含了一大口在嘴里，牙齿和舌尖反复咀嚼和揉捏，味道让记忆一点一点明晰起来。他咽了那口酒，急匆匆地叫住那个花衣服男人，把一叠钞票压在酒杯下面，推给了他。

“小伙子，你们前几天吧台的小女孩怎么没来？她现在在哪儿？”

花衣服男人环顾四周，迅速用手里的抹布盖住了杯子，贴到夏豆面前，带着一脸神秘的笑。“我说大叔你要是喜欢这个年纪的我可以给你介绍啊，找她不太好吧，人家小女孩还没成年呢。”说完还用手指敲敲桌子，好像是用来打醒一个迷途的中年人。

“甭这么多废话，现在把她给我叫过来。”说着又把一叠钱甩到对方的身上。

花衣服男子如同接到了烫手的山芋，钱在他手上翻滚杂耍一番还是落到了地上，用脚踩住了以后，又环顾了四周，贴在夏豆面前带着呵斥还有点乞求的语气问道，“你找她到底想干什么？我告诉你了她还是个孩子。”

“我只想和她聊聊天，我不会伤害她，真的。”夏豆的声音越来越迷糊，昏沉的酒气向上升腾，让他的头越发沉重。

当一只柔软的手搭在夏豆脸上的时候，夏豆觉得那是一块冰凉的雪，让他一个激灵，又感到皮肤在热火灼伤了，他的梦也许还停留在照片上那场大火上。他脑子虽然仍旧胀得昏沉，但已经很清醒了，他没把眼睛睁开，他怕醒来又掉入一个毫无预兆又十分荒诞的情景之中。

“这是喝了多少，怎么这都没反应？”

“没喝多少啊，就一杯鸡尾酒和一杯啤酒而已，应该来的时候就带着酒劲。对了，你认识他？怎么认识的？”

“除了你我就不能认识别的男人了？难道你只认识我一个女的？”

“你俩什么关系？”

“那你和昨天一起睡的女人什么关系？”

“啥，你说什么？昨天我值班看到一个顾客喝醉了，我只是送她回家而已，送到了我就回来了。你知道的她一个人醉成那个样子，出去肯定会被‘捡尸’的，毕竟老顾客了我也得考虑考虑她的安全，怎么到了你嘴里就成了这么不堪了。”

“广春路汇达公寓，你从夜里12点半待到第二天10点，我看你怎么解释这个？”

“你敢监控我？你到底在我手机里安装了什么？”

“是你给咱俩买的手表，说能随时随地知道对方，能找到对方，可惜你忘了。”

夏豆仍趴在台面上，听着这男女的对话，心里面却也滋生了一种美意，不自觉地笑出声来。

“原来你没睡着啊，正准备把你当‘尸体’扔出去了呢。”那女孩自己已经跑到吧台里面，背对着夏豆接了一大杯啤酒，自己喝了一口，又推给了夏豆。夏豆看着她穿着一件浅绿色的羽绒服，梳着高跷的马尾，带着黑白斑点的蝴蝶结，再加上她的举止眼神，让人觉得有个成熟的灵魂在驾驭一个稚嫩的身体。

夏豆没见那男子的身影，转过头只看见门晃动了一下，夏豆笑着说，“你男朋友？不怎么地。”

“要你管？喝酒，你找我干什么？我可是不跟你这么老的男人约会的。”

“你想什么呢，我都是当你爹的年龄了，找你就想和你聊聊天，上次走得匆忙，话都还没有说完。”

“你这个人看起来不缺钱也不可能缺爱，找我个小女孩有什么好聊的，你懂什么牌子的指甲油最好看么？”

“我是不缺钱，也可能不缺爱，也不关心什么指甲油，但是只有你能帮助我。”

“我可什么都不会，对了你虽然不懂，但是你有钱啊，只要你帮我买指甲油，除了去学校打老师，其他的忙我都帮定了。”

“没问题。”夏豆又回了回头，指了指墙角的那副照片问，“那张照片是谁拍的？”

“我爸啊。”

“这啤酒是谁做的。”

“也是我爸啊，怎么了？你认识他。”

“何止是认识！”夏豆一拍桌子站了起来，脸上泛着酒后的红晕，身体甚至都有点微微颤抖。“不仅认识，而且很熟，应该说非常熟，看来你得正儿八经叫我个叔叔了。”

夏豆看着那女孩的脸，看到她的眼睛猛地睁大了一下，嘴巴张得圆圆的，然后又把脸侧向一边，眼睛眯起来显得满不在乎，好像刚才的表情是演给他看的，不过一瞬间来的太快，无法判断她这表情的含义。

紧接着他感到背部一热，含在嘴里的啤酒被挤压出来，在他眼前形成一阵烟雾，身体不听使唤地从吧台上面滑落下去。

夏豆揉了揉眼睛，发现是那个穿着花衬衣的男子，正站在自己的面前，手里拎着一个黑乎乎的棒球棍，他的身上仍旧流着汗，有些还打湿了额头上的头发。

女孩大喝一声，好像是叫了那男人的名字，但夏豆头嗡嗡作响，实在听不太清楚，那女孩又好像从吧台里面跳了出来，挡在他俩之间，和那个男人争执着。

夏豆晃晃悠悠起来，拿起那个凳子，趁着那男人不注意，劈头盖脸砸下去，血滴落在男人的花衬衫上，让那些白色粉色的花瞬间变得娇红欲滴，两个人纠缠在了一起，翻滚跳跃嘶吼，酒瓶子哗哗啦啦破碎了，空气中弥漫着酒的气味，夏豆又似乎闻到了焦糊和发酵的味道。

“干什么！”一个厚重的声音把他们两个人震住了。

夏豆揉了揉酸痛的眼睛，看见了一个带着眼镜很是斯文的男人站在他们俩中间，而女孩跑到了斯文男人的后面。

“你们看看把店都搞成什么样子了，把这当成什么地方了？”斯文男人把花衣服手里的棒球棍夺了过来，一脚把他踹了个趔趄，指着他说，“你明天不用来上班了，工资也没了，给我滚吧。”

花衣服男人恶狠狠地扫视了他们几个人，随后朝着夏豆吐了口唾沫，又把手表摘下来扔到地上使劲踩了一脚，转头疾驰出了大门，消失在了茫茫夜色之中。

斯文男人扶了扶金丝边的眼镜，白皙的脸上露出冷冷的笑，把棒球棍朝夏豆指了指说，“你看这怎么办，你差点把我的店给毁了，看怎么赔偿吧。”

“不关他的事，他也是被打急了才这样。”

“你也滚一边去，这里有你什么事？你的事情我以后再跟你算。”女孩被斯文男人用胳膊肘按在了凳子上，用哀怨的眼神紧张地看着夏豆。

“你又是谁？放开她。”夏豆趔趄走了两步，靠近了对方，呼吸都能打在他的脸上。

“问我是谁，真是可笑，我是她爸爸，我管教孩子管你屁事，我看你这个人就是爱管闲事才会挨揍，我劝你还是管好你自己吧，不赔偿我看你今天怎么走出这个门。”说完，那斯文男人又扶了扶眼镜，点着了一支细烟，把一口烟气吐在了夏豆的脸上。

夏豆想马上给他一拳，但他还是侧过头看着女孩子问了句，“他真的是你的爸爸？”那女孩点了点头让夏豆瞬间泄了气。

夏豆从口袋里拿出一个小本，把空白地方签了个名，撕下来给了对方。“需要赔多少钱你自己看着填吧。”

那男人看了看支票，又把它抬到灯光下，笑着说，“别再是假的吧，唬我吧？”

“不是假的，他很有钱的。”那女孩在后面弱弱地说了句。

“你怎么知道？啊？你和他到底什么关系？”

夏豆不作理会把那人支开，走到门口刚要推门，回头把墙角的那副照片摘了下来，带下了一阵灰尘，之后就推开门匆匆地消失在了夜色之中。

第十八章

第二天夏豆满身疲惫准备睡上一个上午的时候，被Vanessa找到了家里，她敲完了门就站在夏豆卧室的门口，她暗红的西装下是鲜红的高领毛衣，鲜红的嘴唇对着夏豆的妻子露出热切地笑容，一只手里还擎着一套深灰色的西装，打了个招呼，“严嫣姐姐好。”

夏豆的妻子也就是Vanessa口中的“严嫣”却面无表情，她一手把西装夺了过来，把卧室的门又重重关上了，一大股风吹过来，把Vanessa梳得整整齐齐的头发一下吹乱了。

等Vanessa正准备知趣地到大门口等候的时候，严嫣又急匆匆地跑出来拉住她，“喂，那个领带是怎么打来着。”

当Vanessa在车里照着镜子重新整理头发的时候，夏豆已然板着个脸坐在一旁，她从镜子里又重复看了他的脸，端详了一会儿他青黑色的眼窝。也许是刚才严嫣在场，她一句话也没说，现在却冷不丁地问了句，“你眼睛怎么了？恐怕不是滑倒摔的吧。”

夏豆对她苦笑了一下，“还真的就是滑倒摔着了。”Vanessa把目光收了回来，陷入车座之中，仰望着路上的高楼和树木，不再吱声了。

那天董事局的会议异常严肃，但对夏豆来讲并没有觉察出异样，他以为像这么大的集团，一群中老年人凑一块肯定不能公园下棋打牌一般热闹，总得端着坐着，然后在沉默中深沉地讲两句，随后又陷入沉默。

一个白发苍苍的老者在两三个人的簇拥下走进了会场，等大家喊他程总的时候，夏豆才知道这个人就是程浩民，他看起来有六十多岁，头发稀稀疏疏朝后面梳着，额头很大但松弛的皮肤已经没有了亮光，眼睑很长，眉毛和目光都低垂着，眼袋又厚又大，上面已经涂成了炭灰色，他摆摆手让大家都就坐了。

“今天匆匆召集大家来，是有重要的事情跟大家宣布一下。”他的声音深沉而又缥缈，夏豆听起来感觉很是舒服，满足了他对这个人的想象。

看着会场一片死寂，很多人把呼吸都调慢了节奏，程浩民挤出了一丝微笑说道，“想必大家也都知道了，最近我家里出了点事情，也有很多同志给我送去了慰问，我在这里向大家一并感谢。多谢！”他起身朝两侧分别鞠了一躬，会场仍是死寂一片。

“其实，即便是没出这件事情，我想，我这个年龄也是个问题了，非常感谢大家多年来的支持和鼓励，不胜感激。”他再次起身分两侧鞠了躬，会场仍是沉寂一片，夏豆甚至觉得这个人好可怜，他尴尬地拍了拍手，带动了一片稀稀拉拉的掌声。掌声过后夏豆侧过脸看到了高尚，他坐在旁听的位置上，脸上挂着神秘的笑容。夏豆觉得这笑意似乎暗示着什么，但他觉得肯定不是怀着某种善意，甚至觉得可能是某种阴谋，基于这种论断，夏豆觉得程浩民儿子的死亡和他有着某种联系，也就是和佟方伟有着某种联系，这让夏豆在佟方伟的身体里感到一点点的恶心。

程浩民从低沉的气息中慢慢苏醒过来，轻咳了一下，眼神变得锐利，声音突然间激昂起来，“是这样，经过我深思熟虑，考虑到集团的发展，我决定辞去董事长及公司其他一切职务。”会场发出一阵剧烈的嗡嗡声，好像是掉进了夏天的猪圈里，因为那里面经常躲着成千上万只的苍蝇。

程浩民赶紧挥了挥手让大家停止了讨论，“这件事情我已经决定好了，大家都不要再发表什么意见了，这个公司刚刚创立时只有我和老严两个人，现在已经快三十年了，看着它一天天长大，虽然我也有点不舍，但天下没有不散的宴席，我也该让位给年轻人了。”他又咳嗽了两声，喝止了那些零散的窸窣声。“在离开之前，我有责任和义务举荐一位合适的人选来就任董事长这个位置，当然这还需要董事局的研究通过，至于这个人选我也是权衡了很久，我觉得他是完全有能力带领集团走向新的辉煌的，我还要说明一点，这个人选我事前没有告知当事人，算是一种避嫌吧。”

所有人面面相觑的时候，程浩民指了指坐在一角的夏豆，说了句“小佟，你起来讲两句吧。”

夏豆和会场的所有人都愣住了，夏豆僵在座位上动弹不得，所有人都凝视着他，好像是五颜六色的光投了过来，让夏豆无法分辨哪些是嫉妒，哪些是羡慕，哪些是难以置信等等，还有几个人甚至捂住了嘴偷笑起来，夏豆起身瞪了他们两眼，才想到自己顶着个黑眼圈。

不管怎么样，夏豆似乎已经适应了这种难以预料的突发状况，他拧了拧领带，仍然露出难以捉摸的微笑，淡淡地说，“谢谢，程董事长。董事长和我的岳父两位长辈几十年的风风雨雨才有了公司今天的成就，听董事长说有了退休的想法，我个人是情绪复杂的，既感到十分惋惜，觉得少了一位时时给我们指引方向的导师，同时也觉得十分欣慰，毕竟董事长操劳半生，是该好好休息了，特别是遭遇了人生这样的悲痛，无不让我们大家感同身受，扼腕叹息。”夏豆看了看程浩民那黑乎乎的眼袋，程浩民也看到他黑乎乎的眼圈，和善地点了点头。

“至于董事长推荐我作为候选人的提议，我有这样的考虑。”他顿了顿环视了四周，看见大多数人已经沉下了头，只有一个目光是炯炯的，那就是高尚，他坐在那里，上身向前倾着，屁股已经离开了椅面，好似一位百米冲刺前的运动员，他的嘴微微颤抖，好像发出一种嘚啵嘚的声响。夏豆把目光从他身上移开，揉了揉自己酸痛的眼睛，所有的人影在他的面前模糊了起来。

夏豆开始镇定而坚决地说，“同志们，像我们现在这么有成就的公司，一个领导人领航至关重要，但更重要的是大家精诚团结，朝着一个前进的方向共同奋进。还有一个值得与大家分享的是，我在最近一段时间也遇到了一些特殊的事情，让我的思维有了很大的改变，我以为人生不只需要工作这一件事情，不光有创造价值的使命，更重要的是生活在怎样的状态之下，也有着经营自己的使命。可笑的是我既没有经营一个大集团的本领也没有经营自己的本事。”

夏豆苦笑了一下，继续说，“非常感谢程董事长的信任，也感谢大家对我的信任和鼓励，我想我无法胜任这个角色，现在不会参选，将来也不会，谢谢大家。”

夏豆说完，所有人都直愣愣地看着他，会场仍是一片死寂。

那天下午，在他那间偌大的办公室里，在他那张床一般的沙发上，夏豆半仰着头眯着眼，用一种迷离的眼神看着几个球形的物体在晃动，他觉得用这种模模糊糊的视角反而能看出不一样的景象，一个热腾腾的鸡蛋在他的眼眶上来回滚动，把皮肤压得酸痛又酸痒，让他觉得痒痒的不仅仅是热乎乎的剥了壳的鸡蛋，还有Vanessa胸前两个白如蛋白的热乎乎的肉球。

夏豆觉得此刻像一个汉堡包，一面枕着软塌塌的沙发，一边被软塌塌的肉碾压着，他便成了中间油炸的牛排。夏豆闻得到一股水果沙拉酱的味道，也许这气味是从Vanessa的发丝传出来的，也许是她的午餐正是吃的蔬菜沙拉，不然怎么能保持这么好的身材，当然切成细丝的蔬菜被黏糊糊的酱搅拌在一起，又让夏豆想起来他们俩此刻的状态来。

“严姐姐的手劲可以啊，再重一点熊猫眼就成骷髅头了。”Vanessa把已经冷却下来的鸡蛋拿下来，哈了一口气在上面，猛地贴在伤痛处，让夏豆眼前一白，觉得这鸡蛋也揉出了汗。

“你的手劲也可以，再大点眼球就爆了。”把鸡蛋夺了下来，一口咬去了半个。

“没想到你还有这种嗜好。”她嘴张开摆成了呕吐状。

“说明你还不太了解我，我有很多神秘的嗜好呢，要不要都体验体验？”夏豆吃鸡蛋的时候吧唧着嘴，故意来恶心对方。

“我看您还是回家跟夫人去试一试吧，我可是不玩这种游戏。您还别说，我可真是捉摸不透您，就拿今天来讲吧，您不是一直要打败所有人当上董事长么，今天你完全可以答应程董啊，为什么要推辞？”

“人么，总是要变的。”

“人么，是不会变的，除非是以前在演戏或者是现在在演戏，难道真的像您说的那样，回归生活？就是为了您的夫人？还是原来你就离不开她？”

“看来你找到了你想要的答案，干嘛还要问我呢。”

“我就问你是还是不是。”Vanessa忽然转过身，把一头染得灼黄的头发甩成了波浪，嘴微微张开，两只眼睛看着夏豆，夏豆也看着她的眼睛，她的瞳孔是蓝色的，像一只猫，他记得以前她不是这样，也许是带了美瞳，也许是以前带过现在摘了，这样他理解了她刚才说的话。

夏豆不知道怎么回答，是替自己回答还是替佟方伟。Vanessa突然坐在沙发上，把他死死按住，用湿乎乎的嘴唇亲了他的脖子，亲他带着胡茬的脸，然后两片湿乎乎的嘴又像抹了酱一样粘在了一起。

突然间那张充满柔情蜜意的嘴向后一缩，两排尖锐的牙齿咬住了夏豆的上唇，夏豆本能想把她推开，但是牙齿越钳越紧，夏豆疼得几乎要叫出声来。但那张嘴开始发出了含含糊糊的声音，“你不是喜欢这样么，我就让你喜欢喜欢。”

夏豆痛苦的哀嚎了一声，一股又咸又甜的味道弥漫在他的口腔里，他知道这是血的味道，疼痛让他瞬间变得愤怒，他猛地把Vanessa推开，看着她带着灿烂的笑容，牙齿和嘴唇上还挂着血色，让他止步不前，不敢再去报复冒犯。

“你变了，我恨你。”说完她露出了一种神秘的笑容，这种笑容和很多人看他的样子很像，好像在告诉你，我已经知道了你的秘密，但你仍然还蒙在鼓里。

夏豆觉得这笑容实在就是情绪的表达，他没有多做理会，由于疼痛带来的清醒，似乎一秒钟就知道了她说恨自己是什么原因。他觉得这基本上无外乎他在职场上的退让，让她觉得佟方伟已经失去了斗志，而能接受一个女人的殴打，说明已经在情场上失去了野心，也许这两点才是佟方伟让Vanessa值得爱的地方，没有这两点佟方伟就是个空壳，是不是夏豆或者是别人已经不再重要了，想到这里他没再说什么。

夏豆眼睁睁地看着Vanessa起了身，看着她因为怒火而颤抖的臀部从他的视野里渐渐变小，然后在门后消失不见了。还没等夏豆把嘴角上的血迹擦拭掉，一个人就接住了那扇快要关上的门，好像在外面等了或者是听了好久，也可能是来的恰到好处。

直到看到了高尚，夏豆终于才松了口气，他把抹去血迹的手绢藏了起来，然后背对着他匆匆走到办公桌前。“你找我什么事情？”

“没有什么事情，我只想问问你今天董事会上说的那些话，那些话到底什么意思？”高尚的语气十分冷淡，好像在质问夏豆。

“什么意思？不是说得很清楚么？”夏豆的语气变得很低沉，也许是刻意制造某些威严出来。

“如果你假装推辞可以理解，但是你说的这么坚决到底是什么用意，我不懂，我不理解。这样咱们这么多年的努力不是白费了么，我们苦心经营不就是为了你掌权嘛，我不知道你为什么变卦。我现在只想知道是什么原因？”高尚原先缓和的语气，说着说着又抑制不住激动起来。

夏豆坐在了椅子上，用很舒服的姿势仰着头看着他红彤彤的脸，慢吞吞地点着了一支烟，轻蔑地说道，“你有什么资格在这里质问我？这就是你对老板说话的语气？那么好吧，既然你想知道我们就做一个交换，我想问问你程浩民儿子的死是不是你设的局？”

高尚焦急的脸上突然又杀出一丝严肃，他说，“佟方伟，我为你付出了多少你心里没有数吗？你不信任我我能接受，因为你这个人从来没有信任过任何人，但你这样设局来坑我，我不能理解。”

“放心吧，这里没有录音机，我没有这个必要来害你，即便是你做的，也与我撇不开关系，你放心说吧。”

“哼，坦白告诉你，没有关系，那女孩虽然拿了钱，但是一直还犹豫没有下手，再说我给他准备的是激素药，是运动员药检用的，而不是让他出心脏病的，你信也好不信也好，反正这就是事实。”

“那我回答你的问题，我不当那个董事长什么原因都没有，就是我突然间不想了，就这么简单，你信也好不信也好，反正这就是事实。”夏豆又把一支烟放在嘴里，两只红色的火珠把他的脸映得忽明忽暗，他把新点着的一支烟递了过来，他这种举动让自己觉得有些帮派老大拉拢小弟的方式，他也不知道自己为什么。

高尚虽然接过了烟，但没有吸，只是一只手擒着那个似燃烧又不能燃烧的火苗，像一个因为教子无方满面忧愁的家长，他轻轻地说了声，那声音太小好像是对自己说的一样。“你变了，佟方伟你变了。”

“不是我变了，是人总要会变的。”

“但你变之前，有没有想过我，想过老吴，想过公司的上上下下，想过咱们一块打拼的时光。你倒是好一句话把我们抛开了？难道你活着只为了你自己？”

夏豆不知道怎么回答他，也无法理解像高尚这么卑劣的人也能大言不惭地大谈自私和道义？他还不明白自己就因为按照自己的意愿做了个抉择，就能惹这么大的麻烦，难道人活成自我就那么那么难么？他觉得有些生气，便迁怒到语气之中。“别忘了你是什么身份，说话总得考虑点分寸吧，你要是不服气你随时可以走。”

高尚咧起嘴干笑了一下，没有发出任何声音，这种感觉倒也有某种胜利者的姿态，他愣了一会儿反而用缓和的语气说道，“你是老板，我是你的打工仔，这是摆着的事实，所以不就按照你的指示办事么，上次你让我查的那几个人，我倒是有点眉目了，这个是陶小桃和叶帆的联系方式，至于是不是那两个人我就不能保证了。”

“你还是真厉害，这么快就查出来了。”夏豆从座位上跳起来，接过纸条看了看，喃喃自语道，“她竟然也还在江北。”抬起头说了声谢谢，抬头再看高尚时发现人已经不见了。

夏豆从办公室出来，自己下楼开车出门的时候，在大门口被一个人给拦住了，那个人不知道从哪里冒了出来，好像是从门口的那棵橡树下，应该是等候了他有些时间了。他突然蹦了出来，手舞足蹈引起了夏豆的注意，等车刹住了，才又急匆匆的拍车窗。

夏豆本来就不太顺的心境，被这一弄显得很是烦躁。“干什么的，给我闪开，拦什么路？”

“你个臭小子，你想干什么？你想碾死我啊。”夏豆刚打开车窗，那个人就把头伸进来，大声说话，从他嘴里冒出的又热又臭的风打在夏豆脸上。

“你谁啊？”夏豆看着那张看上去很老但又很腻而且还有点红扑扑的脸，觉得很是陌生，但他听对方这么个语气，反而不敢随便说话了。

看着夏豆僵硬的表情，那个老者哈哈大笑起来，“你个臭小子又自己出去玩啊，你可是好久没带我喝酒洗澡了，你看我身上都快生虱子了。”说完便在夏豆身上乱摸起来，扭扭捏捏之间很快找到了一盒香烟，自己点着抽了起来。

夏豆还是不知道他是谁，只能直愣愣地等他把那颗烟抽完，而那个蓬松头发的老者用斜眼看着他，好像在等他说些什么，等了好久他抓耳挠腮实在等不下去了，就又把头凑了进来。

“你知道么，我最近又有了新的发现，上帝是会掷骰子的。”

“什么？”夏豆吃惊地望着这个有点类似街头流浪汉的人，觉得他可能是个疯子，而自己完全是在浪费时间。

“上帝真的会掷骰子的，我最近在实验室里研究发现，一粒光子能在两个空间里有存在性，也就是真的存在多重的宇宙。”那幅蓬发下面的眼睛闪出不可捉摸的光来，“相信我真的会，如果我们继续研究下去，完全可以进行平行宇宙间穿行，我们可以制造一架时光机器，然后从单个光子到整个人体的穿越，到时候我们控制了时间，就控制了一切……”

“你到底是谁啊？你是这个公司里的人？我们之间认识？”夏豆还是忍不住打断了他，皱着眉头一头雾水地看着他。

“你说说，这样的发现还不值得庆贺一下。”那张脸又堆着一脸的笑挤了进来，好像根本就是在自言自语，“今晚上我们多喝点，你把那个叫高尚的小子也给我叫来，他知道哪个地方洗澡洗得舒服。”

夏豆把头扭了过去，按下了玻璃升起的按键，逼他把胳膊抽了回去，然后加了油门走开了。

当天晚上夏豆强忍着睡意还是又回到了江北，他按照纸片上的地址寻摸了好几条街，找到了一个黑乎乎的胡同。那天夜里下着小雨，到处都是湿漉漉雾蒙蒙的，前车窗上被水雾遮盖着，外面又被夜色笼罩着，一切显得陌生而且茫茫未知，夏豆坐在车里开车暖气仍然感到一种冷意朝他袭来，甚至这种冷意里带着某种恐惧感。

狭窄的弄堂也就是一辆车的宽度，夏豆觉得这冷雨夜里人们肯定会很少出门，于是用车把路堵死了。车上也没有伞，下了车他就狼奔到一间还在营业的商铺里，一进门就被烫人的热气给笼罩了，热气中的水分在他的眼珠的薄膜上凝结，在他的睫毛上凝结，让他泪眼婆娑，显得狼狈不堪。

他揉了揉眼睛，看了看那个纸条，才又跑到外面看了看门上的招牌，“哦，应该是这家制衣店。”然后又推门进去了，再次泪眼婆娑了一遍。

等他静下来的时候，发现整个房间都很静，连日光灯发出的嘤嘤声都清晰地传入了耳朵，也许是房间狭小让人加深了这种印象。他的身边堆砌着成匹的布料，有些在灯光下反射着斑驳的光，有些却把光线吸噬掉了，显得很是老旧，那些布料都整齐地码在那里，让人觉得它们属于一个有强迫症的主人。除了布料，贴在墙上的橱窗里便是一些成品的制衣，前面几件是西装马甲，带着竖条纹和方格暗纹，很有英伦气质，只是他们挂在衣架上，没有模特撑着显得像撒了气的气球。再往里就是领带领结等一些装饰品了，并没有看到任何整套的西装。

越过那成堆的布料，他看到一个女人正在一盏橘黄色的台灯下缝纫些什么东西，她十分认真地这样做，连夏豆进来都没有在意。她的脸虽然覆盖了灯光金黄的色彩，但仍能看到皮肤的洁白和惨淡，头发梳成了旋转型的发髻，上面插满了各种银饰，把光打散了，又让她的皮肤在洁白之上有了月亮一般灰亮亮的光。夏豆又注意到她的胳膊从垂顺的坎肩里渗了出来，好像一丛荷叶里白藕朝上长了出来，手指细而长，缝着一个扣子却又像在钢琴上弹奏一首曲子。

夏豆站在那里，目不转睛地看着她，好像在盯着一幅画，可是不应景的是他的手机突然响了起来，铃声是一首交响乐的尾声，一声声越发的激昂，把正在伏案的女人吵醒了，朝他看着。

“喂？”夏豆的声音怯生生的。

“佟方伟是吧，是我呀，你在哪儿呢？”电话里是一个女人，夏豆眼里是另一个女人。

“你是谁啊？找我什么事？”

“哎呀，是我，是我，就是前两天酒吧里那个，记得不大叔，你身上的伤怎么样了，我有些秘密要告诉你哦。”

“那个，我在熙春路一个胡同里买东西，那我们明天约个地方见一见好不好？”

“你等着，我离你挺近的，一会儿就到了，不要乱跑了。”说完那边就挂了电话。

夏豆放下了手机，低了两下头，傻笑了一下。那女人眼睛眯着，有着柳叶般的弧线，只不过叶子的一角失去了水分，露出了脉络，嘴唇很是单薄微微朝前突出，如同鸟的喙一般，脖子短了些，但是头扬得更高了。

“陶小桃。”夏豆止不住叫出她的名字来。

那女人突然身体一震，站了起来，把眼睛集成一条线扫视着夏豆。“你认识我？”她的声音清脆之后还带着一种黏黏腻腻的尾声。

“哦，嗯，哦，不，我是听别人说你这衣服做得挺好，顺路过来看一看，你忙你的先。”夏豆的脸瞬间胀得通红，好像做错事的孩子。

“我带你看看吧。”陶小桃走了过来，由于穿了单薄的旗袍，她的身材曲线很明朗地展现在夏豆眼前，比起鸟的印象她是多了一些肉，那些肉都很匀称地贴附在身上，让他又觉得她变成了一条鱼或者是一只海豚。

“这里只做配饰？”

“不的，主要还是做套装先生，配饰只是在试衣时作为搭配的参考，因为都是定做的，所以店里是没有存下来的衣服。”夏豆又趁机看着她，记得上次见到她的时候，她二十七八岁，而现在过去了十七年，她已经四十五岁了吧，但看起来更像是三十五岁，这让他又迷糊起来。

“那么，我想做一套，你看看什么样的合适？”

陶小桃踢踏着高跟鞋走了过来，看了看又摸了摸他的衣服，用一种自嘲的口吻说，“先生，您穿的可是国际名牌啊，也应该是定制的吧，没有必要再从我这小店里做一套吧。”

夏豆低着头嗅了嗅她的头发，那是一种桂花蜜的味道，虽然没有鲜花的清香，但是有浓密的甜托着，反而带来了陈酿般的浓郁芬芳。

“先生？”陶小桃看着他失了神的眼睛，用手晃了一下才让他清醒过来。

“哦，嘿，这些衣服虽然贵，但不一定好，所谓适合自己的才是最好的，很多东西都是包装出来的，包括着用来包装人的衣服，不是嘛？”

“何止，人除了包装还会演戏，西服不就等同于戏服么，你看看料子吧。”

“你这家店开了多久了？”

“今年是第七年了吧。”

“怎么不开在一个显眼的位置，酒香也怕巷子深不是？”

“我这个人喜欢安静。”陶小桃把披肩拿了下来，露出了奶油冰淇淋的胳膊，又用藕芽般的手指抚摸着那些布料。“店里面就我一个人做，一件衣服要做好久的，即便是订单多了我也忙不过来。”

“那你是从哪里学的制作衣服？”

“主要还是个人兴趣吧，我原来是学舞蹈的，年龄大了实在跳不动了，正好还有这个爱好，摸索摸索就会了。”陶小桃说话间半弯的身子朝上扭转着，夏豆的视线很自然的扫视到她两那两座雄壮的雪山，只是在这雪山脚下还挂着一件东西，模糊间看到了那是个金黄色的小球，不对，是拳套！

夏豆怀疑自己的眼睛，他想起自己曾经把一幅项链送给了楼兰，自己还留着一件，但这件怎么会在她的身上？难道这记忆也不太真诚？但这些也许都不重要，重要的是她仍然把它戴在身上，放在最温暖的雪山深处。

“您看这个浅色的毛料，挺适合您这种皮肤白的男士的。”

“哦”，夏豆点点头，同样摸着布料的手刻意触碰到了她的手，自己倒是电得一阵痉挛。

门突然被打开了，一阵湿冷的风裹了进来，顺便送来了一个活蹦乱跳的女孩，女孩的头发湿乎乎的，头上还冒着热汗，显然是在雨中奔跑了好久，她黑色的皮衣上有雨点也有泥点。

“哎呀，我厉害吧，这我都能找到你。”女孩上来就打了夏豆屁股一下，还攀上了他的肩膀。

陶小桃不知被冷风还是被这姑娘吓得一个趔趄，赶紧把披风又披上了，带着嫌意地问道，“这位是？”

“啊，那个，我的女儿。”夏豆一撒谎脸又红了起来。

“胡说，什么女儿。”她朝着陶小桃做了个鬼脸，摇头晃脑地说，“我是他的女朋友。”

夏豆苦笑了一下，陶小桃冷笑了一下。

第十九章

从那家店里出来的时候雨好像越下越大，虽然只有几步路，跑到车里的时候，两个人已经成了落汤鸡，加上裹挟进车的冷风，让夏豆连打了几声喷嚏。

那女孩倒是没心没肺地说，“大叔就你这身体还想着泡妞呢？”

“小女孩家乱讲什么，胡乱说话，什么女朋友，咱俩这种年龄差别可能在一起吗？”

“怎么不可能，只要是相爱的两个人我觉得就没必要在意年龄了，好了好了，你以为我真看上你了？我在帮你的忙。”

“你不给我帮倒忙就不错了，遇见你就没碰见过什么好事，不是车被撞就是被人打。”

“跟我都没有什么关系吧，不要冤枉好人，撞车和我没有半毛钱的关系吧，你调戏别人的女朋友挨打也算是正常的吧。”

“是你的小男朋友太不自信。”

“我看是你不自信了吧，想追这个老板娘就直说啊，干嘛扭扭捏捏的，刚才她给你量衣服的时候，你瞅你那色眯眯的眼神，口水都快流出来了。还有那个女人也真是够风骚的，这么冷的天就穿个旗袍还露着大腿，明显就是勾引男人嘛。”

“刚才谁色眯眯了，她帮我量尺寸，我低头看上两眼也很正常嘛。”

“呦呦呦。”那女孩指着夏豆满脸的坏笑。

夏豆脱下了西装，拿衣服在头上揉了揉，又把暖风开到最大，才舒服地说了句，“不跟你贫了，我们现在去哪儿？对了，你要告诉我什么秘密。”

“当然是你请我去吃饭啦，刚才我帮你的忙你还没感谢我呢，和秘密一块算吧，那就吃顿好的。”

“你帮我什么忙了？”夏豆倒着车却盯着那女孩的脸。

“帮你泡妞啦，那个女人脖子伸得老长，一看就是高冷范的，别以为你有几个钱就容易哄她上床，我假扮你的女朋友也是为了提高你的身价，这都不懂，钱是怎么赚来的。”

夏豆大笑起来，“小小年纪不简单啊。”然后又收了笑容摊开手掌耸了耸肩说，“钱还真不是我赚来的。”

正如夏豆所说，钱不是他赚来的，这种花钱的感觉才够痛快，那天晚上他们俩就享受到了酣畅淋漓的痛快，在一家高档的法餐厅，他俩硬生生的吃成了自助大排档。为了表示自己的诚意夏豆为那女孩花了很多钱，不知道开了多少瓶年份的红酒，而女孩为了感受夏豆的诚意，让夏豆把那些点了的酒又都一一喝下去了。

等夏豆醒来的时候他以为自己经历了一场车祸，浑身酸痛不已，特别是头疼欲裂，他蜷了蜷身体的时候压到了一条腿，那条腿滑溜溜的，一碰就像条鳝鱼一样在温热的被窝里消失了，这让夏豆很是沮丧。

让夏豆沮丧的是自己怎么又喝多了，酒醒时候总有一种莫名的孤独感从他内心里萌生，可能是醉的时候说了太多的话又听了太多的话，反而想安静安静。让他同样沮丧的是昨天虽然见到了陶小桃，但他竟然没有怎么埋怨她，反而有种莫名的亲近感，也许是活在佟方伟的世界里，周围都成了陌生人，其他熟悉的人又不能相认，也许陶小桃正是夏豆这个人存在的一点点影子，怎能不珍惜。

床头上放着一本书《路的尽头，海的彼岸》，作者是叶帆，这是他前两天专门从书店里买的，平常放在车里带在身边。书上还夹着一张钞票做成的书签，停留在上一次读到的篇幅上。

“重回旧路有时候正是重新旅行，我曾经走过很多地方，而且不止走了一次，但每次都有既熟悉又陌生的感觉，因为时过境迁一个地方总要显露不一样的特色，不止如此，我们每次到一个地方都只能看到它的一角，剩下的也只有想象，就单单一角也随着时光季节在变迁，就比如一个人随着年龄在变化，随着环境在变化，随着心情在变化……”

“从黄河边上高岗上可以将黄河看成一条长龙，也能看到西疃村这个爪印。走在西疃村的街头，村庄仍还是当年的那个模样，胡同口依旧有一群老人，他们有的在吃饭，有的在下棋，有的在聊天，等你走过的时候，他们会把手里的事情放下来，用一种无法形容的目光把你锁定，从能看到你的地方到看不到你的地方。我曾来过这里，这里的熟悉并不熟悉，这里的陌生也并不陌生，所以说西疃村是个例外……”

“高老伯的家依旧还是那个样子，只不过更破了些，墙头上长满了草，还有一面土砌成的墙上面种着一株扁扁的仙人掌，仙人掌上面结了个粉红色的果实。来的时候我还准备了些酒，准备和老人家好好叙叙旧，可门是很容易推开了，里面已经是一片荒芜，草已经把菜地给霸占了，堂屋的门上着锁链，院子里还有一口锈掉底的锅……我想也许是高老伯搬走了，毕竟这房子已经太破，我想也许是他的儿子回来了，把他接到了大城市，我关上了门，双手合十准备作别时，看到了院子侧面的小山包上有了两个坟头……”

读到这里夏豆又沮丧起来。那条鳝鱼又从被窝的深处探了个头，并用力踢了他一脚，让他既沮丧又烦躁。

“干嘛？”

“快去买早饭，我都快饿死了。”

“饿了自己出去买，没看到我在看书吗？”

“大叔，你都多大了还学习呢？别装模作样了好不好。”

“快点，快点。”那只脚又在被窝里搅腾着，在床上掀起了地震和风暴，看着夏豆像个木桩，便终于作罢。

“快背过头去，我穿衣服。”夏豆把脸背过去，但从墙上漆亮的的画框上还是看到了她的背影，那是一种水冲刷石头留下的曲线，看起来很圆润质地却很硬。

“你个没良心的，都不知道自己有多重，我是费了好大劲才把你搬到这张床上，让你去买个饭还这么多意见？”

“我昨天真的醉到不省人事？那我干了些什么。”夏豆眼里闪过一丝亮光。

“你说能干什么？你还想干什么不成？”女孩把头发扎起来，转过头给了他个白眼。

“那你，为什么和我睡在一起？”

“咱俩人就我带了身份证，只能开一间房子，你以为我想和你睡一起啊？”

“那你咋没穿衣服啊？”

“我喜欢裸睡，不行吗？”

“这，咱们真就睡在一张床上？真没干别的什么？要是真没什么那就太好了。”夏豆松了一口气，露出了很是轻松的笑容，这种笑容显得拒人千里之外。

“大叔，您都这个年纪了，还讲究贞操那一套？”她看着夏豆的表情，开始变得很不耐烦，“昨天干了什么你没有印象吗？反正我也喝多了，不记得了。”

外面的雨已经变成了雪，而且雪在他们熟睡的时候已经把大地完全覆盖了，踩上去咯吱咯吱，仿佛是大地被压迫得呻吟起来，软绵绵的雪下面是已经冻得硬邦邦的雨水，哧溜溜地滑，走起路来需要格外谨慎，两个人搀扶着才能前行，只不过两个人隔开了一米多的距离，看样子还在赌着气。而且天气冷得异常，夏豆单薄的风衣在户外很快就冻到了皮肤，为了避免过多地接触地面，他走起路来一癫一癫的，这样就更不稳了，看起来像是一个跳着荒诞怪舞的行为主义者。

好在还没追丢那个女孩，走过了三个路口之后，她终于停下来等他，等他走过来指了指一间小铺子说，“喏，就是这儿了。”

夏豆跟了过去，顺便把那个写着“证件照、打印”的灯箱广告扶了起来，在空地上跺了跺脚。

好在屋子很小还开着暖风，夏豆很快从冰冻中复苏过来，他想问女孩带他来这里干嘛，这时候一个不高的男人走了出来，看着女孩笑了笑。

“过来啦。”笑了一下又严肃地说，“今天不是星期天啊，你又逃课了？你妈要是知道了可了不得，在这呆一会儿就赶紧回去吧，她今天上午很可能来这里。”

“来就来呗，有什么好怕的。”她自顾自地坐下来，从一个物件摆放齐整的小茶几上拿了个橘子，扣起皮来。

男人转过头看着被晾在一旁的夏豆，又转过头问女孩，“这谁啊？”

“我刚交的男朋友，他很有钱的。”女孩说话的时候还哧溜溜地吸着嚼出的水。

夏豆很不自然地说，“不，不是……”

“不是什么，昨晚都睡一起了，还不是？”女孩说话眼皮都没有抬起。

“哪有？误会，误会……”夏豆挥舞着手，带着百口难辩似地挣扎，好在那无处安放的手被那男子按下来了，那男子摇摇头，又低声叹了口气。

“今天跑这里来找我什么事啊？”

“是他要找你，不是我。”女孩又指了指夏豆，“忘了给你介绍，这位是我的爸爸，就是你要找的彭麦。”

夏豆职业式的握手被僵在那里，结果还是彭麦接过来，晃了晃他的胳膊。

“你是彭麦？”夏豆用审视的眼神盯着他，看了一会儿之后心里猛地叮了一声，没错，他就是彭麦，虽然老了些，也瘦了些，但模样还是基本没有变化，想到这里他的心扑腾扑腾响个不停，真像拜过岳父大人时的表情。

“对呀，你找我什么事？咱们俩应该不认识吧。”

“你是她的爸爸？”

“对呀，哦，你一定是找错人了，他有亲爸爸的，开酒吧的，你可能找的是他，我是他的继父。”彭麦倒是一副乐呵呵的样子。

夏豆也才想起来，彭麦曾经说过他的妻子是曾经有过婚史的，但他分明记得在他们远行时，他是决定好了要和那女人离婚的，当时还说的那样信誓旦旦，如今不仅没有离婚，而且还把别人的女儿养这么大了，更可笑的是还要为妻子前夫的酒馆酿酒，大言不惭地把自己的摄影作品放在别人的店里面。

夏豆想到这些心里萌生了一阵羞耻感，这羞耻感就是觉得和彭麦曾经是那么要好的朋友，但想到这么要好的朋友，昨天和他的女儿真睡在一张床上，而且还被他女儿叫成了男朋友，很显然这羞耻感也给了他自己。

夏豆怔了这一会儿，彭麦把那个小茶几收拾妥当了，一套紫砂茶具整齐地摆放好了，滚烫的雾气和浓郁的茶香让夏豆收了神。彭麦指了指让他坐下，夏豆坐在女孩身边，那女孩顺势揽住了他的胳膊，夏豆扭扭捏捏想要摆脱，但那只胳膊越抱越紧，倒是彭麦一幅熟视无睹的样子。

“找我什么事情，说吧。”

夏豆不知道从何说起，他喝了一口热水，觉得身体舒畅了不少，情绪也安稳了下来，他指了指对过一整墙的图片问，“这些都是你拍的？”

“是呀，我以前有过这个爱好，你知道那个著名的游记作家叶帆不？”夏豆点点头表示认识，“我和他是好朋友，以前和他一起去过一些地方，后来年龄大了就不愿折腾了。”

“哦，趁着能折腾，还是多折腾折腾好。”夏豆灵机一动，眼睛放出了光，“如果你有这爱好，我可以资助你啊，至少可以给你办个摄影作品展览什么的。”

“是呀，他很有钱的，大公司的CEO。”女孩在身旁帮着腔。

夏豆斜视了她一眼说，“你怎么知道我的身份的。”

“那天打架的时候，你掉了张名片呗，如果这名片是用的真名的话，那你就是啥通信公司的老总。”

“虽然我觉得这个提议不错，那我不能平白无故拿你的钱吧，总得有点交换吧。”彭麦把话接了过来。

“很简单，我有几个问题想问你。”

“说吧，我看什么问题能值这么多钱。”

“你认识一个叫夏豆的人么？”夏豆每次说出这话来都觉得怪怪的。

“他？”彭麦把头扬了起来，翻着下眼白，好像在回忆一个很久远的故事，“你问他干嘛？你是他的拳迷？”

“这个你不要管，你只要回答我的问题就好。”

“哎”，彭麦吸了口滚烫的茶，又叹了口雾蒙蒙的气。“我和他当然很熟悉了，只不过天不遂人愿，英年早逝啊。”

“他死了？”

“可不嘛，从一百多米的高崖上掉下去，下面还是从雪山上流过波涛汹涌的河，河里面是零度左右的水，你觉得他能活么？”彭麦说话间被滚烫的茶壶烫了一下手，赶紧用嘴吸吮起来。

“那叶帆为什么没事，他不也从一块骑着的马上掉下去了么？”

“你怎么知道的，哦，你一定看了这本书。”彭麦从茶几下面掏出本《路的尽头，海的彼岸》来，只是那上面布满了灰尘，彭麦侧着身子弹了弹，夏豆想象着阳光中尘土飞扬的样子。

彭麦又说，“不过，这本书写着的么，你还问，叶帆是从马上掉下来了，但他是掉在了悬崖里面，没掉在外面，可能是他身体轻，早早被马颠下来了。”说着他笑了起来，“哎呀，这些东西可以不用问我么，书拿给你看好了。”

看着夏豆并没有接书，他自己点了点头说，“不过，我知道的比他写得要多一点，那年我们一块做公益旅行，后面跟了很多很多的人和车，感觉得有三十多辆，不知怎的，夏豆那天出了事情，这些车和人就忽然消失了，没有什么征兆，也看不出什么理由来，我们本可以继续前行的，好像来个一阵风一吹就这么散了，至今我也没想明白。”

“那么，这是多久以前的事情了。”

“正正好好11年了。”

“你确定？是11年而不是17年。”

“17年？不不，不可能的，怎么会是17年呢，哪里冒出个17年，我看起来有这么老吗？”彭麦说到自己老的时候差点把茶水喷出来，不过抿住的嘴角还是渗出了一两滴，反倒成了一个老年痴呆症的模样。

“不是17年？”夏豆说话间眼神愣愣的也陷入了沉思，好像也传染了这种疾病。

“你们俩闹啥呢，一会儿我老妈快来了，你有话就赶紧问，不问我们就走，磨磨唧唧的。”女孩显然是很不耐烦了，但是两个人都没理会她。

“你知道那个叫楼兰的女孩后来去哪里了吗？”

“楼兰？还女孩呢，孩子应该能打酱油了吧，我猜想是这样的。那次出事后她从山崖下跑了一个星期，说是为了找夏豆，根本不听我们劝，你想想这么大的水，人掉里面和一只蚂蚁掉里面有什么分别呢？后来我们回去了，她还在那里找。”

“那她后来怎么样了，你们没再联系过？”

“可能叶帆跟她有联系吧，我也不太清楚，你看叶帆现在还是单身，我觉得他应该还在等着她，但她结没结婚我就不得而知了，反正我也没法和她联系，我现在和女人打个电话都难。”彭麦苦笑了一下。

“彭老爸，你可别影射我啊，我可从来没有打过你的小报告。”然后女孩跑到彭麦的身后两个人当着夏豆的面窃窃私语起来。

夏豆起身看着放在一面墙上挂满的裱好的照片，大都是些风景照，有日出，有日落，有巍峨的雪山，有静静的大河，看起来很是普通，他从一个墙角看到了那幅燃烧着的房子，吹了吹上面的灰尘，仔细凝视着它，看久了反而觉得愈发地陌生起来，好像这幅照片根本就不是记忆里那所房子，再加上角落里低矮的角度，那燃烧的火焰更像是荒野中的篝火，在风中摇曳，凄凄惨惨的样子。

夏豆转过身的时候不想再问什么问题了，让一个死去的人被承认显然不太现实，还有那六年的时间差以及连这老朋友都不能相认的脸庞，他自己都解释不通，他也懒得去解释了，又写了张支票拍在桌上，才又拉着女孩跑了出来。

总的来说这次夏豆仍旧很是失望，即便是他找到了陶小桃，找到了叶帆和彭麦，但都无法证明他就是夏豆，他以为人总是存在特定的场景之中，时过境迁有些东西还不如怀念的好，如果真的硬着头皮问个清清楚楚明明白白，反而会让自己难堪和痛苦。这里面的畏惧也包含着对母亲行踪的考量，夏豆觉得他不是不想知道答案，反而怕知道的是最坏的答案。基于这些考虑，他反而想静静地回去，回去之后静静地做回佟方伟。

但在此之前他要帮那个女孩一个忙，离开彭麦那里的时候，女孩接了个电话，由于经常旷课，老师让家长来一趟，在校园里他们俩从一对情侣又成了一对父女，这让夏豆也不痛不痒起来。

戴着眼镜瘦弱的老师对此倒是没有什么异议，他语重心长地教育了夏豆一番，说这种不管不问的教育方式于学生于学校于社会于国家百害而无一利，几乎到了破坏伦理纲常，祸国殃民的严重程度，说得夏豆汗水都冒了出来，一直不敢狡辩，只能点头致歉，并表示要痛改前非重新做父。

过了半个小时，那个瘦老师才说，“你在这里跟我说这些又有什么用呢？

现在学校的意思是开除，这事你得跟校领导说去，跟我计较个什么劲。”

夏豆转身看女孩的时候，发现她早不知道去了哪里，只能悻悻地陪着那个瘦老师爬楼梯走到了三楼，敲开了一扇铁质的防盗门。

一间不太宽敞的办公室，一个头发如同刺猬的胖子指引他们坐到沙发上，瘦子老师扶了扶眼镜没有动，又白了坐在沙发上夏豆一眼，夏豆赶紧又站了起来。

“这位是苏盈盈的家长，这位是我们学校的黄副校长。”瘦老师介绍完便径自走开了，黄副校长乐呵呵地招呼夏豆坐了下来。

“苏盈盈家长，怎么称呼啊？”他的声音深沉而且干涩，有种很厚重的烟酒嗓。

夏豆急慌慌地把名片递了过去。

“哎呦，是您啊，佟总，我说怎么看着您这么眼熟啊，这是什么风把您给吹到我们这来了？”黄副校长急慌慌地站起来和夏豆握手，夏豆这也慌了神。

“佟总，我还真不知道千金在我们这上着学，这里面指定有什么误会，随后呢我批评我们负责的老师，这也太不负责任了，孩子的事情是没有问题的，只要她想上，我们是一直欢迎的。”黄副校长满脸堆着的喜悦和他的语气同时渐渐冷却下来。

“怎么千金姓苏的呢？”

“随她妈的姓。”夏豆冷淡地回答。

“不对啊，我知道您可是娶的老严家的……”黄副校长一拍自己的大额头，“我明白明白，怪我多问了，哈哈……”

黄副校长递过来一份杂志，封面上赫然有一个人，西装革履，笑容可掬，他的一只手拿着怀表，另一只手里拿着一个酒杯，朝着镜头这边碰过来，溅过来几滴红红的液体，正好落在封面的一行白字上面，“佟方伟：控制时间就等于控制了一切。”

夏豆把那份杂志夺了过来，掖在西装里面，看着黄副校长笑得出彩的样子，他的肥厚的眼袋被挤成了一个大包，高度已经超过了眉骨，像一个眼球外凸深海中傻愣愣的大鱼，那直挺挺的头发又增加了些海怪的意味。夏豆又仔细端详着他，想起一个名字来。

“黄奕言，你是不是叫黄奕言。”

黄副校长立马收了笑容，看看自己的胸口，又扒拉扒拉桌面，发现自己既没有戴胸牌，也没有放桌牌，才又带点神经质的语气问，“干嘛呢，佟总，您逗我玩呢。”

“我认识你，十几年前我们就见过，那时候你还是心理医生，混得不错嘛，跑到学校里当领导了。”

黄奕言又招呼夏豆坐了下来，两个人又端起了那种冠冕堂皇的样子，他把右手搭在左手腕处，若即若离地给自己的手表上着弦。“不对啊，如果我们认识的话，我指定不可能把你忘了，特别是像您这么显赫不凡的人物，我一定会铭记在心的，恕我真不记得当时的情况，请佟总给一点提示。”

“十几年前，你当时是不是心理医生。”

“是啊，现在也是啊，我当时被这所学校聘请为客座教授，后来就专职在这里工作，一晃还真是十年多了，不过我现在也没放弃自己的主业，现在学院的心理学系和心理学研究所都是我分管的，我还参与一线研究呢，自己的老手艺这辈子是放不下了。”

黄奕言站起身来，右手拉着自己左手手腕，像是做报告一样，“现在的学校可不比往年了，学生是越来越难管理，再加上就业形势不太好，毕业生找不到工作，学校考核就不行，学生的生源就成问题，生源少了学校效益就不好，效益不好就容易出管理问题，总之呀，一年不如一年喽。”

他又拍了拍自己的胳膊，咳嗽了一声，“哎呀，你看我一说起来就嘟囔个没完没了的，还是多听听佟总您的故事，您可是我的偶像啊，也是商界的明星，管理方面您多指点指点？”

“我的故事还有人听？听了也没人信，不讲也罢。”

“您这是说的哪儿的话，您的专访收视率可高得要命，如果大家不信你，谁还采访你，谁还看节目。你不是说咱们是老相识了，就当老朋友聊聊天，多好啊。对了当时咱们是怎么认识的？”

夏豆长出了一口气，“老朋友”这个词忽然让他有了一点亲切感，他甚至觉得自己的故事也许这个人能相信这么一两句，即便是不信，抒发出来总比郁结在心里好得多，再说办完这件事他就要回海北市做他的佟总了，总有些许的不舍。

“你认识一个叫夏豆的人吗？”

“夏豆，夏……豆……”黄奕言两只手臂交叉着，沉吟着这个名字，转了半个身后猛地又转了过来，指指点点地说，“哦，哦，我想起来了，就是那个拳王，后来跳崖失踪了，他怎么了？”

“他是不是找你看过病。”

“对啊，不，不对，是我找过他给他看病，这种病例相对罕见一些，对我的研究很有帮助，所以我才会找到他。”

“他得的是什么病？”夏豆伸着头等着回应的时候，他的手机突然吵了起来，对方是一个低沉的声音。“我相信你，我相信你是夏豆，那时候谢谢你原谅了我，但我想告诉你，我并不亏欠你，这么多年来我一直在照顾着……”还没等对方说完，就在黄奕言靠近的一瞬间，夏豆匆匆挂了电话。

黄奕言轻咳了一声，接着谈到，“他的病症？这个我记得很清楚，他得的是分离性身份识别障碍，说这个您可能不太能理解，就是电影里那种经常有的心理疾病，也就是通常所讲的多重人格。”

“多重人格？”

“对，就是一个人的身上装着好几种意识，打个比方吧，就好比是一个电影演员，他可以演杀手、演难民、演医生、演政客，只是病人的演员身份他自己是不知道的，也是不可控的，他不知道自己什么时候成杀手，也不知道自己什么时候成了政客，几个身份之间也不了解彼此。哎，再打个不太确切的比方吧，就是几个魂魄同时放到了一个皮囊里面，他们在某个时间只有一个魂魄来控制这个身体，其他的都沉睡，然后某一个清醒过来，又把肉体夺了过来……”

“这世界上还有这么奇怪的病？”夏豆觉得房间里的空气有点闷，脸上开始变得汗津津。

“这有什么奇怪的，我们心理学的研究范畴里比这怪的例子多了去了，就拿多重人格来说吧，我研究过一个病例，他其中的一个人格是一只虫子，所以当虫子控制他的身体的时候，他就开始吃树叶，过了几天就用棉被把自己裹起来，等着化茧成蝶。”

“那，他还能回来么，还是一辈子只能做一只虫子？”

“不是的，刚才说了，他们的身份是可以互换的，有时是几秒钟，有时可能是几年几十年，但身份的转换总要有某种刺激，比如物理撞击或者是心理上的恐惧、兴奋种种，但是每个病例的身份转换的阈值不尽相同，所以没有太大的参照意义。比如，您问的那个叫夏豆的人，他因为是打拳击的么，脑子受到过冲撞，所以诱发了他另一个人格，至于那个人格在他身上呆了也不是很久，但是说不准还有别的人格仍藏在他的身体里，只是没机会诱发了，死了不是，嘻嘻……”

“不，不，这不可能，我不可能是这种病。对，对，脸，脸不一样，根本就不是一个人。”夏豆开始不再听黄奕言的介绍，他开始自言自语起来，汗滴从他的头上簌簌往下掉，掉在光滑的地板上，发出吧嗒吧嗒的声响。

“佟总，您怎么了，哪里不舒服？”黄奕言开始晃动着他的手指，不过在夏豆模糊的视野看来，一切都是混沌不堪。

“对，对，不是我，绝对不是我，我是佟方伟啊，中间差了六年呢，对六年，还有时间是相对的，控制了时间就等于控制了一切。”

夏豆模糊的视野里看见黄奕言在他的面前晃动，甚至听到了他乐呵呵的声音，他眨了眨眼睛，挤掉了眼眶里的水，看到黄奕言用手拧着他手表的按钮，发出了嘎嘎吱吱的声音，那声音听起来有点像笑声，又不太像，总之听觉也开始变得模糊，头开始发沉起来。

夏豆开始看到了一些离奇的景象，开始是他站在一个拳台上面，周围的人发出山呼海啸般的呐喊，他站在那里，赤条条的，汗水吧嗒吧嗒掉在拳台上面，他低头看了看，发现那滴落的汗水里面红彤彤的，他刚抬起头，一记重重的拳头把他掀翻在地。第二幕是洁白的病床上，他躺在那里缓缓地睁开了眼睛，旁边有彭麦，有陶小桃，而且陶小桃泪眼巴巴地紧握着他的手，他们大声叫着，“醒啦，醒啦”甚至都跳了起来，这跳起来的人之中竟然还有叶帆，看到他的双腿让自己萌发嘿嘿一笑。第三幕是巨大的火焰把一所木房子给笼罩住了，他自己也被火光笼罩住了，在茫茫黑夜里发着怒火，他的脸被火烤得火急火燎的，背后却一阵麻麻嗖嗖的凉。第四幕又跑到一匹马上面，那匹马喘着粗气，它腿部的肌肉反馈来了大地的反作用力，这个力量顶到他的胃里，让他有点恶心，紧接着天地倒悬，身体放空，风声大作，他又想起了那句话，“死亡是最好的逃离，死亡就是天地倒悬的模样。”

第二十章

好在一切的一切等他醒来的时候都烟消云散了，温暖的阳光从巨大的落地窗照了进来，整个房间镀成了金黄色，从柔软的床上稍微扬起点头就可以看到远处的湖光山色，那片湖上长着芦苇，有种青葱的茫然感，让人觉得是一片稻田或者麦地。近处还有一个水塘，或许是游泳池，泛着粼粼的光，除此之外刚好有一片竹林把视野隔绝了一半，让人充满了想象，微风吹过来，竹叶们搅和在了一起，也相互弹奏着彼此。

夏豆起身从床上走下来，拿起一件摊在沙发上的睡袍，真丝的材质贴在皮肤上，像是贴了一身的白雾，茶几上放着一枚正在燃烧的雪茄，缕缕的青烟在阳光里看得清清楚楚，他拿起来轻轻啜了一口，一股浓郁的奶油巧克力味道萦绕在口腔里面，过后浸了口水又觉得苦苦的，然后像沉在水里的鱼一样吐了个泡沫，又看着泡沫变成了缕缕青烟。

夏豆听到女人伸懒腰的声响，她的声音低沉而婉转，然后是皮肤和滑溜溜的衣服摩擦的声音，有点像大雨中快速摇摆的雨刮器刮在挡风玻璃上。夏豆没有回头看，他的思维陷入一种半真空的状态，觉得自己在想一些东西，又觉得什么都想不到，如果脑子是个胃的话，他现在既饥肠辘辘又觉得消化不良。

一双温柔的手搭在他的肩膀上，揉了揉他的后脑勺，然后在他的脖颈后轻轻敲了一会儿，最后又哧溜溜滑过他的后背，如沐浴在外面的池水之中，但温柔的小猫也有锋利的爪牙，她用尖尖的指甲在他的脊椎骨两侧挠着，让他的痒直接透过薄薄的皮渗进骨里，使夏豆不禁打了个寒颤。

但她并没有执意让他冷却下来，热乎乎的风吹到他的耳根处，带着一种成熟麦子的气味，夏豆能想象到夏天穿条裙子在麦田割麦子的感受，这股热烘烘的风把他的鸡皮疙瘩抹平了，又让他眼睛发了倦意，脑袋却空空的。

夏豆从背后抓住了那只调皮的小猫，又猛地站起来把她顺势丢在那张沙发上，她背上连绵的曲线就暴露在夏豆的眼前，和远处的绵延的山迎合得恰到好处。她的头发剪得很短，又染成了灰黄的颜色，整体地贴附在后脑勺上面，犹如山顶上成熟的麦田。夏豆有了在山坳和峡谷探险的想法，那想法热乎乎的，是穿着的裙子走在麦田里，下面游过热乎乎的风。

此刻夏豆也变成了一只猫，用猫的狡猾来报复着对方，他挠着对方的下掖，让她发出一阵猫铃般的笑声，让她也浑身发着颤，不停地挣扎。夏豆也被惹得哈哈大笑起来，他觉得血液被快速跳动的心脏挤压着，往上也往下拼命流着，反而让心里面空空的，需要东西来包裹，来填满。

突然间电话响了起来，是一个奶声奶气孩子的声音。“爸爸，你什么时候回来啊，我想让你带我去吃牛排，我现在好饿，我还想去游乐场坐飞机。”

“爸爸在忙着呢，你让你妈带你去好不好？”

“不嘛，不嘛”，孩子的声音开始变得尖锐而模糊，能听到他倒在地上死命地挣扎的声响。

“你妈妈呢？让她接电话。”对面没有回答，仍是一片有孩子哭声混在一起的杂音。

“好吧，好吧，你等着，我忙完一定回去。”夏豆无奈地挂了电话。

那女人扭了过来，带着娇嗔的语气说，“怎么，想家了啊？”

夏豆看见了一张美丽的脸，那张脸上皮肤是白的，腮帮是红的，眼睛是白的，眼球是黑的，牙齿是白的，嘴唇是红的，一幅油画也不过如此，但正因为美得像幅画，让他觉得这一切不那么真实，血液开始回流到心脏，忽然觉得整个身子都变得软绵绵的了。

“对不起，Vanessa，对不起。”夏豆的语气也消沉起来。

“没事的，您太累了，不用太在意这个，休息一下就会好起来。”女人离开了沙发，穿上了睡衣，带起了一阵风，又把睡衣自己吹得飞扬起来。

“是啊，忽然觉得有点累了，觉得脑子有点昏昏沉沉的总是，好像健忘症又旧病复发了。”夏豆又把雪茄烟拾起来，把自己隐藏在了迷雾之中。

Vanessa站在落地窗前，看着外面的风景，手里还擎着一盏红酒杯，金黄色的光把她笼罩了，黑影也把夏豆笼罩了。“您真准备回去吗？您不是说好的要准备休一个月的假么？还有南极的旅程我已经给您安排好了，您这是要取消掉么？”

“如果你想去，旅程就不用取消了，你自己去或者叫一个朋友，所有的费用都算我的，我是真的有点累。”

“您不去，我哪儿也不去，您要是觉得累，我们就在这住着，我好伺候您啊，再说集团那边有高总他们几个，有什么事情您打电话安排就行了，您的身体才是集团最重要的财富，对吧董事长？”

“董事长，我现在是董事长？”夏豆没有控制好自己的情绪。

“是呀，您现在不光是董事长，还是集团最大股东，集团所有的都是您的，我也是您的，满意了吧。”Vanessa抬起脚跟，像是被风吹得摇摆不定，缓缓落在夏豆的怀里。

“程浩民真的退休了？我不是说不当这个董事长的么。”

Vanessa笑得咯咯的，“您不当谁能当啊，您看集团那些秃顶的大爷们，都是些酒囊饭袋之徒，交给他们还不几天就倒闭了。”她又停止了发笑，“哎，有一点我确实真佩服您。”

“佩服什么？”夏豆仍觉得身体软塌塌的，不值得一个女人佩服。

“您的演技呗，我记得当时董事会上您拒绝得那么直截了当，把我都给骗了，我还以为您真不想当董事长了呢，如果当时您就参选董事长，我想肯定是败了，反而正中了老程的套路。您这一招让他轻敌了，本以为自己的嫡系王副董事长能有胜算，结果没过半数，集团内部产生了大分歧，所以才有了您的临危受命……”

“对了，上次咱们不是说好，您当了董事长，咱们就收购一家影视公司，拍电影让您当男主角，充分发挥您这方面的天赋，说不定您还能得个小金人呢。”Vanessa又笑了起来，她洁白的胸脯激荡起的波涛让夏豆有些晕眩。

在这掀起的浪花里把海底的珍宝给掀了上来，那是一个金黄色的小球，没有错，仔细一看仍是那枚拳套，夏豆瞬间抓住了它。

Vanessa仍旧笑着，自顾自地讲起来，“我唯一不太理解的是，您为什么不收购一家影视公司，却收购一家学校，我们集团没有与教育相关的业务，再说那所学校资产亏损成那个样子……”

夏豆抓住那个拳套，把项链扯起来，朝着自己的脸往上拉，终于勒紧了Vanessa脖子，让她说不出话来，起初她还是咯咯地笑着，后来忽然间觉得这笑意中来了一丝恐惧，把项链夺了过来。

“你想干什么，不许这么开玩笑，一点儿都不好玩。”

“对不起，Vanessa，对不起，我不是故意的，我只想知道你的项链从哪儿弄的。”

Vanessa 从夏豆身上跳了出来，因为严肃而下垂着脸，窗外的光也变得暗了点，让她的脸变得阴沉沉的。“佟方伟，你到底怎么了，神经质么，这是你亲自送给我的。”

“我送给你的？什么时候。”

“昨天啊，你到底什么意思？你不是说安排高总专门给我定的么。”她的脸因为紧张变得微微颤抖。

“我想，你能不能还给我。”夏豆把声音放得很低也显得很冷漠。

Vanessa把项链一把扯下来，朝着夏豆的脸上摔了过去，拳套把项链拉成了直线，那条链子也成了一个伸直的胳膊，一记长直拳打在夏豆的额头上，让他又痛又麻。

当夏豆找到高尚的时候，上去也是给了他这么一个直拳，这一拳着实把他给打懵了，因为夏豆直击了他的太阳穴的位置，让高尚的头颅里发出嗡嗡的响声，让他觉得头颅被打掉在地上，而夏豆这种莫名的举动更让他摸不着头脑。

“董事长，您这是干嘛。”高尚伏在沙发上，觉得头部缺氧但又不能大口呼吸。

“看看，这个是从哪里弄来的？”夏豆拿着那条项链挂在手腕上，拳套在空中摇摆着，闪着金灿灿的光。

“这个啊，不是您安排我弄来的么，就因为这个您就打我啊。”高尚好像缓过神来，机警地朝外看了看，发现没有人才放心地关上了门。

“我，我安排你弄来的？从哪儿弄的？”夏豆满脸写着不相信。

“就是从那个女人那里弄来的。”

“哪个女人？”

“哪个女人你自己不知道么？”高尚揉着自己的太阳穴语气突然反转，“就是那个江北市做衣服的女人，你上个月安排我去了一趟，说要从她的手里要一个这样的项链，还有一件你在她那里定做的服装。”

“哦，不，你怎么拿到的，你从她手里买的？”

“不是你说可以用点特殊手段么，这个女人也是油盐不进，一个破项链开到三十万了还不肯卖，所以……我也是没有办法。”高尚背对着夏豆，从一幅画的金属边框上查看自己的伤势。“我说董事长，您也体恤体恤下属们，别上来就打好不好。”

“那她现在在哪里？”

“我哪儿知道啊，您安排的特殊手段的目的就是不想再见到她，所以您以后是见不着她了。”

夏豆跺了一下脚，咬牙切齿地说道，“你把她给杀了？！”

“有这个必要么，您要是有这个明确指示还行，杀人谁敢啊，就是把她赶走了而已。”

“她去哪里了？”

“我刚才告诉你了，我不知道。董事长您这是到底唱得哪一出啊？人是你让我赶走的，现在又问我人在哪儿？作为一个大集团的董事长，咱们能懂事点行吗？”

夏豆内心忽然袭来了一阵狂躁的情绪，一脚又把高尚踹到了沙发上，嘶吼叫着，“放屁，不把人给我找回来，你就给我滚蛋，滚蛋。”

高尚从沙发上爬起来，阴沉着脸，一言不发，突然就朝夏豆扑了过来，顶到了他的肚子上，肚子像一个弹簧，把他俩都又弹开了，夏豆一个趔趄，转身栽倒在桌角上，正好碰到了眉骨上，血瞬间把他的脸给染红了，滴滴答答落在洁白的地板上。

夏豆撩起衬衫擦了擦眼睛，模糊的视野里高尚躺在不远处的地上，窗口集合了一大群的人，用冷冰冰的眼睛望着里面，好像在看一场拳击比赛，这种感觉把夏豆看得后背直凉，他不想再打斗了，但赌着气扯着喉咙喊着。“大家都在这里，那我宣布集团解除高尚的一切职务，和一切关系，现在执行、立刻执行！”

“好了，你可以滚蛋了，彻底滚蛋吧，没有我你算个什么东西。”夏豆还不忘再嘲笑对方下。

高尚没有再说话，他捡起身旁的西装，扶着膝盖缓缓站起来，抬起手指着夏豆，嘴咕咕哝哝地好像说了，又好像什么也没说，抬了一会儿累了，就转身推门而去了。这个时候门外的一群人才呼呼啦啦地闯了进来，几个人上去把夏豆搀扶住，有几个女的发出了恐怖的尖叫，不知谁还高声大叫着，“救护车！快打电话叫救护车！”

夏豆知道这种伤其实是没有什么大碍的，如果作为一名拳手，眉骨上中了一拳，多半也是要开个口子再流两滴血的，这一拳要是不太重不至于晕倒昏厥的话，拳击比赛中还算可以接受的，毕竟血染的风采增加了英雄气概，即便是输了比赛也有了虽败犹荣的气质。

但夏豆觉得高尚这种人配不上是他的对手，所以被他打成了这种伤让他心里很难平静。在医院里他简单做了包扎之后便想早早回去，但碍不过同事们的一片关心的热情，特别是一位年轻的小同志说了句，董事长的身体是集团的核心资产，保证核心资产安全是每一名员工应尽的义务，让夏豆很是感动。只能又做了个脑部CT，看有没有脑震荡之类的后遗症，影响了核心资产中的核心资产。

刚做完扫描夏豆就接了个电话，一个年轻的一声吆喝着说检查室内是不准接打电话的，但被随着夏豆来的一个黑大个回了一个不太善意的眼神，索性就坐回自己的椅子上听之任之了。

“好嘛，你这个电话还能打通，我以为你故意躲着我换号了呢。”苏盈盈嘴里还吧唧吧唧嚼着什么东西。

“找我什么事啊。”

“喂，没事就不能找你了？说的什么话，真是过河拆桥，当时求我的时候可不是这个语气啊。不过我得谢谢你啊，听说你们公司把我们学校给收购了，还指派东邪当了学校校长，现在他对我可好了，我想干嘛就干嘛，连他办公室都随便进，这个学期还准备给我发点奖学金呢。”苏盈盈把东西咽下去，咕咚一声，“是不是为了我才这么做的。”

“你觉得是就算是吧，那个东邪是谁？干嘛对你这么好。”

“东邪就是黄药师啊，黄药师就是黄奕言啊，这是他的江湖名号，在学校里我们都这样叫他，本来学校的‘东邪西毒南帝北丐’四大天王齐着呢，现在让你硬生生地给拆散了，太可惜了。”她那边又发出吸管喝水的呲溜声，“对了，那个老黄还有一次专门找到我，跟我说你们俩是好朋友，还什么十几年的革命友谊，简直是情同手足，如果不顾及师生情面的话，他是完全可以喊我声嫂子的，他倒是不介意，可是我介意啊，被一个几十岁的老头子喊嫂子，这不是骂人么。”

“好了，好了，他爱怎么说就怎么说吧，你不要相信他就是了。你呢还小，还是要好好上课滴，要乖，要听话，有时间我去江北看你，没什么事就这样吧。”

“喂，等一等，老佟我话还没说完呐，有没有礼貌。”苏盈盈粗野的声音让夏豆觉得她此刻正把一只脚踏在凳子上，仰着头还剔着牙，头抬得像一只高傲的烧鸡，想到这里他反而想到一件事情来，急匆匆地问。

“你先帮我一个忙，去上次我们碰面的那家裁缝店帮我拿衣服，看看老板在不在，你现在就去，到了给我打电话。”

“取什么衣服啊，我正要跟你说这个事来，你要取衣服，等你取衣服的人被人取走了。”

“说人话，她现在在哪儿？”

“我现在可是冒着风险跟你告密的，我说了你可不能出卖我，她现在被我的彭老爸金屋藏娇了，我妈现在还不知道，知道了肯定把他的腿打断。这个也怪你，男人有了钱就变坏，都怪你上次给了他张支票。还有一点我不明白，你们俩怎么都喜欢那个老板娘，她看起来长得很普通嘛，就是风骚点而已。”

“那你在哪里见到他们的？”

“好像是一家养老院门口，我路过的时候看见了彭老爸的小车来，他们刚好从路边停车，朝里面走去，两个人勾勾搭搭的。不去酒店去那个地方干嘛，真是不懂你们中年人……”

夏豆没有等结果出来，就带着一帮随从风风火火从医院逃了出来，他安排司机直接开车把他送到机场，但是又碍不过大家的劝阻，夏豆的西装上布满了点点血迹，而他的形象就是集团的形象，集团的形象就直接关系集团的核心利益，所以于情于理都要换套衣服的。这让夏豆觉得也有一定的道理，毕竟这个造型再见到苏盈盈或者陶小桃的时候也不好解释，所以又回了公司换了套西装，还没出门呢，就被一个头发乱糟糟的老头给堵在办公室里，他的西装皱巴巴的，皮肤也是皱巴巴的，眼睛很小却很明亮，靠近了一点身上还有一股很重的烟臭味。

“小佟，怎么搞的嘛，听说你把小高给辞退啦？没有他我们的项目还怎么搞嘛。”

夏豆看了看外面，楼道里的员工又消失不见了，才又盯着这个人审视了一番。“您是哪位？我有必要给你汇报么？”他忽然想到上次拦他车的人也是他，这让他想起一个名字来。

“你是吴应，老吴？”

老吴这会儿已经跑到办公桌前，自己从抽屉里拿出一盒雪茄来，用舌头舔了舔，啐了一口，就用打火机点着了，才又慢悠悠地说。“人们都喊我是吴疯子，我看你年纪不大，也快老糊涂了，连我都不认识了吗？以前见了我毕恭毕敬喊个吴叔叔，现在倒好了，连我一句话都听不下去了吗？”

夏豆僵硬的脸上挤出一丝干笑，“这个，我这不是最近太忙，压力有点大嘛，那个高尚的事情您就不用过问了，这个是董事会研究决定的，我也没有办法。”

“你这个董事长，一点家都当不了吗？”

“好好，明白，我们开会再研究，实在不行就让高尚再回来嘛，您就安心抓研究方面的事情，我会安排人全力保障的，有什么需要您可以跟他们说，也可以直接安排给我，这样行不行？”夏豆毕恭毕敬更像是快速摆脱他而已。

“好好好，你这话说得还算中听，那得快点落实，不过我还是有个好消息要告诉你。”老吴坐在办公椅上，摇摇摆摆很是惬意，说到这里脸上又堆上了笑意，脸更皱了，眼更小了，只是眼神更明亮了。“你听没听说过百慕大的传说，说有的船和飞机经过那块区域的时候会神秘地消失，有些永远找不到了，有些过了很多年又神秘地出现了，你知道这是为什么吗？”

“不知道。”夏豆听了这些想到的全都是地摊上那些和小黄书摆在一起的盗版册子，里面讲得全是百慕大，喜马拉雅雪人之类毫无边际的东西，无非是挑逗那些无知者的好奇心。他摇了摇头，“老吴，你谈这些干嘛呢，我不想知道，我赶时间，有空专程找你聊好不好？”

“你等等”，老吴把夏豆喝止住了，“还有些人被雷击中了或是被龙卷风吹走了，甚至只是出了场车祸之后，会出现了不一样的记忆，你知道这是为什么吗？”

“为什么？”夏豆倒是有了些兴致。

“你可以理解成他们穿越了时空，或者说他们的意识在另一个时空里进行了短暂的停留，也就是从一个时空进入了平行宇宙的另一个位面。我说过上帝不会掷骰子，是说上帝的手里根本就没有骰子，一切都是合理的存在。当具有适当的条件时，微观粒子的不确定性会传到在宏观物体上，让区域或者宏观出现了时空的扭曲，这种扭曲也可以成为平行时空的通道。”

夏豆不明觉厉地摇了摇头。

老吴咧着嘴大笑起来，黄色的牙齿和高深的理论都让夏豆望而生畏。“你不懂这个很正常，你也不用懂这些。现在我的光子传送机器已经研究成了，通过微观粒子纠缠我发现，我们发送的微观粒子的确在另一个时空里，而且两颗粒子还在纠缠之中。”老吴把一条腿抬到了桌面上，眼睛绽放光芒，咧着嘴迸发着口水。“也许你觉得这没有什么，如果我把研究成果发表在《自然》或者《科学》刊物上，足够震惊世界，不仅仅是能传送一颗粒子，更重要的是证明了平行宇宙的实际存在性。”

夏豆还是干笑着不知道怎么评论，但他还是有了听下去的耐心。

老吴挠了挠自己乱糟糟的头发，从抓的力度看，好像是要往头上打个洞，他的脸泛着红光，不知道是因为激动还是觉得有点不好意思了。“我之所以没有公布这个消息，是因为我有更大的野心，只要我们机器足够大，能量足够大，我可以完全制造一台能让一个人穿越到另一个时空里的机器。现在我正在搞这个机器，我和高尚商量好了，等搞出来给你个惊喜呢，所以一直没给你说，不过等弄出来之后，我们等于领先了整个世界，你知道么，就是你说的那句话，‘控制了时间就等于控制了一切’，我能帮助你站到世界之巅，而我很有可能，不是很有可能，而是绝对会得诺贝尔物理学奖。”

“真的假的？”夏豆倒是不急着出去了，他也拿了一只雪茄点着了，坐在那张还留着余温的沙发上，遥望着激动到快要站到桌子上的老吴。此刻他还想到了一个人，就是上次在德国谈判的伊森伯格来，那个家伙好像也在搞着这种时空穿越的研究，对，还有那本在黄奕言那里看到的那本杂志，佟方伟正是说的“控制时间就等于控制一切”这句话，总的来说这个世界上的疯子还真是不少。但不管怎么样，也许平行时空的概念能够解释得清自己的灵魂和意识安放在佟方伟的身上。

夏豆正在沉默中思索时，门被人猛地推开了，一个穿着卫衣的白白胖胖的青年人闯了进来，看了看桌子上的老吴，又在沙发上找到了夏豆，气喘吁吁的样子，应该是疏于体育锻炼很久了。

“董事长，不好啦，有紧急的情况需要向您汇报。”胖子朝着老吴的方向看了看。

“不要紧的，有什么事说就行，老吴是公司元老，公司对他没有秘密而言。”

“是那个，高总，不，是高尚擅自修改了我们公司的网站，并在上面写了一些对您不太好的东西。我们已经把网站的东西撤下来了，而且改掉了后台的密码，但是这些消息已经在媒体进行了传播，这种消息是从我们集团自己的网站发出去的，负面影响可想而知。”

“什么消息？”夏豆从沙发上站了起来，从胖子的脸色中已经隐约感到事态的严重性。

“是高总，不，高尚捏造的对您不利的信息，是说您和Vanessa助理……”

“说她怎么了？她现在不是休假了吗？”

“是污蔑您和她保持长期情人关系，并编造了你们俩的开房记录。”

“这个……”夏豆把手放在嘴边轻咳了一下，“这个人还真是可笑，她是我的助手，平常陪着我有何不妥？”

“可是，他造谣说您和公司很多女下属都存在这种关系，甚至说您经常需要服用一些药物来……”

“放他娘的屁。”夏豆把烟扔到对面的墙上，撩起一串火花，“他不知道诽谤别人要负法律责任的吗？去去去，赶紧报警，就告他诽谤罪，还有你赶紧发布个声明，说公司已经和高尚这个家伙解约了，和他没有任何关系，这纯属他的个人行为而且是对公司辞退他的蓄意报复，快去吧。”

“不好意思董事长，我不行啊，我不负责这一块，报警还有发声明需要公关部的王总牵头来做，这个我不能越权。”

“那你是干嘛的？白吃饭的？”夏豆想拿什么东西朝面前这个白白胖胖的目标扔过去，可是苦于没什么可扔的东西，只能用手指着，气喘吁吁地问。

“董事长，我是网络信息安全运营的，集团的网站是我们负责管理的，我这不第一时间发现就处理，然后向您汇报了。”

“你管理个网站就被搞成这样？让人家随便就登上去，还拉了一堆屎在上面，还有脸说安全运营？”他在空中挥舞着胳膊好像要挥舞鞭子一样。

老吴看着夏豆歇斯底里的样子，不动声色走到夏豆的身后，摩挲着他的脑袋，又捏了捏他的肩膀，慢慢地把他按到了椅子上。

夏豆气喘吁吁看着对面的墙壁，墙上挂着那幅彭麦的摄影作品，是那所燃烧着的房子，那团火也许因为室内的灯光变得有些恍惚，甚至被点燃了一般，还有点带着哔哔啵啵的声响。夏豆竖起耳朵想听清楚些，但又什么都没有听到，只是听到老吴默默说了句，“你们俩都是个疯子。”

第二十一章

慈善拍卖会结束之后，夏豆觉得隐隐的酸痛从骨头里面朝外冒着，他以为自己发烧了，但是用手摸摸额头却是一阵冰凉。挽着他胳膊的妻子她的手却是热腾腾的，虽然皮肤之间还隔着厚厚的衣服，但是那只手紧紧钳住他的胳膊，那些热气就好像来自紧贴着衣服的一张嘴，那张想象中的嘴哈出的气好几次把夏豆灼伤了，只不过试着抽了几次都没有收回来。

夏豆侧过头看着妻子的脸，她的眼窝、鼻子和嘴巴形成了高低起伏的曲线，在高耸的颧骨后面时隐时现，脸上的肌肉紧绷绷的，槽牙研磨在一起，发出了一种类似于微小的虫鸣声，而肌肉把脸上又撑出了一道沟壑，让整张脸更加严肃而且立体了。

妻子对他私语道，“别板着脸，笑一笑。”说这话的时候甚至仍旧目不转睛朝着前方，夏豆看着她露出了牙齿，自己也绷起了脸露出了牙齿。

黑西装的侍者推开了门，一阵冰凉的风拍在夏豆的脑门上，里面还夹杂着一阵人群的聒噪，随之而来的就是噼里啪啦的闪光灯了。夏豆紧绷着的脸好像凝固了一般，呆站着看见一群穿着黑衣服红衣服白衣服的人拿着相机朝他们拍照，好像他们的出现忽然让这群人产生了混乱，有些人还没来得及拿出相机就被淹没掉了，前排被几个女人抢先了一步但脚步还没站稳，后面几个大个子只能高高地举着相机。

夏豆看着他们，好像看着动物园里互相争食的猴子，而他们眼巴巴地望着他们好像是看动物园里的熊猫大象。

“佟总……佟方伟……能问您几个问题……是不是外界说的……桃色新闻……阴谋论……股价……对高腾集团……高尚……吴应……”声音混杂在一块，让夏豆听不清他们说的是什么，甚至还听到了有人提到了“Vanessa”还有“陶小桃”的名字，这让夏豆茫然在人群中寻找说出这句话的人，但妻子的手又烫了他一下，把他拽进了汽车里。

汽车隔绝了外界的噪音，静静驶入了车河，妻子身体松弛下来，手从夏豆的胳膊上松开了，她轻轻地呼了口气，夏豆闻到了一股消毒水的味道，好像坐在医院的楼道里一般。

“不管怎么样，我们是一家人，我们共渡难关好不好。只要我们以后相互坦诚，我们会一直走下去的，对不对。”她的声音柔和，让人不忍拒绝。

夏豆苦笑了一下，“我是有很多秘密没有告诉你，但是我觉得告诉你很不合适，即便是我说了你也不会相信。”

“秘密？”她也冷笑了一下，让夏豆很是吃惊，“你还有秘密么？现在不是搞得路人皆知了，你的这个那个，你的Vanessa，还有那个江北市的女人，叫陶，陶小桃？对吧。”她顿了顿，“但我不在乎，真的，只要你能回到我身边就行，以前我不这样想，但我现在觉得这样也不算坏。”

“陶小桃？你怎么知道她的？”

“难道你就不能给我一点真诚么？你没看网上么，从高尚曝光了你之后，就有网站把你去江北和那个女人约会的照片贴了出来，好像还有一个女学生。”虽然说的是夏豆的罪状，但她的声音慢慢低落下来，好像是自己做错了事情。“唉，这些事情我大都不想知道的，几年前就有人提醒我要注意Vanessa，我能感受得到，但我宁愿不相信这些，所以可以回避这些，我只想这些东西都快点结束，快点……”

“既然你这么讨厌我，就完全可以离开我，这是你的自由，何必把自己活成那么委屈呢，何况那天你不是哭着闹着要和我离婚么？怎么突然就变成了这样。”

“如果你和我换一换，你当时的心情能好吗？”说着妻子开始捂住面嘤嘤地啜泣起来。

夏豆仍旧很是冷漠，好像身体上的冷传递到了肉体里面，他坐在座椅上，觉得浑身发紧。“如果你觉得这样你受了太多委屈，那你就离开我好了。你这么年轻，而且家庭这么好，会有很多追求者的，对了，到时候我会把我所有的股份都转给你，总之算是对你的补偿吧。”

妻子使劲揉了揉眼睛，眼眶上抹上了一丝暗红色，她已经停止了哭泣，甚至不发出任何声响，只是出神地望着夏豆的脸。

“对不起。”夏豆的声音很飘渺，但在寂寞的车厢里显得很清晰，“我真的不是你的佟方伟，我要做回我自己，你的男人已经不在这个身体里面了。”

“不”，她的眼睛红晕终于舒展开了，“你就是我的男人，我不管你怎么样，只要你要我就行，什么Vanessa，什么陶小桃，什么女学生，我都不管了好不好？”

“这又是何必呢？放过我，也放过你自己，总之我们都去追求自己不好么，我现在想明白了，我要回到过去，认认真真重新活一遍。”他捋着妻子后脑勺的头发，在水一样的柔波里又感受到了她呼吸的震动，犹如一只猫在发出咕噜声。“人最重要的就是活给自己也要活出自己，不是么？”

“佟方伟，你什么意思？”妻子声音突然变得焦躁起来，她把头转了过来，眼里还保留着刚才哭泣留下的红色印记，这个时候却成了愤怒的帮凶。“你以为我不敢么？你以为你当上董事长我就不能把你怎么样了吧？”在夏豆的印象中，她是个沉闷的女人，像一只很乖的猫，但很明显他还不太了解自己的妻子，也不太了解一只猫。

“能把我怎么样？”夏豆拍了拍腿，又摊开了双手。

“你真以为我在跟你开玩笑么？别忘了我爸还活着，如果你让我陷入痛苦，我会让你更痛苦，不光你还有你的那些女人们，一个也跑不了。”妻子咬牙切齿地说话，这种语气让夏豆不禁打了个冷战，他知道一只乖猫发怒的时候，那是真的愤怒了。

可能看到夏豆一副欲言又止的样子，妻子的语气忽又变得温和起来。“我知道你想玩，你想体验不一样的女人，但你有没有想过，其他的女人也不过如此，总有一天你也会一样厌倦的。”

她的语气变得低沉甚至有了哀怨。“你现在不是小孩子了，你是一个集团的老总，所有的股东和员工都把希望放在你的身上，你以为你就能随随便便离开了吗？别忘了还有孩子，那不光是我的儿子，也是你的儿子啊，即便不是为了我，你也不能就这样把他抛弃了吧。你以为在这个世界上活给自己就那么容易吗？你想想当初咱俩结婚的时候，是百分之百的真情实意吗？”

她最后努了努嘴，叹了口气说，“算了，我们活到这个年纪就不再活给自己了。”

夏豆不再说话，不是因为他不想反驳了，他是觉得妻子的话让他无从反驳。他随手拿起身旁的《海北日报》来，随便翻动着，还端坐在那里，直至僵化。报纸的第二版整个版面印着两张红色字体的“声明”。其中一个是署名为高腾集团特约律师董轼，声明中用一系列凛然的字句严厉斥责了集团已辞退人士高尚的诽谤造谣行径，并坦言要诉诸法律渠道捍卫集团的正当利益。第二篇署名为严罡和严嫣，正是妻子和她的父亲，那份声明显然没有了这么多的外交辞令，倒是语气镇定，甚至有些温情，谈到了佟方伟这个人既铁汉又柔情的复杂性格，总之是一个值得把事业和家庭都托付的男人，后面还加上了排除非议、共渡难关之类的字句。

夏豆匆匆看完之后，把手伸过去，拍了拍妻子的手，不由尴尬地笑了笑。

第二天夏豆来到公司的时候，一进门就被一大群人围住了，一个穿着深灰色风衣的男人蹑手蹑脚而又步履匆匆地走在他的身后，他的脸像是发面一样白，也像发面一样胖，细看起来甚至有些浮肿，鼓鼓囊囊的眼睑和眼袋把眼睛包住了，只留下一道细细的缝隙。他风衣的领子竖起来，夹住了他半边滑溜溜光亮亮的头，好像这办公室里要马上裹挟来一阵风似的，这让夏豆也不由地缩了缩脖子，把西装刚打开的扣子又扣了起来。

夏豆朝他大声说道，“王副董事长，这么一早开会研究什么呀？”

风衣男灰黑色的脸庞浮现出红晕来，也可能走路太快，他发出嘘嘘的换气声，艰难地说道，“老佟啊，当前的形势不好啊，现在你把高尚赶走了，真是放虎归山啦。”

“哦？难道还要留着他，养虎为患么？这样的人以后在公司里，可能会造成多大的损失，你知道吗？”

“我不是这个意思嘛，现在他一个人在外面搞得满城风雨喽，你看看给您造成了多大麻烦，连严老爷子都出来澄清了，搞成这个样子，咱们不应该想点法子回击他么？就眼睁睁地看这个小子这么满嘴放炮？”

夏豆轻笑了一声，接着说，“不是已经在报纸上回应了嘛？这种事情清自清，也能浊自浊，如果解释得越多只能是越描越黑，还不如不理会他的好。”

王副董事长站住了，把眼睛眯得更窄了，锁住了夏豆的脸说着。“可，可老佟，你不在乎他，可公众在乎您呀，我们发了两个声明之后还是有很多人在网上跟帖支持您的，还有几家和我们存有业务往来的媒体以及我私人关系的几个自媒体都共同发声，严厉抨击高尚这种无辜干涉别人私生活，过河拆桥搬弄是非的小人行径，总体上看公众还是大体支持您的，毕竟像您这样身份的人，偶尔犯点小错误也是在所难免嘛，男人嘛，这个大家都懂。”

老王把自己有些弯曲的下巴收正了，露出了鬼魅的一笑，接着说到，“当然了，网络上总是有些杂音的，那些人多半都是自己生活过得不怎么样，整天是羡慕嫉妒恨，巴不得您这样的名人出点绯闻呢，所以搞一些道德绑架，要真让他们有您这样的身份地位，还不知道搞出什么乌七八糟的事情来，人嘛，都一样，不是嘛？”

夏豆回头白了他一眼，但只看到了半个光亮亮的脑壳，他突然停下脚步，冷冷地讲道，“那就不用回应了，按照你的理论，是个名人总要有绯闻的，所以没必要争论了，如果我们要是和他吵岂不是正好被这些人看笑话了？再说，我没什么好解释的，他说的基本也都属实。”

老王赶紧拍了拍夏豆的肩膀，用眼神扫了后面的一群人，低声急语地说，“瞎说什么？没看到这里这么多人吗？”转而又朝那群人喝道，“董事长说的是气话，谁要是在外面给我造谣你看我怎么收拾他，这次医院的事情我还没调查清楚，等知道是谁的话，我肯定饶不了他。”

后面几个人都低着头，像是尾随赶尸人的队伍，跟着夏豆走进了会议室，他们个个面色凝重，加上穿着深色或者灰色的西装，让人忽然有了思念故去亲人的想法。

老王坐定了之后，也不管夏豆的表情，又急匆匆地说，“说您作风的事情还是小的，我们可以不理会，但今天的事就不能不理会啦。”

“今天喊我过来开会就是为了这个吧，说什么事情？”

“今早上的新闻您都没看嘛？不是早上新闻和报纸你都看一遍么，怎么老习惯都改了？”

夏豆翘起了二郎腿，一副满不在乎的样子。“别卖关子了。”

“好好好，昨天我们发了声明之后，夜里高尚在网络上又发了一篇长文，反正写了您一大堆的黑材料，您是公司的头脑，又是公司的门面，总不能置之不理吧。”

“到底说的是什么事情？”

老王把平板电脑递了过来，夏豆拿近了又推远了才看见上面的字句，上面还有@佟方伟的字样，然而口气却是第三人称的，开篇说道，“林肯说过，‘你可能在某些时候欺骗所有人，也可能在所有时候欺骗某些人，但你却不能在所有时候欺骗所有人’，而再高明的狐狸也总会露出它狡猾的尾巴。”

夏豆说了句，“文采还不错嘛。”然后一群人附和一阵低沉的笑声。

老王应和着。“是啊，高尚本来就是名牌大学学的文学来着，他还是他们市当年的高考状元，你想想西北地区能来大城市上学的就少之又少，以前他经常给我提起这个。”

“状元？哦，是嘛。”夏豆默念着，想起了多年前他从高老伯手里接过的照片来，那张照片上的少年带着红花，如果时光倒流，约莫也是和那个少年一般的年纪，只是那张照片在他的印象里早已模糊了，而高尚的样子离别了几天也模糊了，夏豆出了一会儿神，摇了摇头心里想，“哪有这样巧的事情。”

夏豆继续往下看着，“佟方伟就是这么一个彻头彻尾的骗子，他的身份，他的履历，他的学历，甚至他的名字都是假的，总之他的身上挂满了谎言和欺骗……”

夏豆跳过这一段愤慨而又煽情的句子，又看到一句醒目的话，“他的真实姓名其实叫做夏豆。”这句话让夏豆心理忽然一紧，好像被人抓住了翘起的尾巴一般，他好像从盛夏忽就到了霜降的节气，他如同一个蔫不拉几的茄子，躺在了椅子上，把头深埋下去。

“佟方伟也就是夏豆，曾获得过拳击比赛的全国冠军，因为故意伤害罪被永久取消了拳击比赛参赛资格，还曾因盗窃罪入狱，总之此人可以说劣迹斑斑，声名狼藉。后来，夏豆因不明原因离开了江北，可能是因为自己过往名声不好，改名为佟方伟，并随后伪造了一系列自己的履历，并于同年创立了华宇通讯公司，当年个人也受其蛊惑加入了公司创业团队。”

夏豆感觉自己背后既湿乎乎又凉飕飕的，心脏扑腾扑腾地直跳，平板电脑变得异常地沉重，甚至于在他的指尖产生了一些力不从心的晃动，夏豆想极力控制住这晃动，特别是在自己的下属面前，然而越是控制就越发地失控，这让夏豆把头埋得更深，感受着心里起了波澜，起了浪花，起了风暴，而身体犹如一叶孤舟被自己内心的风浪裹挟着，飘摇不定，可能随时倾覆。这种众人皆醒我独醉的孤独无助，他以为他熟悉过，经历过，也就能够处之泰然了，但有时候即便是自己曾经战胜过的东西回过头来也能轻松把自己撕个粉碎。

夏豆轻咳了一声，好像是在打着气，他瞬间吸引了房间里人的关注，一位很瘦很高头发也很长的女士毕恭毕敬端过来一杯咖啡，浓郁的香气让他清醒，也让他慢慢恢复了高傲。夏豆想到这些不过是高尚的一面之词并非完全可信，而那个高尚并不是自己肚子里的蛔虫，不可能比夏豆还了解他自己的过去，总之那个无处安放的六年时间以及佟方伟与夏豆之间毫无关联的容貌原来是自己迈不过的鸿沟，现在倒成了保护他的两张厚厚的城墙。

但在城墙上高枕无忧的夏豆，怎么也想不到城下已经被高尚埋好了攻城的炸药。“佟方伟为了伪造自己的身份，把自己包装成什么先锋技术狂人，创业达人，行业领军者种种，用了很多极端甚至卑劣的办法，其中之一就是收买和利用媒体，通过公众舆论混淆自己的履历，他在自己成名之后就用钱收买了几家网站还有一些网络写手，并伪造了他所谓的学习奋斗历程。这其中包括他的所谓海外名校的MBA学历根本就是花钱买了个该学校校友会的名额，获得了个名誉校友，实际上那所学校他根本就没去过，还有就是他根本就不懂什么现代企业管理，金融经济学等，简直就是个文盲。他研究量子通讯减缓衰竭技术专利，也就是从某个学术期刊上摘抄了国外学者的一个猜想，没有进行过实验论证，实际上在我看来根本就没有实用价值。夏豆所谓‘出道’十七年，实际上有六七年的创业经历是伪造的，特别是创立独立手机品牌的经历根本就跟他没有半毛钱的关系，他只是收购了一个濒临破产的手机软件的研发工作室而已，佟方伟这么做都是为了虚假包装，提升个人商业价值罢了，更可笑的是以讹传讹，整个社会开始相信他追捧他，他倒成了商界的明星……”

老王看夏豆面色凝重，也许是为了缓和气氛，在旁插话道，“老佟，高尚果然不愧是你事业发展的肱骨之臣啊，编起故事来有模有样啊，简直可以去写小说了。还这包装，那伪造，据说你创立华宇的时候，好几家风投公司抢着给你注资来着，你要没有点核心技术他们就随便给你钱？他们又不是傻子。”

夏豆没有回答他，他使劲向下扒拉着屏幕，一直拉到文章的最后，那是一张X光胶片，上面有个乳白色的骷髅头，眼眶里黑漆漆空洞洞朝他看着，骷髅的脸上几个黑色的斑块，好像是几块伤疤或者又是别的什么东西，夏豆把图片放大，眼睛使劲盯着屏幕，发现那是一颗又一颗的钢钉和楔子，密密麻麻地嵌在骨头上！夏豆猛地一哆嗦，平板电脑掉落在了桌子上，又弹到了地上，屏幕碎掉了，不过仍旧亮着，那个白乎乎的骨头仍旧空洞麻木地朝他看着，让他脸涨得通红，嘴开始颤抖，从喉管深处飘来了几个字，但谁都没听出说的是什么。

“老佟啊，这个确实是你的底片，上次你不是受伤了，去医院检查时拍的，所以啊，你身边的这些人可得注意了啦，这都能泄露出去。”老王转过头又朝着那些拿着笔记本发呆的人看着说，“拿着公司的钱还在这里出卖公司的利益，你以为这是玩无间道啊，这是犯法知道吗。”他横眉冷对的脸随着转头又变得温和起来，甚至带着温暖的笑容，“老佟啊，你也不用担心，现在这技术什么图片不能处理嘛，对，叫PS，还污蔑你整容，这才是添油加醋、恶意诽谤呢。”

夏豆看着那张笑脸，有气无力地说了句，“现在怎么办？”

对方眼睛里忽然冒出光来，“其实呢，我今天一早已经和高尚沟通过，他说可以停止对你的非议，同时呢公开声明自己说的一切都是胡说八道，恢复您的名誉，同时也愿意接受法律责任，但他提出了一个条件。就是……”

“说吧。”

“就是转让给他您持有公司股份的一半，也就是高腾集团股份的百分之十五。”

夏豆伸了伸蜷起来的身体，腰杆挺得笔直，脸上冷峻起来，他笑道，“这个小子口气还不小，不然我把所有的股份都给他好了。”

老王哈哈大笑起来，但那声音很明显和表情一样地生硬。他说，“你敢给他，他可不一定敢要呢，我再跟他谈谈，总之我是觉得百分之十就足以拿下他了。”

夏豆轻轻动了动嘴角，“我给了他集团的百分之十，你正好就是最大股东了呗。”

老王摇了摇头，“老佟，你这么讲就没意思了。如果不是为了你，为了公司，当然也为了我，我才懒得理这些事情，你以为我是吃饱撑的？”

夏豆点了点头，淡淡地讲，“说实在的，我还真想把董事长的位置让出去，给你也好，给高尚也罢，这都不重要。反正我也当够了，还不如退休过两天清闲日子。”

老王轻哼了一声，“哎呀，其实呢，如果可以的话，您可以暂时辞掉董事长的职务，等风头过去了，只要是您一句话，您随时可以回来。这对您，对高腾集团都未必是件坏事情。”

夏豆哈哈大笑起来，他眯起眼睛，直勾勾地盯着老王，把老王看到转移了目光才又说，“王副董事长，我很欣赏你的坦诚。可虽然如此，真这么想又这么讲就没意思了。总之，我会想办法对付他的。”

就这样，在一种无可名状又尴尬莫测的气氛之中，夏豆兀自走出了会议室。

第二十二章

夏豆坐在办公室里苦思冥想，有几分惊诧于高尚是怎样知道自己一切的。他想来想去，忽然觉着这是一个伪命题，因为他了解佟方伟也就是几个月的时间，但高尚了解他已经十多年，他诚然不可能比高尚知道佟方伟更多。第二个问题是他未来选择谁，是继续做佟方伟还是回到夏豆，到这个时候夏豆忽然觉得佟方伟的人生未尝不是一个好的选择，但时过境迁有时候你做出选择的时候，已经没了机会。事实上这个选择仍旧是一个伪命题，因为佟方伟他是做不了了，而夏豆多半是回不去了。

还有一个问题可能就是最重要的，那就是他正如黄奕言说的那样，现在可能是夏豆，也许某个瞬间会成为佟方伟或者其他某个人，变成一个坚韧的拳手或者冷漠的商人，他深刻地明白，只有未知才会让人恐惧，他曾经说过死亡是最终的逃离，死亡是一件每个人最终要实现的事情，没有人能逃出这个魔咒，但什么时候死却成了萦绕在人们心头的魔障。也许佟方伟也有这种恐惧，所以会把夏豆的历史抹杀掉，会收买黄奕言，会赶走陶小桃。也许佟方伟有一天还会回来，他就躲在自己的浴室里、沙发后面或者衣橱里面，就在他洗澡休息或者换衣服的时候，一只手伸了过来，拍拍他的肩膀说，“嘿，哥们，你累了，该我上场了……”

手机里信息的叮咚声惊扰了他的思索，夏豆打开一看，是一张冰天雪地里的照片，白茫茫的世界里站着一个女人，不知道是不是因为冷，她的脸是雪白雪白的，哈出的白气感觉像是一个烧开水壶冒出的白烟，她还穿了件棉白色的衣服，总之和白花花的世界融为了一体，好像她本就是长在那里的一棵白色的树一样。图片的下面备注了一行字，“我现在到了南极了，发现这里美得让人难以相信。我实现了你旅行的愿望，才发现这也是我的愿望，尽管以前我没有想过要来这里。这里的美我无法形容给你，需要你自己来看了。对了，别怪我不够仗义，实际上这个时候在你身边反而会拖累你，等你得胜的时候，我会回来的，加油！爱你的Vanessa.”

夏豆想到了一个在冰天雪地里独行的女人，那里等待人去征服的最原始的荒野，也想到了一个秉灯裁缝着衣服的女人，那里有让人能安然入睡的衣被。这两个人都在召唤着他，像在对他说着，“来呀，快来我的身边。”但他哪个都不敢去，因为他身体里装着的另外一个人会走出来，变成一个凶恶的面孔，或者拿着一把刀，让洁白的雪地上或者洁白的衣襟上染上了一抹红，想到这里夏豆不寒而栗。他好像走进了一间开了很多门却永远走不出去的迷宫里面。最终他还是想到只有逃离所有的人，甚至他自己，才能拯救所有人包括他自己，也许这就是孤独。

夏豆睡得并不踏实，虽然床很大，但是他却不能辗转反侧，找一个合适的体位或者思考角度。妻子就睡在身旁的不远处，她的呼吸均匀，带着一丝不苟时钟的节奏感，听上去就像静静流失的时间，他没有胆量去打破时间的进度，只能想象中用一根绳子把自己捆在那里，尽量让自己不动不思索。到后来他还是睡去了，他进入了一个奇怪的梦境里面，大海上起了风暴，他乘坐的远航的客轮突然间倾覆了，他被裹挟到巨大的海浪之中，成吨的水把他推起来又摁下去，在水的肆虐里，漂泊不定，苟延残喘，他在激流当中抱住了一块木板，这也成了他救命的稻草，他紧紧抱住它，从脚趾到脸庞都紧紧贴附在上面，似乎一夜之间他们长到了一起。等到风浪渐渐平息下来，天色渐渐亮了起来，晨雾如同绵密的纱帐把他包裹起来，那洁白的雾气吹在他的身上，凝结成了水滴，让他浑身光洁而又清凉。淡淡的风穿梭于其中，把雾气吹成了云朵，他觉得自己也像一阵风那么轻盈那么自由，这里没有一丝的喧嚣，没有一点的污浊，他不知道这里是不是天堂，但也很有可能会是地狱。他觉得风越来越大，雾气反而越来越浓，世界白到他仿佛盲了一般，又静到他仿佛聋了一样，他的身体感受到了冷，心里面仍然想到了一个词，孤独。

实际上当他从梦中醒来的时候，朦胧之中他正抱住妻子的身体，她的肉体很充盈也很柔软，像是人疲惫时扶住的沙发，或是寒冷时裹住的被褥，她暖着他，让他从那种凄冷的梦里醒来。而夏豆的身体慢慢舒展开，就在醒来的一瞬间，便觉得任何一种暖意都是臭烘烘的，那一瞬间他又慢慢从她的身上抽离开来。

不愿待在家里，也不愿回公司，无事可做他便开车朝着城市外面去。高楼林立的市中心是没法看到地平线的，他追逐着阳光打来的方向，一路向东，穿过护城河的大桥，从后视镜看来路的时候，整个城市正好罩在一种白雾之中，层层叠叠的楼宇下半身浸入在一片混沌之中，而头顶却在阳光的反射下，露出了一片片金黄。

夏豆在一片开阔地停下车来，远处的热电厂正用巨大的烟囱吐着烟气，河水也泛着绿油油的光，空气中弥漫着一种工业生产的味道，但却不算太坏，加上枯掉的叶子和芦苇的味道，甚至让人想到了榛木燃烧发出的香气。一群孩子在河边的草地上踢着皮球，有几个晨练的人擦着他的肩膀跑过，还有人牵着狗或者被狗拖着朝前走着。

夏豆就这样沿着路一直朝前走着，看着太阳越升越高，自己和影子越来越矮。路边的长椅上时不时的会出现聊天的情侣，他们大多数是年轻人，他们好像有大把的时间，同时又没有事情可做，只能在那些椅子上窃窃私语或是旁若无人地大声说笑，只是在夏豆走过去的时候投过来异样的眼光来，好像是一个西装笔挺的中年男人在这个时候出现在这个地方，是一件极为怪诞的事情。

河边的树林里回荡着一首很有节奏感的歌曲，但歌声越是大越显得虚无，让人听不清楚唱的是什么，路两边的树木叶子刚刚发芽，很容易就被阳光打透，树的身影割裂光线，既模糊又渐渐清晰地显现出来，而夏豆正身在其中看着这些变化。

这个时候有人追上了夏豆，拍了他的肩膀。

“您是佟爷吧，怎么一个人在这闲逛，微服私访吧。”

夏豆看了看这个说话的年轻人，他的手里还攥着另一个女孩的手，那个女孩足足低了男孩子一头半，把头埋着，显得落差更大了。

“怎么，咱们认识么？”夏豆狐疑地望着那个男孩子，这时的他觉得缺失的记忆好像任何人都可以在上面随意书写。

“您可是大名人啊，我是您的脑残粉啊，是铁粉，嘿。您创立了这么牛逼的公司，您就是这个时代的楷模啊，特别是我们刚刚创业的人，都拿您当我们的祖师爷，不瞒您说，据我了解还有些人偷偷供着您呢，不是有句网上的名言么，‘信佟爷不蹉跎’。男孩子说话虽然着急，但仍富有节奏感，加上摆动的手掌，快活得像个说唱歌手。

看着夏豆冷漠的表情，那男孩子说话声音放得更高，也许是为了高过那不知从何而来的模糊的音乐的声响，他的语速也变得更快，甚至尾声又觉得气用不过来。“我特别崇拜您说的那句话，‘控制时间就等于控制一切’，你的意思我明白，您说的控制时间其实就是创造未来，这个世界上大多数都等待着未来，而您，佟爷就是给我们创造未来的人。”女孩在旁边拉着他的衣袖，低声说着什么话，夏豆看清了她的那张脸，那张稚嫩的脸上挤出了敌视的表情来。

夏豆等那男孩子换了口气的时候才低沉地说，“对不起，你认错人了，我不是你说的什么佟爷。”

“您就别掩饰了，来来来，能不能合张影。”青年人把手机高高举起来，那只手臂上还挂着女孩子下坠的身体。

“对不起，我真不是。”夏豆说着就要离开。

“喂喂，你看看，还说不是。”

年轻人指着前方，这个时候从树林里一个路口开出一辆车来，聒噪的音乐是从它上面发出的，那是一辆极为普通的广告宣传车，屏幕显示不太清晰，甚至离近了看起来像是打上了马赛克。但尽管模糊，夏豆看见了屏幕上此刻显示的却是他的照片，正是在黄奕言那里看到杂志上的那张，他依旧那么神采奕奕，露出温和而自信的光来。那辆车就横在他们面前不远处，好像是故意播放给他们看的。

“你看看，现在找个清净地方有多么难？”那男孩子朝着夏豆摆正了身姿，带着笑意说，“我只是希望在您创造的未来的世界里，如果能屏蔽这些垃圾信息那就是最好的了。当然了，我不是说您的照片，您应该明白我的意思吧。”

夏豆点了点头，指着自己的那张照片说，“这不都是垃圾么。”他们都把目光锁定在那张屏幕上，这个时候他的照片转换掉了，一位俏丽的女士站在镜头前开始侃侃而谈。

“据本台最新消息，高腾集团董事长佟方伟身份事件持续发酵，在高腾公司发布律师声明之后，前公司高管高尚今天又在其社交媒体上最新披露，称佟方伟在创业之初能够得到天使投资和风投的连续投入，主要是通过狗仔偷拍的方式，跟踪了几家投资公司负责人的私生活，并通过所谓的‘证据’进行敲诈勒索，据说这其中还包括高腾集团创始人严罡，而严罡迫于压力，同时为了掩人耳目把自己的女儿嫁给了佟方伟。此外，他还声称高腾集团以及旗下华宇通讯中所谓的量子通讯技术只是在实验阶段，现在未经实践论证就仓促上市，实际上是商业炒作和诈骗行为，其中很多技术存在漏洞。目前，高腾集团并未就此事再作出任何回应，本台记者联系高腾集团董事会办公室，工作人员均表示对此事不知情……受到此次风波影响，本交易日高腾股份刚开盘就大幅度跳水，已经连续三个交易日跌停了，据著名证券分析师……”

夏豆朝大屏幕的方向吐了口唾沫，不知是吐给那个说话的女人还是吐给高尚，但那辆汽车拉着淡淡的烟跑开了。夏豆突然想要离开这里，那个青年人却在背后不依不饶地说，“佟爷现在您该怎么办，躲起来也不是办法啊。现在的电视台真跟着瞎起哄，不是放那些不靠谱的电视剧就是搞这些不着边的花边新闻。当然了，别太在意他们，佟爷，我们铁粉一定会一如既往的支持……”

夏豆猛地转过身，朝着那个年轻人的胸口捶了一拳，看着他身体慢慢蜷缩起来，又慢慢沉下去，那女孩的胳膊又成了他的扶手。

他走了几步，又踱了回来，俯下身子，抚摸着年轻人的头发缓缓地说道，“对不起，我的名字叫夏豆，夏天的夏，豆子的豆，千万不要再叫错了。”

当夏豆火急火燎回到公司的时候，发现每个人都在慌乱之中，好像地震或者海啸马上就要到了，所有人都急匆匆地收拾东西准备要离开的样子。当所有人碰见他的时候反而冷静下来了，愣在那里看着他，让夏豆觉得自己的出现很不合时宜，夏豆边走边朝他们笑着，但那些人都成了石像，没有任何表情上的回馈。

一个年轻人跟在他的后面，拿着一个平板电脑，不停拨弄着，声音焦急而慌乱，“董事长，近三个交易日我们平均股价缩水百分之三十，多家中介机构下调集团信用评级，上下游配套公司有几家提出了终止合约的意愿，一些在谈的项目更是搁置，还有德国罗克奇单方面声称，鉴于我们产品技术细节还不够完善，刚刚发函提出单方面终止合作。”

夏豆迈着大步，仍然保持着微笑，语气风轻云淡好像在说给自己。“还真是墙倒众人推。不过，我上次专门去了德国就是跟他们签的合约，他总不能说终止就终止了吧。”

那个年轻人扭捏地说，“董事长，当时和他们签的是战略合作意向书，并未规定双方的履约义务，所以……”

“慌什么？现在还没到天塌地陷的程度。小张你跟了我多长时间了？”

“董事长，三年多了吧，我进公司还是您亲自面试的。”小张苦笑了一下。

“我什么时候怕过，你见我怕过没有？”

小张摇了摇头，夏豆把手又搭在他的头上，发现他的头发黏糊糊的，应该被汗水浸湿了。

小张抬头看着他，支支吾吾地讲，“对了，现在董事局全部成员已经在会议室了，就等着您开会了。”

“我怎么不知道，是谁组织的。”

“是，是王副董事长，好像前董事长程浩民也在。”

“他，他来干什么？”

小张僵在那里，嘴角抽动了一下，没有发出声音来。

夏豆刚迈出步，吴应从走廊中闯了出来，两个人碰在一起又弹开了彼此。夏豆骂了句，“疯了么。”才又看到对方的头发都炸了起来，眼睛通红，像是一头愤怒的公牛。

老吴带着愤怒又极力压抑着声音吼道，“那个，那个小高也太不厚道了，简直就是胡说八道，我原以为他是个内行，原来他根本就是不懂装懂。”他停顿了一下，蓄了口气说，“我要撕了这孙子！”

“他说的未必都是假的吧，当然了，你也别太当真，我还记得你说过，你根本不在乎外界对你的看法。”

“我是不在乎被人看不见，但我绝对不允许别人看我带着恶意的目光。怎么？你也袒护他了么？你也不相信我了么？”

夏豆似乎接受了他这种一惊一乍的样子，淡定地说道，“好了，好了，我都不在意了，您老人家就别那么在乎啦。我还着急去开会呢。”

“开什么会啊，哦，你说会议室的那几个么，没一个好东西。”老吴用鼻音哼了一声，“这些人有一个说一个，都该收拾。”

“这个以后再说，我现在已经迟到了。开完会再看好不好？”

夏豆再向前一步的时候却又被老吴给挡住了，“你不用去了，我都听说了，他们几个人已经表决罢免了你的董事长职务，就等着你去宣布了，这群土匪要造反了啊。”然后老吴打量了夏豆一番说，“你是不是傻了。”

夏豆被一个疯疯癫癫的人说成是傻，着实有点不太高兴，他板着脸看着那个身后的年轻人，严肃地问，“是这样吗？”

年轻人只是站在那里，笑着不说话。

“是这样吗！”夏豆提高了分贝。

“董事长您知道的，董事局怎样的决定，我这种级别的是无权参与，也无从知晓的，真的。”年轻人脸上挂着无辜又尴尬的笑容，让人无法在他身上撒气。

“我说过他们没有一个好东西吧，我曾经劝过你斩草必须要除根，这下好了，心慈手软了吧，让他们几个臭咸鱼抓住机会翻身了。我猜啊，这个高尚就是跟他们一伙的，或者说起码也是个两边派，这个孙子……”老吴把脸凑进了，夏豆闻到了酒精的气味。

夏豆打断了老吴的讲话，“也罢，这架势就是来逼宫的，反正我也准备把这个位置交出去，说实话我真有点受够了。”

“你他妈的真傻啦？”老吴忽然气喘吁吁，然后是一阵咳嗽。“咱们的项目马上就要成功了，你要是放弃了就功亏一篑啊。我这半辈子的心血，决不能就这么没了，决不能……”夏豆看着颤巍巍的老吴，看见他低着头露出了大片的白发，这让他觉得一位老年人的倔强总带着几丝可怜。

“老吴，你别这样，即便是我不当董事长了，我在公司还有很多股份，到时候不管是继续搞科研还是回家养老，都没问题的，相信我。”

“妈的，把我当成什么人了，要饭的？我就是饿死也不会要你的施舍。高尚疯了，你也疯了么？人要是没了征服别人征服世界的野心，那就是个活死人，坐吃等死又有什么意义呢？”

夏豆觉得老吴有些不可理喻了，于是朝前走了两步，却又被那个小张拦住了，他怯生生地说“董事长，还有事情我想告诉你，董事会安排我把你送到会议室里，说以前的事情可以一笔勾销，甚至还可以给我一笔钱。但有些话我不得不说了，我控制不住我自己。”他瞄了瞄夏豆，接着说，“我明白，如果您不做董事长了，我也没法在董事长办公室呆下去了，也许会离开公司，甚至可能更糟。坦白地讲，我是不太喜欢你，甚至有时很讨厌你，但我不得不承认，我已经从某种程度上和你在一条船上了。”

夏豆看着这个年轻人忽然想到了弗洛伊德的一句话来，“每个人多少都有点歇斯底里。”但此刻他不知道发癔症的是他自己还是周围的人。夏豆觉得自己也迷迷糊糊起来，索性问了句，“你到底想告诉我什么事？”

看见了小张欲言又止的样子，他不耐烦地斥责道，“你是不是也想落井下石，趁机勒索点钱，说吧，你要多少？”

“不不，我不是这个意思，我们没有退路了你知道么？你知道程浩民这次来是什么原因吧，他是为了他的儿子，他一定是发现了什么，一定是高尚……我还年轻，我不想就这么完了。”在一阵自言自语过后，年轻人眼中闪过一丝光，“你不是说过，控制时间就等于控制未来，那我要改变现在就一定要改变过去，不是么？”

“你到底什么意思？”

外面突然响起了一串刺耳的警铃声，也可能是火警或者是救护车，但夏豆肯定的是，那交叉往复的响声只能证明来的不止一辆车，夏豆把头伸向玻璃窗，想一探究竟。

“来了，来了。”年轻人慌乱的声音把他制止了。

“什么来了？”

年轻人撇了撇嘴角干笑了一声，“我们只能这样了。”

夏豆才又看清楚对方面庞，那张脸白净光洁，有着几分的稚气，洁白的牙齿和浓黑的眉毛让人有种天然的亲近感，但夏豆却有些不自然的紧张。对方看了老吴一眼，或者两个人相视一眼，只是老吴躲在背后没有发现他的表情。年轻人从口袋里拿出个黑乎乎像是手电筒的东西，扎在了夏豆身上，一股灼烧的感觉进入了他的身体，此刻他感到一股滚烫的水从他的头上浇了下来，让他感到被扔进了让人难以呼吸的蒸笼里，而他却成了那泥做的人，瘫软融化，直到稀释混沌了。

第二十三章

从漫长的混沌当中他看到了一束光，这束光好像来自遥远太空深处，也许是颗疲劳的恒星衰竭了，它已经燃烧了几十亿年，现在到了寿终正寝的时候，发出了超新星炙热的光线，穿越了茫茫的黑暗来到他的面前，好像它用死亡的方式告诉它的存在。有时候他又觉得自己坐在那束光之上，或者他自己就是那道光，急速地行走在茫茫宇宙空间里面，所谓的时间空间，所谓的永恒短暂在他身上都不存在，至于他自己也好像不存在，他可以是物质的，也可以是虚无的，一切就像是极具真实感的梦境，自己成了造物者，也成了芸芸众生的一员……

就这样带着飘飘渺渺的感觉夏豆缓缓地睁开了眼睛，发现那道光不过是正午的太阳照在他的眼睑上的，为了躲避那些扎眼的光线，夏豆把眼睛眯起来，像一只超市收银台的扫码机打量着整个世界。只不过来回反复只有天地间遍布的蓝色，天上没有云，显得很高很远，甚至能看到天际的穹顶般的弧度，大海平躺在那里，把浓厚的蓝平铺到目之所及，这天地间唯一的其他颜色便是他乘着的白色的船。

夏豆坐在船的甲板上，随着水波的晃动，觉得船在高速行驶又似乎在静止不动，只不过此刻自己身体无比轻盈，刹那间他觉得自己是闯入了另一个世界，也不知怎的他的脑海里浮现出《Space Oddity》这首歌来着，“Ground control to Major Tom,Ground control to Major Tom……”自己甚至轻轻地哼唱起来。在这样梦一样飘扬的情境下，他的回忆可以走得很远。

他清楚地记得离开时的场景，在公司大楼地下三层的实验室里，他自己躺在一张冰凉的桌子上，幽白的光打在他的脸上，增加了几分寒意，他扭动了身体看了看周围，有一些闪着蓝色荧光的仪器发出嗡嗡的低鸣声，除此之外就是空空荡荡的黑暗。一张脸突然从黑暗中冒了出来，在那幽白的光下投下了浓黑的影子，夏豆从下面看上去那张嘴被横向拉长了，甚至被抹上了黑红色的唇膏，牙齿显露出森森的光。

小张的脸在靠近了之后，在光影的转换之下，突然又变得温顺起来，他戚戚然地说着，“对不起，董事长，这些事情都是高尚他指使的，说到底还是您的意思，您知道我是迫不得已，我是无辜的，总的来说我也是个受害者。”接着他又焦躁的用脚尖踢着夏豆躺着的机器，发出一阵嗡嗡的声响，让夏豆觉得很是难受。他把头又伸了过来，“你为什么不接受高尚的条件，现在好了，这个高尚要和你鱼死网破，而我成了陪葬品。不，不对，他甚至可能都没有事，没有什么证据能够和他扯上关系，你知道这个人很精明的。没用的，没用的，他们不会听我的解释的，你知道的真相可能永远没有人相信……”

老吴突然介入进来，用着低沉的声音揶揄说，“就你这胆量能成大事？别在这丢人了。”他把一个摄影机甩到年轻人的手上，又用胳膊把他支开到一旁。然后把脸凑了过来，“老佟，刚才我才想起那句话，就是那句，真理永远掌握在少数人的手里。你还记得哥白尼的故事么，对未来来讲，任何一个时代都可能是黑暗的中世纪。我们现在就是要做给那些人看看，让他们看看自己有多愚昧，有多短浅，等到那个时候，你我这样的人就会站在智慧的高峰上，等着那些凡夫俗子的顶礼膜拜吧。听我的，闭上眼睛，想着你想去的地方，你会从那里醒来的。”

“控制时间就等于控制一切。”老吴的脸由于兴奋，汗水浸透了红彤彤的脸，有点像雨中的夕阳，他的声音激昂起来，“控制了时间你就等于拥有了自由，永远的自由……”

夏豆想说话，但只是干张了张嘴，什么声音都没有发出，他想坐起来，却又发现自己浑身酸软无力。他想再看看几个人的表情，一盏亮白色的光把他的脸罩住了，热乎乎的风在他的身上游走，紧接着是震动，细碎的波动的，再到狂躁的不可抑制的，他觉得自己的脑袋和五脏六腑也跟着晃动起来。他极力控制着思维，要去什么地方呢？去法兰克福莱茵河畔的那个早上？去铁力沙镇那个骑马奔向深涧的中午？还是在欢呼的人海中站在领奖台的那个晚上……

“老夏，快来，快来，这次是条大鱼，快拿网子给我抄一下，我快撑不住了。”熟悉的声音把夏豆吵醒了，他好奇地朝船尾方向看过去，只见是彭麦用自己鼓起的腹部顶着一根很短的鱼竿，一只手拼命地摇着线轮，转过头朝他的方向看着。

“傻愣着什么呀，快来帮忙呀。”彭麦腾出了那条摇轮的手向内勾着。

夏豆愣愣地伏在那里，又指了指自己，好像在问是和自己说话么？彭麦看着他这个样子摇了摇头，又去专心管鱼的事情了。

“我来帮你了。”一个小伙子顺着高高的桅杆滑了下来，头上披着满头的黄头发，垂下到肩，垂到胸前，扫在他黝黑发亮的胸脯上，和浓密的胸毛连接上了。小伙子朝他笑了笑，露出洁白的牙齿，眼睛发出蓝幽幽的光来，让人感觉是大海倒影在眼球里了，虽然笑容很是友善，总的来说夏豆还是觉得他更像是一个野人，甚至马上和“人猿泰山”联系到一块了。

“泰山”把鱼竿接了过来，也用腰部抵住，整个身体前仰后合，血液流到皮肤上，流到静脉血管里，让他整个人镀上了铜。而彭麦则在一旁端着个网兜，蹦蹦跳跳大呼小叫的。

“夏叔，把舱底的鱼叉拿过来。”“泰山”的汗把胸前的头发都给打湿了，鱼竿在腹部杵红了一片，让他更像一个在铁炉中烧红的铜块。

“老夏，麻利点，又中什么邪了，快点，快点。”彭麦朝他张牙舞爪地喊着。

夏豆赶紧爬起来，踉踉跄跄站了起来，虽然海面上风平浪静，但船像一个被攥住了的气球，发出了飘乎乎的摇摆，夏豆觉得有点恶心，连滚带爬绕过那些缆绳，扶着桅杆走下了前甲板，走进了黑乎乎的舱室里。

起初，夏豆只看到忽明忽暗的光点，原来是人在抽着烟，侧舷上的一个小窗透漏进来的光让他眼睛适应了一些，只见抽烟的人侧卧在一张毯子上，他穿着一件麻料的衣服，或者是披着一个破破烂烂的坎肩，光被小窗的污垢遮挡了一部分，投在他的胳膊上，像是一片刺青。他的手里捧着一本书，借着微弱的光看着，他的脚边，身后还有腋下也是堆满了书，确切地说，他整个人就是陷在书的包围之中。至于夏豆的到来并未引起他的些许注意，让人直观看起来他是一座木雕。

“叶帆，是你么？”夏豆探头探脑地问道。

“嗯”，对方轻哼了一声，然后翻了一页纸又沉默了。

“真的是你，我们又在这里重逢了，但现在我是谁？我们现在在哪里？又要到哪里去呢？”

叶帆把书合上了抬起头打量了夏豆一番，只不过在背影之中，让人看不清楚表情，他在黑暗里静立了十几秒又把书本打开了，把头埋了进去。而此刻夏豆显然也没有刻意等候他的回答，只是自己默默地说了一句，“难道真的成功了？”

“成功了，成功了！”船舱外面传来了彭麦的喊声，然后一阵凌乱踢踏地板的声音从头顶上传来，“老夏，臭不要脸的，磨磨蹭蹭地干什么呢，还不快点，这边快坚持不住了……”慌乱中叶凡递过来一根棍子，此刻他的头仍然埋在书里面，夏豆没有再多理会，只是接过来棍子急匆匆地冲了出去，看见两个人把身子都探到了船的外面，只留下两条毛乎乎的腿在船板上跳着奇怪的舞。

夏豆也把头探了出去，只见一道黑黑的墨迹浸染湛蓝的海水里面，时而清晰，时而又消遁在背景之中，夏豆盯着看，始终无法把它和一条鱼联系到一起，因为那块墨迹浮上来的时候，好像天空里倒影的一大块云，至于这条不算小的船也像是一条独木舟了。

这时候“泰山”一把夺过棍子，站到了船舷上面，海水溅到了他的身上，他的身体闪着银白色的光，像是一根滑溜溜的鱼。微风又把他的头发拨动了几下，好像鱼鳃在呼吸，那根长长的棍子的头分叉了，也闪着银白色的光。

“你想干什么？”彭麦大喝一声。可声音未落，船上的鱼一跃就冲进了水里，溅起了一片浪花，水糊在夏豆的脸上，苦涩的味道充满了他的口腔，夏豆根本没有理会这些，他揉了揉眼睛，看见两条黑色的墨迹在水里上下翻滚着，把海水都给搅混了。彭麦使劲拍着船舷嗷嗷直叫，夏豆看见此情此景竟然也跟着拍着节拍哈哈大笑起来。

可就在他们忘形而乐的时候，眼前的一片海水瞬间变了颜色，一道血红从水中泛了上来，中间夹杂着一堆急促的气泡，红色的墨迹又飘散开了，成为了一朵夕阳下的云，云朵渐渐下沉，消失在致密深蓝色组成的黑暗之中，过了一会儿水面又归于平静了，好像刚才看见的也是臆想一般。夏豆看了看彭麦一眼，两个人确认过眼神后，一瞬间不知道说什么好了。夏豆又低头看了一眼，发现自己的脸倒影在海水摇摆的镜面上，看起来已经成了土黄色。

“怎么办？”夏豆迟疑地站在那里不知道是不是该跳进去救人，但又想起了自己根本不会游泳。“老彭你不是会游泳的么，干站着干什么呢。”

“哎呀，我都什么岁数了，自己游都费劲，再说，实在没有必要把自己的命也搭上。”

“总不能见死不救吧。”

彭麦离开了船舷，插叉着腰盯着夏豆说，“你要是救人自己下去呀，站着说话不腰疼，装什么装呀。”

“我……”夏豆一时语噎，但转而又想实在没有必要在这个时候争论，但他自己却又不能一头扎进水里，这让他绝望地大呼起来，“救人啊，救人啊……”他的声音虽然铿锵有力，但绵绵的海水此刻成了软绵绵的棉被，一切能量瞬间被吸收，戛然而止了。

“怎么了？”叶帆撑着拐杖站在了他的身后，“大呼小叫地干什么，这里离陆地少说也得几百海里，你在这里喊，谁能听得见，是不是傻。”

“他……”夏豆站在甲板上，手使劲朝水中指着，又被噎得讲不出话来，他自己僵在那里，脸涨得通红，好像这是自己编造的一个谎言似的。好在这个时候一只手抓住了他的手，化解了他的尴尬，夏豆想把手抽过来，转过头看见两条银白色的肉体就飘荡在面前的海水里面。

“夏叔叔，拉我一把嘿。”黄毛小子泡在水里成了一条长须的海豹，身下的那条鱼已经肚皮朝上翻了过来，成了一只银白色的小船。

“喊我叔叔，咱们认识吗？”夏豆脸绷得很紧。

“我是仁布啊，你刚才怎么啦，我在水里都听见你在船上乱叫，发生什么事情了么？”

夏豆盯着这只眼神发愣的海豹，突然间绷不住了，开始哈哈大笑起来。

折腾到了晚上他们也没有把那条鱼拉上来，那是一只几百公斤的黑鲔鱼，约莫有三米之长圆滚滚的布满了肌肉，让人摸上去感到一种前所未有的厚实感，在月光下它的肚皮反射着银光，他的青白色的鱼鳔吐了出来，好像一只吊死鬼伸出来的舌头，夏豆觉得这条鱼很是可怜，在茫茫大洋里不知称王称霸了多少年，竟然莫名其妙地死在几个无名之辈手里。

仁布仍旧泡在水里，他掏出刀子，从鱼的脊背上切了一个口子，从上面扯下来一大条圆滚滚的肉来，剩下的就用钩子钩住了嘴，就这样在水里拖着，夏豆看着它的可怜样，想起了日本农村小屋上面挂着的孤独鱼风筝，更惨的是还残缺了躯体。

虽然夏豆不太喜欢吃鱼，那天晚上还是吃了很多鱼肉，那是一种带着一种淡淡的甜嚼碎了更像是刚刚从蒸笼出来的馒头的味道。他们几个人席地坐在木质甲板上，嘴里嚼着生鱼片，看着通透的天空上挂着璀璨的银河，波光粼粼的水面上银河更碎了，也更闪了些。大鱼的尸骸仍然飘在海水之中，在月光下仿佛复活了一般，一群发着淡淡荧光的小鱼就围绕在大鱼身边，嘬食着它的血肉，但看起来像是按摩打趣一般。

夏豆躺了下来，看着饱满欲滴的星空，听着微风吹着帆布发出哗啦啦的声响，海水拍打着船发出一阵酥酥麻麻的震动，觉得这一切很不真实，但这种不真实的感觉却又让他有了些许安全感，他拍了拍彭麦的肩膀，彭麦停止了咀嚼，哼了一声听不出是不耐烦还是无意识的回应。

“你还记得我们那次在草原上的晚上么？那天晚上的天空和今天的简直一模一样，真的都很美，我看你那天拍了不少照片呢。后来半夜里失火了，把仁布的房子都给烧掉了。”夏豆说这个的时候也用目光扫到了仁布在皎洁月光下显得越是黝黑发亮的脸颊，又对我看彭麦说，“你可倒好，捧着个相机仍然还是拍照，你还别说，那张照片放在酒吧里面还挺合适，就是应该放大一些。”

彭麦弹了弹掉在衣服上的肉渣，耸了耸肩膀说，“哼，你这倒是什么都还记得，你知道么那张照片可是得过奖的，奖牌还在我那放着呢。”他又好像想起了什么，用眼睛瞪着夏豆看。“你突然问这个什么意思，搞得这火好像是我放的，我看怪不得你对这个印象深刻，八成是贼喊捉贼。喂喂，仁布你可得找他算账啊。”

仁布甩了甩搭在他前额的头发，笑着说，“都什么时候的事了，我都忘记了，提这个干嘛？”

彭麦开始不依不饶起来，“提，必须得提，我们必须揭露资本家罪恶的嘴脸。”

叶帆已经把自己那块鱼肉吃掉了，抹了抹嘴，又在衣襟上戳了戳。他坐在地板上，义肢已经被丢弃到了一边，没有裤管的覆盖，它们金属质地的身体在月光下发出冰一般的光来。叶帆用一种卧佛的姿态躺下来，温柔地说。“说起那一次的旅行还真是有很多回忆，不过那天晚上我好像都不太记得了，只是记得突然生了病，几乎把我都给烧糊涂了，当时多亏了仁布，还背我去河里洗澡，不然的话，可能脑子要烧坏了。”

仁布嘿嘿窃笑了几声，“我那个时候根本就把你死马当活马医，你一会儿说渴，一会儿说热的，我也只能把你放到河里，根本就是歪打正着。”

“你小子，敢骗我，你当时不是说这是你们当地的特色疗法，水疗么，说什么高山水能治病的。”

“这你也信，我当时不这样说，你能跟我去么？拜托嘛，我当时还是个小孩子。不过那个时候特别有心计，不是还在路上拦过你们的车吗，差一点就把钱给骗到了。”

彭麦接过话来，“我那个时候看你就不像什么好孩子，不过演得挺像的。”

叶帆白了他一眼，“他当时也是没有办法啊，你想想一个十几岁的小孩自己生活在那片荒野之中，你去旅游看的是风景也许觉得还挺美，但是要是生活呢，那种苦你想象不到啊。”

仁布又嘿嘿笑了两声，他的肌肉颤动着已经没有了白天时膨胀紧绷的状态。他说，“所以，那个时候我特别羡慕你们，觉得你们不愁吃喝，还有辆车，可以随便去想去的地方。”他叹了口气，长长的气息像是吹着一支漏了气的长号，接着又窃笑了两声，“所以，我实在想让你们带上我，我做羊肉给你们吃，还给叶叔看病，还一把火把自己的房子给烧了。”

“是你烧的？”彭麦惊呼了一声，也许是因为激动脚后跟打在船帮上，发出咚咚几声闷响。

“是啊，我是觉得，我一无所有的时候你们也许会可怜我。”他抬起头看着天，此刻天空浮过来一大块黑色的云，云已经把月亮挡住了，只能看见一些零散的星星，他的身体向下塌缩着，变成了老人一般的佝偻。“实在对不起你们，骗你们这么长时间，这么多年来我觉得你们早把这个事给忘了呢，其实一想到这个事情我就觉得很惭愧。”

“你烧的可是你自己的房子，惭愧什么，自己的东西爱咋咋地。”彭麦不知什么时候手里执着一个扁酒壶，说了一句便咕咚咕咚喝两口。

夏豆倒是起身走过去拍了拍他的肩膀，感受到他仍很充盈的肌肉，淡淡地说，“没有什么放不下的，等你看的风景多了，活的时间长了，一切都会放下的。”

“其实呢，我早就知道是你放的火，别忘了当时我根本没有睡着觉。”叶帆倒是不动声色地说，“你看看你夏叔叔不也是放下了自己的大老板身份，跟我们坐上一条船了嘛。”

“得了吧”，彭麦站起身来，伸了伸懒腰，咳了一声，发出了粘滞的声音。“他现在是什么大老板，根本就是个逃犯，要不是咱们收留他，他现在要么是被警察抓过去被定个诈骗罪，判个十年八年的，要么被被他骗过的人抓住撕成碎片了。一个打拳击的搞什么高科技，叫什么量子通讯，真是搞笑，什么都不懂，成了什么商业巨子，实际上完全就是个骗子。也是，现在的人真是傻，这都被他骗了……”

“我们不是成功了么，我们做出了那个机器，相信我，我们现在所处的时空可能和你们知道的不一样。”夏豆摇了摇头，想整理思绪，但又不知道怎么表达好。“总之，我是穿越了平行空间来到这里的，我是夏豆，但又和你们认识的夏豆不一样……”夏豆一脸茫然看着大家，这个时候叶帆和仁布看着他都露出了蒙拉丽莎式的微笑。

彭麦用审视的眼神看他们，发出了噗噗噗的笑声，这笑声里掺杂了很多水分，听起来像是浪花打击船的响声。“还平行空间呐，装神弄鬼的真是笑死个人，这都什么时候了你还在演戏，就咱们几个人你又演给谁看呢？你那几个配角都被抓起来了，你还在这里演，我真是服了你了。不过你也挺敬业的，为了演好戏也算是花了大价钱的了，又是给自己整容，又是整什么多重人格失忆症啥的，连自己的老娘丢在养老院里都不去相认，靠自己的仇人来养活，就凭这一点我就挺佩服你的，说真的。”

“我妈现在在养老院？你们为什么不早告诉我？”夏豆看着叶帆和仁布想征求肯定，但他们就这么直愣愣地坐着，同时仍旧摆着一副谜一般的笑容，好像一切无关紧要，甚至他们俩就是两尊塑像，实在是什么都听不到。夏豆于是站了起来，但又不知道做什么动作好，他觉得身体有些僵硬，所以用力弯下腰看着浸泡在海水中的那条鱼，鱼的身体缺失了一大块，像是一只残疾了的鱼，但鱼鳃好像仍在水波的震颤下上下扇动，苟延残喘着。

彭麦却好像一发不可收拾起来，他的语速虽然缓慢，但越发显得铿锵有力。“一点都不觉得羞耻，竟然和一个十几岁的小女孩搞在一起，你们那叫谈恋爱么？你他妈的是有多厚的脸皮还带着她来见我。你知道么，她要是真是我女儿的话，我可能当场就会杀了你的。”

“应该感到羞耻的人是你自己吧。”夏豆终于在彭麦调整呼吸之间插入一句话。

彭麦发出了一阵轻蔑的狂笑，“你懂个屁，毁掉一个人，就像毁掉一幅画，最狠的不是撕了它烧了他，而是在上面涂抹上永远抹不去的污迹。”

彭麦的声音已然变成了沉闷的嘶吼，“你还来教育我？你他妈怎么有脸去见桃子，还恬不知耻地说你爱她，说你们重新来过。可是你爱她吗？你配吗？告诉你们吧，你无非就是想捉弄她而已。你以为我会帮你去找到她么，开什么玩笑，我现在恨不得马上杀了你。”彭麦的身体开始摇晃起来，但看不出是船体的摇晃还是醉酒的缘故，恍惚间夏豆看到了一个金质的吊坠就挂在彭麦的胸前深处。

夏豆站起来，抖了抖自己的身体，低着头沉默不语，在喘了几声粗气之后，疾走了两步，对着举着酒壶咕咚作响的彭麦，一脚踹在了他的脸上，这一脚他的身体已经腾空好像用尽了全身的力气，以至于自己被反弹过来重重砸在船板上。

“妈的”，彭麦大喊一声，在船上打着滚，他浑身扭曲翻滚，像一条刚离开海水的鱼，挣扎了一会儿突然吐了一口血，里面还有碎石头砸在木板上的叮咚声，血色在灰暗的天色下却变成了墨色，和灰突突的海平面并没有什么分别。

“夏豆，你干什么，你疯了吗，下手这么重干嘛？仁布快点抱住他。”叶帆说完就匍匐到彭麦身边，把他揽在怀里，抬起他的头，把脸沉下来，贴着他的脸，如同战场上诀别一般，这凄然的场景让夏豆身体已经瘪了下来，没有接受仁布的拥抱就一下子瘫坐在了地面上。

彭麦又吐了口唾沫，一把推开叶帆，颤颤巍巍艰难地站了起来，他没有说话，喉咙里发出了类似猫科动物愤怒时发出的咕噜声。

“干什么，你们有完没完，刚才不是好好的么，为什么要这样？你们这样做有意义么，有意思么？彭麦我们是一块出生入死的兄弟啊，不要这样！”叶帆用胳膊揽住彭麦的腰，把一侧的脸紧紧贴在他的屁股上，像是一位不愿父母离家的小孩。不过彭麦并没有理会他，一把把他从身上剥离开，让叶帆瞬间失去了支撑掉在地上。

“装什么蒜，你们都是一路货色。虚伪，虚伪，虚伪！”彭麦喷出一片唾沫，唾沫被风吹散了，飘荡在空气中，在白帆的映衬下显现出几分暗红色，他一瘸一拐在船板上踱着步，嘴里还衔着那只扁酒壶。“叶帆，你他妈装什么装，现在又装什么假仁慈，那次老夏坠马真的是场意外？不要把别人都当傻子好不好，你以为我不了解你怎么想的？无非想得到那个叫楼兰的女人吧，哈哈，你这个卑鄙的小人还有资格在我面前搞道德审判，你配吗？”他又反过来把脸沉到叶帆扭曲的脸上，发出几声狰狞的笑声，以至于整个肥嘟嘟的身体都在颤抖起来。

“你喝醉了老彭，那匹马是自己疯掉了，管我什么事，我差一点儿也掉进悬崖好不好？再，再说，夏豆最后不是没事么？”叶帆扶着把手艰难地站了起来，但与彭麦对视仍然矮了一大截。

“哼，我才不管你们死没死，你们都是一路货色，你写的那些游记又有几个是真的，大部分都是自己闷在家里写的小说吧，无中生有编造的吧。还有那些照片在我看来很多都是处理过的，别忘了，我可比你懂摄影。”

又一阵狰狞地笑声后，彭麦把头伸下来，死死盯住叶帆的脸，“你知道楼兰么？她曾经找过我，说想去找你，可我，哈哈，你知道我当时怎么说的么？我替你拒绝了她，因为你不配……”

听了这句话之后，叶帆整个人从地面上弹了起来，他挥舞着手臂像一只受了伤的蛾子，但手臂只是在空中画了个弧线，没有打到人，也没有扇起风，接着又重重摔在地面上。

“快，快仁布，快替我杀了他，他就是个疯子。”叶帆发出一阵嘶吼后，语气忽然变得低落了，他哽咽着说，“你知道这么多年，我去过这么多地方，就是为了找到她啊。”

听了叶帆的话仁布并不为所动，僵在那里，夏豆却又踉踉跄跄走到彭麦的面前，使劲撩起了拳头，可彭麦竟然一个趔趄躲开了，船被瞬间波动的浪推了一掌，一瞬间夏豆失去了平衡，掉入到了海水之中。

当他醒来的时候却惊奇地发现世界变了模样，月亮星空和碧波荡漾的海水突然都消失不见了，取而代之的是乌黑的天际和狂风巨浪。水把他浇醒了，夏豆感觉自己和水中的那条鱼一样变得浑身湿漉漉的，打在脸上的水不知道是雨水还是浪花。穿在风雨中左右翻转又横向打着旋涡，让他很难在上面站立，一阵阵眩晕感让他又滚落到地面上，他感到头痛欲裂开始剧烈地呕吐，把那些已经变得黏糊糊的鱼肉酱又反刍了出来，可呕吐物又让他一阵恶心，肠胃感觉要倒转了，船感觉马上要翻转了。

他借着闪电发出的光慢慢爬到船舱里的时候，发现船舱里空荡荡的，他大声喊着彭麦和叶帆的名字，仍旧无人回应，只有滚滚的雷声从四面八方向小船汇集。船的晃动又一次把他甩到了地面上，他这才发现船舱里灌进了不少水，书籍散落着飘在水里，有几本撞到了他的腿上和软肋处。深深的恐惧感已经让他不再感到任何疼痛，他仍旧喊着彭麦和叶帆的名字，并沿着船舱的墙壁开始摸摸索索，在摔倒了几次之后，终于在黑暗之中碰到了一块冷冰冰的铁，他顺着金属的管子摸爬上去，这才找到了一块软乎乎的肉，那是人的半条腿。

“叶帆，叶帆，你醒醒，我是夏豆啊，你不要死，不要死……”夏豆开始声嘶力竭地喊叫着，使劲地晃动着，他把叶帆抱在怀里，马上要哭了出来的时候，那颗在他臂弯里的头突然抽动了一下，吐了一大堆黏糊糊的东西，夏豆又想到了他吐出来的半消化的鱼肉，但这一次他没有感觉有多恶心，反而几乎高兴地跳了起来。

“怎么样，没事吧，太好了，你还活着，我以为……”

“我没事”，叶帆的声音很是沙哑，又好像还有呕吐物黏在他的喉管里面，让他吐字不清，“对不起夏豆，是我那天……”他又几乎快哭了起来，“是我差点杀了你，对不起，你能原谅我么？”

“现在还提这些干什么？他们两个人呢？到底在哪里？”说话前他又摸着一个人的腿，他又爬着摸上了他的头。

“别摸了，是老彭。”

“怎么没反应，喂，老彭，你醒醒……”

“他没事，只是喝多了，他最近老是这样。”

“仁布那孩子呢，怎么没见他呢？”

叶帆没有回答只是呜呜地哭了起来，即便是在风雨交加的时刻，一个男人的哭声仍是那么清晰入耳，他的身体在激烈的颤抖，即便夏豆的身体也在寒风中颤抖着，但仍然摸上去很明显。

“他，他掉海里了。”叶帆声音里掺杂着牙齿碰撞的咯吱声。

“掉海里的不是我吗？”夏豆靠着他坐了下来，他的身体也是湿乎乎的，很难给对方些温暖。

“按理说这个季节是没有这么大的风浪的，难道说我们偏离了航线？不，不可能的。”

“我问你，我刚才不是掉海里了吗？”

“是仁布掉在海里了，不，不，对对，是你掉在海里了，仁布把你捞上来，然后他准备去把帆撤下来，你知道了，如果不撤帆，这么大的风，我们整条船都可能被吹翻的，可那时候风已经很大了，他从桅杆顶上掉到了海里，我就这么眼睁睁地看着他掉下来……”叶帆顿了顿，抽了口冷气，他的身体晃动地更明显了，夏豆摸了摸他的额头，已经是燎手的热了。

“叶帆，你发烧了，你这里有药么，我拿给你。”

“不用，我没事，老夏，你听我说。”叶帆拉住他的胳膊，“仁布这孩子是个好孩子，他放火烧自己的房子完全是出于无奈。”

“我明白，你现在又说这些干什么？”

叶帆没有理会他，只是径自地继续说，“你知道他的弟弟生了一场病，现在据说是越来越严重了，只能生活在湿润无菌的环境里，所以他这次出来也是想找到一个小岛，在那座小岛上盖一所房子，他说以后陪着弟弟在上面生活。我还答应他把这条船送给他，这样他就可以用它来打渔了。可是，人就这么掉在海里了，说没就没了……”说着叶帆便又抽泣起来。

“别担心，我看仁布的水性很好的，也许他正在水里游着，可能一会儿追上我们，也许他被其他的船救了起来，你想想这海洋上渔船货船总是很多很多的……”夏豆想用别的问题去引开叶帆的痛苦。

叶帆嘿嘿冷笑了一声，呼出的气体变成了一团薄雾。他望着天空，窗外的风雨已经消沉了下来，没有再说话，他的身体仍然瑟瑟发抖。

夏豆在闪电穿过天空的瞬间看到了他的脸，他的脸是那么苍白，他的嘴也是那么苍白，夏豆觉得自己还有彭麦的脸都会是那么苍白的。就这样两个人沉默了很久，直到海面上升起了腾腾白雾，直到风吹着船徐徐地前行，一切没有开始，一切又好像无从结束。

“你看。”

不知是谁拍了拍夏豆的肩膀，他揉了揉酸软的眼睛，从侧舷的小窗望出去，一座岛正矗立在视野的中心，周围笼罩着重重白雾，但它带着郁郁葱葱的绿色就坐落在那里。

“你看。”

又有人拍了他一下，夏豆才看到一个古铜色的男子正站在岸边的巨石上向他们招手，他的脸笼罩在白雾当中，但是皮肤和垂肩的头发却有着铜一样的颜色和光亮，胸膛鼓鼓的，在阳光的反射下像是披上了一身铠甲。

夏豆眯着眼盯着他看得入了迷，下意识地举起手来朝他的方向挥着，忽然间他的内心一阵轻松，喃喃自语说了句。“不管走多远，总会有人在等着我们。”

后　记

逃向何处

多年来，有个问题萦绕在我的脑海，那就是当人类初始与兽为异，沐浴智慧之光时，是否感到一丝苦痛和迷惘，未来当人类通透宇宙真理，走向繁荣之巅那一刻，又是否感到一点无助和错愕。至少在我看来，回答这个问题的难度完全不亚于哈姆雷特的“生存还是毁灭”。

人类的命运或许不好臆测，回到自己身上也许有一些线索，我的最初记忆是一个冬天的傍晚，天气极为沉郁，阴有小雪，我和玩伴坐在老家大院的门槛上，看着雪花从天空落下，转瞬消失在阴湿的地面上，我感到一种奇异的情感从内心中滋生蔓延，我变得迟钝、消沉，甚至有点木木讷讷，对于伙伴的呼唤无动于衷。我不知道这种情绪是什么，但我那时候就明白，它自我降临就藏在心里，等待着有东西来敲门，比如一枚随意散落又骤然消失的雪花。

在我十岁那年，情绪的这颗种子开始萌生破土了，那时候我喜欢上了邻居家比我大一岁的小女孩，遇见她的那一刻没有“蛇”也没有“苹果”，一切毫无预兆事发突然，好像是宿命一般，同龄的伙伴还在泥土和沙堆里玩耍的时候，我必然被“射中了一箭”，抬起头看到不可摘的星辰，必然在十岁的光景里披上月光般“维特的烦恼”。

也在同一年，我读到人生的第一本书（不计算课本），因为搬过几次家，辗转腾挪房子依集市而建，临街的商铺租给了一位裁缝，由于生意惨淡大多数的时候她（裁缝）靠读书来消遣，那时候我因为懂了“爱情”，也懂得了无趣和无聊，和她一样整天无所事事。一次我在她店里闲逛，捡到了一本书，一本印制粗糙，在地面上被人反复踩踏，又失去了封面的破书。百无聊赖的我把它捡起来，只身走到镇子外一片桃木林里，躺在缓斜的粗枝上，读到了日高日斜日落日没，一种不可名状的情绪揪着我的衣领，又把我丢在地上反复踩踏，直到多年以后，我仍然记得那沾着泥巴的几句话，“多年以后，奥雷连诺上校站在行刑队面前，准会想起父亲带他去参观冰块的那个遥远的下午”。

过了十年，那时候我在一座海滨城市读大学，虽然怀揣一个文学梦，但学院的课程并不合我的“胃口”，逃课的多数时间里我拎着个鱼竿，夹着书和烟来到学校一条摸不清源头的排水渠旁，钓鱼（发呆）、抽烟、读书，虽然是活到发狂的年纪，但颓唐和荒废却是内心的主旋律，好在书里的故事给了我很多安慰，把书当成经验主义的“美国公路”，那时候我读了大量的书，从古典主义、存在主义、荒诞主义、写实主义……沉浸在各种文风流派之中，每一本书都能给我片刻的欢愉和安慰，但永远没有一本书能够填满我内心的空洞和孤寂，我，在我辉煌的时代里扮演着“垮掉的一代”。

再又过了十年，我想写一部长篇，也就是今天的这个《逃，小桃》的故事，实际上我在工作后从未放弃写作，散文、诗歌、小说，乱七八糟写一通，但多数时候我写完就把它们丢在旧纸堆里，不是写的有多不上台面，我总以为，几乎没有人会在这个文学气息寡淡的时代里认真读一个作品，特别是认真聆听一个人的心声。问题在于即便是有人读又会怎样？关键是一个人的心思值不值得花精力被了解，一个人的心神能不能被精准看透。与之相对应的是，我的人生经验告诉我，十岁那年爱上的女孩没有成为我的妻子，也不应成为；我曾奉为经典的作家和作品并非那么完美，甚至有些令人讨厌；任何一种工作，一位朋友，甚至自己的家庭都让你有种逃出去的冲动，这种冲动有时候还那么强烈。

也许读过米兰昆德拉的人会把这种冲动比作“生活在别处”，这其中包括我，读过张爱玲的会把它比作“白玫瑰与红玫瑰”，或者“二流”作家毛姆笔下的“月亮”还是“六便士”……

然而事实好像并非那么简单，我是读《百年孤独》起步的，这或许是一种“优势”，多年后的阅读生涯里我也便更多关注那些国外作家和他们的作品，以致后来以我短见审视中国作家和他们浩如烟海的小说时，我无不发现“中国性”的典型特征，那就是往往把人性放在一个大环境里来考量，大的家国、大的社会、大的时代和小小的“人”，而人性必然要在某种时代的裹挟或者召唤下表现出典型的特征出来，是与非、进与退、恶与善都在这种设定下昭然若揭，这样写小说成了一道演算的数学题。这很可能是愚见，而且我也不敢举出任何的例子，但我能举出一两个例外，比如王小波，特别是《万寿寺》里一切并非因果联系、黑白并非泾渭分明，给了我别样的感受。这里不是我故作深沉搞文艺评论，我只是想谈，其实在我们身边的写作中往往少了一种口味，这也如同西方作品中也会少一些口味，所以“作家中的作家”博尔赫斯最近又受到了热捧。

回到《月亮与六便士》，故事的主角查理斯·思特里克兰德是没有任何理由和征兆，突然间舍弃了优渥的生活，舍弃一切，放逐自我，甚至跑到一座南太平洋小岛上，创造又毁灭了自己的画作。很多人简单把六便士比作“眼前的苟且”，把月亮比作“诗和远方”，故事启迪可以不顾一切追逐梦想。开始我觉得是这样，后来我觉得是“在别处”，再后来我觉得是“逃离”，因为他没有在选择，或者是他没得选择，而是被种无形的力量胁迫、压制，不得不去躲避现在的可能，寻找另一种可能。

我在读卡夫卡的经典《城堡》的时候，这种感觉更为强烈，“K”说是在寻找“城堡”，更像被抛弃到这个故事中，感觉“城堡”对他意义非凡，但看起来又毫无意义，“城堡”好像近在咫尺，又好像永远都不能到达。说起来有点混乱和荒诞，但是人生并非都是那么有因有果、板上钉钉，很多时候我们就是处在这种飘荡、迷惘和虚无之中。

对这一方面诗人可能更为敏感一些，现在很多人在追求“诗和远方”的时候，海子早已写下了“远方除了远一无所有”，“风后面是风，天空上面是天空，道路前面还是道路”，我也想起了顾城和他永远摘不下的“帽子”，也想起了他流放自己的那座小岛，据说，《月亮与六便士》也是基于一个真实故事。

说到真实，我一直以为“艺术来源于生活，低于生活”，也就是从未有一个作家能够把一个普通人讲清楚，现实的非逻辑性或者荒诞性永远走在艺术作品的前面，也就是回到文章的开头，一个刚刚走出“伊甸园”，刚刚萌发人性意识原始状态的人，他的思想，他的内心，他的想象，任何人都无法全面描述和精确形容。而如今信息化已经普及的现代世界里，我们看到的听到的又有多少真实？我们做出的判断和选择又有多少遵循自己的内心？我们向往和信仰的又有多少荒谬和错误？我们所追求的到底是我发自肺腑的还是随波逐流的？说到底，在关注自身层面我们并不比刀耕火种、采集游猎时期高明多少，甚至可能低于亚里斯多德、孔子的时代。

人们聚在一起也许显得“乌合之众”，但对于个人而言，我们对一种所谓美好事物的向往，本质上都是对当前存在的一种自我厌弃，会从想象和空间层面对自我的背叛和逃离，而现实中的集体主义中对个体的身份设定以及身份期待，也忽略和压抑了个性自我的发展，我们常常活不成我们应该和期待的模样，也就是“人不可能也从未完全拥有过自己”。

我写《逃，小桃》时也许就想的这些问题，但我也无从去解决这些问题，和文章开头困扰我的问题一样，也许永远没有答案，或者说最好不要有答案。就拿写作而言，有人会把它当做一种“回归”，比如凡尔登湖畔的梭罗以及南山下的陶渊明，实际上也许算作另一种“逃离”，一种莫名的力量的驱使，更委婉一点说，写作对我而言不是想去做，而是不得不去做的一件事。

写完《逃，小桃》之后，我反而想了更多，也产生了更多的问题和困惑，远远大于作者应有的驾驭和懂得，我也不愿意给它做很多的解读，一本书、一个作品在它“诞生”之后，有它自己的生命力，它也许成为一个独特的生命体，接受别人的审视、期待、评价，接受外界的冷漠、追捧或是厌弃，它也许像我一样，像我们每个人一样寻找着价值的存在，又被一条“鞭子”驱使着，“逃”着。

2019 年 8 月 9 日